魅丽文化 飞魔幻工作室

蒲桃

Pu Tao

柏夏／著

江苏凤凰文艺出版社
JIANGSU PHOENIX LITERATURE AND ART PUBLISHING

图书在版编目（CIP）数据

蒲桃 / 柏夏著 . -- 南京 : 江苏凤凰文艺出版社 ,
2020.8
ISBN 978-7-5594-3582-8

Ⅰ . ①蒲… Ⅱ . ①柏… Ⅲ . ①长篇小说 – 中国 – 当代
Ⅳ . ① I247.5

中国版本图书馆 CIP 数据核字 (2020) 第 059498 号

蒲桃

柏夏 著

责任编辑	张 倩
特约编辑	刘 星
装帧设计	@ 殷舍 InChia
出版发行	江苏凤凰文艺出版社
	南京市中央路 165 号，邮编： 210009
网　　址	http://www.jswenyi.con
印　　刷	湖南凌宇纸品有限公司
开　　本	880mm × 1230mm 1/32
印　　张	10.5
字　　数	220 千字
版　　次	2020 年 8 月第 1 版
印　　次	2020 年 8 月第 1 次印刷
书　　号	ISBN 978-7-5594-3582-8
定　　价	38.60 元

目 录

目 录

楔 子

万和城外寒山寺，夜半钟声到客船。寒山寺隐在万和城外的大山之巅，山中常年雾霭缭绕，如梦似幻。

这日夜里，寒山寺颇不太平。

往日到了这个时辰，山里早是人迹罕至，再无半点星火。可今夜里，千级石梯两旁的灯火延绵不绝，一直从山脚连绵到了山顶。一早接到密令的万和城城主池泱已在寒山寺里等候多时，他一见到自山下阔步而来的龙成谨和宋昱，都不需确认二人身份便直接迎了上去："下官参见七皇子、宋将军。"

"不必多礼，"龙成谨摆了摆手，"本王既不穿朝服，就不必行礼了。"

"是。"池泱拱手作揖，立即带着二人进了寺中。

四月初的天气，乍暖还寒。

寒山寺里，明月堪堪挂在树梢，月光如水。山中空气清新，一缕缕轻烟萦绕在山间，让人不自觉地感到一阵阵舒爽。

这会儿寺庙里香客稀少，多是已经进香完毕，返回了城中。龙成谨特地挑了这个时间来，就是为了不引人注目——他生怕自己被万和城中的百姓认出来，再次丢了脸面。

此时从山顶向下望去，万和城中已是星火一片，一派万家灯火其乐融融的景象。看着江山太平百姓和乐，龙成谨突然觉得甚是欣慰。这一刻，他似乎暂时忘却了此前在万和城中所受到的耻辱。他走到栏杆边，凭栏远眺，指着山下的城池道："百姓安居乐业，社稷和谐稳定，正是本王和父皇最希望看到的景象。”

池泱笑着颔首：“多亏三年前王爷治理江南水患有方，万和城民才能安享太平，下官已经在城中备好一切，只等王爷莅临，可是……”

池泱欲言又止，龙成谨淡然看着他，等着他往下说。

“下官斗胆，敢问王爷为何不愿进城？”池泱硬着头皮，终是问出了心中的疑惑，“据下官所知，三年前您在江南巡游之时，似乎并没有来到万和城，为何此番仍不愿意进城？”

龙成谨闻言，面色一僵。

一旁的宋昱听了，便低下头去，两肩不自觉地开始颤抖，显然是竭力憋着笑意。

池泱一脸莫名的惶恐，实在不明白自己说错了什么。

一阵冷风吹过，池泱裹了裹衣裳，一副受惊模样。在他以为自己官场生涯会就此结束之时，他才听到龙成谨说道：“本王这辈子最厌烦的女子，便是万和城中蒲家的独女，蒲桃了。”

“哦？”池泱一脸疑惑，“蒲桃在万和城也算是出名，不知她如何得罪王爷了？”

龙成谨脸色一沉，清了清嗓子，似乎在极力压制内心的怒气。半晌之后，他才恨恨道：“不瞒你说，三年前，本王曾微服私访到万和城，不幸观摩了蒲桃所设下的比武招亲大会。”

“哦？”池泱瞪大了双眼，显然十分惊奇。

“那时本王曾见过她的容颜，那身姿……又胖又丑就不说了，还自以为武功天下第一，将谁都不放在眼里，真可说是当世女子败类中的无与伦比者，泼妇中的斗战胜佛！简直是不可理喻！不可理喻！！”龙成谨双手握拳，一面说，一面恨得咬牙切齿，额头青筋暴跳。

“的确是让人记忆犹新。”一旁的宋昱偷笑。

龙成谨侧头，狠狠地剜了他一眼，宋昱立即将笑意收起，做出一副正经严肃的模样。

三年前，江南大水为患，七皇子龙成谨奉皇命治水，带着将军宋昱以及三千兵马奔赴受灾区。一到柳州，他们立即筑造堤坝，疏散灾民，经过二十几个日夜不眠不休的努力，水势终于得到控制，百姓的损失也得以降到最小。皇帝龙颜大悦，钦赐了七皇子一等功殊荣，并特别给了他一个月的假期，让他在江南一带尽情地游山玩水，不必立即回朝。

龙成谨乐得逍遥，游历江南六城，正在乐不思蜀飘飘欲仙之际，来到了万和城中。这本是他巡游江南的最后一站，正扬扬得意，却不料在阴沟里翻了船。他因一时骄傲，做了一件让他后悔终身的事情。

龙成谨每每与宋昱谈起这件事，宋昱都是一副竭力憋着笑的模样。因为只要一想起来，他就会觉得龙成谨真是丢足了皇家的脸。不，简直是丢了全天下男子的脸。且丢脸至极。

从那之后许久，龙成谨都深陷在那段阴霾时光之中，至今无法释怀。旁人问起来，他也只道自己从未到过万和城。

直到三年后的今天，当他带着宋昱微服私访，再次巡游江南路过万和城时，他宁愿在城外寒山寺借住一宿，也决不愿踏入城门半步。

池泱觉得气氛有些尴尬，不知该如何接话。

就在这时，一阵清脆的铃铛声传来，吸引了三人的注意。三人转头，便见一女子从山间缓步而下。她的腰间系着铃铛，随着她沉稳有节奏的步伐，“叮叮当当”的铃声回荡在这空旷的山里，显得极为美妙动听。

女子一袭白衣，虽然有些旧，但胜在干净。她的面上未施粉黛，但这丝毫不影响她的美。乍然瞧去，不但比那些浓妆艳抹的女子要好看，更因素净而多了一分出尘脱俗的气质，一颦一笑都显得温婉大方。在山间云雾的衬托下，更有一种不食人间烟火的意味。

她如一缕幽影，娉婷而来，娉婷而去，很快便消失在夜色里。

龙成谨眼睛一亮，赞道：“喏，这样的女子，温婉可人，端庄恬静，才是本王所中意的。”

池泱“啊”了一声。

“怎么，你认识她？”

池泱牙关打战，内心挣扎了许久，才道：“那人的名字……正好也叫蒲桃。”

“万和城中有几个蒲桃？”龙成谨一愣。

池泱伸出一个手指头说：“一……一个。”

“竟有这等事！真是奇了……”龙成谨眯起眼，眼中带着几分惊讶，许久之后，惊讶又变成了玩味和好奇。

“宋昱，本王的颜值较之三年前如何？”龙成谨压低了声音，对宋昱道。

“更帅了。”宋昱低眉敛目。

“旁人可还认得出本王来？”

宋昱摇了摇头：“彼时王爷身子骨瘦弱，面色黑黄，如今潇洒俊逸，风流倜傥，怕是……认不出来。”

龙成谨听了十分受用，当即大手一挥，道：“本王决定，即刻去城中走走，近距离体察民意，体验万和城中的风土人情！”

池泱眉开眼笑，七皇子这一决定，可谓正中他下怀，他便立即拱手道：“下官恭迎王爷、将军大驾光临，万和城上下皆感蓬荜生辉……”

只听“啪”的一声脆响，龙成谨一掌拍在池泱的脑门上，打断了他的话。

“微服出访！微服！！”龙成谨怒吼，“什么叫微服？就是谁都不能告诉！切记！不，要，声，张！！”

“下官遵，遵命……”池泱点头如捣蒜，虽然内心里惊虑交加，但还是很愉快地带着二人下了山。

山下，池泱已经让手下准备好了一系列的节目，力求让七皇子和宋将军感受到万和城淳朴又热情的民风！让他们尽兴开怀，宾至如归！

第一章

零落成泥碾作尘

（一）

蒲桃的父亲病重，瘫在床上已经三日未醒。

这一日夜里，蒲桃收拾完酒肆之后，便特地去城外寒山寺祈求神灵庇佑，一番祈祷下来，下山时已经到了深夜。

待她回到万和城之时，家家户户已经进入睡梦中，蒲桃成了大街上唯一一抹孤独的身影。她需要穿过万和城，从东市走到西市，再寻到西市末端的贫民窟，那里才是她现在的家。而这并不是一段很短的距离，白日里行去，也要花上大半天的工夫，更何况是夜晚？

好在今夜皓月当空，月光皎洁，将前路照得一片光亮，蒲桃一路行来，倒也没遇上什么麻烦。只不过她为了能尽快回家，不得已从东边的富人区经过，便又见到了自己原先所住的大宅子。

从前她避免触景伤情，素来都是尽量绕过蒲府，今日经过此地，也是因为赶时间而不得已。或许是思念之情甚笃，太想念曾经的美好时光，蒲桃一狠心，索性趁着四下无人，足尖轻点，飞身上墙，落在了大宅子的屋顶之上。

蒲桃一边向西行，一边用眼角的余光轻瞥曾经属于自己的大宅子。

“小姐小姐，您可千万当心着些！”丫鬟们的声音犹在耳畔回绕。从前她练功之时也经常如现在这般，在屋顶之上行走如风。但如今朱门大宅里的花草树木都已经没有了生机，翠绿园林皆已经不见了踪影，取而代之的是荒草丛生的垃圾场，到处都是散落的垃圾，显得萧索不堪。

“这才第二个年头吧？既然买了宅子去，就该好生打理，为什么买了又空置呢？”蒲桃心中怅然，心中发出幽幽的叹息。她想起往日里，那些花花草草都是她看着丫鬟们用心种出来的，葱葱郁郁，煞是好看。可如今不过短短两年，便都已经尘归尘土归土，化作一片荒芜了。

蒲桃苦笑着摇头，心中复杂的情愫渐升，好一阵失落。

三年前，她还是万和城中巨贾蒲渊的独生女儿，素来高高在上，不将任何人放在眼里。可自从出了“那件事”之后，她的父亲一夕之间便如同老了几十岁，而后不过月余便开始缠绵病榻，从此再不曾起身。

蒲家商铺无人打理，长期处于群龙无首的状态，蒲桃有心管顾，奈何她不谙商道，终是心有余而力不足。商铺从开始出现资金周转困难到门庭冷落最终倒闭，不过一年多的时间。蒲家从巨贾沦落到墙倒众人推的境地，银号、镖局、米铺统统易了主，债主纷纷登门。不得已，她只能变卖良田、宅邸，将一切值钱的物件统统抵押了去，这才好不容易偿清了外债。

蒲渊知道后，病情愈重。他清醒的时间里，便不停地念叨：“想我蒲渊三十岁白手起家，四十岁成为首富，半世身家却在一年之内荡然无存！这也罢了，钱财不过身外之物，最可怜的是我那独生的宝贝女儿呀！我将她视为掌上明珠，捧在手心里照拂，却不想她在盛开的年纪跌落在了泥泞，从此零落成泥碾作尘！实在是可恨！可叹啊！！”

往日蒲府的欢声笑语不再，父亲健朗的身体也不复往昔，一切似乎都坏到了极点，可她根本连自怜的时间都没有。

蒲桃失魂落魄地回到家后，先去房间里看父亲，发现他仍未清醒，又是好一阵心疼。但是心疼也只是一会儿的工夫，她接下来还要去春华院送酒。

春华院的徐妈妈订了三十瓶竹筒酒，今晚就要送到。

蒲桃其实是不愿意做春华院的生意的。那里鱼龙混杂，她一个良家妇女出入其中，实在是不好看。但是为了生计，她不得不放下身段。

她到底不是从前那个大小姐了。从前是父亲养着自己，由着自己任性胡闹。现如今，蒲府落败，也该是她报答父亲的时候了。生计催着她像陀螺一样一刻不停地旋转。很快，蒲桃便收拾齐整，挑着三十瓶竹筒酒去了春华院。

此时，在春华院最大的包间里，龙成谨正被院里最红的六个姑娘包围着。梅香、茉容、桔梗、杜鹃、月季、牡丹六人轮番向他敬酒，一口一个“公子”地叫着，叫得他浑身的骨头都酥了。龙成谨被甜言蜜语哄得十分开心，酒过三巡之后，已经微醺，自觉该停一停了，便找了个上茅房的借口，打算出去透透气。

龙成谨摇摇晃晃地打开门走出去，右边的走道里便迎面撞上来一个女子。“嘭”的一声响，二人撞了个满怀。

“你怎么走路的？”龙成谨一声厉喝，自己也清醒了几分。而地上的女子似乎没听见龙成谨的话，只顾寻找着自己散落一地的酒瓶。

好在酒瓶是竹子做的，塞子也盖得紧，女子见没有一瓶酒洒落出来，才暗自松了一口气，开始拾瓶子。

龙成谨见眼前有个熟悉的白色身影在晃悠，突然心中一紧，居高临下道：“你抬起头来。”

地上的女子身子单薄，闻言抬起了头。她瞪大了一双眼，满含疑惑地看着龙成谨。

龙成谨亦低头看着她。

是她！

她一双眼睛与三年前无甚差别，明亮、干净、纯粹，却独独不见了盛气凌人。

龙成谨发觉她正是此前在寒山寺见到的女子，三年后的蒲桃。

三年不见，蒲桃至少比从前轻了几十斤，她的五官变得立体起来，面部变得清冷俊俏。但因为少了那高高在上的神情，整个人显得柔和了许多。她头上碧色的簪子前后摇晃，让她看上去更加惹人怜，活像是一只受了惊吓的小白兔。这与从前雄霸一方的她大相径庭。

然而二人的对视只持续了一瞬，下一刻，蒲桃便移开了眼眸，开始拾取地上散落的竹筒酒。

“公子抬抬脚，您挡着我的酒筒了。”蒲桃面无表情地说道。

龙成谨似是魔怔了一般，恍恍惚惚地就这样听从了她的话，下意识地抬起了脚，蒲桃立即拾起他脚边的酒筒，随即起身就走。

龙成谨没来由地有些生气。

——本王记了你这么多年，你却不认得本王了？

——就算你不认得本王，见着如此玉树临风的男子，眼里竟连一点惊讶都没有？

龙成谨觉得自己的魅力受到了极大的挑战，他几乎是下意识地拉住她的手腕，怒道："你不记得我了？"

"公子请自重！"蒲桃一惊，连忙甩开他的手。她的眉宇间没有多少惊讶，似乎这样的事情已经经历过许多次。

是啊，在这样的欢乐场中，她又是这样一副美好姿容，被调戏也是正常的。但龙成谨并不认为自己是调戏她的浪荡子。他不依不饶，更加用力地抓住她的肩膀，郑重地问道："你真的不记得我了？"

"公子怕是喝醉了在说胡话吧？我不是春华院的姑娘，您找错人了！"蒲桃说完，手上微微一使力，顷刻间，龙成谨就被她震退了两步。

下一刻，蒲桃便一溜烟消失在了走道尽头。龙成谨看着那个背影，觉得真是十分奇怪，按照她从前的性子，自己应该已经从二楼被她摔到了一楼？

她气力之大，世所罕见。

龙成谨如此想着，突然觉得虎口发麻，再低头一看，便见自己的虎口处多了一道乌青——这是蒲桃离开时，落在他手上的掌劲所致。

三年不见，她身上的肥肉少了，功夫倒没落下。

真是有趣……

龙成谨抚摸着下巴，脸上带着玩味的笑意重新回到了自己的包间，而此时他再看这满屋子的莺莺燕燕，便觉得她们都是庸脂俗粉。

俗不可耐！

（二）

第二日，万和城喧闹的集市上，龙成谨一行三人打马而过，龙成谨和宋昱走在前头，池泱跟在后头。三人皆骑着白马，一派少年风流模样。这一道绝美的风景线引得路人纷纷注目。

置身寻常百姓之中，他们无疑是鹤立鸡群。尤其是走在前头的龙成谨和宋昱，可谓是面如冠玉，风度翩翩。宋昱生得剑眉星目，眼角带笑，既不失威风，又显得平易近人。而龙成谨看上去就不那么友好了。他左手牵着缰绳，右手摇着扇子，长得是面若桃花无可挑剔，举手投足间更是尽显贵气，但他巡城的这一路上眼睛都在四处乱瞟，似乎在找寻什么。

就在这时，龙成谨终于注意到不远处的窝棚里有一抹熟悉的身影，正在擦拭酒肆里的酒坛。

功夫不负有心人，他终于再次见到了蒲桃。

此时，蒲桃挑着自家酿的酒来到集市上，正准备开始新一天的叫卖。她虽穿着一身粗制的麻布衣衫，却仍是挡不住她的美貌，四周来来往往的男子目光都有意无意地往她身上瞟。龙成谨眼一斜，又是一阵没来由的不爽。

说实话，他并不想见到貌美的蒲桃，他想见到的，是肥胖、壮硕、嗓音粗豪的她——这样他才能毫不怜香惜玉地将她打击到死。

“本王累了，去那边歇歇。”龙成谨大手一挥，指着不远处的二层酒楼道。

池泱和宋昱当然遵命。

三人骑着马从蒲桃身前经过时，龙成谨特地偷瞄了她一眼，却发现她根本没有在看自己。她的全部心思，都放在了身前买酒的男子身上。

真是……是可忍孰不可忍！

龙成谨翻身下马，上了酒楼，挑了个靠窗的位子，远远地观察着蒲桃。

半个时辰下来，龙成谨眼里的火光越发灼人。不明所以的池泱不自觉地在一旁咽口水，只觉胆战心惊，生怕是因为自己的招待不周而使王爷成了这副模样……

压抑的气氛一直持续着，不知道过了多久，直到一抹衣着鲜亮的身影吸引了龙成谨的注意力，才打破了一室僵局。只见一老妇人头戴花带，扭着腰肢，施施然地停在了蒲桃跟前。此人正是第一百次来给蒲桃说亲的张媒婆。

蒲桃看也懒得看她，自顾自卖酒。张媒婆也懒得跟她绕弯子，张嘴便道：“蒲寡妇啊，文老爷虽然已经年逾五十，但胜在有财呀！他在城南有好大一座宅子呢！”

蒲桃不理她，她仍是不放弃，滔滔不绝地继续说：“蒲寡妇啊，你知道的！在这万和城里能有一座宅子，已经是很了不得的啦！虽然你从前是个大小姐，但你现在就是个寡妇呀！还是个住在贫民窟出租屋里的寡妇！拖着个重病的老父亲卖酒，有人要已经很不错了！你就不该挑三拣四的，是不是？”

“虽然你没孩子，但是身价也大打折扣了呀，你就不要再挑了！挑到最后就嫁不出去啦！你不怕没人送终吗？人家与你同岁的都已经儿子满地跑啦，再看看你？女人老得很快的，尤其是操劳的女人！等再过几年啊，就是想嫁也嫁不掉啦！给人当填房也比做小妾好呀！”

蒲桃不作声，只收拾了扁担，担着还未卖掉的十坛酒，头也不回地走了。

“哎？你不要走啊！我还没说完呢！”张媒婆扯着脖子吆喝，“蒲寡妇，咱们再聊一会儿嘛！蒲寡妇——”

“哎，什么人啊！每次都这样，酒都卖到春华院里头去了，还装什么清高啊！”张媒婆一甩手绢，生气地离开了。

龙成谨远远地坐在一旁的二层酒楼里，将这一幕看在眼里，虽然他听不见她们在说什么，可心中就是有一种说不出的畅快。

“她竟还在相亲？”龙成谨一拍桌子，一脸嘲笑地对宋昱道，“三年了，她竟还没有嫁出去！本王就知道，这类泼妇一定嫁不出去！哈哈哈……真是大快人心啊！”

宋昱撇撇嘴，更加觉得王爷心中的创伤一定是到了无法弥补的地步，才会喜怒都被她所牵动。这与他在京中一丝不苟、严于律己的模样大相径庭，也不知是好是坏……

宋昱眉头凝成了小山，一旁的池泱也没好到哪儿去，他似乎一直在憋着什么，想说又不敢说。

等龙成谨笑够了，池泱才弱弱地说道：“王爷，有一事……不知下官当讲不当讲？”

“但说无妨！”龙成谨心情大好，大手一挥，端起酒杯就要饮酒。

池泱一狠心，接着道："蒲桃……三年前就已经嫁人了。"

"噗——"龙成谨闻言，一口酒全喷在了池泱面上。

"咯咯咯咯……"龙成谨发出一连串的咳嗽，面色憋得通红，许久才缓过来，惊道，"谁家这么倒霉？竟娶了个如此彪悍的女子！"

"哎，倒霉的不是夫家，而是蒲家呀！"池泱一边擦脸上的酒，一边惋惜道，"蒲桃嫁过去的第二日，她的夫君便上京赶考了，不到两月便传来暴毙的消息，蒲桃可说是一天的福都没享到，便当了寡妇呀！"

"是吗？"龙成谨扬起嘴角，阴笑道，"那真是大快人心。"

"嗯？"池泱一愣，不想这般恶毒的言语竟出自七皇子之口。

龙成谨见他面色有疑，便索性放声大笑道："本王的意思是……她活该！"

（三）

蒲桃每日需要卖空两大坛黄酒，才能勉强维持父女俩的生活。她被张媒婆的嘴脸恶心了一路，却仍是耐着性子，挑着扁担四处叫卖，终于赶在太阳落山之前将今日的酒卖完了。

当蒲桃拖着疲惫的身子回到家时，却见接连昏迷了好几日的父亲居然正襟危坐在桌边，正埋头书写着什么。

蒲桃见状，喜不自胜，却不忘先拿了一件披风来给老父披上，急道："爹爹，您怎么能穿得这样少？快把披风披上，您可千万不能再生病了！"

蒲父见了女儿，心中立刻揪成了一团。从前的蒲桃丰腴有力，如今却瘦成了这副模样，他每每见了都心疼不已，仿佛一两日就会消瘦一大圈。尤其是此次，他昏迷多日，醒来时自己也知道怕是时日不多了。

"给我跪下！"蒲渊想起以后只剩蒲桃一人在世，便一狠心板起脸道，"为父从前对你疏于管教，此后却不能再放任你不管了！"

"爹爹，您在说什么？"蒲桃心中一紧，问道，"您是不是病糊涂了？"

"跪下！"蒲父一拍桌子，身体跟着猛然一抖。

蒲桃生怕他气坏了身子，立刻"扑通"一声跪在地上。她的膝盖磕在地上，磨破了一大块皮。

蒲父知道她这一下定是磕着了，心中疼惜不已，表面却又关心不得，只得严肃地道："刚才张媒婆来找过我。"

"她怎么又来烦您！半个月前就是她将您气病了！"蒲桃咬牙切齿，恨不得将那老婆子扒皮拆骨，扔进池塘里喂鱼。

"你也不能怪她，她说的可都是大实话！"蒲父眼睛一红，叹了一口气，"为父知道自己的身子骨已经不中用了，怕是没几日好活了。如今为父唯一的心愿，便是在我还活着的时候，将你交到一个值得托付终身的人手上，这算得上是为父的临终遗言，你可一定要听进去！"蒲父颤抖着身子，说出来的一字一句都带着哭腔。

蒲桃虽然不愿意嫁人，但是更多的是不愿意忤逆父亲。

她知道父亲已经为自己操心太多，她现在纵然是一百万个不情愿，也说不出一个"不"字。

蒲桃点了点头，声音哑哑地道："女儿听您的。"

蒲父满意地点点头，又从桌上拿起一封信，交到蒲桃手上。

"张媒婆介绍的那些人大多不靠谱，为父也不愿将你交托给那些人。这是为父亲亲笔写给好友的一封信，你务必要将信妥善寄出，你下半辈子的幸福可全在这封信上了！"蒲渊郑重地道，"你若不想为父死不瞑目，就按照为父说的去做，为父一心为你着想，到死也不会害你，你可一定要听为父的话啊！"

蒲桃眼眶含泪，终是咬着牙接过信，重重地点了点头。

信寄出一日之后，邻镇便有一行人骑着快马赶来了万和城。此人正是蒲父从前的生意伙伴，在这一带靠卖香烛冥纸发家的金家长子，金仕柯。

金仕柯给蒲父带来了一整副的寿材棺椁作为礼物，蒲桃见了很想把他打出去，但蒲父笑呵呵地道："世侄有心了，这确实是我蒲家目前最迫切需要的东西，以后我桃儿便托付给你了！"蒲父说着，将二人的手拢在了一处。

金仕柯本不太愿意，但一见蒲桃本人，立刻笑逐颜开，连连点头："小婿一定好好照顾她，请岳父大人放心。"

两人三言两语，便将蒲桃下半辈子的幸福大事敲定了。

虽说过程很简短，但这个人选是蒲父深思熟虑之后定下的。金家吃穿不愁这是其一，其二金仕柯长得一表人才，听说还在考省试，前途光明，不可限量。今日一看本人，也发现他确实是一个老实人，蒲渊很满意，很放心。

“你们二人出去走走，不要闷在这贫民窟里，平白沾了我的病气。”蒲父和蔼地吩咐着。金仕柯便很开心地带着蒲桃离开了。

二人径直去了万和城里最大的酒楼，点了一桌子菜。金仕柯热情地招待蒲桃：“多吃些，你这样瘦，以后怕是不好生养呢。”

蒲桃知道自己已经无路可选，便夹起他布在自己碗里的菜，放进了嘴里。美食入嘴，于她而言却如同嚼蜡。

金仕柯吃得半饱之后，便道：“这样吧，你嫁进我家来做个侍妾，以后我娶了正房切记不能妒忌，正房没怀孕之前最好不要怀孕，要是怀了也要过继给正房，没问题吧？”

蒲桃面无表情，摇了摇头。

金仕柯满意地点点头，接着道：“既然嫁进我金家，以后也不要出门了，我们金家门风严，最不喜女子在外抛头露面。”

“好。”蒲桃一脸淡漠。

金仕柯摩挲着手上的玉扳指，凝眉细想，又道：“从前蒲家也算富甲一方，你手底下如果还有什么值钱的，也不要藏了，都交给我娘保管，她比你年长，可称得上是持家有道。”

蒲桃没说话，安安静静地听着。

“你以后要记得，每天晨昏定省，给我娘请安。我娘年纪大喜欢清净，平时不打理店铺的时候，也就喜欢在佛堂里念念经。我娘念经的时候你要在一旁伺候着，因为我娘有痛风症，记得每天给我娘按摩，洗脚。”

金仕柯说到此，目带询问地看向蒲桃。

蒲桃微怔，却也还是缓缓地点了点头：“我知道了。”

金仕柯显得十分满意，想不到蒲桃非但没有传闻中那般难以相处，反而不论自己说什么都从善如流，男子的虚荣心得到了极大的满足。

他又道：“我们家有规矩，你只是个侍妾，进门以后是上不得台面的，我们家里人吃饭的时候，你得在一旁伺候着，等我们吃完了你才可以去厨房吃。当然你放心，只要你伺候好了我，我也是不会亏待你的。”

蒲桃再也说不出一个“好”字。虽然她内心抗拒，但在金仕柯询问的目光中，不得已，她还是轻轻地点了一下头。

对于蒲桃的反应，旁边坐着的客人都有些吃惊。自从金仕柯开始滔滔不绝时，他便吸引了一众听众，当然也包括在包间里用午饭的龙成谨和宋昱。

龙成谨听到这里，眉头越皱越紧，总觉得这些话放在旁的女子身上，或许还算正常，可蒲桃是什么人？！

悍妇中的强人，泼妇中的斗战胜佛！她怎么闭嘴不作声，一副听之任之的模样？这可不是他认识的蒲桃！

蒲桃与金仕柯吃完之后，又坐了一会儿便离开了，等他们离开之后，茶馆里的人便纷纷七嘴八舌地讨论起来。

“蒲桃也是个可怜孩子，母亲早亡，蒲父一个人含辛茹苦地把她拉扯大了，家里头好不容易才富裕起来，却不想三年前出了那么个岔子！”

龙成谨心中“咯噔”一声，竖起耳朵凝神细听起来。

“出了什么岔子？”另外一桌上的客人问道。

“我听说啊，她曾经被山贼掳进山里过了一夜，当晚就被贼人破了身！那夜流的红呀，比旁人多三倍都不止啊！想想都觉得可怜得紧！”

老婶子一说完，龙成谨便面色一红，狠狠地剜了宋昱一眼。宋昱却一脸无辜，一副“不关我的事，是您让我干的”模样，显得十分委屈。

正在老婶子哀叹之际，又听她的老倌笑道：“蒲家哪里可怜了？他们家就没有大富大贵的命！这不正应了《桃花扇》里唱的那句：眼看他起高楼，眼看他宴宾客，眼看他楼塌了！但好歹他们家也曾富裕过，比咱这种从来没有富裕过的人，还是好多了！”

“哈哈哈……也是！”

众人都笑了起来，言语之间幸灾乐祸者有之，同情者有之，但更多的是对山贼的不齿。

龙成谨突然觉得胃口全无，任桌子上的点心再是精致，也无心动筷。对面的宋昱亦是如此。

二人对视一眼，脑海里浮现的，全是三年前所发生的事情……

（四）

三年前。

十八岁的龙成谨治理江南水患结束，微服私访到万和城歇脚。一日早晨，他忽然听到街角锣鼓喧天，鞭炮齐鸣，随后街上便有人吆喝：“万和城首富蒲渊之女蒲桃，在青石大街凤凰楼设下擂台比武招亲啦——”

蒲桃之名，在他初来万和城的第一夜便听人提起过。据传她横眉广颐，五大三粗，一个顶旁人三个，是个十足的女汉子！她的形象虽然不好看，但胜在家境富裕，万和城里不少人盯紧了蒲家的家财，可奈何蒲桃谁也看不上。

平日里，她根本不将任何男子放在眼里，任万和城的媒婆踏破家门，也绝不出嫁。

怎么这会儿突然想通了，要嫁人了？

众人围观之后，才知道，原来她不是想通了要嫁人，而是向全城的人宣告：“以后别再托媒婆没完没了地来烦我了！若无人打得过我，我蒲桃宁愿终身不嫁！”

龙成谨很看不惯她趾高气扬的模样。

一个女子，凭什么设下擂台挑战男人？

就算她胖一点壮一点，也不能让所有男人都望而却步啊？

龙成谨心道：就算我不娶她，也一定要给她好看，绝不能让她一个女子灭了我宣武堂堂男儿的威风！

龙成谨没跟宋昱打招呼，便一跃而起上了擂台，想要好好地教训她一顿。

宋昱也没当回事，想着龙成谨的功夫是从小与他一起练出来的，虽然龙成谨没有在军营中历练过，但对付一介女子应该是绰绰有余的。宋昱对他很有信心。

岂料比武一开始，谁也没看见蒲桃是怎么出的手，只知道她一掌拍在龙成谨的胸口，他就像一片翻飞的叶子一样飞了出去，随即“扑通”一声落在比武台上，摔了个四脚朝天。

“少爷！”随着一声惊呼，宋昱捂住双眼，他实在不敢再看下去。

蒲桃一招将龙成谨放倒，随后更是一脚踩在他的背上，指着台下的一众男子道：“我蒲桃说过，这辈子只嫁打得过我的男儿！你们谁若是想变成他这样，尽管上来试试！我保证你们的下场只会比他更惨！”蒲桃说着，再次加重了脚上的力道，她脚下之人，便“噗”的一声吐出了一摊白沫。

看那情状，真是惨不忍睹。

台下之人，立刻作鸟兽散。

蒲桃“哼”了一声，抬起脚，再看向阁楼上坐着的老父亲。蒲父却不看她，一直低头扶着额头，止不住地摇头叹息。

此事一出，蒲桃的名声更加威武霸气，再无人敢来与蒲家说亲。

蒲桃那日离去后，压根没管半瘫在擂台上的龙成谨。等她没了踪影之后，宋昱才敢上台，扶起他，关切地道：“少、少爷，您没事吧？要不要下官去调来禁军，端了这蒲府？”

“你……”龙成谨气若游丝，仍是一巴掌拍在宋昱头上，怒道，“不……不可声张！”

“是！”宋昱颔首，扶着龙成谨偷偷去了路边的一间小医馆。

这一脚，蒲桃真的没留情，龙成谨足足在床上躺了半个月才能下床走动。他大病初愈后的第一件事，便是下令让宋昱无论用什么法子务必要把蒲桃绑了来，他必须给她一点教训！

宋昱是宣武国赫赫有名的少年将军，功夫了得。

深夜，他穿着夜行衣蒙着面摸到了蒲桃的闺房里，与蒲桃大战了三百回合。他的武功虽然不在蒲桃之下，但蒲桃的功夫亦不容小觑，二人功力在伯仲之间，宋昱一时间竟没能将她绑走！

为免夜长梦多，宋昱找了个空当便从怀里摸出一把事先备下的迷药，“唰”地一撒，蒲桃便连哼都没来得及哼，“啪”的一声应声倒地。

宋昱扛着一百八十斤的蒲桃，气喘吁吁地来到城外的十里坡与龙成谨会和。二人见面后，又合力将蒲桃扔进了山洞。

此时，蒲桃仍在呼呼大睡，不省人事。

“少爷，咱们现在该怎么办？”宋昱道。

“还能怎么办？当然是尽情地侮辱她了！”龙成谨双手叉腰，看着蒲桃倒在地上，感觉十分解气。

宋昱蹙眉，有种不祥的预感，心虚道：“怎么侮辱她？”

“容我想想……”

龙成谨说完，二人都陷入了沉思。龙成谨摩挲着下巴，思索了许久，突然脑中灵光一现，狞笑道：“挑开她的衣裳，毁了她的清白！”

宋昱一惊，下巴都要掉下来了，结结巴巴道：“您您您……我我我……谁来？”

“当然是你了！本王怎么可能自降身份！”龙成谨没好气地道。

“真要……毁了她的清白？”宋昱打了个冷战，看着晕在地上的身体壮硕的蒲桃，显得极不乐意。

龙成谨一巴掌拍在他的脑门上，一脸恨铁不成钢的表情，道：“你不会随便抓只鸡啊鸭啊什么的，放点血，造成她失身的假象？吓吓她而已，谁让你真毁人家清白了？再说你下得去口吗？”

宋昱闻言，长舒一口气，如蒙大赦一般，逃也似的跑去抓鸡了……

第二章

此情无计可消除

（一）

蒲桃的婚期定在四月初十。金家没有三媒六聘，蒲家亦没有张灯结彩。一切看似平常，波澜汹涌的只有蒲桃的内心。

初九这日，蒲桃穿了一身素衣，头戴木簪，拎着祭品去了城外的十里坡。十里坡上一片荒芜，大块的石头横卧在山顶，四周看不见一棵树，坡下则是悬崖峭壁。

蒲桃站在山顶，看着眼前沟壑延绵。她所处的位置看不到峭壁上的山洞，但是她知道，三年前自己被掳走后，便是在那里过了一夜。一夜之后，她浑身是血地被人扔在山顶，是路过的刘子昭救了自己，并送自己回了家。

那时的他啊……就像是脚踏七彩祥云的大英雄，拯救自己于水火之中。蒲桃想起刘子昭，心底不由得涌起一阵温暖。但很快，这温暖便化为了悲伤——他们成婚不过一日，刘子昭便上京赶考，从此二人阴阳两隔，再不得相见。

蒲桃拔下发上的木簪，任发丝在风中飞舞。

蒲桃神情哀伤，手轻轻摩挲着木簪尾部，上面雕刻的是一朵象征着坚贞不渝的爱的桔梗花。由于她经常将木簪拿在手中把玩，木簪尾部的桔梗花瓣很光滑。原本平平无奇的木簪竟有了一种隐约的华光，温润如玉。这是她唯一能寄托思念之情的物件了。

蒲桃眼眶微红，紧紧将木簪攥在手里，半晌之后才将它放在怀里，随后拿起一沓冥纸扬在空中。

冥钱纷纷扬扬在空中飞舞，四下飘散。蒲桃一身素衣白衫，披头散发立于悬崖边，远远看去就像一只失魂落魄的孤魂野鬼。

龙成谨和宋昱及城主池泱趴在不远处的大石后，已经看了蒲桃许久。

“她不会要跳崖吧？”龙成谨面带紧张，问池泱。

池泱沉思了片刻，摇头：“她家中还有老父，断不会轻生。”

龙成谨觉得他说得有理，点了点头：“那就好，那就好。”

池泱用眼角偷瞄龙成谨，欲言又止。他在心中想着，这七殿下对蒲桃的关心是否太过，但碍于身份又不好明着问，只是好奇不已。

宋昱明显也有这样的感受，问道：“殿下，您很关心她？”

“胡说！”龙成谨忽然回头瞪着宋昱，“我对她的讨厌旁人不知，你还不知道吗？我才没有关心她，我这是在看她的笑话！”

龙成谨的再三否认让他的内心世界展露无遗。宋昱和池泱对视一眼，闭紧了嘴巴，心照不宣。

“谁在那里？”这时，蒲桃听见了龙成谨的声音，转过身来，看着他们所处的方向大声询问，“青天白日鬼鬼祟祟的，见不得光吗？”

三人没有回答，蒲桃步步走近。龙成谨不想暴露自己，一狠心，猛踹了宋昱一脚，把他踢了出去。

宋昱踉跄了几步，站在大石边上，一脸郁闷地揉着自己的腰。

蒲桃见到一身华服的宋昱，微微一愣，问他：“公子躲在石头后做什么？”

宋昱站直了身子，皮笑肉不笑地对蒲桃说：“在下看见姑娘站在悬崖边，担心你做傻事，故而不敢声张，还请姑娘见谅、见谅。”

蒲桃微微有些惊讶，很快又恢复了镇定，朝他点了点头：“多谢公子关心。”说完，她便向宋昱躬身行了一礼，再不与他攀谈。

荒郊野岭，既是伤心地也是动情处，自己又将嫁入金家做侍妾，蒲桃不觉得自己在这里跟一个华服公子多做纠缠会是好事。

蒲桃将簪子插在发间，重新整理了仪容，而后大步离开了。

龙成谨从石头后面走出来，看着蒲桃离去的背影，若有所思地低喃：“倒是个贞洁烈女，真是可惜了。”

池泱撩起袖子，竖起了大拇指，眉开眼笑地道：“万和城的民风是出了名的好。顶好。”

宋昱翻了个白眼，没好气地抱起双手。看着身前愁眉苦脸的龙成谨和一脸媚笑的池泱，他突然觉得这里只有自己才是正常人。自己委实不该跟他们混在一起，这样脑子会变傻的……

翌日，初十晨时。

金仕柯从倚兰院租了小小的一顶粉色轿子要往蒲府去。

金仕柯穿着一身金色常服站在轿子旁，手里拿着一个金色的小盒子。他这身打扮没有一点儿像是要娶妻的样子，似乎昭告天下自己要娶蒲桃是一件丢人的事。但他面上眉飞色舞，说明他心里还是高兴的——毕竟不需要花什么钱就能娶到一个如花似玉的美人，这桩买卖还算划算。

不，岂止是划算，娶蒲桃简直比买一个粗使丫鬟还便宜！

金仕柯盘算了一番，心里乐开了花，面上更加堆满了笑。

而此时的蒲桃正坐在梳妆台前淡扫蛾眉，身后是拿着木梳为她盘头的蒲父。

蒲父从小极疼爱闺女，梳头这样的事情经常代劳，虽然家中富裕之后这样的事情便有专人打理，但他的手法也未曾生疏。

蒲父给蒲桃梳完头，给她盖上了红盖头后，才长舒了一口气，抹了一把泪。之前他一直红着眼眶，努力不让自己的眼泪掉下来，如今蒲桃看不见了，才偷偷地哭。哭完了，他又拉起蒲桃的手，告诫她：“嫁去金家后要规行矩步，好好伺候丈夫和公婆，万不可再耍大小姐脾气。”

蒲桃亦是忍着眼泪，哽咽着不吭声，重重地点了点头。

“咚咚咚——”突然，院子里响起一阵急促的敲门声，蒲家父女听闻皆是浑身一颤。

蒲父看了一眼天色，见还不到约定的时辰，心中一暖，笑着拍了拍蒲桃的肩膀：“仕柯还真是心急，看来他很喜欢你，你嫁过去定不会受委屈。”

“……嗯。”蒲桃点了点头，身体不自觉地紧绷，坐直。

蒲父走出去，开了院门，却发现来人并不是金仕柯，而是两位衣着华丽、气宇轩昂的少年公子。他只看一眼就知道，这二人绝对是人中龙凤，系世间不可多得的英武少年郎。

“二位是……”蒲渊并不觉得自己认识这样的人。

“我们是蒲姑娘的朋友，我有很重要的事情要跟她说。”龙成谨开门见山，居高临下地说完。

蒲父似是受了惊，深呼吸许久，才镇定下来。

“小女的朋友？是什么样的朋友？”蒲父惊魂甫定，试探性地问道。他生怕对方再做出个惊天地泣鬼神的回答，提前做好了心理建设。

但龙成谨并没有回答他，只摆出一副“老子天下第一”的样子，道：“什么朋友你不必管，只需要让我见到蒲姑娘。”他顿了一下，接着道：“说完就走。”

蒲父被他的气场所惊，但惊归惊，他也不是没有见过世面的人。考虑到女儿的幸福，拒绝一两个登徒浪子对他来说是很简单又非常有必要的一件事。

蒲父“哗啦”一声拉过木门，正要关门，但另一位华服公子眼疾手快，一只手抵住了门板。蒲父便是用尽了力气，也奈何不了他。

龙成谨赞赏地看了眼宋昱，旋即甩开折扇，回过头笑着对蒲父说道：“你是想我们用强，还是自己让开？”

蒲父看了一眼来来往往的街坊邻里，最终只得松开手，将二人让了进去。

蒲宅是一座最普通的四合院，院子里一根竹质晾衣架边有个紫藤花架。花架上的花已经枯萎，花架下有一口做饭用的锅。这样的房子在破瓦寒窑的贫民窟里毫不起眼，但龙成谨随便找人一打听，立刻就会有人手舞足蹈地为他指路。倒不是他们跟蒲桃有多熟悉，而是因为蒲家太有名。

想当初蒲家十二进的大宅子建成时，蒲家大宴宾客，开了七天七夜的流水席，羡煞旁人。现在他们住在这贫民窟里，不免令人唏嘘感慨。

对蒲家的遭遇，心疼者有之，落井下石者有之，但最多的还是看笑话的普通乡民。比如说今日，知道蒲桃要嫁去金家的人不少，但他们还是很乐于给龙成谨指路。谁让他又高又帅气场非凡，走路还带着戾气？不是去抢亲，就是去讨债的！

街坊邻里瞪大了眼，就等着看蒲家的大戏开锣了！

“请你们在此等候。”蒲父推开客厅的门，将二人迎进门。

龙成谨和宋昱走进屋，便见屋子的左边放满了酒坛，像是堆叠的空坛子。右边则是一张床铺，正是蒲父所居之处。

蒲父当然不会让龙成谨在女儿的闺房见面，故而将他们带去了自己的屋子。龙成谨打量了几眼，而后直接在屋子的正中位置落座，看那天不怕地不怕的架势，活像他才是这个家的男主人。

蒲父去蒲桃的闺房带了她过来，路过院子时，篱笆墙上的围观群众皆躲闪不及，被蒲父抓了现场。

“看什么看！有什么好看的？这三年来笑话还没看够？”蒲渊气愤难忍，破口大骂。

蒲父性子向来温和，为人谦谨。家境殷实时，他经常接济穷人，尤其是贫民窟的乡民，多少都受过他的恩惠。平日里他大门不出二门不迈，这样当众骂人还是第一次，可见其内心之愤慨。

“爹爹，不要动气，本不是什么大事。”蒲桃扶住蒲渊，生怕他怒急攻心气坏了身子。

蒲桃第一次嫁人时仓促，大红的嫁衣挡不住她肥胖的身材，头上又有红盖头，旁人根本看不见她化妆后的样子。但今日的蒲桃，因是二嫁，着了一身淡淡的水红色衣裙，且在蒲父的要求下描了眉毛上了胭脂，更添灵动妩媚。男人们都看得眼睛发直，哪怕被蒲父斥责也甘之如饴，索性大大咧咧地蹲在墙头，再不避讳。

蒲渊额头青筋直跳，赶忙拉着蒲桃进了屋。

（二）

蒲桃进入客厅时，就连龙成谨都半晌没说话，只盯着她看。

大而灵动的眼睛，再到点了胭脂的丹唇，一路向下……白皙的脖颈，波涛起伏的胸，还有那不盈一握的腰身……到最后，龙成谨还是将目光停留在了她的胸上。蒲桃自幼习武，与那些花红柳绿的勾栏院中的姑娘气质完全不同，蒲桃身上有着她们所没有的英气。

不知道那胸握起来是不是与她们不同？是否除了柔软，还要更……

蒲桃奇怪地看着龙成谨，再顺着他的目光看向自己的胸，忙将罩衣捂紧了些。

“咯、咯。”宋昱咳嗽了两声。

龙成谨这才尴尬地回过神，坐直了身子，尽量让自己不要再想入非非。

“是你？”蒲桃终于认了出来，咳嗽的那人正是昨日悬崖边的华服公子。

“你三番五次地跟着我，究竟有什么目的？”蒲桃内心疑惑，看向他的眼神里充满了戒备和质疑。贝齿张合间，龙成谨又被她的丹唇所诱惑，一时间又看痴了。

“我……”宋昱被蒲桃目光灼灼地盯着，但他也不知道龙成谨到底想干什么，故而不敢乱说。

见龙成谨一直不说话，宋昱只好暗里推了他两把。

“哦，也没别的事。”龙成谨回过神来，恢复了以往趾高气扬的气度，淡淡道，“本公子就是想问问你，你真的考虑清楚了吗？”

“我问的是他，不是你。”蒲桃看也不看龙成谨，一双眼睛直直地盯着宋昱。仿佛宋昱是洪水猛兽，暗藏狼子野心。

宋昱实在是冤枉，求助地看向龙成谨。龙成谨被蒲桃忽略，很是生气，霎时间火力全开，狠狠地瞪了眼蒲桃，转头对宋昱说：“你问她，是不是真的考虑清楚要嫁给那个姓金的做妾！”

宋昱和龙成谨一个站着，一个坐着；一个唯唯诺诺，一个气场全开。二人的身份高低一目了然，但蒲桃似乎认准了宋昱，只微微瞥了龙成谨一眼，仍是继续盯着宋昱。

宋昱看了眼龙成谨，再看向蒲桃，硬着头皮说：“我叫宋昱，想替我家公子问问你，你是不是真的考虑清楚要嫁与姓金的做妾了？”

“关你什么事！”蒲桃一字一句，如画的眉眼里迸发出一丝杀意，这让蒲父刚放下的一颗心又提了起来。

蒲桃的脾气他比谁都清楚。当他知道女儿不认识这两个登徒子时，一颗心先放下了。但现在……他真担心她一气之下，将这两人打了！那女儿的名声岂不是更加不堪？

大战一触即发，蒲父战战兢兢，忙挡在女儿身前道：“好好说话，不要动气。”

这时宋昱却带着看戏的心情，佯装搞不清状况，继续火上浇油：“回公子的话，蒲姑娘说‘关你什么事’。”

“我听见了。”龙成谨瞪了他一眼，“你当我跟她一样没长耳朵吗？好心当作驴肝肺！”龙成谨没好气地翻了个白眼，下意识说出来的话倒让蒲桃放下了稍许戒心。

“你们究竟是来干什么的？”蒲桃语气稍软，正视龙成谨。

龙成谨直了直背脊，道：“你真的决定嫁给那个姓金的？”

蒲父在一旁提醒：“他叫金仕柯，不是什么‘姓金的’。”

“无所谓，你知道我在说谁就好。”龙成谨一副“我不管他叫什么”的样子，接着道，“那日在千日楼，我曾听到你们的对话。姓金的为人世俗，出言不逊，这样的人你都肯嫁？”

“他叫金仕柯，不是什么‘姓金的’。”蒲桃再次强调，又道，“仕柯家世人品俱佳，对我也很好。我一定会很幸福。”

蒲桃最后一句话是说给蒲父听的，但或许也是说给自己听的。

蒲桃走到门边，用力打开屋门，做了一个“送客”的手势：“二位请离开。”

屋外看戏的人还未离去，甚至比刚才还要多。

蒲桃微微低头，眼神冰冷，单薄的身子半隐在门后的阴影里，但她低敛的眉目里没有丝毫的畏惧和自卑。龙成谨仿佛从她挺直的背脊看到了三年前的她——她曾不可一世地将所有参与抢亲的男子踩在脚下。

龙成谨再次感叹，哪怕她现在零落成泥，看似娇弱的身躯下那颗不屈的灵魂也不会消失。

可惜，真是可惜了。

“既然蒲姑娘主意已定，我只能祝你幸福，小小意思不成敬意，还请收下。”龙成谨招了招手，宋昱立刻会意，上前掏出钱袋子放在桌上。

钱袋子看起来很重，露出来的一角金灿灿的，似乎装满了金锭。蒲父忙上前打开钱袋子，发现真的是金锭，约莫有十个，在阳光的照耀下散发着刺眼金光。

“哇！”围观人群哗然。这些人都是在贫民窟长大的，平日里连铜钱都没见过几个，何况是金锭？惊叹声此起彼伏，吵得蒲渊脑仁疼。

“公子这是何意？”蒲父蹙眉，十分不解。蒲桃站在门边，也是一脸茫然。

“新婚贺礼。”龙成谨自负一笑，很快站起身来，骄傲而不失礼貌地说，“告辞。”

龙成谨说完，“哗啦”一声打开折扇，潇洒地迈步而出。

宋昱一脸漠然，连忙跟上。

二人走出屋门后，满墙的人都“嘁”了一声，仿似觉得一场好戏就此收场委实无趣。恰在这时，金仕柯春风得意地来到蒲家，敲响了蒲家的院门。

“咚咚咚。”随着急切的敲门声响起，众人的眼睛又开始放光。

宋昱先龙成谨一步走过去打开院门，便见一身华服的金仕柯站在门口。四目相对，两人俱是一怔。

宋昱面不改色，龙成谨依旧眼高于顶，金仕柯的笑容却僵在了脸上。不光女人会下意识地攀比，男人其实也会。金仕柯看着比自己高了近一个头的宋昱，只觉不妙。等再看到那人身后的龙成谨，他心中的不妙感更甚。

若说宋昱是世间少有的俊朗男子，那他身后那人便是世上少有的少年公子。他看上去比宋昱略小两岁，一身绣银边的白衣，手拿一把白玉折扇，头戴一顶白玉冠，清雅无双，风流潇洒，必定出自大富大贵之家。

“你们是……”金仕柯咽了口口水，眼神中充满了惊疑，似乎很不明白这样的人为什么会出现在蒲家。

“过路人。”宋昱有礼貌地欠身一笑，“抱歉，借过。”

金仕柯仿佛被念了咒语，宋昱说什么他就做什么，很快让开了身子。宋昱微微低头，回头恭敬地对龙成谨说：“少爷，请。”

龙成谨阔步而出，瞥了眼金仕柯和他身后的粉色软轿，心中已然明了——那软轿艳则艳矣，却俗不可耐，一看就知道是从哪个青楼里租来的。

可惜，可惜啊……龙成谨一脸惋惜，摇头哀叹着从金仕柯身边走过。金仕柯不明所以，只觉得他气势迫人，不自觉地腿软想逃。

“等等！把你的钱拿走！”就在这时，蒲父捧着钱袋子追上来，想把金子塞回宋昱手里。但宋昱身手极好，在没得到龙成谨许可的情况下，他说什么也不会收回。

宋昱轻松躲闪开，推搡之下，金仕柯的脸色越来越不好看。

“就算你不拿回去，我们也不要！”蒲父气急，直接将钱扔在门口。十锭金子滚落一地，金仕柯的眼睛都看直了。

“岳父大人，这是……”

“贤婿莫管，你先进去。”蒲父看也不看金仕柯，眼睛直直地瞪着龙成谨。

可地上散落着这么多钱，金仕柯哪里走得动？

“我陪您。”金仕柯说话间，眼睛一眨不眨地盯着地上的金子。

龙成谨回过头，若有所思地看了他一眼，又看了看蒲父。见蒲父主意已定，他叹了口气，对宋昱说：“原本是给新人的贺礼，既然人家不要，就收起来吧。”

“是。”宋昱得了命令，俯身捡钱。

一块块金子在阳光的照射下光灿夺目，金仕柯只觉肉疼不已，忖度着自己要不要阻止他们——既然这是他送的贺礼，那也有自己一份，凭什么不要？岳父大人是不是脑子坏掉了？

金仕柯内心波涛汹涌，但见蒲父面色不善，在这大好日子里，纵然天降横财，终还是没敢开口。

金仕柯叹息着回头看向门边的蒲桃，见她今日身着鲜艳红裙，脸上点了胭脂，与前几日见她时又是大不一样，心里的阴霾瞬间消散。

如花美眷，千金难求！

金仕柯不再理会龙成谨和宋昱，直奔着蒲桃而去，握住了她的手。紧接着，他从怀里摸出一只玉镯子，在她眼前晃荡。他这不仅是给蒲桃看，更是给这满墙的围观群众看。

“翡翠你知道的吧？”金世柯笑起来，“锦丰行的翡翠，皇宫御苑里的贵妃公主才能用的稀罕玩意儿。昨儿特地给你买的，权当聘礼了。来，快戴上看看。”

蒲桃有点瑟缩。倒不是因为大庭广众之下怕被人看见，而是她不习惯旁人的碰触，下意识地想逃。

“哟，你这是害羞了？真是可爱。”看到一脸娇羞的蒲桃，金仕柯面上更是堆满笑，男儿雄风乍现。他撩起她的袖子，便将镯子往她手腕上套。白皙的手腕上多了一抹翠色，倒是显得十分好看。

“噗！”突然，身后传来一声嗤笑，金仕柯和蒲桃都是一愣。

所有人都朝龙成谨看去，只见他扶着门，已然笑得直不起腰。

“你又想干什么？”蒲父拦在门前，生怕这人又抽什么风，会坏了自己女儿的好姻缘。

龙成谨摆了摆手，努力地想让自己平静下来。但是，他失败了。

龙成谨继续捂着肚子大笑：“哪有人拿这破玩意儿当聘礼的？你糊弄谁呢！”

“你懂什么？这里不欢迎你，请你们离开！”蒲父大怒，上前一步道。宋昱立刻拦在二人中间，以防龙成谨受伤。

“你们……好好好，我惹不起总躲得起！”蒲父不是宋昱的对手，只得转过身，猛地将院门关上，权当二人不存在。

“岳丈消消气，别跟他们一般见识，他们哪懂什么是好东西？”金仕柯见老丈人气得不轻，立刻安慰着扶他走回屋子。

虽然金仕柯很舍不得那些金子，但他知道，这送金子来的人定不安好心。这蒲家里里外外值得人觊觎的也就一个蒲桃了，他们定是看上她了！幸好啊，自己抢先一步，蒲桃已经是他的未婚妻，其他人也就只能想想了。想到此处，金仕柯心情好了几分。

金仕柯搀着蒲桃，跪在蒲父面前，故意朗声道：“所谓‘穿金显富贵，戴玉保平安’，像金子那等俗物我是拿不出手的。”

见蒲父的脸色稍有缓和，金仕柯继续道：“且金银有价玉渡有缘，我与桃儿有缘才能结此姻缘，旁人是羡慕不来的！”

“羡慕？呵！他说我羡慕！”龙成谨笑到一半，一口老血梗在胸口，好笑地看着身旁的宋昱。

宋昱深以为然地点头："就是羡慕。"不然来送什么钱？

"你胳膊肘往哪儿拐？我怎么可能羡慕他！"龙成谨抱着双手，恶狠狠地道，"我纯粹是看不惯那个姓金的！他想娶媳妇是吧？我偏让他娶不成！"

龙成谨说完，"嘭"地推开门，大大咧咧地走了进去。

宋昱只能无奈地继续跟了上去。

"翡翠是吧？翠皇是吧？"龙成谨几步跨进屋里，抓起蒲桃的手，两下便将那镯子拔了下来。

"你想干什么？"金仕柯霍地一下站起身，指着龙成谨的鼻子大骂，"你给我小心着点！这镯子贵着呢，你可赔不起！"

原本以蒲桃的身手，龙成谨想近她的身都难，但蒲桃自己也不喜欢那镯子，巴不得有人给她褪下来。不，更往深层了说，她根本就不想嫁人。蒲桃松了一口气，慢悠悠地站起身，冷眼看他二人吵架。

"翡翠是玉石之冠，真正的翡翠光泽温润，庄重大气。而你这个色浓粒粗，结构疏松，还有原生裂隙和絮棉夹生。准确来说，你这个叫玛瑙，不是翡翠，还是玛瑙中最差的一种！就这做工，连正经铺子的门槛都进不去！"龙成谨满面讥讽，一字一句道，"姓金的，你莫不是在路边摊上随便买了只假的滥竽充数吧？"

此言一出，闻者无不哗然。

"你！你血口喷人！"金仕柯被人戳中了脊梁骨，霎时间脸色涨红。他不舍得花钱买真的，随便买了只来敷衍，想着在贫民窟也没人认得，却不料此番被人当众戳穿，当即下不来台。

可不管他多心虚，嘴上如何也不愿承认，强辩道："岳父，你别听他的，他才是什么都不懂，胡说八道！"

"是不是胡说，蒲老爷看一眼便知。"龙成谨将镯子扔给蒲父，讥笑道，"你曾是万和城首富，肯定见过不少好东西，这玩意儿好不好，你应该很清楚。"

"你怎么跟长辈说话的？"金仕柯实不愿蒲父检查镯子，但晚了一步，镯子已经递到了蒲父手里。镯子不沉，表面不仅粗糙还有裂纹，蒲父只看了一眼也知色泽有问题，但他断不会在众人面前落女婿面子。

“镯子自然是真的，公子您眼拙，就不要来引人发笑了。”蒲父郑重说完，将镯子递回蒲桃手中。

“老顽固。”龙成谨一挑眉毛，一掌拍过去，那镯子便摔在地上，断成了好几截。

蒲桃冷冷地看着，一言不发。

“你……”金仕柯第一次遇见这种人，简直不敢相信自己的眼睛。

蒲父大怒：“你这是什么意思！”

金仕柯脸色都变了：“你赔我的翡翠！”

他扑向龙成谨，宋昱眼疾手快，闪身过来将他拦住。宋昱不费吹灰之力，单手拎着金仕柯的衣领，任他铆足了力气也动弹不得。

“好！”众人大声欢呼。

虽然龙成谨不占理，但金仕柯的所作所为也不得人心。

金仕柯气得眼睛发红，高声道：“你……你们简直欺人太甚！”

“不就是块假翡翠？赔你就是！”龙成谨说着，从腰间解下一块玉佩放在蒲桃手里，“我这里也有一块翡翠，比他的要好。收了我的翡翠，就不要嫁给他了。”

龙成谨神情郑重，丝毫不像在开玩笑。

蒲桃低头看着手中的玉佩，温润莹洁，正儿八经的正阳绿玉皇色泽，纹饰镂空，精美绝伦，想来定是价值连城。

“为什么是我？我并不认识你。”蒲桃蹙眉，看着眼前的男子，实在不理解他怎么就要跟自己过不去，自己哪里值得他这样做？

“因为……”龙成谨一时语塞，他仔细想了想，发现自己还真不知道该怎么解释。所有人都等着龙成谨往下说，可他压根说不出口。

宋昱一个没忍住，嗤笑了一声。这次不等龙成谨瞪他，他很快意识到现在不是一个可以笑的场合。他迅速收起笑意，恢复了正常。

龙成谨没好气地看向宋昱，突然脑中灵光一闪。宋昱被他这么一看，一种极为不祥的预感升上心头。果然，下一刻，便见龙成谨狡黠一笑，收起折扇，指向了宋昱：“因为我的侍卫很喜欢你。”

“什么？！”屋子里发出四声一模一样的惊呼，除了龙成谨，其他人都是一脸惊呆。其中以宋昱为甚。

一身玄衣的宋昱跟吃了屎一样，脸黑得比他衣服的颜色还深，一脸震惊地看着龙成谨。

龙成谨面不改色，道："我的侍卫脸皮薄，不好意思同姑娘说，但我知道，他自多日前与姑娘匆匆见了一面后便已对你情根深种。他不介意姑娘的过去，愿意娶你回家尊为夫人，还望姑娘好好考虑。"

龙成谨说话的时候，时不时瞪一下宋昱，让宋昱不敢反驳。

蒲桃看向宋昱，眼中充满了疑惑和迷茫。

宋昱与她眼神一交汇，立刻低下头去。他不敢看她，一来是因为龙成谨。龙成谨想英雄救美，却不愿意牺牲自己，最后将他当作炮灰推出去。二来，则是因为三年前他曾在黑暗中与蒲桃大战三百回合，自己的面容可以遮盖，但武功路数无法掩盖。他生怕被蒲桃认出来。

宋昱哑巴吃黄连，有苦说不出，只能默认。蒲父一听到"娶回家尊为夫人"这七个字，面上所有的不悦都消散了。

"公子此话当真？"蒲父立刻询问。

龙成谨颔首，笑道："比真金还真。"

难怪他们今日会来我府上，这样就全说得通了！

蒲父不再看龙成谨，而是望向宋昱，将他全身上下仔仔细细地扫了一遍：剑眉星目，身体健朗，看着脾气也不错。虽然地位不高，但配桃儿倒是有过之而无不及……

蒲父压抑住心中的激动，问宋昱："敢问公子是哪里人士？"

宋昱全身僵硬，低着头，根本不想说话。

龙成谨代为答道："我们从京城来。"

蒲桃一听到他们从京城来，心中立刻想起了刘子昭。

刘子昭上京赶考，一去不回，送信之人亦是言语含混不清。虽然已经过去三年，但她无时无刻不念想着京城——她太想调查清楚丈夫的死因，替他报仇！就算这些都做不到，至少希望能找到他的尸骨，将他带回万和城安葬。

可无奈父亲身体一直不好，此事便一拖再拖，直至今日她都未能成行……

"公子不要羞涩，我并不是会棒打鸳鸯之人。既然我已知你心意，不知现今你作何打算？”蒲父柔声宽慰，希望宋昱能勇敢抬头，大声说爱。

宋昱死死地低着头，就是不吭声！

“好你个登徒子，竟然敢打我老婆的主意！”金仕柯手舞足蹈，对着宋昱一顿挠，想要把他那张俊朗的脸抓烂。

奈何金仕柯手太短，根本碰不到宋昱的脸。

“贤侄莫要激动，让他把话说清楚。”蒲父从旁劝解。

金仕柯一听蒲父的称呼从“贤婿”变回“贤侄”了，更是气愤：“你们联合起来欺负我是吧！好好好，我这就去报官，让他们给我评评理！”

金仕柯作势要走，但宋昱仍旧拉着他的衣领，就是不让他走。

开玩笑，你走了我怎么办？我才不要莫名其妙娶个女人回去！

宋昱求助地看向龙成谨，龙成谨恶狠狠地瞪了他一眼，仿佛在说：“让你娶你就娶，少啰嗦！”

宋昱吓得手一抖，金仕柯立即跟泥鳅似的溜走了。

“哎，现在是年轻人的世界，我已经老了。”蒲父走过来，拉起宋昱的手，语重心长地说。而后，他坐在高位，喝了一口早已凉透的茶水。

今日是蒲桃再嫁之日，虽然金仕柯跑了，但无论如何都是要有人担着的。蒲父如此姿态，其实就是在等宋昱低头敬茶。

龙成谨不动声色地走到宋昱身后，踹了他一脚。宋昱终于心不甘情不愿地跪在了蒲父面前。

苍天啊大地啊！男儿膝下有黄金，他这一生只跪过君，只跪过离世父母，这次跪的竟然是一个陌生的糟老头，并且还是为了一个寡妇！

宋昱看了一眼旁边不知道在发什么呆的蒲桃，见她一脸无所谓的呆滞模样，内心更加抑郁。

这叫什么事啊！

“桃儿，你的意思呢？”蒲父看向蒲桃，蒲桃这才回过神。

她紧紧地捏着手中的玉佩，问了一句：“嫁给你之后，我们就去京城吗？”

宋昱脱口而出：“你可以不嫁。”

龙成谨干笑着看向蒲桃，顺带拍了拍宋昱的肩膀，道：“他还是有些害羞。他的意思是，你可以不去京城，他入赘。”

宋昱撇着嘴不敢说话。

“不，我愿意去京城。”蒲桃抿了抿双唇，一咬牙，跪在蒲父身前道，“在与金公子定亲前，我曾与宋公子有过一面之缘，但因女儿寡居身份，女儿不敢奢望。如今宋公子上门求亲，女儿希望能追求自己的幸福，求父亲成全！”说完，重重地磕了个响头。

龙成谨摁着宋昱的背，让他也跟着磕了个头。

蒲父松了口气，笑呵呵地说：“傻孩子，你喜欢他怎么不早说？为什么还要装作不认识？为父一直希望你下半辈子有个依靠，只要你肯嫁，为父又怎么会反对呢？”

“谢谢父亲。”蒲桃再次磕头。宋昱也跟着她磕头。

二人三次同拜高堂之后，算是礼成。蒲父老泪纵横，将蒲家祖传的金戒指塞到宋昱手里，交代道：“贤婿，桃儿未来就指望你了！”

蒲父掌心冰凉，想来是刚刚那一幕着实将他吓得不轻。

宋昱眼眶发红，看着蒲父不吭声。

蒲父见他如此激动，知道他一定是因为开心过头，所以难以言说了。他对女儿是真爱。鉴定完毕。

（三）

蒲父办完二人婚礼之后，身子骨一瞬间瘫软了，整个人跟泄了气似的，只能躺在床上出粗气。蒲桃照顾老父，忙里忙外进进出出，端水喂药一刻不停。

“你，去请大夫。”龙成谨推了宋昱一把。

宋昱看着龙成谨，迟疑良久，最终说了两个字：“黄兆。”

龙成谨眉目陡然收紧：“你跟我谈条件？”

宋昱摊手，摆出一副“我就跟你谈条件”的样子，皮笑肉不笑道：“我要黄兆。”

龙成谨想了想，极不情愿地点了点头：“好，我答应你。但是他愿不愿意跟你走就要看你自己的本事了。”

“成交！”宋昱兴高采烈地出门去请大夫。

围观的群众逐渐散去，只剩下几个穿得破破烂烂的小乞丐还趴在墙上。龙成谨独自站在院子里，看着背对自己的蒲桃，心中思绪万千。

三年前，他回到京中，在世家公子邀约的酒局上，他酒喝多了，说了一句：“万和城蒲家嚣张跋扈，不知天高地厚，这种人根本不配存在于世！”说者无心，听者有意，此言一出，讨好龙成谨者立即吩咐下面的人去办。几个月时间，蒲家生意一落千丈，失去了全部身家。如若不是前任万和城城主力保，蒲家父女只怕已经身首异处，变成了两堆白骨。但城主也因此丢掉了官位。对于蒲家的遭遇，龙成谨自觉难辞其咎。他没想到自己三年前的一个恶作剧，会让蒲桃身败名裂，更没想到醉酒时的一句戏言，害得蒲家家破人亡。

但令他感到奇怪的是，他和宋昱掳走蒲桃，原本只是想给她一个小教训，杀鸡放血之后就离开了，怎么蒲桃被人掳走失身之事竟会尽人皆知？龙成谨心中虽有疑惑，但事情原本因他而起，他根本无从辩驳。他只希望在他父女二人的后半生，能稍作弥补……

宋昱带着大夫赶来的时候，金仕柯带着官差也回来了。四个衙役两人进了院子，两人守在院门口，堵着宋昱不让他进。宋昱也不着急，不动手，挑衅地看着龙成谨，等着他发话。

“是你在闹事？玩抢亲？”带刀的官差挑衅地看着龙成谨。

“就是他！”金仕柯见宋昱被拦在外面，立刻靠近龙成谨，指着他的鼻子大骂。

龙成谨面色不善，不想跟他废话，抬手便将他的手臂扭至背后。

“疼疼疼！放开我！”金仕柯脸都白了。

那两名衙役也火了。当着他们的面都敢行凶，这人真是吃了熊心豹子胆！最先开口的那个官差刚想冲上去教训龙成谨，却不料被同伴拉住了衣袖。

“你做什么拉着我？”

“您说，这位公子是不是看着有点儿眼熟？”小官差小心翼翼地，压低了声音在头儿耳边道。

“眼熟？哪里眼熟了？就是个不懂……”官差头头说着，仔仔细细地将龙成谨上下打量一遍，突然倒吸一口凉气。

这人不就是城主大人天天跟在后头鞍前马后赔笑脸的龙公子？

他再看门外的宋昱，一身玄衣，头戴金冠，两条红穗垂在身后，不是宋公子又是谁！

“救、救命！”金仕柯哀号，疼得眼泪打转。

带刀官差双眉一蹙，看了一圈围观众人，双手一抱拳，咳嗽道：“家务事自己处理，我们就不插手了，告辞。”

“你们……”金仕柯双眸倏地睁大，“你们收了我的……”

“啪！”官差挥了一巴掌，将他剩下的话堵在了嘴里，骂道，“连自己的女人都管不好，还要我们帮你管，你当衙门是你家开的？真是废物！”此言一出，连龙成谨都笑了，放开了他。

金仕柯捂着脸，不敢说话，眼睁睁地看着带刀官差收队离开。

“大夫，请。”宋昱带着大夫进了屋，等再出来的时候，见到的又是另一番场景。

龙成谨站在金仕柯身边，揽着他的肩膀安抚道：“你真的很喜欢蒲家女？”

“当然，不喜欢又怎会娶她？”

“有多喜欢？”

“非常喜欢！”

“哦，那看来是不能用钱买通你了。我本想着我的侍卫夺你所爱，多少要给你一些补偿，看来钱无法抚平你的伤口啊……”

“你要给我钱？”金世柯颇为意外，想起那一袋金子，两眼开始放光，“给多少？”

“你想要多少？”龙成谨居高临下，只等着他开口。金仕柯止住抽泣，心中的失落一扫而空，问道：“你觉得蒲桃值多少？”

龙成谨没回答他，而是打了个响指。宋昱立刻会意上前，奉上银票。

龙成谨数都没数，一沓统统给了他。

金仕柯握着手里的银票，只看了一眼，全身就开始发抖。

“满意吗？”

“满、满意！”

“够了吗？”

“够、够了！”

“那就滚吧。”

金仕柯咽了口口水，生怕龙成谨反悔，听到他的命令之后，立刻麻溜地缩成一团，自己滚了出去。

宋昱看得目瞪口呆，龙成谨十分满意。

满墙人交头接耳，都想知道龙成谨到底给了金仕柯多少钱。但金仕柯害怕被人惦记，死活不吭声。

金仕柯出了贫民窟，到钱庄将银票全部验明并转账到自己名下后，才打了自己一个响亮的耳光——好疼！不是做梦！赚大发了！拿着这些钱，娶一百个蒲桃也够了！金仕柯心花怒放，只觉得这一遭娶亲不仅没受辱，反而是美滋滋的。

美滋滋。

金仕柯走后，闹剧告一段落。

大夫耐心地给蒲父诊治之后，长舒了一口气，笑道：“蒲老爷心中郁结之气已然散去，已无大碍，昏迷只是因为今日兴奋过度，休息几日便能缓过来。悉心加以调理，痊愈的可能性很大。”

蒲桃闻言，喜不自胜，放下心来。她看向龙成谨和宋昱，虽然心中对二人还有些戒备，但至少目前看不到对自己不利之处。

“谢谢大夫，也谢谢……你们。”蒲桃起身，做了一个极不协调的女子见礼动作，可见她平日里甚少对旁人表示感谢。

宋昱大方一笑，送大夫回医馆。

龙成谨摆了摆手，示意她无须客气。

宋昱送大夫回医馆，回蒲宅时带回来大大小小几十包药材，告诉蒲桃：“先煎这个，六碗水煎成一碗；下午煎这个，三碗水煎成一碗；晚上是这个，两碗水煎成一碗。然后再买些老山参，切片煮烂，含在舌头下面……还有这些燕窝，你知道怎么做吧？”

蒲桃一一记下，数次道谢，心中疑惑丛生，问道：“为什么对我这么好？”

为了黄兆啊。宋昱收起面上的笑容，正色道：“因为你好看。”

蒲桃看着宋昱的眼睛，想从他眼睛里读出真相，但是她失败了。

他黑色的瞳孔里写满了开心和兴奋，看得出来他打心眼里高兴。

蒲桃不懂，为什么一会儿工夫，他的脸一变再变？

从刚开始的无所谓，到后来的死不足惧，再到现在满脸心甘情愿的微笑……到底哪一个才是真实的他？

“到饭点了。”宋昱一只手指着当空的太阳，一只手捂着肚子道，“我饿了，有吃的吗？”

“啊，有。请公子稍等。”蒲桃说完，转身要去做饭。

宋昱恰巧见到龙成谨走出来，他突然玩心大起，拉住了蒲桃的袖子，伸手将她揽在怀里，柔声道：“等等。”

“怎么了？”蒲桃全身僵硬地倒在宋昱怀里，愣愣地盯着他。

宋昱凑近蒲桃，贴着她的耳朵问：“你叫我什么？”

“宋、宋公子。”

“不对。”

“宋……玉？”蒲桃不确定地问。因为她到现在还不确定，他名字中的“玉”究竟是哪个字。

“还是不对。”

蒲桃皱眉，感觉不对劲。

果然，下一刻，只见宋昱狡黠一笑，道：“你应该叫我夫君……”

“你……”龙成谨有些心乱，想要阻止宋昱，可还没等他出手，就见蒲桃手起掌落，毫不犹豫地给了他一巴掌。

“啪”的一声脆响过后，宋昱眼冒金星，放开了蒲桃。

“公子自重。”蒲桃拍了拍衣服，极嫌弃地看了他一眼，转身去柴房拿食材生火做饭。

宋昱捂着脸，很委屈地看着蒲桃纤弱娉婷的背影。他发现自己忽略了一件事——三年前那个力量与体量成正比的蒲桃，如今变得力量与体量成反比。他原本只是想气气龙成谨，却不想现在的蒲桃看似柔弱，实则气力不仅没有变小，反而更加强劲和内敛，武功也从不曾落下！自己这回真是偷鸡不成蚀把米……丢人丢大发了！

“你真是活该。”龙成谨靠在门边，看着满脸通红的宋昱，笑得险些岔了气……

蒲桃很快煮好了一锅阳春面。面里放了香油和秘制高汤，配上大白菜和煎鸡蛋，再撒上葱花，让龙成谨和宋昱吃得狼吞虎咽。

“再来一碗！”龙成谨和宋昱同时向蒲桃端起了空碗，蒲桃顿了一下，先接过宋昱的碗，给他盛满后，才接过龙成谨的碗。

龙成谨一边等面，一边恶狠狠地瞪着宋昱。

“谁让我是她的‘夫君’！”宋昱吃着面条感叹，“换作是我，我也不会先给你盛。”

龙成谨觉得好笑，翻了个白眼：“你还真把自己当作是她的‘夫君’了？小心回去我父皇扒了你的皮！”

“哎……反正玲珑不喜欢我，娶了蒲桃也没什么不好啊。”

“玲珑若听到你这番话，你这辈子都别想见到她了。”

“说得好像现在我见得到她一样……”宋昱怨念地摇头叹息，“你还年轻，不懂爱情，真爱一个人，如若娶不到她，那么娶谁都一样了。我看蒲桃就挺好。”

龙成谨拿起个包子，塞在宋昱嘴里，说道：“多吃东西少说话，万和城的风景人事，离开就忘掉！全部忘掉！听懂了吗？”

“哦……”宋昱长长地“哦”了一声，笑眯眯地看着他说，“黄兆。你可别忘了啊，君子一言，驷马难追，您可是君子中的君子。”

“我没忘！”龙成谨看他这副模样就来气，气得连第三碗面条都吃不下了！他也不知道自己是着了什么魔，被蒲桃的事情耽搁了一整日，最后竟然连黄兆都搭进去了！真是鬼迷心窍，鬼迷心窍了！

“您不是鬼迷心窍。”宋昱似是听见了龙成谨心中所想，提醒道，“您是色令智昏。”

“你给我滚——”龙成谨气得跳脚。而宋昱只是眨了眨眼睛，仍旧笑呵呵的。他发誓今日要跟龙成谨作对到底。

反正今日因龙成谨而丢脸也丢得够多了，他也不想活了！但就算是死，他也要先气死龙成谨给自己垫背！

过了一会儿，万和城城主池泱闻讯而来，见到的便是龙成谨和宋昱大眼瞪小眼地坐在院子里吃面条，蒲桃背对着他们，面色柔和地蹲在紫藤架下煎药的场景。

暖洋洋的阳光洒在院子里，三人之间竟有一种奇异的和谐感。这让池泱有一种他们好似是相识多年的好友，彼此都不排斥的错觉。

龙成谨一见到池泱，立刻沉下脸，做了个“嘘声”的手势。

池泱点头哈腰，表示自己都明白。

池泱组织了一会儿语言，这才咳嗽一声，柔声唤了一句：“蒲丫头，我来看看你父亲。”

蒲桃转过身，看见闲庭信步般走过来的池泱，着实一惊。

“池伯伯，您怎么来了？若被别人看见不好……”蒲桃嗫嚅着，很是焦急。但宋昱和龙成谨只看了池泱一眼便低着头吃面，压根没留意他们这边。

池泱晃了晃手里的纸包，满脸和煦的笑：“你今日嫁人，不管如何我都得来看看。听说你父亲又病了，这不，来给你送些药材。”

“谢谢池伯伯，”蒲桃赶紧接过，搀着池泱往里走，边走边道，“里边请。”

看着二人进屋的背影，宋昱好奇地道：“他俩认识？”

“没听池泱说起过。”

“嗯……这就有意思了。”宋昱点头，思索道，“咱们来万和城有多少人知晓？”

龙成谨答道：“只有池泱知晓。”

“我记得，第一次在寒山寺那边山里见到蒲姑娘，那时候已经很晚了。黑灯瞎火的，她一个姑娘家也不怕出事……”宋昱若有所思。

龙成谨一脸黑线，继而想起他与蒲桃在青楼、千日楼等地的偶遇，突然觉得“偶遇”不再是偶遇，而是有心人有意为之！

自己被套路了！龙成谨怒不可遏、拍案而起，走到门口刚想发火，却见蒲桃战战兢兢地站在池泱身边，看那模样很是害怕。

一个人说的话可以骗人，做的事情也能骗人，但眼神骗不了人。

蒲桃很怕他。

她为什么怕他？若他们真的是一伙的，又怎么会贸然出现在自己面前？看蒲桃的样子，显然比自己还要吃惊。

龙成谨回到桌旁喝了一口水，强忍住心中的疑虑，打算等回去之后再跟池泱算总账。唉……宋昱见好戏没唱起来，很是失望，只能怒吃了第三碗面聊以安慰。

（四）

池泱没待多久蒲父就醒了，他见了池泱一口气没喘上来，大骂了一句“滚”之后，又虚虚弱弱地晕了过去。

“池伯伯，您还是先走吧，我父亲休息几日就好了。”蒲桃咬着唇，不敢看他。

池泱有些尴尬，无声点头，拍了拍蒲桃的手背离开了。

龙成谨放下心，宋昱不开心。老实说，他宁愿蒲桃是别有用心，也比一次又一次地让龙成谨发现自己愧对于她要好。

龙成谨跟着池泱离去，宋昱也想跟着他们，不料却被龙成谨瞪了一眼：“今天是你的新婚之夜，给我老实待在蒲家，哪里都不许去！”

“啊？”宋昱惊呆了，苦苦哀求。

然龙成谨只用口型说了两个字：“黄兆。”

宋昱顿时失去了反抗的力气，只觉连头顶的日头都发出了无奈的光。

当天夜里，宋昱住在蒲桃的房间里，蒲桃则在蒲父的房间里照看了一整夜。

池泱的事，龙成谨是真的误会了蒲家。

池泱与蒲父和孟黎原本是至交好友，过去也算是穿过一条裤子的交情。蒲家落败后，前任城主孟黎为了维护蒲家而丢掉了官职，但池泱上任后，对蒲家的打压便毫不手软，后更带人将蒲家抄家。毫不夸张地说，他的所作所为成了压倒蒲家的最后一根稻草。

孟黎家和蒲家接连落败，最后得益人却是池泱，这让百思不得其解的蒲父心中终于有了答案。虽然蒲父不知道池泱究竟结识了什么人，能让他突然有了通天的权势，但毫无疑问，这一系列变故的得益人是池泱，那么始作俑者也很有可能是他。

蒲家与池家从此决裂，再无交集。今日便是蒲家落败后，池泱第一次登门拜访，也怪不得蒲父如此激动。

"七殿下明鉴，下官这样做也只是为了保住蒲家父女，并非如外界传言般对他们百般打压。蒲家的落败是上头吩咐下来的，下官不知道蒲家得罪了谁，但是为了保住他们的命，只能让他们生活困苦潦倒，再无翻身之力！只因为……但凡让人知道他们过得好，那他们就活不成了！还望殿下明鉴！"池泱跪在地上瑟瑟发抖，一个劲地磕头解释。

龙成谨思绪翻滚，不知道在想什么，仿佛没有听到他说的话。

池泱跪在地上，把话翻来覆去地说了好几遍，已经不知道还能说什么，于是不再说话，磕头声却一声比一声响。

许久，龙成谨终于叹了口气，淡淡地说："此事不怪你，你起来吧。"

池泱如蒙大赦，却不敢起身，只是停住了磕头。

他缓缓抬头，看着眼前双腿交叠，单手撑着头坐在高处的龙成谨——他完美冷峻的侧颜带着挥之不去的阴霾，眉头紧锁，不知道在想什么。龙成谨自从见到蒲桃，这样的表情就时不时出现，池泱心中突然有了一个大胆的猜测。

"殿下，您……喜欢蒲家闺女吗？"池泱小心翼翼地询问，但是言语上的轻缓无法掩饰他话中的意思。

"你说什么？"龙成谨勃然大怒，冷笑道，"本王怎么会喜欢她？你莫不是昏了头了！"

"殿下恕罪！"池泱再次跪倒，额头贴在他的鞋尖，十足的低姿态。

龙成谨冷哼一声，嫌弃地将他踢远了些。

龙成谨努力平复了一会儿，才道："以后对蒲家父女好一点！就算本王离开了，也不希望再看见有人欺负他们。至于上面那些人，本王会去解决，你只管做好自己分内之事。懂了吗？"

"下官遵命。"池泱松了一口气，放下了心中的大石。

第二日早晨，龙成谨早早地来到蒲家，蒲桃此时正在院子里煎药做早饭。

“咚咚咚。”龙成谨敲响了院门，蒲桃前去开门。

龙成谨今日穿了一身绣着银边的月白衣衫，头上那顶白玉发冠垂下的穗子亦是银色，乍看上去如流动的星光，在阳光下熠熠闪耀。但外在衣衫打扮与他自身五官气质相较，又有些黯然失色。“长身鹤立，俊逸超群”这样的词语，形容的就是他这样的人。

蒲桃见了他，微微一愣，但很快就恢复了正常神色。

她在乎的从来不是男人的外表，而是实力。而龙成谨……说他手无缚鸡之力或许都是抬举他了，他恐怕是个连鸡长什么样子都不知道的豪门公子。蒲桃念及此，眼眸里闪过一丝笑意。

“你在笑什么？”龙成谨好奇。

“没什么，龙公子，请进。”蒲桃摇了摇头，随后躬身致礼，侧身将他让了进来。

虽然她很不喜欢宋昱和龙成谨，觉得他二人的眼睛都长在头顶，但他二人的搭救之恩是事实，她无法视而不见。她不可能以身相许，能做的也就只是为他们做做饭，尽量做到笑脸相迎。

“您用过早饭了吗？要不要吃一点？”蒲桃问他。

“用过了。”龙成谨踏进院里，四下看了看，没有见到宋昱。

“宋昱呢？”

“宋公子还在休息。”

“他在哪里休息？”

“在我的屋里。”

龙成谨心中一沉：“你们……”

“啊，少爷，您来了啊。”这时，宋昱打着哈欠打开房门，向他点了点头后，便做出一副被香味吸引的样子，伸了个懒腰凑近蒲桃，“好香啊，早饭做的什么？”

宋昱背对龙成谨，站在蒲桃身后，双臂微屈。龙成谨看着他二人的背影，感觉好似宋昱双手搂着她的小蛮腰，并将头枕在她的颈窝，轻声呢喃。龙成谨清了清嗓子，沉声道：“时辰不早了，我们该走了。”

“去哪里？”宋昱收起笑意，转过身去，一本正经地看向龙成谨。

“回京城。”龙成谨说完，紧接着又道，“给你小半个时辰吃早饭，吃完立刻启程。”

终于要回去了！

宋昱长舒一口气，再没有心情陪蒲桃和龙成谨玩游戏，连早饭都懒得吃了，道：“我洗把脸，现在就可以走！”

“去吧。”龙成谨摆了摆手，宋昱立刻去了井边。

宋昱离开后，院子里只剩下蒲桃和龙成谨。龙成谨的眼睛一直跟着蒲桃忙碌的背影移动。

蒲桃把蒲父的药熬好端进屋，而后很快走了出来，她手里拿着昨日龙成谨给的玉佩，道：“多谢公子搭救，这块玉佩还给您。”

龙成谨微微一愣，这才想起自己还有块玉佩在她那里。

龙成谨摇了摇头：“既然送给你就是你的了，哪有要回来的道理？你且安稳拿着便是。”

“可是……”蒲桃迟疑，内心不安。

“不必推辞，这玉佩算是送给你的嫁妆，未来若真的喜欢上哪家的公子，也能作为嫁妆，不至于让婆家看不起。”

蒲桃安静地听完，有些发愣，但很快又惋惜地一笑，道：“我本就没想过再嫁人。像我这样的人，嫁给谁都是委屈。”

“为什么？”龙成谨不理解。眼前人干净美好，容貌娇丽，与三年前的她相比不知道好了多少倍，可惜总是这样一副寡淡的模样，让人觉得自己在跟一潭死水对话。

蒲桃道：“子昭对我的好，今生无以为报，唯愿此生将他放在心上，再不依附旁人。但是父亲希望我再嫁，我亦不能推辞。”

龙成谨点了点头：“女子总是要嫁人的。”

蒲桃神色一暗，顿了一下，突然话锋一转，问道：“我能跟你们去京城吗？”

“什么？”龙成谨一愣。

“我想跟你们去京城。”蒲桃一字一顿，语气坚定，神情认真，丝毫不像在开玩笑。

龙成谨完全没有料到蒲桃真的想要去京城。

难道昨晚……龙成谨脸色黑了几分，摇摇头，斩钉截铁地道：“不能。宋昱不可能娶你。”

蒲桃神色一暗，叹了口气：“抱歉，是我唐突了。”

蒲桃站在他身前发呆，脸色惨白，他看久了，心中竟又生出了几许同情。

龙成谨右手轻叩石桌，左顾右盼，心中暗骂宋昱怎么还没回来。

良久，蒲桃又道：“总而言之，谢谢你们为我解围，这块玉佩算我借你的，总有一天我会将它还给你。”

“……好。”

龙成谨微微侧头，淡淡一笑，俊朗的眉目虽然带着笑意，却透着几分疏离。显然他没有真的将蒲桃的话放在心上。

这样的玉佩他只有两块，一块是父皇亲赐，雕龙刻凤，代表着他七皇子的身份。而这一块，则是三年前他治理江南水患有功，母后赐给他的生辰贺礼。

那时的他在万和城中受了奇耻大辱，所有的荣耀都不如屈辱来得深重，让他对此不以为意。将这玉佩送给蒲桃，虽然是他没有想过的，但既然送出去了，他就不会再要回来。

否则，那还是男人吗？

过了许久，直到蒲桃进了屋，宋昱才姗姗回来。

龙成谨狠狠地瞪了他一眼：“你洗脸的时间比我洗澡还久，你究竟干什么去了？”

宋昱嬉笑着挠了挠头：“下官知趣，给您和蒲姑娘最后聊天的机会。”

龙成谨冷哼了一声，没答话，径直带着他离开了蒲家，连看蒲桃最后一眼都懒得看。

池泱穿着私服，将他二人送出了城门，上了官道。

嗒嗒的马蹄声不疾不徐，渐行渐远。

龙成谨挑开帘子，回头看见万和城的风景掩映在山水繁花之中。湖水清澈，涟漪漾动，美不胜收。但在这一刻，他突然觉得万千春色也不如蒲桃眼瞳中漾起的一剪秋波。云雾山水中，他想起她的眉眼，如春日的青山黛，透着淡淡的疏离和冷漠，却是不自觉地落进人心底最深处去。

此一别山长水远，应是再无相见之日了。

三年前的一桩孽缘，也算是画上了一个不算完整的句点。

龙成谨已经走出来了，他只希望，以后的蒲桃也能重新开心地活在阳光下，依旧相信自己，做一个如三年前那般自信的女子，不再被过去的阴霾笼罩了……

……

迟迟春日弄轻柔，花径暗香流。

不堪回首，云锁朱楼，再不话春愁。

……

第三章

纵使相逢应不识

（一）

三个月后，京城。

六月初时，新科文武状元郎黄兆被封为左策骑副将，将于本月月底与左策骑将军宋昱一起前往嘉庸关驻守。

传闻中，黄兆玉树临风，英俊逼人。他深居简出，甚少露面，见过他的人极少。在今年春试时，年仅十七岁的他本来只是想测试一下自己的能力，岂料竟一飞冲天，一举夺下两魁，得了陛下钦赐的八个字——“文冠六部，武霸天下”。

有很多嫉妒他才能的人议论纷纷，这样的称号哪里是他一个十七岁的毛孩子承受得起的？这不是折福吗！

“朕说他受得起，他就受得起。”皇帝无数次的赞扬，让民众对他的好奇更甚。

爱慕他的民间女子多如过江之鲫，觊觎他的世家小姐更比三年前的状元刘长昕还要多几倍。谁想黄兆竟在这时候急流勇退，放弃京中要职，自请从军，实在让人始料不及。

但他越是反常，便越让人对他产生好奇。

六月十五这日，黄兆的父亲，翰林院侍郎黄廷礼包下京城最大的酒楼醉香居，宴请同僚亲朋为其送行，场面十分盛大。

醉香居外，密密麻麻的人群充塞了整条街道。其中最多的，莫过于身穿罗衫、头戴幂篱的女子。她们挤破了脑袋，踩烂了鞋袜，只是想见见这新科文武状元郎黄兆的真容。

龙成谨得了帖子，微服私访，扮作宋昱的侍卫随他进了醉香居。他们绕过众人，径直上了顶楼，坐在最豪华的包间里。从露台往下望，便见太平府坊间交错，星罗棋布，街道被头戴幂篱的女子塞满，耳边更是传来她们一浪高过一浪的呼喊——

“我们要见黄兆！”

“我们要见文武状元郎！”

听着声声嘶喊，龙成谨笑着喝了口茶，看向当事人：“景轩，想不到你的人气比本王想象的还要高。都快超过本王了。”

黄兆，字景轩，名字是曾经与龙成谨一同在太学求学时，由三朝元老潘经纶亲自取的。龙成谨在太学待了十年，也没能求来潘经纶亲取的一个字号，这事让他挂怀了很久。故而他从来不叫黄兆的名字，永远叫他“景轩”。

“请殿下不要再打趣下官了。如果可以，下官真不想来。”黄兆无奈地苦笑一下，不知该说什么才好。

黄兆身穿绛红色常服，领口绣金线云纹，十分华丽。但他举手投足间有些别扭，似乎很不习惯这样的穿着。

宋昱偷笑，拍了拍他的肩膀：“月底就能离开了，今日最后一战，你权且当作是在渡劫。”

黄兆点头，嘴角勉强牵起一抹笑，仍是感觉如坐针毡。

黄兆从小两耳不闻窗外事，在人际交往方面有先天性障碍，看到这样的场面让他十分不安。龙成谨一改当初将他留在朝堂的主意，突然建议他去往边关，这无疑让他找到了一条活路！面对宋昱一个人，显然比面对满朝文武要坦然得多！他终于不用再受到众人的关注，不用娶不想娶的女子，不用担心自己行差踏错而得罪人了！

黄兆念及此，感激地看向龙成谨：“多谢殿下让下官离开京城，再生之恩，没齿难忘。”

龙成谨闻言手一抖，险些打翻茶碗。

宋昱没忍住，笑出声来：“你要谢就谢蒲桃吧，这可多亏了她！”

“葡萄？”黄兆一愣，很是不解。

“蒲家村的蒲，桃子的桃。”宋昱更正。

“那是什么？人名吗？”黄兆更加迷茫了。

“咯。”龙成谨咳嗽了一声，瞪了宋昱一眼，“你话太多了。”

宋昱淡淡一笑，不再多言，但眼睛里写满了笑意——看见龙成谨吃瘪的模样，真是比什么都有趣呢。

这时，包厢大门再次打开，黄廷礼簇拥着吏部尚书周琦缓步走进。他们的身后还跟着一个身穿墨色常服的男子，此人正是上一届的状元，刘长昕。

“宋将军，黄副将。”周琦点头致意，算是打过招呼，本想就座，但见宋昱身边坐着的侍卫赫然就是龙成谨后，突然脸色大变。

他本以为自己已经是今日宴会上身份最高之人，却不想龙成谨竟会出现在此，立即收起了一身傲气，躬身作揖，行了一个标准的大礼：“下官周琦，见过七皇子。”

“下官刘长昕，见过七皇子。”

龙成谨掰开一颗核桃，淡然地点了点头：“起来吧。”

“谢殿下。”

二人平身后，看了一眼龙成谨和宋昱，最后选择了坐在晚辈黄兆的下位。

虽然龙成谨看着温润如玉，但世人皆知他脾气不大好，变脸比翻书还快。他现在看着心情不错，保不齐一会儿就翻脸了呢。他们可不想往枪口上撞，所以还是敬而远之吧！

堂堂吏部尚书坐在了下位，他是有苦难言。而他身边的刘长昕满脸坦然，双眼直直地盯着龙成谨，让龙成谨不由得皱起眉头。

龙成谨挑了挑下巴，问刘长昕：“你看着很眼熟，在哪里当职？”

“回殿下的话，下官年初接任吏部考功司侍郎，曾远远见过殿下几次。”

考功司？

那是哪个旮旯地儿？

“哦……”龙成谨点了点头，面无表情地赞了一句，“真是年少有为，前途无可限量。”

“多谢殿下夸赞。”刘长昕面露喜色，只觉自己被幸运之神看中。他原本期待着龙成谨再跟自己说几句，却不想龙成谨不再说话，只低头剥核桃。

核桃硬而难剥，龙成谨拿着小锤子，有时候要砸四五下才能砸开。

“你们还愣着做什么，还不赶紧给殿下剥核桃。”刘长昕见状，立刻招呼来侍婢。

侍婢急急上前，但龙成谨忙摇了摇头：“别动。”

侍女驻足，面露难色。

刘长昕一脸疑惑，甚是不解。

龙成谨睨了他一眼，道：“自己剥的吃着才有意思。”

“那是那是，殿下说得极对。”周琦附和，挥挥手让侍女退下了。

周琦瞪了刘长昕一眼，斥责他多管闲事。

刘长昕自知鲁莽，心虚不已。但见龙成谨没有发火，他不由得长舒了一口气。

随后又有几位尚书陆续到访，他们向龙成谨见礼之后，各自落座。

饭桌上，宋昱和周琦、刘长昕寒暄着。黄兆时不时地点头，除此之外，一句话都不肯说，显得有些坐立难安。这让没见过黄兆的人都觉得很奇怪。

新科文武状元？

就这个样？

难道是哑巴？

还有，他这小胳膊小腿的……拎得起刀吗？

众人心头疑惑丛生，但黄兆状元之名毕竟是御笔亲封，没有人敢当众下面子，嘴上还是一刻不停地夸赞道：“英雄出少年。”

这一桌子人里，最随性的当数龙成谨。除非他想说话，否则总是一副“老子天下第一”的样子，谁都不理睬。也没人敢说他。

而口才最好的，要数刘长昕。刘长昕上知天文，下晓地理，不论旁人谈论什么，他都能说出个一二三来，让众大人十分欢喜。

情商高，非常高。

龙成谨瞥到刘长昕时，总觉得他眉清目秀的模样着实让人熟悉，但又想不起来究竟在哪里见过。这种熟悉感持续到宴席结束，龙成谨还是想不起来他究竟是谁，便也不想了。

龙成谨起身，正准备离去，周琦却突然拦住了他，躬身道："七殿下，下官有个不情之请，不知当不当讲？"

"说。"龙成谨驻足，等着他继续说。

周琦心中一喜，接道："下官小女与长昕的婚期定在月底，还望殿下赏脸，过府同喜。"

龙成谨撑开扇子，看了看刘长昕，没多想，点了点头："好。"

"多谢殿下。"

"谢七皇子。"

周琦和刘长昕同时松了一口气，喜上眉梢。

"帖子下官随后差人送去府上，下官恭送七皇子。"

龙成谨摆了摆手，跟着宋昱离开了。

楼下山呼海啸一刻不停，宋昱掏了掏耳朵，显得很难受。龙成谨却怡然自得。走在街上，看着身边的莺莺燕燕，他非但没觉得难过，反而十分享受——我宣武大好山河，秀色如云，太平府更是民风开放，万花齐放。

真是可喜可贺。

可喜可贺。

（二）

时间一晃而过，六月底，距离宋昱和黄兆离开太平府还有三天。

二十八这一日，吏部尚书周琦幺女周灵月出嫁，又是一番盛大景象。

周灵月在周家虽然排行最小，但她是正室所出，与二公子周显琛同为一母所生。她的身份之尊贵，嫁娶之礼之盛大，远远超过了四个姐姐。

晨时，刘长昕沐浴更衣，净手上香，换上大红喜袍，戴好南珠金冠，而后跨上骏马，带着迎亲队伍浩浩荡荡地从西南大街巡游至南康坊周府。

周府，小月楼。

周灵月穿着金银绣线做成的龙凤袍，正描完最后一笔眉。而后喜娘为她戴上千珠凤冠，盖上红盖头。两名婢女一左一右将她搀起，扶出闺阁，去往前厅。

前厅里，周琦及其妻文氏端坐堂前，周显琛及其一干兄弟姐妹列在右边，四名妾侍站在左侧。厅正中，刘长昕一身红衣，长身玉立，面上带着笑意，不时向里张望。当周灵月娉婷的身影出现后，他眼中的笑意更像是要溢出来。

“夫人。”刘长昕轻唤了一声，三步上前，亲自将周灵月搀到厅中蒲团前。

二人跪在蒲团上，三拜高堂后，婢女端来茶碗，递给二人。

二人分别给周琦和文氏敬茶后，刘长昕沉下肩，郑重地唤了周琦一声：“岳父大人。”

周琦笑呵呵地抚须点头：“既然你无父无母，便不要显得生疏，大可唤我一声父亲，从此就不说两家话了。”

“是。”刘长昕没有迟疑，再次作揖，“长昕拜见父亲，母亲。”

“好好好……”周琦连连点头，笑得眼睛眯成一条缝，掩埋在皱纹里，开心得快要看不见。

文氏更是欢喜得不得了，起身牵过他的手，将他扶起来，而后将女儿的手交到他手里：“灵月以后就交给你了。”

“请母亲大人放心，长昕一定好好对待灵月，此生再不看旁人。”

刘长昕言辞恳切，句句铿锵，让在场之人无不歆羡——这样学识渊博又恪守本分的少年郎君，真是打着灯笼都找不着！

刘长昕执了周灵月的手，将她送进喜轿，而后再次骑上骏马，向自己府邸行去。

鞭炮炸响，震耳轰鸣，人群齐声欢呼祝福，热闹非凡。然而群情激昂的人群中，一个身材纤弱的女子身子踉跄，摇摇欲坠。她只觉得自己双腿发软，再也站立不住。

她靠着墙壁，滑坐在地，看着刘长昕从自己眼前走过。

围观的人很多，他们都跟在喜娘后面抢彩头，缓缓跟着新人前行。只有她，整个人似失去了魂魄，坐在原地一动不动。

看热闹的人群消失不见了，徒留下一地被踩烂的爆竹红纸，它们提醒着她这一切都是真的，不是幻觉！

蒲桃心中钝痛，只觉得自己什么都听不见、看不见了。她的脑海里，一直重复着一个画面——刘子昭执着自己的手，柔声细语："桃儿放心，子昭一定好好待你，此生再不看旁人。"

昔时之景，何其相似，他迎亲时所说的话，除了称呼，竟连一个字都不曾变过！

刘长昕？

这根本就是刘子昭！

一个本已经死了三年，尸骨都该化作了白骨的人！

可他现在不仅没死，还平步青云成了状元爷、考功司侍郎。这一刻，他更是成了六部之首吏部尚书周琦的乘龙快婿！

他不是已经娶了自己，口口声声说着再不看旁人吗？

这究竟是怎么回事？！

这三年里，到底发生了什么？

蒲桃脑子里乱哄哄的，身上的力气被抽尽后，很快，怒气和疑惑充斥了她的脑海。

究竟发生了什么她不知道，可是他知道！

她这就去问问他，让他给自己一个合理的解释！

刘府在成康坊，位置比起南康坊偏西南，但也算京中的富人区。这里一座宅子，能抵过蒲渊最富裕之时的全部身家。而那一箱箱随周灵月而来的嫁妆，更是价值连城，让人垂涎。

蒲桃回过神，赶到刘府的时候，最后一箱嫁妆刚搬进大堂。

刘府前，左右各有二十四名侍卫，都是京兆尹调来维护秩序的。而刘长昕则站在门口，迎接陆续到来的宾客。蒲桃一个都不认识，但见刘长昕拱手作揖的程度，大部分宾客的地位想必是在他之上。

蒲桃看了他一会儿，确定自己没认错人后，左右各出一掌，便将挡在自己身前的围观人群劈开了去。

"谁打我！不要命了？"

被打的人被她震退，连带四周十几人人仰马翻，霎时间怨声四起。蒲桃目不斜视，踏着这些人的身体，疾步上前。

“啪”的一声脆响过后，所有人都愣住了。只见刘子昭脸上出现一个红彤彤的巴掌印，他本人亦是一脸愕然，许久都没能从惊讶中缓过神。

人群瞬间安静下来，他们大气都不敢出地盯着蒲桃。他们眼里的八卦之火熊熊燃烧，心中却都在为她默哀——哪里来的山野丫头，敢打周尚书的女婿？还是在新婚喜宴时刻？简直是不要命了！

刘子昭只觉得脸上火辣辣地疼，反应过来后，立刻大声呼喝：“来、来人！抓、抓刺客！”

他话音刚落，蒲桃的巴掌再次扇在他的面上，“啪”的脆响再次响起，他的眼中充满了不可置信。

“你是什么人？胆敢在此放肆！真是吃了熊心豹子胆了！”刘子昭颜面尽失，怒不可遏。

蒲桃不为所动，眼睛一眨不眨地盯着他的眼睛，问他：“为什么？”

“什么为什么？你是谁啊？”刘子昭愤恨不已，但被蒲桃的眼神所吓，不由自主地向后退了一步。

“你为什么要骗我？为什么你要派人来跟我说你已经死了？”蒲桃说话间，三名侍卫上前，正要动手，蒲桃却先发制人，左手肘上挑，撞断了前来捉她的侍卫的手臂。几乎同时，她右腿一扫，便将另外两名侍卫掀翻在地。她动作干净利落，不留丝毫情面。

越来越多的人注意到这里，侍卫长没想到三个大男人都抓不住一个弱女子，很快又上来十余人，但这几人的到来还需要时间。

刘子昭看着仰躺的三人，咽了口口水。

眼前人眼中有怒火，他生怕她一个控制不住，就会掐断自己的脖子！

蒲桃缓步上前，站在刘子昭面前。但她没有打他，而是咬着下唇，似乎在极力忍耐，问道：“刘子昭，为什么要改名字？”

“你……你是……”刘长昕捂着脸，看着眼前人。

她的眉目有些熟悉，但他又想不起来在哪里见过她。他这三年来洁身自好，从不进出青楼，根本没有接触女子的机会，他唯一接触过的两名女子，只有周灵月和……

刘子昭的眼中闪过一丝迷惑，但很快，疑惑变成了惊惶。惊惶闪过，便是狠戾决绝。

“你是蒲桃！”刘子昭声音很小，小到能听见的人只有他和蒲桃。

蒲桃有气有怨，但更多的是不解。

水汽涌上眼眶，她定定地看着他，一字一句道：“为什么？”

“什么为什么，我不知道你在说什么！来人，抓刺客！”刘子昭退了三步，离她远远的，摆出一副“哪里来的疯婆子，我不认识她”的坚定模样。

侍卫及时赶来，将蒲桃团团围住。

“把她拿下，关进大牢，严加拷问！”刘子昭恢复镇定，只想着将她捉住后，打到她残废，她便不敢也再不能生事了。

他怎么也没想到，十余名侍卫顷刻间被蒲桃打倒，她招招狠辣，出手毫不留情。她虽不取人性命，但也足以让他们断手断脚，再无战斗力了。

众人哗然，全然没想到这样一个纤弱女子竟能徒手打倒十余名带刀侍卫！

这还是人吗？

“来、来人！快来人！”刘子昭牙关打战，吩咐侍卫赶紧将她拿下。

侍卫们倾巢出动，但无一例外，他们最后都倒在了蒲桃的魔爪之下。更可怕的是，在场的人谁都没有看见蒲桃究竟是怎么出的手，似乎她动一动手指头，身边的人就伤了一片。

蒲桃站在一圈伤员中心，气场迫人，雄姿英发。这一会儿的工夫，她的形象已经从一个弱质女流变成了无敌杀神。虽白衣飘飘，但霸气凛凛。

龙成谨缓步而来，恰巧看见这一幕，心中莫名浮现了一句诗——

蒹葭苍苍，白露为霜；

所谓伊人，雄霸一方。

（三）

三个月前，龙成谨和宋昱离开万和城后，蒲桃父女便被接出了贫民窟。

池泱在蒲家原先的豪宅边上给二人买了一套两进两出的四合院，让父女俩十分感动。蒲桃自小与池泱相熟，后来蒲家败落，两家没有多少联系。蒲桃一开始对他多少有过怨愤，但时日久了便也释怀了——这世间永远不缺锦上添花，却极少有人雪中送炭。此乃人之常情。

但她也心生疑惑，池泱的态度在近日有了一百八十度的大转弯，这实在有悖常理。蒲桃猜不透其中的因由，有过提防，无奈父亲已经病入膏肓，面对旁人的示好，她也没有道理拒绝。于是她与老父在这四合院里一住就是三个月。

这三个月来，池泱派了万和城内最好的大夫为蒲渊诊治，还三不五时亲临府邸，悉心照看。对此，他的说法是"良心发现"，但小孩子都知道这不可能。成年人的世界，利益为重，情谊两袖可抛，池泱如此作为一开始遭到了父女俩的强烈排斥，但三个月过去，便连蒲渊对他都再也恨不起来。

蒲渊的病情大为好转，趋于稳定，蒲桃便以上京寻夫为名去了京城。

蒲渊以为她去找宋昱，直接表示同意。

然蒲桃要找的，实是刘子昭。

上京的旅途中，她无数次想过去了京城该怎么办。她以为自己会找到他的坟墓，将他的尸体带回家。她也想过如果他死得冤枉，会穷尽心力为其报仇雪恨。可她无论怎么想，都没想到，自己找到了一个活生生的人——一个三年前考取状元，仕林中大名鼎鼎的寒门学子；一个连跳三级，迎娶尚书千金，即将走上人生巅峰的人！

刘长昕。

这就是她日思夜想的心上人！

晴天霹雳？五雷轰顶？

不，应当说是当头棒喝，醍醐灌顶。

其实在见到刘子昭的那一瞬间，她就全明白了。她之所以还恬不知耻地开口问，只是想给他一个机会，听一听他的解释。同时，这也是给自己三年的焦灼画上一个句点。

但蒲桃到底没能等到刘子昭的解释。刘长昕一口咬定，自己根本不认识这个疯婆子，然后将府中家丁悉数叫出。蒲桃双拳难敌四手，没能再接近刘子昭，但也没落下风。

围观人群没想到在见证了一场盛世婚典的同时，还能观摩到一场巾帼不让须眉的比武。一时间一个两个都有些忘情，连连叫“好”。

众人本以为这女子会一路杀进刘府，却不想她很快又败下阵来——就在龙成谨距离女子百步左右，很快能看清她的模样时，一名身着绛红色军服的男子突然飞身上前，一掌劈向她的后心。下一刻，这女子便在众目睽睽之下轰然倒地。

“带走。”军服男子淡淡吩咐了一声，侍卫们便上前将蒲桃拖了下去。

此人不是别人，正是文武状元黄兆。

黄兆刚从军机处出来，没来得及换衣裳便赶了来，恰好见到这一幕，自当上前维护秩序。

刘长昕见终于解决了蒲桃，给黄兆道谢之后，立刻又恢复了颐指气使的模样，指使着管家迅速清理现场，高声道：“押下去，严加拷问！封锁消息，不要让此事惊动岳父岳母。”

“是。”

蒲桃被人一左一右架着，直接拖去了大牢。

龙成谨看着被拖走的女子的背影，见她身段窈窕，纤若无骨，这与自己记忆里的某人有些相似。

宋昱发现了龙成谨的恍惚，立即打趣道：“是不是觉得和某人很相似？”

“谁？”

“殿下知道下官在说谁。”

龙成谨睨了他一眼，本着大丈夫男儿本色不可欺的信条冷哼道：“这等乡野蠢妇，蛮力女子，本王从来都不屑一顾。”

“是……吗？真的不屑一顾吗？”宋昱双眼含笑，意有所指。

龙成谨知道他在说谁，咳嗽了一声，淡淡道：“蒲桃对本王来说只是个意外。本王的生命里不会再出现那样的意外。”

宋昱再次摇头，故作沉思道：“眼下我与黄兆带兵前往边关，你身边再没有我等保护，若再遇到这类女子，只怕……意外不会少啊。”

龙成谨懒得理他，目不斜视地往前走。

龙成谨快步追上黄兆，笑道：“那名女子以一敌十，却在你的手中过不了一招，你真不愧父皇赐予你的称号。”

黄兆不善言辞，与龙成谨见礼后，过了许久才从喉咙里挤出几个字：“下官偷袭，胜之不武。”

“你不必谦虚。就算正面迎敌，本王相信你也定能三招毙敌。”龙成谨对黄兆很有信心，但黄兆本人不这样认为。龙成谨来得晚，只看见那女子以一敌十，但就凭她前后打倒的全部侍卫，说她是以一敌百也说得过去。

那个女人……实在不简单。

待婚宴过后，他想再亲自去看看。

三人入府之后，婚宴很快开始。蒲桃造成的小插曲在刘长昕的竭力安抚下，并没有引起府内宾客的骚动，只不过让府外围观的平民看了一场好戏。

申时，按照习俗，二人喝了合卺酒，同吃一碗饭食，三拜天地后，礼成。

刘长昕如愿娶到尚书千金，在场宾客的祝福之语总算驱散了蒲桃所带来的不安。

在众人簇拥下，新人被送入洞房。刘长昕挑开红盖头，入目便是周灵月如花似玉的娇俏眉眼——那是从小在优渥条件熏陶下，带着浓烈书卷气息的美。蒲桃虽然瘦了许多，但她的英武之气与周灵月的柔媚一比较，那根本称不上是女人。

刘长昕看着周遭红彤彤的喜堂、身上华丽的衣饰，还有眼前的美人，他只觉得苦难已经过去。平步青云，飞黄腾达，一切都不再是奢望。

（四）

阴暗的牢房里，只有壁挂上的烛台闪动着昏暗的火光。通过女子微弱的呼吸起伏，可知她已经筋疲力尽。

蒲桃浑身是伤地趴在地上，手心撑着地板，触手湿滑，已经分不清是水汽还是她的血。然而身体的疼痛是一回事，心中的冰凉更让她感觉连生的希望都没有了。

这些年，她是怎么过来的？

不管他人如何嘲笑践踏，她心中都曾有个念想。虽然刘子昭从未与她同房，但她一直以刘夫人自居，始终觉得自己是有根有家室的人，不曾彷徨失措。但现在，过去所有的坚守和期盼都化作了破碎的镜子，琉璃碎了落了一地，扎得她满身是伤，心也碎成了渣子。

蒲桃不知道自己在牢里待了多久，只知道睁开眼就是衙役疯狂的鞭打审讯。

“说！你究竟是谁派来的刺客！”

刺客？

不不不，她可不想行刺谁。

“让刘子昭来见我！”

蒲桃始终只答他们这一句。

但那人始终不曾露面，甚至一句解释的话都没有。

呵，负心郎这时候该是软玉温香，佳人在怀，又哪里有时间管她呢？

他巴不得当作不认识她，好把过去的一切都埋葬吧！

牢役们根本不认识刘子昭，也不知道她口中的刘子昭就是周琦的乘龙快婿刘长昕。不过，就算知道了，他们也不会替蒲桃带话。

在他们看来，像蒲桃这种为了攀龙附凤而夺人眼球的女子，每年不打死一百也有八十个，若连这种小事都去劳烦刘大人，岂不是太没眼色了？

时间一点点过去，难熬得快要熬不过去了。

感受到越来越虚弱的身体，蒲桃知道，或许自己大限将至了……

当天夜里，师爷赤色的大笔一挥，在本子里记上一句“不堪受刑死亡”后，也不管蒲桃到底还有没有气儿，便吩咐衙役们将她拖出去，扔到义庄等死。

下半夜，天生对酒精不敏感的黄兆成了唯一还清醒着的人，他带领手下将一干喝醉的王公贵族送回府邸后，自己没有回府，而是去了京兆府衙门。

酒桌上的觥筹交错推杯换盏没能让他忘记，在酒局开始前，那个在众目睽睽之下，将数十名家丁守卫打翻在地，最后被自己一招制服的女子。虽然他现在是武官，但他也不会忘记，曾经为文官时，师傅一再强调的“为民请命，为民申冤”八个大字。

他的直觉告诉他，她的身上一定有故事。

京兆府牢房彻夜有人值守，黄兆在三更时分到达，距离蒲桃被带走仅过了三个时辰。

“死了？”黄兆眉头紧皱，在一身绛紫色官服和昏暗烛火的映衬下，脸色十分阴郁。

“回大人的话，已经死了近一个时辰了。”牢头躬身将师爷记录的本子取来递给黄兆。

黄兆翻完，长舒了一口气：“可惜。”

“大人，您说什么？”牢头没听清，斗胆问了一句。

黄兆摇了摇头：“没什么。”

黄兆甚少与人打交道，心中在想什么，面上就表现出什么。而牢头则是成了精的人，察言观色最是在行。他一见黄兆露出的神色便知道，他对那名女子的心思不简单。如今女子已死，牢头生怕黄兆怪罪自己，便竭尽全力想让黄兆满意而归。

牢头道：“大人，那人虽然已死，但从她身上搜来的东西还存放在仓库里，您，要不要看看？”

黄兆闻言，灰白的眸子里立即闪起了少许光亮。

他点了点头，说道：“带路。”

京兆府衙门里，有专门存放证物的房间，名曰考证司。

考证司内，四周放满了柜子，井然有序地排列着。最前排的柜子隔断里，存放着大量的卷轴，是这些年来未了结的案子的详细资料。最后头的柜子上则满是抽屉，抽屉里放着的是无人认领的证物。蒲桃的物品存放在倒数第二层的最后一个抽屉里。

牢头将抽屉打开，将一只钱袋子拿了出来，说道：“大人，您请看。”

黄兆接过钱袋子，发现钱袋子上绣着一朵白色的海棠花，花瓣上隐隐约约有些脏污，似乎是血迹。

——看来绣娘的绣工一般，否则不至于绣一朵花都能扎破了手指。

黄兆掂了掂钱袋，而后神色一变，怒瞪着牢头道："银子呢？"

牢头心中一凛，"扑通"一下直挺挺地跪了下去："大人，小人可不敢偷拿东西，这钱袋子里真没什么钱！"

"你最好说的是实话。"黄兆睨了他一眼，没有在此事上多做计较。

黄兆将钱袋子打开，发现里面钱没有几文，倒是有块翠绿色的玉佩。玉佩雕龙刻凤，一看就知价值连城。

黄兆方才相信，这牢头确实没有做手脚，否则他为什么不拿这块玉佩？

就在他准备将玉佩放回去时，却听牢头又道："大人，这女子没有户籍没有名帖，只有这空荡荡的钱袋子和假玉佩……"

黄兆一怔，面色古怪地道："你认为这玉佩是假的？"

"当然是假的了！这等乡野女子，配得上好玉佩吗？"牢头脱口而出。说到一半，他很快意识到自己逾越了规矩，蔫蔫地说："回大人的话，您看这玉佩的色泽，若不是假货，只怕能买一座城！那女子看样子似乎也不是本地人，她不肯开口，想要找到她的家人可不大容易，只能当作流民处理了……"

黄兆不置一语，仿佛牢头说了什么都没听进去。如今，他所有的心思都在这被他忽略的玉佩上。他抚摸着玉佩上栩栩如生的龙爪和凤翎，只觉得眼前这玉佩十分熟悉，就好像……七皇子龙成谨常年佩戴的那块。

话说回来，最近见到七皇子，他腰间所佩的玉佩仿佛就与之前的不大一样了……

有了这个念头，黄兆越想越觉得不对劲，牢头在身旁叽叽喳喳的话语便全听不进去了。

"这玉佩我拿走了。"黄兆离开前，匆匆丢下了这么一句话。

牢头一听他要走了，欢天喜地地送他还来不及，又怎么会不让他带走这"假玉佩"？

"大人喜欢，大人尽管拿去。"牢头拱手作揖，在门前送别黄兆。

黄兆带着玉佩和钱袋，径直去了七皇子的府邸——景王府。

三年前，七皇子治水有功，获封景王。皇帝在紧挨皇城的御和坊为他新建了一座王府，并亲笔在牌匾上题字。七皇子成了继太子之后第一个得此殊荣的皇子，一时风光无限。

七皇子志不在皇位，且太子与七皇子乃一母同胞所出，都是皇后亲生的儿子，并无什么嫌隙。等景王府建成后，他便在王府里搭建了戏台，过起了神仙般的日子。

当然，七皇子神仙般的日子只是旁人如此认为，个中苦楚心酸只有他自己知道。

自三年前被蒲桃一招制服后，他一直郁郁寡欢，对男女之事提不起兴趣。他寻医问药一整年，无人能医。他因没能力让府中姬妾怀上子嗣，一气之下，索性将姬妾都赶去了偏殿，再不召人侍寝。有心人见此动起了歪脑筋，送了几个漂亮男孩来，他气得面色铁青，将那些男孩扒光打了一顿，扔出府去。自此，再无人敢多事。

龙成谨以为自己这辈子就这样了，却不想三个月前在万和城再见蒲桃后，自己的病竟不药而愈。经过几名女子的试验，以及太医最后确诊他痊愈后，他更是欣喜若狂，一连多日流连于姬妾房中，乐不可言。

昨夜，又是辛劳一夜。龙成谨抱着侍妾，一直睡到日上三竿才起床。

黄兆衣不解带，在客厅里等了他半日，总算将他等了来。

“属下拜见王爷。”黄兆拱手作揖，行了大礼。

龙成谨姗姗来迟，见了黄兆，很是惊讶：“你怎么到我这儿来了？今日午后，你便要前往边关，可你……”龙成谨打量了他一番，捏着鼻子摇头道：“你连衣服都没换。”

黄兆不知如何解释，索性便不解释，直接道：“回王爷的话，属下将玉佩交给王爷，便会离开。”

“玉佩？”龙成谨疑惑，“什么玉佩？”

黄兆从怀中拿出玉佩与钱袋，将玉佩递到龙成谨眼前，道：“王爷，昨日大闹刘大人婚宴的女子已死，这是她留下的遗物，属下见了眼熟。记得王爷也有一块相同的玉佩，不知这可是王爷那一块？”

龙成谨见了玉佩，只一眼就认出，它就是自己三个月前赠予蒲桃的那块玉佩。

所以……昨日那雄霸一方的女子，真是蒲桃？

她死了？

龙成谨眉心一跳，但面上仍不改色。他对管家点了点头，管家便上前，收起了玉佩。

“是与不是，用完早膳再说。”龙成谨扶起黄兆，与他勾肩搭背去了膳厅。

黄兆本想直接回府更衣，准备午后动身。但他难却龙成谨的盛情，只得陪他吃早膳。然而，与其说是他陪龙成谨吃，倒不如说是龙成谨陪他吃。

饭桌上，龙成谨不知道在想什么，吃了几口粥就不再动筷子。反倒是黄兆，吃得有滋有味。末了，黄兆放下碗筷，准备告辞。龙成谨将他送到府外，看了他半晌，一副欲言又止的模样。

“王爷，下官告辞。”黄兆说着，躬身行礼。

龙成谨沉吟地看了他半晌，最终还是没有说出心里的话。他只是笑着拍了拍黄兆的肩膀，说：“一会儿本王去给你送行。”

“谢王爷。”黄兆不觉有异，大步离去。

黄兆一走，龙成谨便让管家将玉佩拿来，翻来覆去地看，确定就是自己赠予蒲桃的那一块无误。

“去打听打听，本王生要见人，死要见尸！”

龙成谨吩咐下去，管家很快着人去办。而后的时间里，龙成谨一直心不在焉地在等消息，就连最喜欢的侍姬媚儿和酒儿在眼前跳艳舞都看不进去了……

下午，太平府内旌旗随风招展，从皇城一路延绵。那是宋昱和黄兆军队的军旗。

皇帝站在皇宫前，手捧酒杯，给二人送行。宋昱站在队伍最前头，黄兆站在他的右手下方。二人皆目光坚毅，身子笔挺，腰佩长剑，双手持酒杯。

宋昱干了杯中酒，朗声道：“臣等定不负陛下所托。”

“朕相信你定能护佑我宣武国不受外族侵扰。”皇帝微笑颔首，重重地拍了拍宋昱的肩，眼中含着殷殷期盼。

宋昱将酒杯放在侍者的托盘上，而后往皇帝的身后打量，没有看到他想看到的身影，有些失望。

“爱卿在等谁？”皇帝满面春风，笑得一脸和煦。

太子龙成壁在一旁打趣：“回陛下的话，儿臣知道是谁。”

“哦？你知道？”皇帝装作不知，与太子一唱一和。

“回父皇的话，宋将军想的自然是玲珑皇妹了。”龙成壁此言一出，皇帝皇后都是一笑。

宋昱闻言也不扭捏，大方地笑了笑，算是默认了。

玲珑是皇后所出嫡女，年纪在众皇子皇女中排行最幼，却也是最得宠的一个。她比宋昱小五岁，却干了一件全天下女子都不敢干的事，着实让宋昱印象深刻。自那以后，宋昱便对她情根深种，眼里再容不下旁人了。

拔营的号角声响起，宋昱眼见玲珑不会来送行了，只得死心上马，领军前行。

马上的宋昱仍不时回头，可不管在哪里，他都看不见想见的那个人。军队渐行渐远，直到消失在长街尽头，再看不见。

皇帝正准备起驾回宫，却又注意到身旁的龙成谨。以往打趣宋昱的人一定是七皇子龙成谨，但今日他一脸心不在焉的样子，不管旁人说什么做什么，他都不说话，两眼无神平视前方，活像被抽去了魂儿。

“成谨，你在想什么？”皇帝驻足，回头看龙成谨。很快，所有人的注意力又集中在龙成谨身上。

龙成谨依旧一脸呆愣，仿似没有听到。直到龙成壁推了他一下，他才回过神。

龙成谨一脸懵懂，道：“回父皇的话，儿臣没有想什么。”

皇帝看了他两眼，便点了点头：“如果不舒服，记得叫太医。”

“儿臣谢父皇关心。”龙成谨说完，又显出一副心不在焉的模样。

龙成壁摇了摇头，在众人离去后拍了拍龙成谨的肩膀，提醒他：“年轻人要懂得节制，晚上不要太放纵。”

龙成壁大笑着离去，龙成谨则一脸菜色，无语地看着他的背影，心情沉到了谷底。

皇兄……他还没放弃监视自己？

龙成谨三年来不近女色，近日才刚开始放纵，他就已经得到了消息。看来自己这些年不管怎么做，始终无法让皇兄放心。

龙成谨念及此，心情更加糟糕了。

（五）

龙成谨回到王府，阴郁的面色让管家裘德很惊惶。不等龙成谨发问，他便主动奉上了蒲桃的消息。

“听衙门的人说，昨日夜里，蒲姑娘便被抬去了城北义庄。如果尸体在义庄放置七天仍无人认领，就会被送去乱葬岗葬了。”

裘德说完，看着龙成谨阴晴不定的面色，不确定地问：“王爷，您要看她的尸首吗？”

龙成谨心烦意乱，摆了摆手。

此前的“生要见人，死要见尸”不过是一时戏言。生要见人不假，若死都死了，还有什么好看的？他承认蒲桃对他来说意义特殊，她的死让他唏嘘感慨。但她如今已经死了，他对她的感情也没有强烈到影响他生活的地步，便也没有太放在心上。

“你去把她的尸首领了来，就说她是你远房亲戚，将她好好安葬了吧。再派人去万和城，将她的死讯通知城主池泱，至于其他的事情，就无须我们操心了。”

此事如何通知蒲渊，什么时候通知蒲渊，这都是池泱的事。

龙成谨叹息一声，打了个哈欠，决定回房睡觉。

自打宋昱和黄兆离开京城后，龙成谨可以推心置腹畅所欲言的人少了。再加上近日发生的事情颇多，于是他也不出去应酬了。夜里，龙成谨召了酒儿侍寝，亲热一番后，仍然兴致寥寥。

这，不应该啊……

“王爷，您……怎么了？可是奴婢伺候得不周到？”酒儿攀附在龙成谨身上，朝他的耳朵吹了口气。

温热的瘙痒感最是难耐，但龙成谨依然毫无反应。

眼前人秋波盈盈，细眉入鬓，洁白的牙齿咬着丹唇一点，很是明艳好看。但他……就是没有兴趣。

龙成谨抱歉地看着酒儿，无奈地道："今夜便罢了，你下去吧。"

龙成谨的寝室从不留宿女子，不论他有多喜欢那人，不论颠鸾倒凤到何种地步，他都无法在女子身边安眠。

酒儿知道他的规矩，施施然道了声"奴婢告退"，便扭着娉婷的身子离开了。

龙成谨一脸挫败感，不敢再多想，决定蒙头睡大觉。

梦里，他再次梦到一个许久不曾梦见的场景——蒲桃飞起一脚，同时右手挥出，将自己掀翻在地，而后一脚踩在自己的背上。此时的蒲桃是瘦了几十斤之后的蒲桃，好看的眉眼英气逼人，冷艳无双。她居高临下，满脸愤怒："你害我家破人亡，我让你断子绝孙！"很快，她再次抬起腿，脚掌高高抬起然后落下，狠狠地落在了他下身最柔软的部位。

龙成谨一脸冷汗，从梦中惊醒。梦里的场景历历在目，让他惊愕不已。

蒲桃……又是蒲桃！

那个天煞孤星丧门女！

他早该知道，遇到她一准不会有好事！

龙成谨不耐烦地在屋中踱步，喝了好几大杯水后，终于有了决定。

"来人！"龙成谨高声唤了句，很快有丫鬟推门进来。

"把裘德叫起来，让他立刻来见我。"

"是。"丫鬟躬身退下，便准备离去。

"等等，"龙成谨叫住丫鬟，"备马！"

"是。"

太平府安静的夜晚，被龙成谨一行的马蹄声打破。

龙成谨骑上马，带着管家和四名仆从在宵禁的街道上疾驰。巡夜的武侯拦不住他，一行人不一会儿便出了城门。

五更天时，一行人到达江嵬坡。江嵬坡上，满地都是半人高的坟冢。墓碑横七竖八地倒在泥土里，有的被埋没了大半也无人扶起。但有墓碑的坟墓还是少数，大多数的坟墓前连块木板也没有。这里是太平府外三十里地的乱葬岗，专门埋葬十恶不赦的罪犯或者没有亲人认领的尸体。

“王爷，那位姑娘便是埋在这里了。”裘德站在一个新翻修过的坟墓前，指着坟墓说道。

坟墓四周是陈年旧坟，坟上荒草丛生。唯独蒲桃的那个，明显要比旁人的新。但她也同样没有墓碑，没有祭品。

龙成谨剜了裘德一眼，恶狠狠地道：“本王让你厚葬她，你就是这样厚葬的？”

“王爷息怒，是奴才考虑不周！”裘德跪地求饶。

龙成谨猛地拍了他一巴掌：“还不快把她挖出来，重新厚葬了！”

“是是是……奴才立刻办！”裘德实在懊恼，他也没把这女子当回事，随便吩咐下边的人办了，也实在没想到他们只是胡乱潦草地办了这事。

裘德带着仆从们拿着铁锹和铲子掘坟。龙成谨穿着亵衣，随意披了一件斗篷站在一旁看着，不免唏嘘感慨。这四周荒无人烟，虽然自己与蒲桃不算有交情，但作为唯一知道她身份和知道她客死异乡的人，蒲桃不找他找谁？想必是她死不瞑目，冤魂不散！

龙成谨只觉头痛不已，抬起手揉了揉额头，不停地在四周踱步。直到坟墓被打开，露出蒲桃的棺椁后他才停下来。棺椁是柳木做的，不算太好，但也不差。

看到棺椁上雕刻的花纹，龙成谨脸色好看了些——至少这棺材不算亏待她了。龙成谨叹息道：“找座好些的寺庙给她做场法事，再将她的尸体送回老家好生安葬。”

一行人得了令，迅速将棺椁抬起，横着拴在两匹马上。原本骑马的仆从则跟在马后，看顾棺材以免它掉落。龙成谨则骑在另一匹马上，捂着鼻子不远不近地走在前面。他的眼神里充满了疏离，似乎身后的棺材里头放着的是传染源，巴不得离得越远越好。

“主子，据府衙师爷记载，姑娘她昨儿个半夜才咽气。尸体到现在正好十二个时辰，还不臭，您无须捂着鼻子。”

岂止是不臭？这一路上阳光和煦，桂花飘香，空气格外好。

裘德原本是希望龙成谨放下衣袖，这样他能舒坦一些。但龙成谨听完，更加恼怒。

“本王需要你提醒？你若将此事办得漂亮些，本王压根不必出现在此处！”龙成谨面带愠怒，他下意识一甩马鞭，马匹受惊，向前猛冲而去。

“王爷……”裘德想要拉住马儿，但下手还是没有马蹄快。龙成谨没抓紧缰绳，被马儿掀下马，重重地摔在草地上。走在后头的驮着棺椁的马儿没来得及止步，眼看着就要撞上龙成谨。

龙成谨被摔蒙了。他目瞪口呆地看着眼前的棺椁，只觉得自己什么声音都听不见了。

耳畔有风，鼻尖有花香，而眼睛里只有棺材。

裘德大惊失色，连忙下马去扶龙成谨，问道：“爷……您、您没事吧？爷……”

龙成谨不肯起身。他抬起手，示意裘德闭嘴。

裘德不敢再说话，眼睛一动不动地盯着龙成谨，眼神里充满了不解。

“你听见了吗？”龙成谨愣愣地开口。

“听见什么？”裘德一脸不解。

“你仔细听。”

裘德以为龙成谨摔糊涂了，本还想说些什么，但沉默的那一瞬，他突然听见了异样的声音。

“咚咚咚……”

“咚咚咚……”

一声又一声，微弱却连贯。二人抬头，头顶正对着蒲桃的棺材。此时，“咚咚咚”的声音仍旧清晰可闻。

那声音……竟然是从棺材里发出来的！

“爷……奴才害怕。”裘德惊得牙关打战，脸色发绿。

龙成谨看到裘德的反应，知道这不是自己一个人的幻觉！棺材里真的有声音！

“快把棺材打开！”龙成谨连滚带爬地钻出棺材底部，站起身来，指挥着仆从开棺验尸。

众人将棺材平放，拿起铁锹撬开棺盖，“哐”的一声巨响，棺盖被扔在地上，四周扬起一片尘土。尘烟散尽，浑身是血的蒲桃闯入大家眼帘。

“你，去看看她到底死了没。”龙成谨将裘德往前推了一把。裘德一个没注意，整个人往蒲桃身上扑过去。

裘德眼疾手快，双手死死抠住棺材边缘，才稳住了身子，没有与棺材里的“女尸”亲密接触。

裘德咽了一口口水，右手颤颤地伸出去，探在蒲桃鼻下。

她的皮肤温度虽然比寻常人的要低，但他仍能感觉到她皮肤的温热。她的呼吸虽然极为微弱，但他也明显能感觉得到她一下又一下呼出的热气。

“爷！她还没死！”裘德霍地站起身，兴奋地冲龙成谨喊。

“知道了。”龙成谨皱着眉头，长舒了一口气。

“爷，现在该怎么办？”裘德见龙成谨迟迟不说话，探寻地问道，“要不要着人通知京兆府尹？”

“你还嫌她不够惨？”龙成谨斜睨了他一眼，道，“今日之事谁都不许说出去，就当本王没来过这一遭！”

龙成谨揉了揉额心，想了想，最终道:“把她带回王府，找大夫来医治。其他的事情，等她伤好再议。”

“是！”众人齐齐颔首，无人敢反驳。

（六）

龙成谨将蒲桃安置在远离主殿的小楼里，离下人房不远。一来是不想旁人太注意蒲桃，二来也确实是因为他跟蒲桃不熟，真当作心肝儿去疼爱也说不过去。但无奈龙成谨出城时阵仗闹得实在太大，王府中早就议论纷纷。

大家都在猜测他大半夜出府所为何事，等他带着一女子回府后，各方眼线收到消息，又都放下心来。看来七皇子近日又陷入了美人关，且已经到了泥足深陷、不可自拔的地步！

当天下午，皇后便着人送来了鹿茸、玛咖、人参等补品。太子龙成壁、三皇子、六皇子等人也派人送了大量的补药。龙成谨看着满屋子莫名其妙飞到府上的药材，很是想笑。这几年，补药没少吃过，众人看似是关心自己，实际上不过是看笑话。

龙成谨没当回事，索性放任自己向着大家希望他沉沦的方向去发展。

傍晚，龙成谨结束了一天的政务，跟酒儿和媚儿缠绵了一会儿，看着她们娇俏可爱的眉目在眼前晃悠，不知怎的又想起蒲桃那张死人脸来——虽然那张脸没有生气，毫无血色，且伤痕累累，但他总是能想起曾经见她时，那一双美艳又冷傲的眼睛来。

龙成谨一时间心烦意乱，鬼使神差地又带着裘德去探望她。

此时的蒲桃仍旧穿着满是血污的衣服，毫无生气地躺在铺满锦缎的床上。与昨夜相比，她没什么太大变化。

"她怎么还是这么脏？"龙成谨望了一眼，立即捏起鼻子，不敢靠近。

"回王爷的话，这位姑娘的伤口结痂，大部分粘在衣物上，奴才想解开她的衣物必须用剪子，但奴才稍稍碰触，她就会剧烈地挣扎。奴才打不过她，没有办法治疗外伤，只能用内服药物维持她的生命。剩下的，就只能看她自己的造化了……"大夫摇头叹息，似乎已经宣布了她的死亡。

龙成谨皱着眉头，丝毫没有怀疑蒲桃的武力值。但见蒲桃在睡梦中紧锁的眉头，还有脖颈处清晰可见的血口子，想到她平时骄傲的眉目，他一时间觉得心中发堵。

他虽然不知道蒲桃为什么会来京城，也不知道她为什么要大闹刘府，可若他将她从坟墓里捞出来了，又让她死在自己的府邸，冤魂岂不是更难消散？

"不能放任她这样下去。"

龙成谨心中有了决定，转头对裘德说道："去拿剪子，再叫几个力气大些的嬷嬷过来。"

"奴才这就去叫人。"裘德躬身退下，很快，他就带着三四个膀大腰圆的嬷嬷走了进来。

龙成谨指着蒲桃说："你们把她四肢摁住，不要让她乱动！"说完，看了大夫一眼，见他年纪不大，便将剪刀递给了他身边一个小丫鬟，说："你来剪衣服。"

"啊，奴婢……"

龙成谨脸色一沉："让你做就做，少废话！"

"奴……奴婢遵命……"

丫鬟拿着剪刀，颤颤巍巍地走近蒲桃，才刚撩开她的衣襟，整个人就倒吸了一口凉气。她是包衣奴才，从小在大户人家中端茶递水扫地，哪里见过蒲桃这般模样的女子？她看见血就手抖气喘，不一会儿就两眼一翻晕了过去。

“真是废物。”

龙成谨让人将她抬了下去，而后眼睛往屋子里扫了一圈，发现除了四个老嬷嬷，其余的两个丫鬟都是一脸惨白，低着头往后躲。

龙成谨不得已，只能拿起剪子，自己来。

“爷……不可啊！”裘德在一旁规劝。

龙成谨横了他一眼，将剪子递到他眼前，说道：“要不然你来？你是太监，她知道了也不会在意。”

裘德见龙成谨对蒲桃关注颇多，从来有洁癖的他连这样污秽的事情都愿意做，想必她在王爷心中意义特殊。就算自己是个阉人，也不敢乱来啊！

“奴、奴才哪行啊！”裘德低着头退下，飞快地带着屋内所有年轻男子离开，很快又找了个六七十岁的老太医过来。

老太医自己拿不动剪刀，但在他的指点下，龙成谨倒是学得不错。

说来也奇怪，不让任何人触碰的蒲桃，却没有抵触龙成谨。

龙成谨的手在碰到蒲桃领口的一瞬，她的眉头仅仅皱起，原本以为她会大力挣扎，但她只是一开始稍微扭动了几下，然后就任由他在自己身上下剪子。只有在撕扯到伤口，实在疼得受不了了，她才呻吟两声，其余时候倒还算安静。

龙成谨将她带血的外衣剥下，然后唤来嬷嬷，一点点撕开她的亵衣。他在一旁站了一会儿，不忍再看，刚要离开，蒲桃却抓住了他的手腕，无论如何也不让他走。

龙成谨下意识回头，就看见了蒲桃雪白的锁骨。

从小见惯了风月场合、阅女无数的他，蓦地一瞬间，仿佛被人击中了心坎，脸红了。

龙成谨飞快地扭过头，顿了一下，便指着自己的左手，对丫鬟道：“来，给本王掰开。”

两名丫鬟上前，一左一右站在龙成谨身边，看着蒲桃布满伤痕的左手，有些不敢下手。

“还愣着干吗？不会？”龙成谨没好气地说。

两个丫鬟面面相觑，最终咬了咬牙，一左一右用力去拉扯，可她们用尽了力气，都无法撼动蒲桃的一根手指头。

龙成谨的面色更加阴郁，不耐烦地道：“你们两个人都掰不动她一个将死之人？”

丫鬟额头冒出冷汗，硬着头皮道：“回王爷的话，若再使力，只怕姑娘的手指就要断了！”丫鬟急得快哭出来了，没敢说出口的是：这姑娘力气奇大，在她的手指断掉之前，先断掉的一定是本人的指甲！

龙成谨无语，最后只能认命地摆了摆手，气急败坏地大骂：“没用的东西，滚！”

两个丫鬟如蒙大赦，很快逃了出去。

龙成谨正襟危坐，背对着蒲桃，心里在默哀——为自己多管闲事而感到悲哀，也为自己在完全没必要君子的时候君子而感到羞耻。

四个嬷嬷联手给蒲桃脱衣擦身，换药更衣后离开。

龙成谨这才敢转动僵硬的身子，回过头来看蒲桃。

床上的女子面容苍白，颧骨凹陷，额头和嘴角是紫黑的伤痕，一条长长的鞭痕从眼角一直延伸到锁骨。这样一张脸实在说不上好看，甚至可以说是非常可怖了。

然而龙成谨也不知道自己着了什么魔，竟觉得她这副柔软又弱不禁风的模样，要比过去每次见她的时候都要好看。

此情此景，让他……忍不住想要去保护她了。

“咚咚咚。”丫鬟捧着药敲响了房门。

“进来。”龙成谨动了动自己僵硬的手腕，发现她仍是没有打算放开的样子，很是无奈地叹了口气，示意丫鬟将药搁在床头，然后冲她扬了扬下巴，“本王来吧，你先下去。”

丫鬟愣愣地点头，然后见了鬼似的跑了出去，将龙成谨亲自给人喂药的事情宣扬开来。

“王爷竟亲自给人喂药？”

“变脸比翻书还快的王爷会心疼人？”

“天哪，明天太阳一定会从西边升起来！”

……

屋外叽叽喳喳的讨论声时不时传进龙成谨的耳朵里，龙成谨面色铁青，好几次放下勺子，但最后又不得不拿起勺子。直到最后一勺药喂完，他才让人进来收拾。

而蒲桃，仍是不肯放开他的手。

龙成谨扶额，很是头痛地看着她。恰在此时，蒲桃双唇一紧，在睡梦中因疼痛而哼出声。她下巴尖尖的，因鞭痕而更显可怜。

龙成谨一个没忍住，说出了一句让他后来很久都后悔的话：“去把本王的文房四宝拿来，本王今夜便在此处办公。”

而后那一夜，龙成谨都守在蒲桃床边，看公文看累了便趴在床边小憩了一会儿。哪知这一睡便是一夜无梦，直到第二天天明才醒来。

龙成谨抬起头，入眼的就是蒲桃近在咫尺的面颊。他有一瞬间的惊讶，回过神后才惊觉，自己这样趴了一夜，居然比过去几年来睡得都要好，都要香。他睡醒后，简直可以用神采奕奕来形容！

龙成谨念及此，恼怒少了许多，再看蒲桃，便见她的脸色比昨日红润了不少，整个人的气色看上去像个人了。

他动了动手指，发现她仍紧握着自己的手腕。

龙成谨无奈，立即唤人进来掰她的手指。满屋子丫鬟嬷嬷侍卫上来折腾了一圈，但结果与昨日一样，毫无用处。

正在管家裘德准备找人拿刀来切开她的手指时，龙成谨突然俯下身，嘴唇附在蒲桃的耳边，轻声说道：“听话，先放开，本王下朝后再来陪你。”

满屋子人都听见了这句话，纷纷发出倒吸一口凉气的声音。

龙成谨也意识到自己应该是着了魔了，咳嗽了一声，丫鬟奴仆便都不敢再看，默默地低下头去。

也就在这时，蒲桃的手突然松开了。感受到手腕力量的消失，龙成谨眼里写满了惊喜。她真的能听见本王说话？龙成谨仔细观察了她的眉目，却发现她并没有从昏迷中醒转。

“王爷！您可真神啊！”裘德赞叹不已。

龙成谨的自尊心得到了满足，舒服地伸了个懒腰，不无骄傲地道：“算她识趣，否则本王一定砍了她的手！”

裘德嘴上点头称“是”，心里却想着：只怕王爷不会忍心啊……

龙成谨没有纠结于裘德的表情，他耽误了一整天，临上朝了却连衣服都没换，匆忙要走。在临离开前，他还是特地吩咐了裘德：“好好照顾蒲桃，不要让任何人去打扰。”

“奴才明白。”裘德恭敬颔首，目送龙成谨离去。

接下来的几天，龙成谨下了朝就会去蒲桃屋里陪她一会儿。

蒲桃的屋里点着安神香，沉香的香气袅袅，若有似无。龙成谨也不知道为什么，以往闻到比这香气更醇厚的沉香也难以入眠，可一到蒲桃身边，他总会很快安静下来，心间的浮躁被彻底驱散。

龙成谨索性着人将书桌搬进蒲桃卧室，整日整日地陪着她。屋子左边蒲桃安静地睡着，呼吸轻而缓。右边屋子里只偶尔有龙成谨用镇纸摩挲宣纸，以及毛笔划过纸张的沙沙声。茶香混合着安神香，宁静安逸，就连日子仿佛也慢了下来。

看着蒲桃身上的伤口慢慢愈合，面色也一日比一日红润，露出她原本的模样来，龙成谨的家仆们渐渐按捺不住了。

裘德沏了一杯新茶进来，有一搭没一搭地跟龙成谨聊天：“王爷，酒儿姑娘带话说，她从西域弄了些葡萄美酒，想邀王爷同享。媚儿姑娘在西域舞娘那儿新学了肚皮舞，又瘦了许多，现在可以在一根绳上起舞，真是妙不可言。”

“你什么时候会欣赏女人了？”就在裘德滔滔不绝时，龙成谨抬起头冷漠地看了他一眼。说完，他又低下头，继续在宣纸上书写。

裘德面红耳赤，笑道：“哎呀，王爷，您明明知道，这话都是下面的婢子传到奴才耳朵里的，您就不要打趣奴才了。奴才拗不过几位姑娘，她们太久没见您，想念也在情理之中。”

龙成谨哼笑一声，道：“确实许久未见她们了。”

裘德见龙成谨思绪缥缈，以为他终于记起那些姑娘，眉开眼笑道：“那，王爷今晚可要她们陪您？”

龙成谨摇了摇头，斩钉截铁地道：“不。”

葡萄酒？肚皮舞？龙成谨想了想那画面，发现自己突然对她们都不感兴趣了。

“爷……”裘德的笑容僵在脸上，还想规劝，却又不知该说什么。

王爷又不近女色了？这才好了没两个月……

“你还有事？”龙成谨抬头，望着裘德。

裘德一愣，继而摇头：“回王爷的话，无事。”

“那你还杵在这里做什么？”龙成谨神色冷淡，下了逐客令。

裘德虽说是管家，但也确实没有贴身守在一女子房中的道理。

裘德刚要告退，看见蒲桃后，突然灵机一动，说：“爷，蒲姑娘气色大好，想必痊愈指日可待，奴才……是否要准备着了？”

龙成谨一愣，抬头正视他：“准备什么？”

裘德嘿嘿一笑：“回王爷的话，您在蒲姑娘房中待了大半个月，只等她痊愈，就能收房了，奴才可不得准备准备？”

“收……收房？”龙成谨倏地抬头，目瞪口呆地看着裘德。

裘德浑然不觉龙成谨的不对劲，笑着答道：“香榭院里最大的那间屋子一直空着，王爷您这般喜欢她，奴才便让人将那间房收拾出来给她住？”

香榭院是景王府中姬妾所居之所，酒儿和媚儿分别住在东西翼的厢房里，主屋一直空置。

虽说香榭院与王妃、宠妾的单独小院子还有差距，但对侍寝的姬妾来说，已经是难得的殊宠。酒儿和媚儿一直对那屋子虎视眈眈，明里暗里较劲。而龙成谨始终没松口要将屋子赏给谁，如今看来，想必是要留给这位蒲姑娘了。

“吧嗒”一声，龙成谨迟迟没有落笔，墨汁顺着笔尖滴下，落在宣纸上，毁了他写了大半的折子。龙成谨看着一大团墨渍在眼前晕开，突然忆起初见蒲桃的那日，膀大腰圆、四肢粗壮的她就那么轻而易举地将他踩在脚底下！

他喜欢她？怎么可能！龙成谨心烦意乱地将面前的纸张揉成一团，随后大力地扔在了裘德充满期冀的脸上，大声道：“你说谁要收蒲桃？你才要收她！你全家都想收她！”

“奴、奴才不能收啊！”裘德大急。

龙成谨见他根本听不懂自己的话，更是气愤，抓起砚台就扔了过去。裘德不敢躲，砚台擦过他的额头，刹那浮现起一抹红痕。

龙成谨气消了不少，一只手叉腰，一只手指着门外怒吼道：“你给本王滚出去！本王今天不想再看见你！”

“奴才告退！”面对龙成谨突如其来的气急败坏的责骂，裘德吓得不轻，立即连滚带爬地跑了出去。

龙成谨看着裘德的背影，仍气愤难消，“哗啦”一声，又将桌上所有的物件拂落在地。

收房？鬼才要收她！

就在这时，床上的蒲桃轻声呻吟了一声，然后翻了个身，侧脸正对着龙成谨。蒲桃眉头轻轻动了动，似乎很不满意周围嘈杂的声音。

“咔嚓”一声，龙成谨踩到了茶碗的碎片，蒲桃的眉头皱得更紧了。

龙成谨本来想要出门叫人来收拾，但见到蒲桃皱眉的那一瞬间，却下意识放轻了步子，蹲下身去，将破碎的茶碗拾起。

他拿出手帕，动作轻柔地将它们捡起来，一块块地放在手中聚拢，他做这些的时候小心翼翼的，生怕再吵着她影响她休息。

突然，一块碎碴儿扎破了龙成谨的大拇指，钻心的疼痛感传来，龙成谨却不知道作何反应。看着手中冒出的鲜血，龙成谨跟被人打了一拳似的跌坐在地上。

自己这是怎么了？着了魔了？龙成谨懊恼地看着自己的手指，又看了看床上熟睡的蒲桃，想到很久以前宋昱在自己耳边嘲笑地说道：“爷，您这是喜欢上她了啊。”

那时候的自己就喜欢她了？或许吧，但是，那只是意外。他的人生不能再有意外。哪怕这意外是因为同一个人，也不可以。

龙成谨思前想后，最终忍痛做了一个决定。他不再管自己会不会吵到蒲桃，高声唤了句：“来人。”

裘德躬身走进，静静地等待龙成谨吩咐。

龙成谨不再看他，只是低着头，淡淡道：“将她送去宋昱府上养伤，病好之后何去何从便由她自行决定。关于她的事情，不要再告诉本王。

本王不想知道。”

“……奴才遵命。”

纵有万千疑问，裘德也什么都没有问出口，龙成谨怎么吩咐他就怎么去做。

当晚，蒲桃便被裘德连夜亲自送去了宋昱的府上。他对将军府的管家只说是在路上捡到了一个女子，等她伤好之后自会离开。将军府的人没起疑，随便找了个犄角旮旯就将她扔了进去。好在蒲桃的伤好得差不多了，已经性命无虞。

第四章

云中谁寄锦书来

（一）

蒲桃被活埋以来第一次觉得清醒，已是两个月后。

她醒来后很久，仍是觉得昏昏沉沉，久久回不过神。她身上的伤口结了大大小小的痂，有些甚至已经脱落了大半，但她全身的骨头还跟散了架似的，提不起丝毫力气。她只能躺在床上，用眼睛打量着四周。

这是一间木屋，不算大，四周的陈设简陋，床帐和桌椅看上去有些年头了，虽然破旧但很干净，一丝灰尘也无。当中的横梁上悬挂着一排已经风干的玉米串，一旁的墙上挂着干瘪的红辣椒，角落里堆满了柴火，以致空气里充满烟火气。另一侧墙上则挂着一件巨大的蓑衣，蓑衣破烂，边上的矮桌上还放着一顶同样破烂的斗笠。这间屋子的主人似乎久经风吹日晒，靠做体力活为生。

这是哪儿？

蒲桃沉思许久，仍不得解。她用尽力气撑起身子，想要下床走一走，却发现双手刚一用力，就传来钻心的疼。看着自己缠满纱布的双手，蒲桃想起来了，自己当日在牢房里，双手没少受罪。

“你终于醒了！”随着推门声响起，传来一个中气浑厚的女声，她的语气里充满了惊喜，听得出是发自内心的欢喜。

蒲桃侧头，便见门边站着一个五六十岁的老嬷嬷，她穿着麻布粗衣，腰间系着围裙，手里左右各拎着两块肉。蒲桃在记忆里搜寻一番，想不起来此人是谁，但又觉得她声音熟悉得紧。

“你是……”蒲桃问她。

“你就叫我卓妈吧！你昏迷了大半月，都是我和卓毅在照顾你。”

“卓毅是？”

“我儿子。”卓妈笑了笑，赶忙将肉放在角落的木盆里，双手在满是油污的围裙上擦了擦，立即又走出门去。

不一会儿，她又从屋外端来一碗热腾腾的汤药，然后将药碗往蒲桃床边一放，说道：“刚熬好的补药，等稍放凉些就赶紧喝了！你身子弱，得多补补！”

蒲桃道谢，想要坐起身子，但是力不从心。卓妈见状，连忙上前将她扶起，又往她身后垫了两个枕头。

“谢谢。”

蒲桃的鼻息里充斥着卓妈身上的味道，那是一种皂角和熏肉气息混合的味道，不算好闻，但让她感到安心。曾经有好长一段时间，为照顾重病的父亲，她打过无数份工，为大户人家浣衣也是常有之事。那时，她身上亦是同样的味道。

卓妈微笑地盯着蒲桃的脸，眼睛眯成一条缝，似乎极为欢喜。蒲桃被她盯得有些无所适从，刚想问她这是哪里，却见她左手捧起碗，右手搅动勺子，随后用尽力气试图将药吹凉。她的动作温柔而有力，让蒲桃想起了自己儿时母亲仍在世时的模样。

蒲桃鼻头一酸，突然说不出话来。

对蒲桃泫然欲泣的模样，卓妈浑然不觉。她自顾自地吹了一会儿，舀了一勺汤药，自己先尝了一口，发觉温度适宜才递到蒲桃眼前说：“来，快把药喝了。”

这句话，蒲桃在梦里听到过很多次。她下意识张开嘴，苦涩的药汁入喉，是熟悉的味道。她终于知道自己为什么会觉得卓妈熟悉了。

这段日子，她虽然在昏睡，但耳朵依稀听得见他们说话的声音，鼻子也能闻到他们身上的味道。卓妈双眸明亮，露出发自内心的微笑，慈祥和蔼。如今卓妈的身影与昏迷时脑海里的残影相结合，让蒲桃对她十分有好感。

蒲桃十分感激，顾不得道谢，一口接一口地将药喝完，才问她：“这是哪里？我……还在太平府吗？”

“当然了！我们都是宋府的家仆，在城外庄子上做活。”卓妈眼中闪过一丝惊讶，随即笑道，“不过这里是太平府外城，不在城内。对城内人来说，并不算京城。”卓妈说着，推开了窗户。

窗户外，树枝上的树叶发黄，在地上铺了一层金黄，已是深秋时节。各家整齐的木质房檐下，都垂着过冬用的食材，一股熏肉的味道在空气里弥漫，给人一种凛冬将至的感觉。

卓妈顺手取下鸡毛掸子，一边装模作样地拍打桌子，一边问她：“你是城内人吗？为什么会这样问？”她拿眼睛偷偷打量蒲桃，表情有些担心，却又似乎不想让蒲桃察觉。

蒲桃神色迷茫，根本搞不清状况。许久，她才摇了摇头，说：“我是外乡人。”

卓妈松了一口气，隔阂感瞬间消失，她笑靥如花，道：“早说呀！我还以为你是城内哪家的大家闺秀，生怕怠慢了你！”

“怎么会？你们待我很好。”蒲桃睁大了眼睛，疑惑地说，“是您救了我吗？我……什么都不记得了。”

蒲桃最后的记忆停留在牢房里，她不知道自己是怎么从牢房里出来的，也不知道卓妈对她的事情知道多少。她现在唯一的感觉就是后怕。

当日的她鲁莽冲动，无牵无挂，但现在，她住在卓妈家里，受了她的情，承了她的恩惠。她不能不替他们着想。她怕刘子昭杀人灭口，打击报复，伤害无辜。

卓妈放下鸡毛掸子，重新坐回蒲桃身边，给她掖了掖被子，安慰说：“你不要多想，过去的事情现在不记得，兴许以后就会想起来呢？你受了重伤，现在最重要的是养好身子！”

“……嗯。”蒲桃迟疑地点了点头。

“我儿将你救回后，你便一直住在此处，已近两个月。至于具体的事情经过，你得问他。”卓妈伸出手指，往窗外一指，“喏，他刚下工回来了。”

蒲桃顺着她手指的方向望去，便见一个约莫三十岁的中年男子拎着一架梯子往这边走来。男子五官硬朗，看上去憨厚老实，但走起路来一瘸一拐，好似受了伤。

“他受伤了？”蒲桃迟疑了一会儿，怯生生地问。

卓妈的眼里流露出痛惜，黯然道：“早年落下的残疾，不碍事。”

“对不起！”蒲桃惊慌失措，仿佛做了一件错事。

卓妈连忙安慰她，微笑道：“过去几年了，他早已习惯。”

说话间，卓毅已经走进屋来。

他解下背上买的糕点，将它往桌上一放，说道：“娘，近日桂香园的桂花糖出货了，我买了些桂花糖，你放些在她的药汤里，这样喝起来没那么苦。我这衣裳今儿上午做工的时候弄破了，您快帮我缝缝。”他毫不在意地脱衣大嚷，原来并没有注意到蒲桃已经醒了。

“瞧你个傻样，脱衣上外头去！”卓妈忙将他往外赶。卓毅回头，这才注意到蒲桃已经醒来。

蒲桃低头，看着自己的双手，没有看他。从卓毅的角度看过去，只能看到她苍白的面颊，长而密的睫毛，以及半咬住的嘴唇。

“对、对不起！我马上离开！”卓毅慌忙退出去，整理好了衣衫才走进来。

他深吸了一口气，走到蒲桃床边。蒲桃抬起头，眨着一双水灵灵的大眼睛，望着他，一字一句郑重地问道：“是您救了我？”

这些天来，蒲桃脸上的伤差不多好了，虽然他们一早就看出她眉目姣好，但在没有睁眼前，卓毅和卓妈都不知道她竟如此好看！

卓毅的脸瞬间就红了，半天都说不出话来。

卓妈推了他一下，他才回过神。

卓毅愣愣地点了点头，应了一句：“是、是我。”他下意识挠头，不好意思地说：“那天你浑身是伤，晕倒在……在路边，我便把你带了回来。你放心，这些日子都是我母亲在照顾你，我并没有插手。我母亲很喜欢你，你尽管住在这里，多、多久都可以。”

“谢谢你……谢谢。”蒲桃由衷感谢，虽然她不知道自己是怎么从大牢里出来的，但卓毅看上去憨厚老实，她丝毫不怀疑他说的话。

卓毅说话的时候，卓妈脸上一直带着笑意，来回看着卓毅和蒲桃，只觉得男未婚，女……也应该还未嫁吧？二人真是怎么看怎么般配！

蒲桃的药里有安眠的成分，喝了药不一会儿又开始犯困了。

卓妈看出她有些倦意，便推着卓毅让他出去，说道："好了，让姑娘先休息，咱们来日方长，日后再说。"

蒲桃松了一口气，重新躺下，不一会儿便进入了梦乡。

蒲桃半夜醒来，发现卓妈就睡在自己边上。只不过自己睡在床上，卓妈睡在床下。她的身下垫了床因用得太久而被压得扁扁的被子，身上则胡乱盖了几件秋天的衣裳。

卓妈这些日子就是这样过来的？面对陌生人对自己的好，蒲桃内疚不已，这也更让她心里发苦——比原谅别人对自己的伤害更难的是，接受一个人为自己所做的牺牲。

她想起自己千里寻夫，却被夫君打入大牢，历经九死一生，这一切的一切，本来都足够令她陷入痛苦深渊，无法自拔。但不知为何，此时她回忆起来，虽然事情历历在目，但又好似发生在旁人身上。

细细想来，她发现自己不是心碎了，而是清醒了。

她从鬼门关里走了一遭回来，便看淡了过去。凡此种种，皆化作一句：弃我去者，昨日之日不可留。

但不管现今的刘子昭如何变了，就算他连自己的名字都可以不要了，她不能忘记的是：三年前，确实是刘子昭将她带出山洞，救了她一命。她记得曾经那份恩情。而现在刘子昭到底还是没有下狠手，留了她一条性命。现在对方不希望她记得了，那她便忘了吧。

从此以后，她还是蒲桃。孑然一身，也无所谓。

耳边是卓妈均匀的呼吸声，时不时夹杂着几声鼾声，在这寂静的夜里显得十分突兀。但蒲桃丝毫不觉得吵，甚至觉得很安心。

这间屋子里流淌着的，就是普通人最普通的生活气息。努力地活着，为生计而奔波，身体虽然累着，心却是安稳的。蒲桃的心也随着她的呼吸声安稳下来。

如今她已经没有什么东西可以再失去了，她这一生，除了父亲，不再有牵挂，也没有什么后悔的，更加没有遗憾了。从某一方面来说，也算是完整的。

第二天早上，蒲桃已经可以自己坐起身子，无须卓妈喂饭。

七天后，蒲桃已经能熟练地下床走路。但卓妈和卓毅怕她受风，坚决不同意她出门。

好不容易又过了三日，趁卓妈和卓毅不在家，蒲桃忍不住偷偷溜到院子里走了一会儿。看见墙角有许多没有劈过的柴火，她还顺手把那些柴火都劈了。

卓妈晚上下工回来，看见屋子里堆放的柴火，拍着卓毅的肩膀大笑道："劈柴的手艺大有长进啊！"

卓毅一脸蒙："不是您收拾的吗？"

母子二人都是一愣，而后不约而同地看向蒲桃。

"我、我无事可做，就顺手劈了……"蒲桃坐在门口的台阶上，笑得有些不好意思。她的眼睛里满是歉意，但这在卓毅看来，却成了娇羞。

这一笑，仿佛连周围的花儿都灿烂地开了。

"你身体还没大好，需要多休息，以后这种粗活都不许干！"卓毅对蒲桃极为维护，这让卓妈很惊喜。

卓毅二十有八，因前些年上工时摔断了腿，与他有婚约的女子便退婚了，而后一直没有娶媳妇。倒不是因他条件太差，没有人愿意嫁，而是自未婚妻悔婚后，他便落下了不愿与女子亲近的毛病，在男女交往方面很是自卑。如今卓毅对蒲桃格外亲近，让卓妈打心眼里觉得自己这些日子对蒲桃不辞辛劳的照顾不亏。

日子一日日过去，蒲桃已经可以挑水、砍柴，帮卓妈洗衣晒衣。她执意不肯再睡床，与卓妈换了睡铺之后，她睡在地上。

卓妈躺在床上，自上而下打量蒲桃，娇俏的鼻梁、尖尖的下巴、骨肉分明的锁骨……明明美艳动人，却拳脚有力，吃苦耐劳。卓妈看她是越看越觉得喜欢，怎么看怎么觉得顺眼。这样的女子，放在谁家都舍不得她离开。

卓妈忍不住问她："下一步，你有什么打算？你的家在哪里，家中可还有亲人？"

蒲桃被问住了。这几天来，她并没有想这个，不是不想去想，而是选择性逃避。这些日子，她过得无比轻松，吃得饱、穿得暖、睡得好，卓妈和卓毅对她很好，她不想回万和城。她害怕回到万和城见到父亲，又要编出一连串的谎言来掩盖这些天发生的事情。她要用什么心情和言辞去告诉爹爹刘子昭没死，改名刘长昕，现在是尚书的乘龙快婿？

不不不，她不能再刺激父亲。既然刘子昭都已经改名了，那她就当他真的死了就是了。

那宋昱呢？她来京城，与父亲说的是来寻宋昱。可她根本没找过宋昱，也没真心想过要找。

蒲桃沉默着，在卓妈的催促下，才缓缓说道："我的家在江南，家中还有老父，原本是来京中投靠远亲，但不想远亲已故，打算迟些日子再回去。"

卓妈心中一喜，打趣道："咱们这儿是不是很好？可是有人让你留恋了？"

卓妈多希望蒲桃说一句"卓毅很好"之类的夸夸自己儿子，也让她好继续往下说，但蒲桃并没有说话。

卓妈只当她是女孩家面皮薄，便也不再问了。

好事多磨，只要蒲桃还愿意留在这里，她总有办法撮合他们！

翌日下午，蒲桃在院子里跟几个老嬷嬷一起洗衣裳，免费的劳动力，大家都喜欢。这些婶子都知道，这人是卓毅捡回来的，便总拿她打趣。

"蒲丫头，我瞧着四儿对你很好，你瞧他怎么样呀？"

卓毅在家排行老四，上头三个哥哥都早夭，熟识的婶子们都叫他"四儿"。

蒲桃不说话，微微一笑，走到那婶子身边，将她的衣服都拿到自己的盆子里洗，然后就一直低着头。不管那些婶子说什么，她都只是微笑。

她知道，自己若开口，不管说什么都会被她们念叨，索性什么都不说。不反对，不拒绝，不解释，让她们放飞想象，自我陶醉好了！

立冬这日，卓妈做了一桌子好菜，说要一家人好好庆祝庆祝。

在说到"一家人"三个字的时候，蒲桃心大，并没有反驳。这些天的相处让她真心觉得卓妈拿她当女儿看待，卓毅也总是给她糖吃，就像一个无微不至地宠爱自家小妹的大哥。

卓妈高兴得一直给卓毅使眼色，卓毅也似乎受到了鼓舞。饭还没吃完，卓妈就识趣地离开了，院子里只剩下他和蒲桃。

卓毅脸色通红，半晌没说话，只看着蒲桃笑。

蒲桃正奇怪着，想问他是不是哪里不舒服，却不想下一刻就听他说："你觉得我怎么样？"

蒲桃皱了皱眉，点头："你很好。"

卓毅心里一喜，接着说："你喜欢这里吗？"

蒲桃再次颔首，实话实说："……喜欢。"

"那你想永远留在这里吗？"卓毅急切地说完，不等蒲桃回答，紧接着又道，"我很喜欢你，我希望你能永远留在这里，我可以照顾你，请你……请你给我一个机会。"他话音刚落，从院子外传来一阵哄笑，很明显是卓妈和着几个婶子在听墙角。

蒲桃听懂了他的意思，沉默不语。

"你不说话我就当你答应了！"卓毅脸色通红，说完，便一转身飞快地跑开了。

"成了！成了！"

"恭喜恭喜，你家总算要办喜事了！"

"这都是我儿心善的福报啊！"

……

院外传来接二连三的"恭喜"，蒲桃内心很是纠结。

她发现自己在此处打搅太久，是时候离开了。

（二）

第二天，蒲桃把卓妈家里里外外打扫了一遍，挑水劈柴忙活了半日，把自己能为卓妈做的所有事都做了一遍。到了晚上，她打算正式向他们辞行。

蒲桃坐在院子里，看着微笑的卓妈，正寻思着开口，却见一旁的卓毅突然从怀里摸出了一个红丝绢包和两个油纸包。

卓毅打开两个油纸包，摊开来放在桌上，说道："这是桂花糖，这是桂花饼，在你昏迷的时候，在你的药里放些糖，你总能比平时更快喝完！我托了好多人，才在冬日里弄到这些。”

蒲桃谢过，刚想开口，卓毅又飞快地拆开了绢包上的红丝线，说道：“这是送给你的聘礼。”

卓毅把绢包塞到蒲桃手里。蒲桃低头看去，发现里面是一只细细的金手镯。

“这太贵重了，我不能要。”蒲桃觉得有些烫手，连忙递了回去。

卓毅却当作没听见，飞快地站起身告诉蒲桃：“我有能力养活你、照顾你，请你不要拒绝我。”说完，他似乎不好意思听她回答，逃也似的离开了。

蒲桃怔住了，看着他的背影，内心百感交集。

这些日子的相处让蒲桃很清楚地知道，卓家根本没有多余的钱财。卓妈和卓毅都是宋家庄子上的家仆，庄内管吃管住，但薪水极少。卓妈辛辛苦苦把卓毅养大，始终没有让他签卖身契，就是不希望他入奴籍。他虽然只能偶尔在庄子里接些零碎活，赚不到什么钱，但至少是个自由身。

这一只金手镯，怕是用他的卖身契换来的。

蒲桃说什么都不能要，她必须把它还回去！

夜里，蒲桃从枕头底下摸出一只钱袋，这钱袋是她在嫁给刘子昭之后亲手绣的。原本绣了一对，但那一只没有送出，自己这一只还看得过去。它代表的是自己荒唐无知的过去。但是，她不介意保留这种过去。毕竟那种天真，是再不会有了。

蒲桃从钱袋里掏出一块玉佩，她不知道玉佩为什么还在身上，她依稀记得，自己被打入大牢之后，官差便将身上的物件都搜了去。但她醒来后，发现钱袋还在，虽然里面的钱没有了，但玉佩还在。

这么好的玉佩，他们竟会留给自己？

真是奇迹。

但再好的玉佩，对蒲桃来说，只是一个好心的过路人所赠，她对它其实没有任何感情。而卓妈和卓毅，是在绝境中给了她温暖的人，卓毅更是她的救命恩人！

蒲桃几乎是没有犹豫便下定决心，明天就将玉佩当了以解燃眉之急，把卓毅的卖身契赎回来，如果还有富余，也全留给他们作为报答，还了他的恩情。

三日后，景王府。

龙成谨以为自己再也不会跟蒲桃有交集，却不想这一日大早，大管家裘德见鬼了似的跑了进来。他的手里捧着一个托盘，盘子里装着一块翠绿色的玉佩——与自己腰间所佩的一模一样。

只是龙成谨这块流苏上没有南珠，而托盘里的那块有一颗指甲盖大小的南珠。南珠圆润饱满，正是那一年番南进贡的几十颗南珠中的一颗，由他母后吩咐内务府督办制成，以此昭示与皇帝所赐的那块不同。

“王、王爷！奴才听下面的人说，这块玉佩出现在耀祥典当行。典当行的人带着玉佩来问，奴才一眼就认出，这就是您的玉佩啊！怎、怎么会流落市井？可是被歹人偷盗了？”

裘德着急，龙成谨整个人却很平静，除了脸黑得快要滴出墨来，没有太大反应。

这块玉佩，在送走蒲桃那日，他亲手把它放进了她腰间的袋子。不是因为旁的情愫，只是他送出去的东西，就不会想着收回，再珍贵的东西也一样。他心想，权当是给她的补偿。可谁料想，不出三个月，玉佩竟然出现在城南的典当行？就当了三十两银子？！

她还真是完全没有把玉佩放在心上，也没有把赠玉人放在心上。

龙成谨气得手发抖，久久说不出话来。

“要不要……奴才派人把那典当玉佩的人抓了来，严刑拷打？”裘德不明所以，试探性地问。

“不必！”龙成谨恶狠狠地打断，眼中充满怒火，是裘德久未见过的模样。

他上一次出现这种神情，还是治水之后，第一次发现太子皇兄防着他的时候，原本兄友弟恭的两个人第一次出现了嫌隙，迫使龙成谨韬光养晦至今。

房间里气氛凝重，不明所以的裘德牙关打战，不敢再多话。

半晌后，龙成谨内心稍微平静，才转回头吩咐道：“你去调查一下蒲桃现在何处。”

蒲桃将玉佩换了钱，便去找了庄子的大管家，想要赎回卓毅的卖身契。只可惜管家恰好回了城中宋家老宅，要三日后才会回。

蒲桃不得已，又在卓家多留了三日。

三日之后，当龙成谨看见玉佩问起蒲桃，裘德立即便差人调查。在得知蒲桃的诉求后，他吩咐宋府的管家先压下，等上面点头再同意。

裘德将此事汇报给龙成谨，当他得知自己的玉佩被变卖只是用来为一个瘸了腿的家仆赎身时，虽然觉得不悦，但愤怒较之早晨已经弱了很多。

他对蒲桃的感觉始终是愧疚多过好奇，采取的措施也是尽量回避，不愿面对，更不要说一而再再而三地插手。那样做既不符合他的身份，也不符合他的心情。

所以当他冷静下来后，认为自己能为蒲桃做的已经做了，蒲桃不珍惜，那他也不必再浪费精力。

“给她卖身契，就当是还了本王对她的亏欠。”

龙成谨说了一句让裘德全然摸不着头脑的话。

分明是王爷救了她的性命，怎么反倒成了王爷亏欠了她？

裘德虽然心有疑惑，但见王爷脸色难看，也明白不便多问。王爷怎么吩咐，他便怎么去做了。

（三）

蒲桃赎回卓毅的卖身契后，将卖身契、金手镯和剩下的银子一起放在了桌上，自己只留了少量的银两做回乡的盘缠。

告别的话说不出口，离别的伤痛无法直视，她想，悄然离去或许对所有人都好。

夜里，蒲桃悄然离开了宋庄。

冬日的月色下，田野清冷而孤寂，道旁的草叶上结满了寒霜。

蒲桃一身素色单衣走在其中，裙角拂过，很快便湿了鞋袜。她觉得冰冷刺骨。

她身上唯一可以御寒的就是一件灰色短褐，长及腰间。两只手露在空气里，十指冻得通红。她就这样身影单薄地在田间走了大半夜。

到了子时，天空突然下起雪，雪很快在地上结了一层冰，紧接着鹅毛大雪纷飞而下，落下了今年的初雪。

此处前不着村后不着店，蒲桃不得不解下短褐盖在头上，勉强用作遮掩。

落满了雪的短褐、单薄的衣衫、湿透的鞋袜、冻得通红的双手和鼻尖……蒲桃在雪中行了半个时辰后，失去了方向，就以这副姿态闯进了皇家马场。

马场边缘，几顶用毡子蒙在木架上做成的圆顶帐篷吸引了蒲桃的注意。

北风呼啸中，帐篷围绕着中央巨大的篝火而搭成，奴仆们不停地往里加柴，篝火熊熊燃烧，柴火在风雪中烧得噼啪作响，丝毫不用担心会熄灭。因其主人丝毫没有吝惜柴火的意思，就连不远处的露天马槽里都放有御寒用的炭盆。

蒲桃欣喜若狂，像是看到救命稻草般跑了过去，结果……当然是被侍卫拦下。

“皇家禁地，禁止入内。如有违者，就地处斩！”侍卫的话就像是一把长剑，直接斩断了蒲桃的生路。

冰天雪地里，蒲桃身上的衣物根本不足以御寒，但是皇家禁地意味着什么，她也很清楚。

帐篷内，传来歌舞乐声，舞姬肆意欢笑，和着上位者们的朗朗笑声。烤肉的香气在空气中弥漫。朱门酒肉臭，路有冻死骨，帐内帐外是截然不同的情景。

想来那帐篷里的人必定是皇亲国戚，否则不会有这样大的阵仗。可蒲桃不甘心，仍旧哀求说：“我去马鹏躲避一晚，绝不打扰你家主子，可以吗？”

答案是不言而喻的。

侍卫长看着蒲桃，虽然觉得眼前人只是一个弱女子，但丝毫不敢放松警惕，呵斥道：“立刻离开！否则不要怪我不客气！”

前进是死，后退也是死，蒲桃绝望之际，忽听得帐内有人高喊了一句：“外头吵吵嚷嚷，出了何事？”

那人的声音高昂，听起来心情极好。他话一出口，帐内的歌声也跟着停下，想来此人正是帐篷的主人。蒲桃是肯定不认识这种阶层的人的，但不知为何，她总觉得那人声音有些熟悉。

很快，便见一个老者卑躬屈膝地走出来，将帐帘掀起又放下，只这一掀一放间，帐内旖旎风光乍泄。几个西域舞娘身姿妖娆，围着正中的公子，笑得十分魅惑。

蒲桃没有将注意力放在公子身上，反倒对直奔自己而来的老者十分客气。她苦苦地哀求道："求您让我在马厩待一晚，不，等雪停了我立刻就走！"

老者见了蒲桃，先是一愣，旋即面色恢复如常，对着侍卫点了点头："放她进来，给她一点吃的。"

侍卫们收起武器，将蒲桃放了进去。

蒲桃以为是自己的哀求起了作用，更加小心翼翼，连声道谢。她也深知自己是闯入者，对他人的善心不能当作是理所当然，便顺手帮他们把散落的草料堆放整齐。

等她做完这些，老者送来的食物也到了。

看到收拾得井井有条的马厩，老者表现出了极大的惊讶。蒲桃却觉得习以为常，并且对他送来的食物也只是拿了一小块羊肉和一碗水。然后她躲在炭盆边上，把自己的短褐从头顶取下，盖在周身，那谨小慎微的模样似是要降低存在感，生怕给主人带来一丁点的麻烦。

老者看了她一会儿，眼底带着深深的疑惑，半晌才走回帐中。

帐内歌舞一夜未歇，帐外的篝火和炭盆便一夜未灭。有了暖意，蒲桃在梦中都带着一丝满足的笑意。

第二天清晨，歌姬散尽，舞乐停歇，篝火也熄灭了，只剩下一地残渣。

当龙成谨走出帐篷的时候，他发现帐外的世界已经是银装素裹。

冰天雪地里，一个小小的人影蹲在不远处的马棚里，因为炭火熄灭，她的双手和脸颊都冻得通红，嘴唇发紫，看上去奄奄一息，只有偶尔呼出的雾气证明她还活着。

虽然她看上去又瘦了不少，可龙成谨一眼就认出，这个人，就是蒲桃。

“她怎么会在此处？她是来找本王的？”龙成谨回身，问身后的老管家。

裘德一副不甚明白的表情，迟疑地摇头，说：“她……似乎只是因为迷了路。”

“……”

龙成谨这才从一开始的震惊中回味过来。

他说不出来自己心里是什么感觉，在看到她的那一瞬间，有惊讶，有疑惑，还有那么一丝小惊喜。但回顾以往见面，她似乎根本不知道自己的身份。

第一次见面时，比武招亲擂台上，她气势迫人，从头至尾没有看过他一眼；

第二次见面，蒲桃再嫁之际，也只当他是某个出手相助的过路人；

第三次见面，确切来说，是他清楚地知道自己在陪她，而她身受重伤，根本不清楚照顾自己的人是谁。

他们短暂相遇，虽然次次印象深刻，可她从来不知道他的身份，又怎么会来此处找他呢？

“爷，怎么处置？”裘德看出了龙成谨的纠结，小心翼翼地询问。

龙成谨抬眼看了眼周遭的雪景，望着远处被大雪掩盖的官道说：“暗中派人保护，将她安安全全送走。”

“就这样？”裘德有些不敢相信。

“就这样。”

龙成谨语气淡然，转瞬之间将所有的情绪藏好，不露一丝破绽，转身离去。

裘德跟在他身后，心中的疑惑更加深重了——王爷分明就是因为蒲桃才心情不好，来城外宿营放松，怎么这会儿明明见到她了，又装作没看见似的？就算他们缘分再深，也经不起他这样一次次地将她往外推呀！

裘德转身看了看蒲桃，又看了看龙成谨，心中直感叹：还好自己是个太监，从来没有这方面的困扰。否则，这样娇弱的美人儿一次次地送到面前又不肯下手，真是暴殄天物。

暴殄天物。

辰时，裘德给蒲桃送去了一件大氅。大氅华贵非常，不似凡物，见过不少好东西的蒲桃自然明白其价值，说什么都不肯要。

“这太贵重了，我不能接受你的好意。”

裘德大约猜到蒲桃根本不知道这衣服是谁的，也不知道赠衣人的心情，只说这是他家主子的一点心意，不要求任何回报。他好说歹说许久，蒲桃才算是收下了。

蒲桃谢过之后，便穿着玄色的斗篷在冰雪之中行进，身影渐行渐远。

龙成谨站在帐篷外，一直到她的身影消失才转身进去。

他想，这当是自己最后一次送别蒲桃了吧。

有一有二，却没有再三再四了。

龙成谨回到王府，不知是因为再见蒲桃，还是因为再次送走了蒲桃，心中多少有些感慨，在本该处理公务的时候，却鬼使神差地让裘德去把积压的私人信件找来。

裘德照办，拿来一只锦匣。匣子里，都是一些散乱的无关紧要的信件。其中有一封便来自万和城城主，池泱。

万和城的事务不归龙成谨过问，他与池泱也没有什么私人交情，二人唯一需要联系的地方，就是当初他嘱咐池泱要多多照看蒲家人，所以池泱经常会报告一些蒲家人的消息给他。一开始他还会看一看，但后来觉得实在无聊，便再也没打开过，只让裘德按照旧例收好便罢。

龙成谨拆开了池泱最近的一封信，已是两个月前，他只看了一眼，便“啪”的一声将信拍在桌上，火急火燎地告诉裘德：“快！把蒲桃给本王追回来，不管用什么法子，都不能让她回去！绝对不能！”

裘德喜上眉梢，没问半个字，立即便转身出去了。

他早就想这样做了，只可惜王爷一直将蒲姑娘往外推。虽然不知道是什么让王爷改变了主意，但只要王爷开了口，他必然会将一切都办得妥妥当当，完美无缺！

裘德迈着轻快的步伐走在府中，望着府中一成不变的砖瓦，喜气洋洋地想：“王府好久没有办喜事了，依照王爷对她的喜欢，怎么着也得是个侧妃吧？”

该是要好好操办一场喜宴，好好庆祝庆祝了！

（四）

追回蒲桃的方法简单粗暴，过程却格外艰辛。

裘德原想直接用一顶金丝软轿，派上四个轿夫，一个婆子一个婢女，将她客客气气地迎回王府。却不想，中途不知道出了什么差错，四个轿夫加一个媒婆，一个都没回来，只有小婢女披头散发，分外惊恐地来回禀："裘、裘管家！蒲、蒲姑娘动手了！我们打不过她！"

"打不过？"裘德一脸难以置信的表情，仔细回想了一下蒲桃弱不禁风缠绵病榻的模样，再与那四个身强力壮的轿夫及膀大腰圆的媒婆一对比，觉得光那媒婆的一条手臂都能轻松把她举起来，怎么会打不过？

蒲桃像是会与人动手的人吗？

不像。那一定是有人在说谎。

不与女子动手的蒲桃没有伤了婢女，让她有口气能跑回来告状，却不想裘德对她动了刑。打了她二十大板之后，她还是一口咬定：蒲桃绝不是弱质女流，而是一个行走的杀伤性武器。

裘德半信半疑，又派了一队人去，结果那一队人也是音信全无。过了两日，才在城外的树林里找到了被绑在树上的他们。

裘德如实禀告龙成谨，龙成谨看着窗外半晌，才说了一个词："蒙汗药。"

裘德没听清，或者说听清了，却不敢相信。

"王爷，您说什么？"裘德壮着胆子再问了一遍。

龙成谨转过头，一本正经地重复了一遍："用蒙汗药。"

裘德消化了好一会儿，才躬着身子说："……是。"

蒲桃被诱捕的这一天，距离龙成谨下令将她追回来已经过了十天，日子久到龙成谨都快忘记这回事。

这一日晚间，龙成谨办完公务，准备就寝的时候已近子时，空无一人的王府走廊里突然传来几个婢女的聊天声——

"今儿我给那姑娘沐浴的时候，可吓了一跳，她的身上全是伤！我从没见过哪个女子像她那样！”

“若说手掌粗糙，我们做奴婢的都糙，也不觉得奇怪。可她呢，除了有十几道莫名其妙的疤痕，手心里都是茧子，一看就是练功夫的！”

“何止手上？她的那里……那里……还有那里……也全是鞭痕！”

“什么？！那她可怎么伺候王爷？哪个男人敢碰她？谁看了都会觉得恶心吧？”

“可不是？我就没见过哪个姑娘能这么折腾自己！”

“王爷今晚怎么挑了这样一个女人侍寝？还不如找我呢！”

“找你？也是……你除了眼睛没她大，鼻子没她高，脸没她小，头发没她黑，皮肤没她白，还没她瘦以外，哪里都比她好！”

“去你的！你真的是在夸我吗？”

……

婢女们叽叽喳喳嬉笑着远去，龙成谨在廊下听了一会儿，只捕捉到了一个关键信息：今晚蒲桃侍寝。

嗯……给自己。

龙成谨在自己的屋外站了好一阵，犹豫着要不要进去。

进，男女之事，鱼水之欢。征服一个雄霸一方的女子，比那些千篇一律顺从柔弱的女子要来得有趣。但，结果会很麻烦。

不进，桥归桥，路归路，两个人以后没有交集，似乎更好。

就在他犹豫的这一会儿，他发现里面一直没有动静，这让他不禁好奇起来——按照蒲桃的火暴性子，被人送到他人床上，断不会轻易点头，那她现在这么安静，是不是代表她也同意？会不会因为听说对方是皇子，所以也愿意委身于人了？如果是那样……那蒲桃也不过是个平凡女子，不必再牵肠挂肚。

怀着这份好奇，龙成谨决定进去看一看。

他轻轻地推开门，原以为会看到一个被堵住嘴、绑成螃蟹模样的蒲桃，却不想在铺满玄色锦缎的大床上，蒲桃穿着一身薄如蝉翼的绢丝寝衣，呼吸均匀地躺在正中间，身上所有隐秘部位都一览无余。但是，她压根就没醒。

被派去办事的人怕她武力值超群，普通的蒙汗药量不足以迷倒，于是将药量多下了几倍，据大夫说，连头牛都能放倒三天。于是蒲桃现在除了有呼吸，就跟个死人一样一动不动。

龙成谨盯着看了一会儿，发现她的身上果然如婢女们所言，到处都是深深浅浅的伤痕。脖子、胳膊、胸……一直到小腿，都布满了鞭痕。看着这些伤，他大概就能知道过去她受过怎样的虐待，那画面简直不堪想象。

龙成谨叹息一声，回过神来的时候，发现自己的手正在解她胸前的衣带，衣带半落，胸前雪白一片。

龙成谨猛地缩回手，面红耳赤，简直不敢相信自己在做什么！

他连忙抓来被子，往蒲桃头上一盖，等看不见她胸前白花花的一片后，才渐渐平静下来。龙成谨非常惶恐，对于自己的自然生理反应，第一次表现出了震惊。

床上的是谁？雄霸一方的悍妇蒲桃！她是把自己的尊严踩在脚底下践踏的人！她清白干净的时候他都不想染指，何况现在……说她是残花败柳都算抬举了！嫁人寡居，身上密布伤痕，没有一个是加分项，自己这是看上她了？

绝不可能！

龙成谨心头无名火起，久久无法平息，他甚至想把暗自揣度他心意的裘德抓起来打一顿！但是，等他打开门，被冷风吹到的时候，他突然清醒了。

然后，他到偏房里独自洗了一夜的冷水澡，终于平静下来。

他想明白了，自己其实并不讨厌蒲桃。

恰恰相反，这些日子所经历的一切，都是因为他喜欢蒲桃。

他喜欢她的不可一世，喜欢她的与众不同，喜欢她的倔强，喜欢她的忠贞……也喜欢她孤苦无依仍能在绝境中坚守本心的性格。

可是，她的存在，只会是个污点。

龙成谨是皇子，他不能让自己的人生有污点。

三日后，蒲桃醒来的时候，正躺在京兆府的地牢里。牢房陈设豪华，除了木质栏杆，怎么看都不像是牢房。蒲桃巡视了一圈，发现也只有自己这一间牢房有干净的被褥，整齐的碗筷，和定时定点的三菜一汤，甚至下午还会有一份甜品，每天都不重样。

这与她第一次蹲大牢的待遇截然不同。但，罪名同样不小。

衙役说蒲桃盗了当朝权贵的玉佩，被当铺的人举报了！但是失主也没有让蒲桃赔偿，拿了玉佩就消失了。而当铺不肯善罢甘休，要她赔偿损失，那为卓毅赎身的三十两银子必须由她拿出来。

蒲桃现在没有钱，就算她能赚钱，当铺也不愿意等。她没办法一下子拿出这么多银子，于是被人指了一条明路：代替卓毅卖身宋府，为期三年。

与卓毅的终身卖身相比，蒲桃算是捡了大便宜，她没有理由不答应，于是考虑了三天，在给家中老父写了封报平安的家书之后，签下了卖身契。当晚，蒲桃就被送去了宋府本家。

宋将军府，位于太平府中最繁华、最靠近皇城的地段。

宋家老太爷是开国元勋，当年跟着太祖皇帝打江山，四个儿子都为国尽忠战死疆场，只有长子留下一子一女，女儿还是个常年卧病在床的，整个宋家也就剩宋昱这一根独苗。幸而宋昱年轻有为，也算不辜负宋老爷子所盼。

蒲桃入了宋府之后，管家听说她曾做过卖酒女，于是把她分配到了厨房，专门负责看管酒窖。

厨房的负责人张妈原本看不上蒲桃，认为她细胳膊细腿的，一定是肩不能挑手不能提，并且觉得拥有姣好眉目的女子脾气一定大。谁想不过半日，张妈已经恨不得将她当作亲闺女对待。

蒲桃手脚勤快，从不偷懒，将酒分门别类放好之后，还会学着去做点别的。但凡会做的，她一定义不容辞抢来做，就算是不会的，在一旁看看，学习一番，很快也能上手，简直是天上掉下来的宝贝。张妈开心得很，不过几天时间，恨不得将看家本领都教给她。

“吴越有一种玲珑牡丹鲊，以鱼叶做成牡丹状。熟了之后，微微泛红，如初开牡丹。”

“五福饼，其实就是炉饼。将酸甜苦辣咸五味分别放在饼中，馅料各不同，但滋味上佳。”

“十远羹，将石耳、石发、石线、海紫菜、鹿角脂菜、天蕈、沙鱼、海鳔白、石决明、虾魁腊，右用鸡、羊、鹑汁及决明、虾、蕈浸渍、自然水澄清，与三汁相和，汁越多越好。十品之中忌入别物，不然类别太杂，滋味不好。”

张妈一边做府中人的晚饭，一边跟蒲桃说教，末了加了一句：“这些都是逢年过节，在家中宴请贵客时才会拿出来的。如今宋将军出征，短时间内不会回来，你了解了解就好，不必花时间去记。”

蒲桃颔首，飞快地捧出盘子，张妈恰好将锅里的菜品捞出。

一张如花似玉的脸在眼前晃荡，实在是让人身心舒坦。

一个月后，蒲桃仍旧没有收到父亲的回信，心中有些奇怪。照理说，信件一来一回，一个月已是极限，为什么她至今仍没收到消息？

蒲桃心中隐隐有些担忧，但近日工作繁忙，她暂时无暇他顾。

午饭时间刚结束，蒲桃正清理灶台，这时却见婢子小月端着个托盘走进来。小月将托盘扔在桌上，汤碗中的汤洒了些出来。

蒲桃觉得奇怪：“怎么没动过？”

小月一脸难过地说：“近日小姐的胃口又不好了，不知这次又要持续多久呢。”

蒲桃一直在做下人的粗活，不关心府中事务。她只知道宋府的主子是当朝的宋老将军，实际当家人是宋大将军，却不知府里竟还有一位小姐。

蒲桃没有特地去打听小月口中的小姐是谁，只知道小月在府中婢子里的地位极高，就连管家都要给她几分面子，那她的主子也一定是宋府的主子。

蒲桃擦干净双手，走过去，拿起小勺子尝了一口托盘里的药膳汤，只尝了一小口便皱着眉头说：“这汤太腻。今日天气闷热，也难怪小姐胃口不好，我重新给她做一份。”

蒲桃刚想要动手给宋小姐做一份新的午餐，但小月根本不给她机会。

“去去去，你懂什么？小姐身子一直不好，这些药膳都是宫里的老太医亲自配的！小姐的膳食你没资格插手！”小月端起托盘，将盘中的食物悉数倒进了垃圾桶。

蒲桃看着很是心疼，但无奈品级摆在那儿，自己没有话语权，说什么都是无用的。

小月在灶台上鼓捣半晌，重新拿了一包药材混合在鲫鱼汤里，不多时又离开了。

蒲桃在一旁洗碗，好几次想提醒小月，药材中的那一味甘蓝不要放，但被张妈阻止了。张妈压低了声音，在她耳边道："小姐的膳食从来都有专人负责，你就不要插嘴了。"

"我知道了。"蒲桃点了点头，不再多言，但对小月的每一个动作都看在眼里，记在心上。

傍晚，结束了一天的工作，蒲桃回到自己的房间，但总是睡不着。她想了想，决定去找张妈。

"张嬷嬷，我们府中还有一位主子吗？"

张妈点头："宋老将军解甲归田后，不问世事，成天躲在城外的庄子里务农。后宋夫人病故，将军府中所有的担子都落在了年少的宋将军肩上。但府里除了宋将军，确实还有一位宋小姐。"

"为何我从来没听说过？"蒲桃有些惊讶。

张妈叹了一口气，道："宋小姐名叫宋静娴，她是宋将军的亲妹妹，但是因为身体不好，常年卧床，从来不出屋子。甭说是你了，我在宋府当差多年，连她一面都没见过！"

"竟然有这种事！"

"还有更奇怪的。"张妈欲言又止，见蒲桃充满了好奇，才又忍不住压低了声音道，"你别看咱们小姐年纪小，她的品级可比宋将军还高！"

蒲桃不明所以，全然不懂张妈的意思。

张妈又道："静娴小姐虽然还未及笄，却早已被圣上亲封为懿贤郡主。"

"一娴郡主？"蒲桃脑海里浮现出这两个字，但又觉得不对，又问，"哪个'一'？哪个'娴'？"

“懿旨的‘懿’，贤惠的‘贤’。”

“懿贤郡主！好大气的封号！”蒲桃惊呼。

“可不是？”张妈重重颔首，说完，突然凑近了蒲桃，悄声在她耳边道，“大家私底下都在传，小姐之所以变成现在这样，都是她的封号害了她呀！”

蒲桃满脸疑惑，便听张妈接着说道：“古来‘懿’字可都是皇后、太后才有的封号。虽说咱家小姐当得起皇后之位，可到底还没成皇后不是？圣上给了这样一个封号，看上去是抬举了小姐，可他怕是没想过，小姐压根没那福气！平白折了她的寿命！”

蒲桃听了这番言论，自是惊讶，匆忙看了眼四周，见无人才放下心来。

蒲桃叹息道：“张嬷嬷，今后这种话可千万别说了。”

“我知道我知道，还用你提醒吗？”张妈眉开眼笑道，“咱谁不是在这府里做了几十年的？这种话私下早就传开了，也没人会去小姐面前说，你就放心吧！”

“……嗯。”蒲桃蔫蔫地点了点头。

蒲桃是大户人家出身，高门府邸里下人之间的龌龊话听得不多，现如今是头一回听到这般恶毒的言论。若不是她知道张妈的为人，只怕会将她想象成恶毒下作的女人。蒲桃摇了摇头，试图将刚刚听到的东西全部抛到九霄云外去。

（五）

这厢龙成谨因筹集军饷之事，多日奔波劳碌，总算将下一期的军饷处置妥帖，送往了边关。他忙完了政事，稍有闲心，这一日早饭时，当他看见自己的玉佩时，便又想起了蒲桃。

每日早晨用完早膳，便是龙成谨阅读各方来信的时间。裘德见他低头沉思，立即心明眼亮，从书房里取来一沓信件，摆在最上面的信封上写着龙飞凤舞的“蒲渊亲启”四字。

他一个月前交代手下，任何关于蒲桃的信件都要拦下，择日处置。

龙成谨淡然地拆开信封，便看见她极为难看的字迹。

父亲大人亲启：

女儿在京一切安好，宋玉对我极为照顾，望父亲保重身体。勿念。

蒲桃

龙成谨看着她的字迹，仿佛就能看见她舞刀弄枪时的模样，显然她从小到大，半点心思都没有放在舞文弄墨上。虽然她的字难看，但龙成谨也从字里行间感受到了她对父亲的关切，以及内心的煎熬。

没有人的家书会长篇大论，因为多说多错。蒲桃在京中的日子用水深火热来形容也不为过，但是千言万语，只化作一句“一切安好”，还有那个并不存在的男人“宋玉”，无不体现着蒲桃根本没有别的说辞。

龙成谨想到一个月前收到的来自池泱的那封信，只觉得头疼不已。

他脑海里一闪而过蒲桃穿着白衣在悬崖边悼念亡夫的模样。那时的她目光空洞，仿佛世间万物都不再放在眼里。

不，应该说，她觉得自己已经被世人抛弃。

她画地为牢，已经受了三年酷刑。他还要让她经历一次那样的万念俱灰吗？

龙成谨觉得自己做不到了。

“爷，您没事吧？”见龙成谨面色发白，裘德关切地问。

龙成谨长舒了一口气，揉了揉眉心，摇了摇头：“无事。”

他说完没过一会儿，立刻又反问裘德：“本王……对蒲桃是不是很坏？”

裘德全然没想到龙成谨会突然这样问自己，连忙摇头：“回王爷的话，您对蒲姑娘很好。”

“是吗？”龙成谨如呓语一般，之后很久都没有说话，只是看着蒲桃和池泱的信。

蒲桃的话很少，就算花费重金寄信给老父，也只是只言片语，看得出来她并不想把京中发生的事情告诉蒲渊。

龙成谨觉得很好奇，蒲桃为什么要来京城？她为什么要大闹刘府？她的身上究竟有什么秘密？

“蒲桃现在何处？”龙成谨抬头，问裘德。

“回爷的话，蒲姑娘在宋大将军府上当厨娘，一切安好。”

裘德办事妥帖，虽然龙成谨交代过不想知道这些，但蒲桃的消息还是会传到他的耳朵里，就像现在这样。

龙成谨很满意，想了想，说：“你去准备准备，本王这几天要去宋府一趟。”

裘德刚想问他要准备什么，便听龙成谨道：“许久不见懿贤郡主，很是想念，你去挑些新奇玩意儿，本王要去陪她半日。”

“是。”裘德没有多问，恭恭敬敬地颔首，立刻下去准备了。

裘德不仅买了时下新奇的小物件，还买了双份的补品。待龙成谨微服私访来到宋府，裘德在门口递给他大包小包共六包礼物。

龙成谨不禁蹙眉问道：“这么多？”

裘德微笑着答他：“回爷的话，若在府中遇到顺眼的婢女，多少赏赐她们一些，会让她们对您和宋将军感恩戴德，这样她们也能更加忠心地伺候郡主。”

裘德的话让龙成谨很满意，他忙不迭地点头说：“你说得有理，本王不及你细心。”

裘德和一干人等守在府外，恭送龙成谨走入将军府。

等他走后，裘德才长舒了一口气，望着他的背影说：“让您送点东西给蒲姑娘，真是比登天还难……”

懿贤郡主的闺阁建在竹林深处，园子门口有御笔亲题的“静宜园”牌匾。而静宜园建在湖心岛上，岛的四面环水，出入只有湖面廊桥一处，环境十分清幽雅静。

龙成谨穿着常服，与驻守的侍卫打了个招呼便走上了廊桥。

廊桥建在湖上，约莫及腰的高度。旁人站在岸上，远远望向他，见到的便是一个长身玉立的身影，如谪仙般飘行在湖面上。

这时候，张妈正带着几个小婢子在湖边摘梅蕊，蒲桃亦在其中。

“那是何人？”

“他竟能进静宜园！”

“好像是景王爷……”

“原来他就是景王爷，我听说景王爷与我们大将军素来交好，他能进静宜园也便不足为奇了！”

耳边传来叽叽喳喳的讨论声，蒲桃直起身子，擦了擦额头的汗，眼睛不自觉地往众人所看的地方望去。

虽然看到的只是远远的一个背影，但她的内心仍是掀起了波澜。

传闻中景王爷最是风流倜傥，外形是众多皇子中最出挑的一个，今日一见果真是名不虚传。

断桥残雪，湖面平静，岸边蜡梅盛放，虽然天气极为寒冷，但这一切都衬托着桥上的人更加不凡。

“桥上人如玉，公子世无双。”用这句话来形容此时的他，真是再贴切不过了。

耳边是婢女们此起彼伏的惊叹夸赞声，纵然景王爷被人视作天日之表，蒲桃也只是看了两眼，很快便又低下头继续干活了。

对她来说，对方再好看也与自己没有半点干系，还不如多摘几朵梅花来得实际。

张妈注意到蒲桃的淡定，嘴角勾起一抹笑。

岸边的姑娘惊呼声越来越大，虽然她可以理解她们所表现出的欢欣雀跃，但从内心里还是更欣赏蒲桃。

在她这样如花似玉的年纪，能认得清自己的身份地位，不去做一些不切实际的梦，真是太难得了。

湖心岛的四周种满了梅树，往里走却是成片的竹林。竹林将外界的烟火气息阻隔在外，形成一道天然的屏障，使得湖心岛上的空气比外头好上许多。

而在竹林深处，曲径通幽，道旁种满了各种花卉绿植。在这个季节里，梅花十里飘香，干净清冽，倒也不让人觉得单调，只感到舒心。

龙成谨原本因包裹太繁重而有些不耐烦，但进入静宜园后，整个人不自觉便安静了下来。

这里最大的特点便是安静了，静得龙成谨连呼吸都放轻了。

龙成谨放缓步子，走到园中心的一幢二层小楼的门前停住。他将包裹放在地上，拍了拍身上的尘土才再次捡起包裹，敲响了大门。

“咚咚咚。咚咚咚。”

没有人来应声，龙成谨却在门外安静地等候。

持续的不急不缓的敲门声打破了周围的平静。其实这并不是龙成谨的风格，他一贯的作风是火急火燎地用脚踹开门，抑或是直接命人把门拆了，绝不会像现在这样安安静静地站在门口等人来。

但如此温润高雅、沉静稳健的龙成谨，才与四周气氛符合。毕竟来到这静宜园里的人，不论是谁都不会忍高声喧哗，以免打扰懿贤郡主清净。就算是皇帝也不例外。

约莫过了半炷香的工夫，才有人匆匆忙忙从楼上跑下来，打开了殿门。

“景王爷！您怎么来了？”婢女馨兰自幼跟在宋静娴身边，与龙成谨也熟识。只不过他们年纪渐长之后，见面的机会少了，一年也不过遇见一两次，今日重逢自是喜不自胜。

“奴婢见过王爷！若早知道是您，奴婢一定不会让您久等！”馨兰接过龙成谨手里的东西，欢快地领着他上了楼。

静宜园主殿中的陈设一如既往雅致简洁，丝毫没有寻常女子闺阁中的胭脂香粉气息，有的只是药香。

宋静娴身子娇弱，常年与药草为伍。每次闻到这些气味，龙成谨的心都忍不住下沉——静娴原本该是京中身份最尊贵的女子之一，却终年只能待在这昏暗的小楼里，日复一日地虚度年华。

“静娴近日身子如何了？”龙成谨问馨兰。

馨兰步子一顿，面上的喜色也跟着渐渐沉了下去，颇有些无奈地道：“小姐近日吃不下睡不好，宫里的太医来了好几位，也无人能说出她的病因。奴婢刚刚服侍小姐喝药睡下，这会儿她正在午休呢。”

“是吗？”龙成谨叹息，抱歉道，“是本王来得不是时候，本王该早些来看她。”

“不晚不晚，只要王爷肯来，什么时候都不晚！”馨兰面上又浮现出笑容，安慰龙成谨，“郡主日盼夜盼，就盼着您来看她呢！”

龙成谨嘴角带着苦涩的微笑，不再说话。二人说话间上了楼去。

打开二楼的房门，还有一层厚重的门帘，用以阻隔外界的冷空气。

推开门帘，入目一片昏黄。房间的窗户嵌着碧纱，阳光被碧绿遮掩了一道，光线幽暗。碧纱材质特殊，能透过幽光却不透风。

然而就算如此，正中的大床四周仍摆放着四扇屏风，它们围绕在床的周围，屋外的冷风都吹不进来。

宋静娴就睡在那张大床上，四周垂下了层层幔帐，从龙成谨的角度看过去，只依稀能看见她消瘦的脸庞上挺立的鼻梁。

龙成谨放轻步子，悄悄走近看了一眼。见她闭目睡着，他便不再打扰，坐在屏风外的椅子上，随手拿了本书，就着昏暗的烛火翻看起来。

室内不通风，对于正常人来说很难忍受，但龙成谨坐在椅子上，连眉头都没有皱一下。

过了大半个时辰，才听床上的人微微呻吟了一声，轻声问道："馨儿，什么时辰了？"

馨兰刚要说话，却被龙成谨拉住了。

龙成谨端着参茶，走过屏风，温柔地笑道："申时刚过，你睡得不算久。"

床上的人沉默了一会儿，而后"啊"地惊叫了一声："谨哥哥？是你吗？"宋静娴快速拉开床幔，见到的果然是龙成谨挺拔的身姿和俊俏的容颜。

宋静娴喜上眉梢，双手在空中挥舞，恨不得马上跳下床扑倒在龙成谨身上，但她虚弱的身子不允许她这样做。

"是我。"龙成谨握住她的双手，在她床边坐下，笑道，"我来看你了。"

龙成谨在宋静娴面前从来不称"本王"，他们相识的时候，就是以平辈相称。宋静娴甚至比他和宋昱二人获得封号都要早，若真要算起来，她的身份并不输给龙成谨。她的称号昭示着她是皇帝定下的太子妃，也就是宣武国未来的皇后。

"真的是谨哥哥，我不是在做梦！"龙成谨的体温暖热了宋静娴冰凉的双手，她被突如其来的惊喜吓到，慌忙对馨兰说道，"馨儿，你怎么不叫醒我？快，取我的胭脂来！"

馨兰正要去，龙成谨却再次叫住了她："不必了。"

龙成谨转头对宋静娴道："你在我眼中，什么时候都很美。外界的胭脂水粉涂在你的脸上，才是辱没了你的天资高华。乖，先把参汤喝了。"

宋静娴被龙成谨盯着夸，自是露出一番小女儿姿态，她听话地喝了参汤，并且努力没有让自己吐出来。

"真是奇了！王爷您来了，我家郡主的病都好了！"馨兰在一旁啧啧称奇，惹得宋静娴更加面红耳赤。

"就你话多。"宋静娴斥责了她一句，但语气和眉目丝毫没有生气的样子。

馨兰接着道："王爷，您可别以为奴婢在说笑。这一个月来，郡主吃得极少，几乎吃什么吐什么。若不是平日里有参片吊着，只怕身子早已经承受不住。今儿见了您，她倒是不吐了，您可不是郡主的良药嘛！"

馨兰的话丝毫没有夸大，宋静娴的病已经让府里人心惶惶。

虽然见过宋静娴的下人少之又少，但他们都听说她温婉大方，对下人极为维护。且她受到的待遇是圣上对宋府皇恩浩荡的集中表现，谁都不希望她出事。哪怕知道不可能，也希望她能长长久久长命百岁地活下去。

静宜园伺候的人不多，除了贴身婢女馨兰和馨悦，只有小月和春绿两名粗使丫鬟。

龙成谨命馨悦去拿了些零嘴糕点来，但宋静娴说什么都不肯吃，哪怕是龙成谨喂到她嘴边，她勉强张开了嘴，但还没等咽下去，便又吐了出来。

"谨哥哥，静娴真的不想吃。"宋静娴抱歉一笑，显得极为为难。

龙成谨见她面色都白了，知她已是难受至极，便不再为难。他顺势将静娴吃过一口的糕点放进嘴里。他这一举动，让她的脸色复又恢复了红润。

宋静娴低下头，不敢看他，但握着他的手心更加用力了，恨不得天长地久地这样握着。

龙成谨没在意，眉头却不自觉地蹙在了一起。他猛地将糕点吐在一旁的碗里，问："这糕点是谁做的？"

宋静娴一愣，没想到龙成谨会问这个，立刻问馨兰："是你做的吗？"

馨兰摇头道："这些是皇后娘娘赏赐的，静宜园中一切吃用都由太医院负责，用的都是最好的食材和药物，请郡主和王爷放心。”

龙成谨阴郁着一张脸，道：“这样的东西正常人都吃不下去，何况是病人？”

在众人莫名的表情里，龙成谨又道：“去，命膳房里的人重新做些膳食来。本王今晚留在此处，陪郡主用晚膳！”

馨兰原本有些迟疑，但在宋静娴的催促下，立即派小月和春绿去了宋府的大厨房。

此时，蒲桃和张妈刚洗净了梅花，正准备存放起来备用。小月和春绿来到大厨房，将王爷驾临将与郡主一起用晚膳的消息告知众人之后，厨房中的人立即忙碌起来。

“张嬷嬷，近日天气寒冷，食欲难免不振。听闻郡主旧疾复发，食不下咽，饮食怕是要以温养为主，您觉得呢？”

张妈原先想做一桌宴席，但听了蒲桃的话后，也是赞同地点了点头：“你说得有理，就按你说的去做。”

蒲桃颔首，立即取来食材，做了汤羹和几道菜，有山楂莲子百合粥，醋熘藕尖，素炒三丝，糖醋里脊，清蒸鳜鱼，并且还做了两盅银耳桃胶梅花露当饭后甜点。膳食里没有加任何药材，且以素食为主，就算是里脊和鳜鱼，也无一不透着爽口和清香。

宋静娴看到这一桌子菜的时候，眼睛里的神态明显就不一样了。

“尝一些吧，或许会喜欢呢？”龙成谨细心，看到她明显感到新奇，很快给她盛了一碗莲子粥，一勺一勺喂到她嘴里。

莲子酥软，百合清甜，一碗粥很快见了底。而后，她又吃了几口鱼肉和素菜。等吃完了饭，喝了甜汤，她面色便越发红润。她吃了多年药膳，这是近年来头一次吃到毫无药味的家常饭菜。

“真好吃，与平日里吃到的大不相同，可是换厨子了？”宋静娴不由得感到好奇。

张妈妈做的饭菜她不是没吃过，虽说近年来都在开小灶，但她也很快能吃出方才的饭菜绝不是张妈做的。

春绿恭敬地回答她：“回郡主的话，是新来的厨娘蒲桃做的。”

“原来如此，她的手艺倒是合我心意。”宋静娴吃了东西没有吐，便连身上的困乏都解了大半。

龙成谨听闻蒲桃之名，有些出神。

宋静娴注意到他的不对劲，问道："谨哥哥，你在想什么？"

龙成谨这才回过神来，摇头道："没什么，只是有些好奇。"

"好奇什么？"

"好奇是什么样的人，具此兰心蕙质，能做出如此精致的食物。"龙成谨随意地说着，同时舀了一勺自己跟前的梅花露送到宋静娴的嘴边。

宋静娴没有拒绝，一口接一口地将龙成谨喂的甜汤也喝完了。

宋静娴心情大好，便突发奇想道："去将那厨娘唤来，我要亲自赏她。"

"是。"

龙成谨身形一滞，倒没想到宋静娴会突然这样做。他也没想到自己会在这样的时候，以这样的身份与蒲桃再见。

龙成谨看了眼天色，下意识想离开，但宋静娴说什么也不让他走，说道："从前谨哥哥每晚都会讲故事哄我睡觉，静娴多日不见谨哥哥，今晚我一定要听你的故事才能入眠。"

龙成谨拗不过她，只得答应。他催促她回床上躺着，而后坐在她的床边，将床幔放下。床幔挡住了他的脸，他翻开一本书，缓缓念出声音，房间里便只有他温和平缓的声音在回响。她感觉就像回到儿时一样。

（六）

蒲桃奉召进入静宜园后，惊讶于园子的寂静宁谧，也羡慕此处的与世无争，而后抱着忐忑和好奇进入了宋静娴的寝殿。首先入耳的不是宋静娴的声音，而是一个极为温柔深沉的男声——

"传说中相繇蛇身而九首，是水神共工的部下。相繇所到之处皆被他吃得一干二净，土地皆化为沼泽……"

"相繇好厉害！"宋静娴听得入神，婢子禀报了两次，她才听见蒲桃的拜见声。

"谨哥哥，一会儿再讲故事，我先看看蒲桃。"宋静娴柔声打断了龙成谨。

龙成谨"嗯"了一声，停住了，不再出声。

不知道为什么，蒲桃总觉得这位景王爷的声音很熟悉，她好似在哪里听见过？但这样的想法只持续了片刻，很快她又觉得自己想太多了。

这样高高在上的人，她怎么可能见过，更不要说听过他的声音了。

“来，到我床前来，让我看看。”宋静娴说着，抬手挑开自己那头的帘子。龙成谨却下意识往后仰倒，让自己的脸始终隐在床幔下。

“奴婢蒲桃，见过郡主。”蒲桃跪倒在地，额头贴着地面，丝毫不敢逾越。

“你不必紧张。我只是太久没有见到生人，对你有些好奇。且你做的膳食甚合我意，便想要亲自赏赐你些什么，以示谢意。”宋静娴温和一笑，“你抬起头来，让我瞧瞧。”

“是。”

蒲桃缓缓抬头，对上宋静娴的眸子。那一瞬间，她只觉得自己的心被狠狠地捶了一下。

“若有诗书藏于心，岁月从不败美人。”蒲桃第一次切身体会到这句话的意思。

宋静娴衣着朴素，容貌如玉，床前摆满了书籍。虽然她看上去很孱弱，但一颦一笑都流露出高华姿态。蒲桃只觉得这样的女子才是真正的大家千金，自己家道无论中落与否，与她相比，简直不配称为女人。

“你竟这般年轻貌美。”宋静娴亦是惊讶。在她的印象中，膳房的女子都是膀大腰圆上了年纪，而蒲桃……长得确实有些太过美丽了。

宋静娴看了龙成谨一眼，见他始终神情淡漠地翻看手中的书，便又觉得自己想多了。

“馨兰，赏。”宋静娴说完，放下床幔。

龙成谨难得来一次，她就算喜欢蒲桃，也不会在这时候在她身上浪费太多时间。

蒲桃从进来到出去，除了宋静娴让她抬头的那一瞬间抬了头，其他时间都目不斜视，不敢稍有逾越。这让馨兰和馨悦对她的印象都极为不错。

馨兰赏赐了蒲桃一两银子，而后让小月送她离去。

“谨哥哥，刚刚咱们说到哪里了？”宋静娴等着龙成谨继续讲故事，但龙成谨有意无意地拖延时间，直到蒲桃离开后才继续开口。

“在共工被禹消灭之后，相繇继续危害人间，禹数次将他击败。相繇被大禹杀死后，身体的各个部位都化成了蛇，他的血污染了土地，使庄稼再不得生长……”

……

蒲桃回到膳房，将银子分给大家，说是懿贤郡主赏给大家的。然而厨房做事的人都明白，郡主召见的是蒲桃，赏赐的自然也是蒲桃。知道蒲桃有心让大伙儿一块得利，众人对她的欢喜更甚。

蒲桃受懿贤郡主喜爱，旁人忍不住来找她打听郡主的模样，蒲桃只答了她们一个字：“美。”

蒲桃自小看兵书，极少放心思在那些文绉绉的东西上，究竟郡主怎么个美法她也说不上来，只知道自己一看到她，就觉得很舒服。她美得让人心安，美得让人心疼。如此，旁人也就不问她了，只知道郡主很美。

毕竟，有蒲桃这一个“美”字在，也比小月这些婢子一提起郡主就摇头好！

当天夜里，蒲桃和大伙一起收拾好厨房，正要下工时，又收到了一盒糕点。糕点都是聚福楼里最名贵的点心，正是龙成谨所带来的。

据说景王爷离开前特地交代，两盒留给郡主，一盒送去膳房，给厨娘们补补身子。

“王爷说，见你们身体瘦弱特加赏赐，谢恩吧。”小月脸色不悦，似乎对这样的结果极不满意。

满膳房的人面面相觑，看了看自己和对方膀大腰圆、满脸横肉的身躯，最后齐刷刷地将目光投向了蒲桃——这点心，显然是给她的！

众人已经拿了蒲桃的钱财，且都是厨房做事的，自然不会再觊觎这些点心。不顾蒲桃的推让，她们将所有的糕点都让给了她。

蒲桃无奈，只得在小月不悦的眼神里，莫名其妙地拎着食盒回去了……

自从蒲桃进入厨房做事之后，管家就给她安排了下人房。房间条件不错，八人一间，但这一间屋子并没有住满，加上蒲桃也只有四个人，比起蒲桃此前在卓妈家里打地铺要好上许多。

蒲桃在宋府的事情很快传到了卓妈那里，卓妈不能赶来看她，但也经常会托人给她送点零嘴吃食，其中最常见的就是桂花糖。每次收到，蒲桃都能感觉到卓家人的关心，被人惦记的感觉能让她开心很久。

比起景王爷赏赐的一整盒高档糕点，她更喜欢带着关心的桂花糖。

其实蒲桃不大爱吃甜食，她喜欢吃的东西与别的女子不大一样。她喜欢大口吃肉，大碗喝酒，酒至酣时，会将碗砸了，大喊一句："好酒！给我拿坛子来！"

不过这样的场景只在她梦里出现过，她的父亲见她饮酒，见一次骂一次，自从家道中落后，她就不再敢多喝，更不要提与人抱坛畅饮了。

蒲桃想到此处，心情又低落了。

她已经很久没有收到父亲的消息了。

"唉，恋爱中的女人，总是一会儿哭一会儿笑的。"

"谁是恋爱中的女人呀？"

"啊，看看蒲桃就知道了！"

蒲桃听到有人在说自己，立即又恢复了寻常模样。她将桂花糖分给大家。侍女们纷纷打趣她："听说，有人疼爱的姑娘特别美，你们看，蒲桃是不是越来越漂亮了？"

"可不是？这皮肤都能掐出水来了！"

"我要是有个卓哥哥对我这么好，我也能变漂亮！"

"你虽然没有卓哥哥，但是你有刘哥哥呀！那个小侍卫每次看见你，脸都能红到耳朵根，说不喜欢你都没人信！"

"哎呀，别打趣我了，今儿的主角不是蒲桃吗！"

……

同屋子里的三个姑娘叽叽喳喳，聊天聊得特别开心。

蒲桃知道，虽然她们比自己小，但也大多到了春心大动的年纪。卓毅的名字她们多少听到过，在她们眼里，卓毅条件算是极好的了，为人老实本分，憨厚可靠。

她们以为自己也该是喜欢卓毅的吧？所有人都把自己和卓毅看作了一对，可她们不知道的是，自己的心啊，早就冰冻起来，再也化不开了……

蒲桃不以为意，只是每日做好自己分内的事情，与旁人都没有什么联系。

在她心里，很清楚地知道自己只是一个过客，等三年期满，她终究还是要飞走的。

第二日，蒲桃突然收到了从万和城寄来的信，信上只有六个字：“安好，勿念。蒲渊。”

在蒲桃的印象里，父亲对自己总是谆谆教诲，十分喜欢说教，这下突然变得寡言少语，让蒲桃有些奇怪。但见确是父亲的字迹，她便也没多想，只当他是身体还未复原，懒得在信上说太多。

而且，在父亲心里，自己已经出嫁。出嫁该当从夫，只要夫家没有说辞，父亲便也安心，不那么操心了。

但蒲桃是第一次出门在外，人在他乡，又到年末，心里总归是思念着亲人的，父亲不愿多说，她却想多跟父亲说点什么。蒲桃不通文墨，只能找张嬷嬷讨了纸笔和字典，耐着性子一个字一个字地将这些天的见闻写了下来。

父亲亲启：

宋玉在宋将军府上当差，我也随他一同生活。他时常去城外的庄子上工，我则留在本家，在大厨房当差。虽然我两人见面不多，但宋玉每次回来都会给我带桂花糖，就连冬天也不例外。夫妻感情十分和睦。

近日，我被派去湖心岛，专门照看懿贤郡主。懿贤郡主貌美，柳叶眉，含情目，闲静时如姣花照水，行动处似弱柳扶风，是我见过的最美的女子。

我还见到了当朝景王爷，虽然只是远远地看到一个背影，但也足够让女子为之疯狂。常听戏本子里唱的那句“公子世无双”，用来形容他最贴切不过了。然除了外表，他还拥有着世上最好听的声音，可不知为什么，我总觉得那声音在哪里听过，但……应该也只是我的错觉，毕竟那样高高在上的王爷，我是不可能见过的。

年关将至，望父亲保重身体，我在京中一切安好，勿念。

蒲桃的这封信在交给信客的第二天，就被提前收到知会的信客送到了景王府。

龙成谨曾下令，蒲桃寄到万和城的信件皆要不动声色地拦下，交由裘德妥善保存，每月给他过目一次。但今日，龙成谨一听说蒲桃写信了，立即便让裘德拿来，通篇看了一遍。而后那一整天，他的嘴角都带着一丝笑意，看上去心情十分愉悦。

往后的一个月，龙成谨隔三岔五就问裘德一次：“今日初几了？”

“回王爷的话，今日才十五。”

裘德被问了几次之后，才明白怎么回事。蒲桃寄信的那一日，是十一月初一，信件往返万和城和京城，最快也需要一个月。

龙成谨在等待万和城的“回信”。

（七）

蒲桃越发得宠，在府里的地位日渐升高，让馨兰和小月都是好生羡慕嫉妒，尤其是小月。

小月原本是府里的二等丫鬟，自从先前负责郡主膳食的老嬷嬷去世后，便升了一等丫鬟，平日里往来于静宜园和大厨房之间。自从蒲桃接手负责郡主的膳食后，由于她做菜极为简洁，油烟少，郡主索性便让她在静宜园里开了个小厨房。

蒲桃将小月的活都抢了去，很快，小月便被迫迁出了静宜园。懿贤郡主让蒲桃住到了本属于她的房间里。

郡主命令下达的那晚，蒲桃刚打算就寝，馨兰忽然来了，让蒲桃收拾收拾跟她走。蒲桃没说什么，默默地在大家羡慕的目光中收拾行李。她的物件不多，除了来时穿的寝衣，只有两套二等丫鬟的换洗衣物和一套卓妈年轻时候穿的衣裳。

寝衣质地很好，不像是寻常人家的衣物，蒲桃不知道从何而来，问卓妈她也说不知道。而卓妈给的衣裳不仅老旧还有些短，穿在身上袖子和裙摆都短，显得有些滑稽。但蒲桃始终舍不得扔，到哪儿都带着。

而另一件从马场得来的大氅，蒲桃便不那么在意了。

一日路过当铺，她便将衣服当了，换了些银子，一小部分留在身边，一部分托人带给了庄子上的卓妈，剩下的一半都换成了银票，寄去了万和城父亲蒲渊那里。

十二月初，蒲桃再次收到了父亲的回信。却不想这一次蒲渊格外话多，对宋玉只字未提，反倒对景王爷大加赞赏——

“景王排行第七，是皇后嫡子，亦是除太子外本朝最早被封王的皇子。传闻中，他三岁习武，五岁通读汉史，七岁入太学，十岁于太和殿上与群臣议政，十七岁治理江南水患，深受百姓敬重。”

蒲桃翻阅字典，才算看明白了一个大概。总而言之，父亲对景王爷钦佩有加，与这些日子她从其他人嘴里了解的景王爷大相径庭。

要知道，在旁人嘴里，景王爷就是一个只知道吃喝玩乐、五毒俱全的浪荡子，少年有名不假，但年纪越大越不思进取，还好有个太子是皇后的护身符，否则其他皇子一定会把身为嫡子的景王爷比到山脚旮旯里去。

蒲桃内心觉得奇怪，刚想要回信，却被懿贤郡主召到了湖心岛。

这个月来，蒲桃成了懿贤郡主的专属厨娘。每日里起床后，她只需要做一人的三餐，较之先前清闲了不少。蒲桃为了将药膳做出新意来，闲来无事还找老管家要了几本医书来读。她读得不算精通，但对药材的性状与食材的相生相克多少摸清了些，也就能从更多的食材中挑出最出彩的来。

懿贤郡主的厌食症被蒲桃治愈了，吃得下睡得好，脸色红润不少，白日里也不嗜睡了，每天下午甚至可以下床走一小会儿。短短月余，蒲桃的药膳便被司药局的老太医要了配方，记在了司药局的典籍之中，名声已经传进了皇宫。

就连景王爷来将军府的次数也增多了，每次去静宜园，他都点名要吃蒲桃做的菜。

好在龙成谨从不提要见蒲桃，否则就连懿贤郡主都要怀疑他来的真正动机了。

今夜，景王爷来得有些晚。

懿贤郡主特地吩咐了蒲桃，要给景王爷尝尝她新研究的乌骨鸡药膳汤。蒲桃便特地去了大厨房后院，挑了一只肥美的乌骨鸡，仔细收拾干净，往里塞了甘草、红枣等药材。她又去酒窖找了封存三十八年的高粱酒，放在炖盅里一起熬，不消一个时辰，便香气四溢。

不过火的食材熬出来的汤纯净清爽，入口醇香浓郁，暖心暖身。在这落雪的冬日里，十分适宜。

蒲桃将乌骨鸡汤小心翼翼地装在食盒里，然后盖上保温的棉布，才向静宜园走去。

此时天已经完全黑了。

夜幕降临，万籁俱寂，原本就安静宁谧的湖心岛上此刻只剩下雪落在枝头的声音。道旁的石灯散发着温暖的光晕，她一路行来，只能看清地面有寥寥几个脚印，并不似女子的。想来，应该是刚入园的景王爷留下的了。

蒲桃一来为了防滑，二来觉得好玩，便沿着景王爷留下的脚印蹦蹦跳跳地向园子深处走。

龙成谨站在楼上，看着她一路走来疯疯癫癫的模样，十分担心自己还能不能吃到被老太医赞不绝口的药膳汤。

但他发现自己多虑了。蒲桃看似柔弱，但功夫一点也没搁下。虽然拎着食盒，但身手稳健，她一路行来，汤一点都没有撒出来。并且因为动作快速，药膳几乎跟刚出锅时的温度一样。

一盅汤下肚，整个身子都跟着暖了。

龙成谨没有主动召蒲桃入内侍奉，宋静娴也不喜欢有旁人打扰自己和龙成谨，蒲桃便在门外站了半个时辰。

等龙成谨出来的时候，她按照规矩，跟着馨兰一起双膝跪地，道了一句："恭送王爷。"

龙成谨没有回头，没有说话，这让馨兰觉得有些奇怪。

"郡主，王爷可是不开心了？"馨兰走进里屋，问懿贤郡主。

宋静娴十分奇怪："未曾，为何这样问？"

"以往王爷都会跟奴婢们开开玩笑，说上几句，可今日……居然连看都不看奴婢。"馨兰和宋静娴同吃同住，一起长大，倒是有什么说什么。

宋静娴也觉得奇怪，想了想，轻轻道了句：“许是今日太晚，不想说话吧。”

“蒲桃，你觉得呢？”馨兰又问蒲桃。

“奴婢与王爷不熟，奴婢不知。”

蒲桃一边说，一边麻利地收拾了碗筷，然后拎着食盒退了出去。

蒲桃惯常话少，宋静娴和馨兰都已习惯，虽然觉得她这个年纪实在不该是如此话少的人，但也没觉得不好，相反还很欣赏她沉稳的性子。

此时，落雪已停，雪夜里，月光从云里透出，洒在雪地上，皎洁一片。道旁的灯火燃尽，但月光也足够照亮前行的路。

雪地上的脚印如来时一般，有规律地向前延伸，想来留下脚印的人心中也是平和的吧。

蒲桃一边沿着景王爷的脚印往回走，心中一边想着。

脚印到桥边戛然而止，蒲桃愣了一下，仔细一看，才发现脚印转了个弯，一直延伸到了湖边。

湖边，垂柳的枝条上挂满了剔透晶莹的冰柱，银线根根分明，在湖面上摇曳。柳树旁，长身鹤立的男子如芝兰玉树，轻靠在石柱上，月光洒在他的玄色衣衫上，露出绣着龙纹的银丝边。

这正是当朝七皇子，景王爷了。

他怎么还没走？

蒲桃心中奇怪着，但嘴上说：“见过王爷。”说话的同时，她双膝跪地，在雪地上磕了个头。

蒲桃学东西快，在将军府里，除了做饭，学得最快的就是规矩。她很清楚，在上位人的眼里，凡事都讲一个规矩。蒲桃不敢马虎，不论对谁，都是礼仪先行，规行矩步。

蒲桃跪在地上，双手放在雪地里，枕着额头。不消片刻，她的衣衫已经被雪水浸湿。龙成谨看着身型单薄、谨小慎微的蒲桃，很想上前把她扶起来，但还是忍住了。

现在并不是相认的好时机，他只是想跟她说说话。

“平身。”龙成谨用自以为温和从容的声音轻声说。

伴着湖边刺骨的冷风，这声音落在蒲桃耳朵里，却带着上位者说话时特有的慵懒和桀骜，淡漠疏离，让人完全不想接近说话人。

临近子时，冬天雪地里，在毫无灯火的情况下，什么风景都看不到。蒲桃实在想不通他在这里干吗，只能当他是吃饱了撑的。

“奴婢告退。”蒲桃对他毫无兴趣，起身就走。

不知是因为对上位者特有的排斥感，还是因为总觉得芒刺在背，蒲桃加快了步子，行动更加敏捷。

眼看着蒲桃便要消失，龙成谨顾不得多想，立即追了上去。

他写了那么长的信，却还没得到她的反馈，就连一个眼神都没有！这怎么可以？！

但蒲桃的脚步哪里是龙成谨追得上的？眼看蒲桃就要走过廊桥，他只得大喝了一句：“站住！”

龙成谨呵斥一声，着实有了效果。

蒲桃很快停下脚步，转回身，看着他：“王爷还有事？”

此时，月亮已经缩回云层，四周是一片死寂的黑，只能依稀看见人的轮廓，看不清五官。饶是蒲桃觉得眼前人格外熟悉，也不敢去想二人已经相识多年。

但龙成谨清楚地知道眼前人是谁。那些过去的被践踏的日子，那些曾经懵懂的情感，那些挣扎的时光，都涌上心头。

“你……还好吗？”龙成谨憋了半天，说了四个字。

这让蒲桃完全摸不着头脑。我认识你吗？怎么语气是一副对待老熟人的样子？蒲桃很想问，但还是忍住了。她不可能认识他。

“回王爷的话，奴婢很好。”蒲桃低着头，恭恭敬敬地回答，语气里不带丝毫感情。

这让龙成谨很意外。

就算她不知道他曾经做过什么，不认得他，她也应该已经看过信了。

毕竟，从信的内容来看，她对他应该也是有好感的，是她先在信里写那些乱七八糟的话，害得他东想西想，不是吗？怎么现在本人站在她面前，她倒冷淡无情了？

“王爷还有什么吩咐？没有的话，奴婢先告退了。”蒲桃被寒风吹得透心凉，硬着头皮说道。

龙成谨见她一副冰冷的模样就来气，在信里她可不是这样的！说好的“公子世无双”呢？说好的“那是我听过最好听的声音”呢？见面了就是这样？这与他的想象不符！

就算自己不想与她有过多交集，说说话也是可以的，自己离她这么近，放在任何一个女子身上，早就扑过来了，而她……怎么语气动作却比这寒冬腊月的风更冷呢？

他就见不得女子在自己面前惺惺作态，尤其是蒲桃。他非得把她的面具撕下来不可！龙成谨往前走了一步，向她伸出手。

温热的手掌触到冰凉的皮肤，他明显感觉到眼前人身体猛地一颤，然后整个人僵住了。

他的手掌落在她的脸颊上，轻轻摩挲、爱抚，他以为她会反抗，但是她没有。她就站在那里，身体微微颤抖，不知是因为冷，还是因为他手指的动作。

蒲桃瘦弱的身高不过到他的胸膛，龙成谨很想将她搂进怀中，忍不住想逗逗她。

他的指腹从她的脸颊滑过，落在耳垂上，揉捏了两下。然后从耳垂一路往下，探进了她的脖子。脖子后因风吹的缘故，还是冰凉的，而手伸进衣领里，便开始温热起来。

龙成谨似被她的温热电了一下，身体紧接着跟着变得滚烫起来。

她不会反抗吗？

龙成谨其实并不想真的对她做什么，但到了这一步，他都有点真的动情了……

“王爷，我看不见你的脸。”就在这时，蒲桃张口轻轻说了一句。

龙成谨闻言，明显地愣了一下。

在这种雪前月下，静谧无人，温香软玉美人在怀之时，她不应该靠在自己的肩膀上，感受到自己的温暖，主动把嘴唇贴上来吗？怎么突然说了这么一句煞风景的话？

“所以呢？”龙成谨想不明白，直接问她。

“所以，你应该也看不清我的脸。”

“不错，本王……”龙成谨想了想，刚一点头，只听一声巨响从自己的腹部发出，紧接着，他便看到整个世界都开始旋转。

这不是他的错觉，是真的天旋地转。

蒲桃一拳击中了龙成谨的腹部，紧接着将他整个人拎起来，往前一扔。昏暗的湖边，月色暗淡，她看不清他的脸，他也看不清她的脸。所以，在蒲桃的认知里，他根本认不得自己是谁。

这等登徒子，就算是皇亲国戚，也该尝尝苦果子！

“嘭”的一声过后，“哗啦啦”的水声响起，龙成谨开始在寒冬腊月的湖水里扑腾：“救、救命！本王不会游水——救命——”

岸上接连亮起灯笼，越来越多的人开始在寻找声音的源头。馨兰和宋静娴等人的声音也从静宜园那边传来。

蒲桃为了避免麻烦，也怕真的淹死了景王爷，只得随手折了一根手臂粗细的树枝扔给他，紧接着便快步离开了。

龙成谨抱着树枝，在湖水里沉浮。他的身体很冷，但内心的火很大。

蒲桃，本王早该知道你本性难移，不该被你软弱可欺的表象所迷惑！

你给本王等着，此仇不报，枉为男子！！

第五章

似此星辰非昨夜

（一）

龙成谨没有机会报仇，他被救起来的当晚就一病不起，高烧不退。他甚至连自己的王府都没有回，直接住在了将军府的客房里。

裘德带了王府的人过来照看，太子龙成壁来瞧过，皇帝皇后也遣了太医来诊治。但龙成谨一直陷入昏迷，时不时说两句胡话，也没人听得懂是什么意思。

十几年没踏出过静宜园的宋静娴，也在人最少时，由馨悦搀着来瞧过龙成谨一回。但太医们怕龙成谨的病气过给郡主，她便只能戴着厚重的幂篱，将自己全身都罩起来，站在外间，远远地看龙成谨一眼。

回去后，不知是因为外界污浊的空气，还是因为龙成谨的病，抑或是宋静娴自己内心焦灼，她也一病不起。

馨悦忙着照料宋静娴，没空去探望龙成谨，但宋静娴又分外担心龙成谨，每日里去打探消息的任务就落在了蒲桃的身上。

通过这两个月的相处，她发现自己打从心底里心疼并且喜爱着这位郡主。宋静娴永远和颜悦色，永远弱柳扶风，说话时永远温言细语，就像是春日拂过山间的风，仲夏夜遗落在溪中的一弯月，秋天透过枝叶映在地上的剪影，冬日无声飘落在肩头的雪花。不可得，不可留，却每次见到都觉得格外美好。

她对所有下人都一视同仁，没有一点小姐做派，见过她的人极少，但都对她赞不绝口。久而久之，蒲桃也明白，人人都说懿贤郡主活不过腊月，这不是诅咒，而是陈述事实。大家虽然喜欢郡主，但是不妨碍对她病弱身躯的同情和怜悯，而她的病情也成为大家闲暇时的谈资。

虽然不可能，但蒲桃仍发自内心地希望懿贤郡主能长长久久、平平安安地活下去。

景王爷的突然病重落在宋静娴眼里，却是致命的。

景王爷是被她扔下湖才不幸感染风寒的，虽然她觉得让他吃点苦头是对的，可她万万没有想到懿贤郡主会因此抑郁，病情加剧。

为了让郡主放下心，蒲桃只能去客房，守在外间里，每日看着太医们的一举一动，并且拿纸笔记下。每日回去后，王爷今日吃了什么，喝了什么，病情反复之类，所有大小事，巨细无遗地回禀郡主。宋静娴这才稍稍放下心。

两日后，蒲桃在清理药渣时发现太医的用药有问题。

太医的处方以温补为重，但龙成谨的风寒发自肺腑，热气瘀滞散不出去，这时候再补，无疑是雪上加霜。蒲桃完全能理解太医的所作所为，因为在宫里，保命守则第一条就是只要治不死人，无功无过就是太平。

但龙成谨若再不好，蒲桃怕宋静娴跟着赔命，只得趁四下无人时偷偷改了药方。再加上她做的一些药膳调理，龙成谨的病终于在第四日开始有好转。

又反复三日之后，龙成谨终于从昏迷中苏醒。

他醒来后的第一句话，便是问："这几日，可有女子出入过？"

裘德愣了一下，点头说："有的。"

"谁？"

"蒲姑娘。"

龙成谨愣了一下，急切地问："她可曾见到本王？"

裘德道："回王爷的话，蒲姑娘一直在外间，并没有机会靠近您。而且……"

"而且什么？"

"而且，她好像也并不想靠近。"

裘德硬着头皮，不怕死地说了实话，因为他明显能感觉到，蒲桃虽然关心着龙成谨，但是眼睛里还藏着九分厌恶和一分无奈。他隐约觉得龙成谨此次落水与蒲桃有关，但王爷不发话，他也不敢多事，只能顺着龙成谨的话往下说。

龙成谨就此打住了话题，在张太医确定他可以出门后直接回府了。

龙成谨没有向宋静娴告别，宋静娴也没有觉得有哪里不妥。

她一听说龙成谨病愈，便不顾自己的身体，立即跑到佛堂去念了一上午的经，发誓接下来都不再吃药，给菩萨还愿。

明眼人都看得出来，懿贤郡主对景王爷情根深种，看他的眼神里都带着光，仿佛他就是她心中高山仰止的存在。

而蒲桃也以为，景王爷来湖心岛是关心郡主，却不想那一夜他背着郡主私底下对自己动手动脚，如果不是不想郡主难过，她早把这件事告诉郡主了！

可是她不能刺激郡主。蒲桃心中抑郁，于是给父亲写信。

在信中，她对景王爷只用了“色胆包天，荒淫无度”八个字来形容，然后就再不想多谈。她的生活也没有别的可以说，但她又不想浪费每月一次的书信机会，于是重点描绘了一下桂花糖。

“桂香园的桂花糖很难买到，但是宋玉会用他一个月的薪水排队三个时辰穿过整个太平府去买。就算女儿不喜甜食，也不由得多吃了几颗。”

蒲桃的信里充满了对生活的热爱，和他人对自己的关心，这样写的目的只是为了让父亲安心。

然龙成谨收到信之后，见到自己一丁点都没有被提及，非常愤怒。在看到桂花糖之后，他也很清楚不可能是宋昱给蒲桃买糖，于是派人去调查了一下，最后得知这桂花糖事件的原型就是让蒲桃不惜当掉了自己送她的玉佩、为其赎身的宋家庄子上的包衣奴才的儿子卓毅！

“王爷，您没事吧？”裘德见龙成谨的脸色十分难看，忍不住问道。

龙成谨冷笑一声，咬牙切齿地：“既然你喜欢桂花糖，那本王也绝不拦着。以后你吃你的桂花糖，我吃我的山珍海味！”

看着龙成谨明显气炸了的模样，裘德叹了一口气，脸上露出了几分无奈。

“你叹什么气？”龙成谨问。

“回王爷的话，近日您去宋府的次数增多，奴才还以为您和蒲姑娘有进展呢……”

“什么进展？本王是去看静娴的！跟蒲桃可没有半分干系！”

“哦……”

在裘德明显不信的眼神里，龙成谨想发怒，又觉得自己没什么理由发怒。其间，他又看了几次蒲桃的信，好几次都想直接撕了，却又忍住了。最终，他只是将信叠好，放回锦盒中。

“从此以后，蒲桃的书信都不要送给我，每月让信客回一个‘安好’便罢。”

看样子，他又忍住了。

（二）

年节过后，龙成谨病入膏肓的消息不胫而走，据说连历年来一年一度的皇家家宴也没能参加。虽然宋家老太爷再三叮嘱不要将这件事情告诉懿贤郡主，以免加重她的病情，但只要事关龙成谨，总归是纸包不住火。

开春这一日，举国祭祀。以帝后为主，率领皇亲国戚，文武百官，在明镜台祭祀神明之后，会把祭祀神物分到各家各户。其中有一物堪称头彩，是佛塔金像手中唯一的舍利子。舍利子连年供奉，连年更换，每年更换时，皇帝都会亲自将上一年的舍利取下，交给龙成谨，让他转交给懿贤郡主。从懿贤生病时起，这样的做法已经持续了十三年。今年，却是由太子龙成壁送来。

宋静娴意识到不对劲，立即派人去打听，才知道龙成谨自上次身染风寒到现在都没有痊愈，更有恶化的趋势，发展到现在已经近两个月不曾离开王府。

宋静娴忧心不已，可无奈她自己重病在身，已经连续数月没有下过床榻，不要说去景王府，就连出静宜园都困难。她想关心关心龙成谨，但如何关心成了一个问题。

景王府样样都不缺，不管是诊病的太医还是所用的药材都是宫中最好的，一应用品更是不必说。宋静娴思来想去，觉得自己唯一能为他做的，就是派蒲桃带着精心准备的药膳去探望，给他一些关心。

蒲桃听闻后，极想拒绝，可又找不到拒绝的理由。无奈，她只得拎着食盒，认命地去了景王府。

景王府与宋将军府只有一墙之隔，往来十分便利，彼时，龙成谨就是考虑到宋府离自己太近，怕再见到蒲桃，才吩咐将她送去城外的庄子，却不想不管怎么推拒，怎么远离，两个人还是会阴差阳错地遇见彼此。

就好比今日，龙成谨正例行公事，老老实实躺在床上，等太医院的院正给自己把完脉，然后按照他的嘱咐让下人去煎药，却不想又遇见了她。

落雪纷纷，午后时分。

龙成谨的寝殿里，床边生了两个暖炉，四周的角落也生起了炭盆。他盖在身上的棉被有三层厚，一床雪白的白虎裘被垫在身下，看上去就很暖和，但龙成谨还是抑制不住地发抖。

等药期间，许太医问："王爷还觉得冷？"

"不错。"龙成谨蔫蔫的。

"这就奇怪了，按理说，不该如此畏寒才是。"许太医思索着，只觉得他的症状与脉搏不符，百思不得其解。

龙成谨微微抬眼，轻轻地那么一瞥，淡淡道："本王不是身体畏寒。"

"哦？敢问王爷，究竟是何种畏寒？"

"本王是心冷。"龙成谨眯着眼，不悦地说道，"你在此处，一日来两回，本王少说也有两个时辰不能见姬妾，没有她们的温暖，本王着实心寒。"

许太医闻言，脸色一僵，连忙道："下官伺候王爷用了药自会离去，不敢打搅王爷。"

龙成谨"呵"了一声，明显不买他的账。

许太医思索片刻，又道："那不如……下官将自己的眼睛蒙起来，这样既不打扰王爷雅兴，又能伺候王爷用药。王爷以为如何？"

龙成谨脸色一沉，更加难看。

立在一旁的裘德见了，以为他要发作，却不想一瞬后，龙成谨突然话锋一转，笑容满面，说："这主意倒是不错。"

龙成谨便也不再避忌，立即召了酒儿和媚儿来，一个弹着琵琶唱着曲，一个身姿婀娜舞姿摇曳。许太医蒙着眼睛，只觉得耳朵里是吴侬软语，鼻腔里也充斥着女人的幽香。就算不睁眼，光听她们的声音也知道那画面有多美。怪不得龙成谨一直将她们藏着不让人见，这样的可人儿确实是不想被旁人见着的。

“王爷，懿贤郡主差人送了药膳来，您可要瞧一瞧？”裘德附在龙成谨耳边，悄声道。

屋子里虽然有舞乐，但到底人少，再是小声，也被许太医听了个真切。

龙成谨正在兴头上，哪有空管什么药膳？他立即一摆手，皱眉道：“不见不见，没见本王正忙着吗？”

“那我让她且在外候着。”

龙成谨没有反对，也没有答应，只是一双眼睛盯着媚儿的蜂腰翘臀，显然旁的全然听不进去，也管不了了。裘德识趣，没有再问，只恭敬地一颔首，退了出去。

许太医开的药熬好之后，侍女送了进来，许太医亲自尝了尝，确定无误后，才入了龙成谨的口。

虽然药里特地放了甘草，但终究还是苦。

龙成谨捏着鼻子喝完，便立即逐客：“你可以走了吧？”

许太医没有再逗留，很快便在侍女的搀扶下，恭恭敬敬地告退了。

等他一走，龙成谨立即遣走了歌舞伎，只留下裘德。裘德端出早就准备好的催吐药物，龙成谨猛灌了几碗才将刚刚喝的药吐了出来。不仅是药，就连早饭和午饭也一并吐了出来。

这两个月来，每日都是如此，所以龙成谨的病既没有好，也没有恶化，只是人看上去憔悴了许多。

吐完之后，龙成谨整个人都虚脱了，裘德很想让他再用些午膳补补，便又提了一嘴懿贤郡主的人还在外头候着。但龙成谨实在没有胃口，一句话都不愿多说，便躺回床上继续睡了。

午后的那场雪一直持续下到了半夜，龙成谨也一觉睡到了此时。

药效过去之后，龙成谨恢复正常，便不再那般虚弱畏寒，而房间内炭火太足，着实有些热。

龙成谨脱掉了厚重的衣衫，只穿了件单薄的里衣，打开窗户，让屋外的寒气吹了吹，整个人清醒了，才坐在桌前，吩咐裘德弄些吃的来。

裘德不确定龙成谨愿不愿意见蒲桃，只能试探地问："王爷，您要不要尝尝懿贤郡主送来的药膳？蒲姑娘在殿外，一直用小火煨着呢，可说是尽心尽力候了四五个时辰了。"

听到"懿贤郡主"送来的还兴致寥寥，一听到"蒲姑娘"三个字，他立即脸色一变："你说静娴派了谁来？"

"回王爷的话，是……蒲姑娘。"

"你怎么不早说！"龙成谨眉头一皱，连鞋都顾不上穿，拿了件大氅就走了出去。

屋外，大雪纷纷而落。

房檐下，一身鹅黄浅衣的女子蹲在地上，手持一把蒲扇，一边用蒲扇扇风控制炭炉的炉火大小，一边背对着风雪用自己的身体挡着寒风。

北风凛冽，雪花飘飘，蒲桃就这么蹲着，不疾不徐，不催不恼。她守着炉火，一来保全了药膳，二来也暖了自己的身子。她在的那一方小天地里，仿佛时间都是静止的。任檐外雪花如何堆积，她只悠然自得。

龙成谨拿着大氅出来的时候，脑子里想的画面都是那一日在马场，蒲桃孤苦无依身形单薄的模样，却不想看见的是这样一番景象。

"王爷，您还病着，不能乱跑！"

裘德在身后扯着嗓子规劝，龙成谨全然没回头或者躲避。

蒲桃闻声侧头，见到的就是穿着一件单衣，因跑得太快而衣衫不整，露出大半个胸脯，赤着脚，拿着一件黑貂裘的龙成谨。

"是你？"蒲桃望着龙成谨，惊讶只是一瞬。待看见他身后火急火燎、心惊胆战、不知所措的裘德后，她立刻就明白过来，一年前的那个龙公子就是当朝的景王爷，龙成谨。

龙成谨瞪着蒲桃，二人四目相对，都是半晌无语。

蒲桃是因为震惊加愤怒，震惊于龙公子的身份，再一联想，那宋玉岂不就是当朝的大将军，宋昱？

愤怒则因两个月前静宜园的那一次偶遇，龙成谨的轻佻历历在目，着实让人心生厌恶。想到此，蒲桃又有点心虚……他应当不知道推他入水的是自己吧？不然，他早就把自己拉出去砍了七八回了！

而龙成谨也不知道说什么，刚刚他一时情急，只想着在雪夜里给蒲桃添一件衣裳，全然没有考虑到见面之后的后果。

现在他呆立当场，仔仔细细地在回想，也不知道自己究竟要干什么，究竟要拿什么姿态跟她说话。

是老友见面，问候一声？还是端起王爷的架子，把她随便打发了？抑或是见到了喜欢的、挂念的人，虽然不能表白心迹，但可以不露声色地给予对方一点温暖？

龙成谨和蒲桃二人内心都在天人交战之际，却忘了在场的还有一个正常人。

裘德不知道龙成谨是犯了什么病，只呆呆地望着蒲桃，明明手里拿着貂裘大氅，也不知道穿。裘德连提醒都懒得，直接上前将大氅夺过，披在了龙成谨身上。

裘德看了看蒲桃，又看了看龙成谨，正想说话，却见龙成谨双腿一软，直挺挺地晕在了自己身上。

"本王……本王好像又头晕了。"

龙成谨伏在裘德肩上，在蒲桃看不见的地方，对他眨了眨眼睛。

在他急中生智、自以为英明睿智的决策下，他决定直接装晕，等想明白了再来面对蒲桃。

裘德跟在他身边多年，早就成了他肚子里的蛔虫，立即会意，一边扶着龙成谨往房里走，一边夸张地高声大嚷："来人啊，传太医！王爷又发病了——"

龙成谨深夜病发的消息闹得太平府尽人皆知。

裘德夸张的演技，和龙成谨的面如土色，着实让景王府上下为之忧心。就连尚处于震惊状态的蒲桃，都忍不住将他此前的所作所为暂且放一边，老老实实地继续守在屋外等候消息。

太医来了一拨又一拨，阵仗很大，且每一个都是皱着眉头进去，摇着头出来。蒲桃听不清他们在说什么，可看他们的言行，仿佛龙成谨已经活不过今夜。

龙成谨死了她会是什么心情？蒲桃一边看顾火炉，一边思索着。

应当……也会难过自责吧。但，更多的是害怕。

龙成谨的病是因自己而起，虽然当时她只是想给他一个小小的教训，却不知道会演变成这样的重病。如果龙成谨知道是自己推他下湖的，谋杀皇子的罪名，斩首都算是轻的。万一皇帝不解恨，来个凌迟处死……蒲桃念及此，十分后怕。

倒不是因为怕死，她怕的是连累远在万和城中现在还以为自己和宋玉夫妻感情和睦的老父亲。她也怕自己这辈子什么都还没来得及做，就这样轻于鸿毛地死去了。她所有的人生目标不仅都没能实现，且都一一破碎，捡都捡不起来了。

想一想，她委实憋屈。

房间外，蒲桃在为自己的未来和项上人头担心。房间里，龙成谨在为自己的英明神武的形象担心。

他回想了一下跟蒲桃相遇相识的所有画面——

第一次，比武招亲大会，她不可一世地将他踩在脚底。他记得她，她不记得他。

第二次，寒山寺外，她眉清目秀，不施粉黛，让他惊为天人。

第三次，彼时高高在上的她零落成泥，在欢场沦为卖酒女。然后他就一直默默关注她，发现她过去的桀骜不驯已经全然被消耗殆尽，成了一个逆来顺受的普通女子。

第四次，十里坡的断崖边，他看得见她，她看不见他。他发现她仍有自己的坚持，不是无情无义的人。

第五次，他撮合蒲桃与宋昱假成婚，也算救她一回。

第六次，刘长昕大婚之日，蒲桃大闹婚宴，他没能认出她，与她擦肩而过，却又鬼使神差地救了她。

第七次，他在她不知情的情况下，陪伴她多日，最后狠心送走她。

第八次，初雪那日，皇家马场外，银白世界里遥遥的一瞥，她单薄的身影就像延绵到天地尽头的那一串脚印，一直走到了他的心底。

第九次，静宜园中，隔着帘帐，她卑躬屈膝，谨小慎微，比任何奴婢都还要恭敬。仿佛过去十数年，作为万和城首富千金的日子，从不曾有过。

第十次，蒲桃自以为他不识她，将他丢落湖中。虽然他气恼愤怒，但也不得不承认，蒲桃心底那团火始终在。她不畏强权，不可一世，仍与当年一般模样。

龙成谨清楚地看到她这三年来的改变，也非常明白她的暴脾气。他明明知道自己不可能跟她在一起，于是下决心远离她。但现在，他又在毫无准备的情况下全然暴露了自己，便不能再当作什么事情都没有发生。至少，她和宋昱的事情也该给她一个说法。还有那块玉佩……既是赠予了她，就断没有收回的道理。

那么现在只剩下一个问题，他该用什么姿态跟她相处？

龙成谨魂游天外，双目无神，太医们联诊，俱是摇头："王爷怕是得了传说中的……相思病，且已到了药石无功的地步。"

太医院的院正当机立断，命人去把小院里的歌姬全唤了来，在寝殿里蹲了一排，试图用美色唤起龙成谨的求生欲。

当然，那基本是没什么用的。

最后还是龙成谨自己想明白了，突然一个鲤鱼打挺就爬起来了，高声道："来啊，本王要用膳！"

龙成谨突兀地吼了一嗓子，裘德立即想起了门外的蒲桃。于是他连忙把那些莺莺燕燕都赶了出去，去唤了蒲桃进来。

一屋子姬妾陆续离开，蒲桃捧着食盒，恭顺地站在门边，接受了一双又一双的白眼审视。她低着头，数了十五双金莲在自己眼前走过，才被传入殿内。

三更天，暖殿里，龙成谨板着脸坐在桌旁，穿戴十分整齐。琉璃朝冠，金丝云纹朝服，配以玄色金丝裘，头发束在冠中，打扮得一丝不苟。

蒲桃一进屋，就被他这个阵仗吓到了。

虽然蒲桃见过他风流倜傥国士无双的样子，但这般模样还是第一次见，难免有些发怵。

"奴婢见过景王爷，景王爷万福。"蒲桃选择了最稳妥的方式，直接双膝跪地，朝他行了一个标准的觐见皇亲贵胄的大礼。

龙成谨这般打扮，原也是想着自己不能对她太过亲近，得给她一点距离感，不能让她以为和自己是旧相识，就乱了分寸。哪知道蒲桃压根没有那个意思，她虽然整个人跪在他眼前，可听声音，明显疏远到了天边，避之唯恐不及。

“起来吧。”龙成谨神色淡然，也故意端着架子。

“奴婢不敢。”蒲桃跪在地上，双手交叠，十分卑微，并没有起来的意思。

龙成谨也没有勉强，抬手示意裘德伺候自己用膳。

裘德便立即上前，把她带来的补汤盛出，递到龙成谨面前。龙成谨喝了几口，眼角余光不时瞟蒲桃，发现她跪在地上连头都没有抬一下，不禁有些奇怪。

印象中，她不是这般卑微的性格啊？

就算这三年被磨平了棱角，就算在王府卑躬屈膝习惯了丫鬟的生活方式，但在静宜园伺候的时候，他所看见的她，也不像这般小心翼翼。

龙成谨食不知味，好不容易熬到一碗汤见了底，才一边擦嘴，一边装作不在意地问：“你喜欢跪着？”

“回王爷的话，奴婢有罪，不敢起身。”

“哦？”龙成谨觉得奇怪了，“你有何罪？”

“奴婢……奴婢就是害您入水的罪魁祸首。”

蒲桃此言一出，裘德双目圆瞪，怒目相向，一句“大胆”已经在嘴边，刚想叫人把她拉出去砍了，却听龙成谨淡淡地应了一声：“哦……原来是你。”他话虽惊讶，但语气听来似乎毫不意外，显然早就知道。

裘德发现龙成谨丝毫没有怪罪的意思，也不便多说，只恶狠狠地看着她，不再将她当作柔弱娇羞的女子对待。

龙成谨思索了片刻，喝了一口茶，淡淡地问：“你隐瞒了这么久，为什么又突然承认了呢？”

裘德也有同样的疑惑。他奉命在将军府查探多日，一无所获，龙成谨也只摇头说不知，却不想到头来是她害得他卧病在床多日，实在是难以饶恕。

“回王爷的话，奴婢此番见到王爷病容，自知有罪，十分自责，不敢再隐瞒。”蒲桃依旧额头贴地，小心翼翼地回答。说完后，她的腰甚至更加下弯了几分，神情语气几乎卑微到了尘埃里。再加上她本来就单薄的身影，龙成谨突然有些心疼。

龙成谨很想扶她起来，跟她说一句“本王早就知道”，可是他又不能这么做。

“你可知自己犯的是死罪？”龙成谨端坐在高处，时刻给人一种高高在上的距离感，就是不想让蒲桃觉得他们是老相识，怕她纠缠自己。但是蒲桃一副避之唯恐不及的态度，让他更加郁闷，只能更加高冷，以掩饰内心的焦虑。

蒲桃始终不愿抬头，缓缓道：“奴婢知道。奴婢甘愿赴死，但死前奴婢一定要表明心迹。”

“哦？什么心迹？”龙成谨听到此处，心中咯噔一下，仿佛被什么撞到了柔软的位置。一颗心都被她的话所牵动。

“王爷曾于万和城救奴婢于水火，奴婢铭感于心，奴婢不知王爷身份，才会下此狠手。如果早知王爷就是那日的贵公子，奴婢就能理解王爷那夜的所作所为，也就不会将您当作登徒子。是奴婢存小人之心，误会了王爷啊！”蒲桃匍匐在地，一字一句，说得无比真挚。

裘德闻言，顿时瞪大了眼睛，对“登徒子”三个字表示了极大的疑惑，片刻后反应过来，立即十分震惊地望着龙成谨。

龙成谨拿起茶杯，掩饰地咳嗽了一声：“咯。”

蒲桃意识到自己拂了龙成谨的面子，连忙改口说：“那日王爷该是怜奴婢腊月天里受冻，想要帮奴婢暖身，如此好意奴婢却过分曲解，这才导致了误会。此番误会消除，奴婢不奢求王爷饶恕奴婢，奴婢愿意领罚。”

蒲桃的这一番慷慨陈词，既解了龙成谨的尴尬，又让自己博得了一个为人诚恳的名声。

龙成谨曾经确实有那么一段时间记恨她，但气头过去，想明白之后，更多的是欣赏。

从小到大，他身边出现过的女子，没有一个不对他俯首帖耳。唯独这个蒲桃，不管在万和城，还是在静宜园，该反抗的时候绝不留情，下手一次比一次狠，倒是个有心气的女子。何况两个月过去，他的气早就烟消云散。但是，该有的态度不能丢了。

“既然现在误会消除，你又主动认错，且因你是静娴眼前的红人，本王不会不给静娴面子，这件事便当没有发生过。但，切勿外传，你可明白？”

蒲桃闻言，惊愕地抬头看着他。

她说这么多，其实就是在赌，既然龙成谨早已认识自己，说明那一日并不是偶遇，他就是在等她！既然她推他入湖早晚都要被他责罚，不如自己主动承认错误，博得一个勇于认错的好名声，或许他能惩罚得轻一些，凌迟改为绞死，灭九族改为斩她一人，却不想龙成谨压根就不打算追究！

蒲桃盯着龙成谨看了一会儿，想从他脸上看到一些什么，但是她失败了。龙成谨始终一只手托腮，转眼望着不远处的烛火，压根就没在看她，仿佛饶恕她只是因为他不在意。

但不管如何，他不追究，这比什么都让她开心。

“奴婢明白！奴婢谢王爷大恩大德！”蒲桃再次磕头谢恩，“嘭”的一声脆响，让龙成谨全身一抖。

他差点就站起来扶着蒲桃，爱怜地揉她的额心，关切地对她说：“你不必如此，本王心疼。”

但，他是龙成谨，他的忍耐力非比寻常。

他深深地看了蒲桃一眼，淡淡地说：“本王乏了，你退下吧。”

（三）

蒲桃从景王府出来的时候，已经是四更天了。

裘德将她送出门，临行前，递给她一块玉佩。

玉佩雕龙刻凤，碧绿通透。蒲桃一眼就认出，这正是当初龙成谨在万和城中赠予自己，后来又被自己卖掉的那一块玉佩。很明显，自己卖掉玉佩后，当铺老板便将它当作赃物上交，这才有了后续这一连串的变故。

蒲桃内心一紧，发现自己的死罪又加了一桩。

“我……”蒲桃喉咙发紧，迟迟不敢伸手去接。

裘德面无表情，淡淡地说：“蒲姑娘，王爷说了，赠予你的东西便不会收回，但如何处置，还请姑娘仔细思量。”

龙成谨只交代了前半句，至于后面的仔细思量，则是裘德自己加的。

蒲桃当然不会再犯糊涂。她胆子再大，也不敢再将这玉佩不当一回事。

“奴婢谢王爷恩典，我必将一世保存，妥善珍藏。”蒲桃双膝跪地，双手接过玉佩。

“还有，关于宋大将军，王爷说姑娘心中一定看得通透，不会觊觎不该觊觎的人物，还请姑娘明白。”

“奴婢明白。”蒲桃从未有过奢望，听了这番话，也觉得在情理之中，丝毫没觉得被轻视。

裘德最后冷冷看了她一眼，而后淡淡道了一句：“不要再来纠缠王爷。”说完，转身离开。

他离开前的眼神，活像在看一个祸害精。

蒲桃心思粗犷，压根没弄懂裘德的意思，上位者怎么交代，她就怎么做，绝不会自己送上门找不愉快。

裘德离开后，蒲桃只觉步履虚浮，背靠在墙上平复了许久，才拖着步子回了将军府。

一路上，她都觉得这半天时间好似到鬼门关走了一圈，能回来真是一个天大的奇迹。

一门之隔，龙成谨躲在门后，聆听着蒲桃离去的脚步声。

等她彻底走远了，龙成谨便赶紧搬了个小凳子，坐在裘德跟前，让裘德仔仔细细跟自己讲讲蒲桃的表情。

“蒲姑娘……好像很害怕。”裘德思来想去，也只能找出这么一个形容词。

“害怕？如何害怕的？是被本王的威严吓着了？还是因为本王从头至尾都不看她，她觉得被本王无视，无法获得本王的青睐，所以感到害怕？”

裘德摇头，斩钉截铁地说：“大约就是平民百姓见着皇家权贵，都会有的那种害怕。”

“不可能！”龙成谨断然否认，说蒲桃绝不会害怕权贵，她怕的一定是旁的东西。

裘德被龙成谨拉着在雪地里叨叨了大半个时辰，在龙成谨不断的否认和循循善诱下，他为了能让龙成谨放过自己，也放过他，只得连哄带骗地说：“蒲姑娘一定是喜欢上了您，所以才不敢看您。她不是害怕，而是害羞。”

“哎！她实在太傻了，本王是不会娶她的……”天边泛起了鱼肚白，龙成谨看着晨光熹微处，目光黯然，饱含心疼地留下了一声长长的叹息……

裘德打了个哈欠，趁着掩嘴的工夫，在龙成谨看不到的地方翻了一个大大的白眼。

翌日，懿贤一早就召了蒲桃来，仔细询问。

“王爷病情如何了？可有好转？”懿贤苍白着一张脸，平日里连抬手都困难，这会儿却紧紧抓住蒲桃的双肩。

蒲桃一宿未睡，形容憔悴，却不敢敷衍，耐心地回答郡主的每一个问题：“回郡主的话，王爷他神采奕奕，应当无碍。”

蒲桃仔细回忆了一下，龙成谨的模样实在不像是生病了。

难不成是回光返照？不大像……

蒲桃虽然医术不精，但这点眼力还是有的。

她再三思索回忆，终于可以肯定，龙成谨他根本就没病！

她不知道他装病两个月的原因，也知道此话不得外传，但懿贤郡主病情不容乐观，此时她真的不能再为旁人担心了。

“王爷没事就好，没事就好。”懿贤郡主没有任何怀疑，当即放下心来，松开了双手，躺回到床上。

“郡主，您该喝药了。”馨兰捧着热腾腾的汤药进来，馨悦伺候郡主吃药。

但懿贤十分固执，摇了摇头说：“我曾向菩萨许下诺言，只要景王爷病愈，此生便不再用药，拿下去吧。”

馨兰和馨悦面面相觑，十分为难，还在劝说。唯独蒲桃一语不发。

蒲桃来的时日虽短，但懿贤郡主的脾气她比谁都清楚。她虽然娴静温婉，病弱柔顺，但决定的事情说什么都不会更改，于是蒲桃也就不劝了。她只能想方设法按照郡主的体质，配了适当的补药，用药膳吊着她的身子。郡主的病情倒是稳定下来了。

这个冬天，太平府里最让人惊奇的两件事都与蒲桃有关。

一件是早就被医生宣判死亡的懿贤郡主又熬过了一个冬天。另一件便是朝臣给予厚望，呼声甚至超过太子的七皇子景王病倒，且药石无救，生命垂危。

蒲桃明知道后者是假，但因他牵动了懿贤郡主的生死，也不得不多加关注。

三日后，懿贤郡主突然将蒲桃召到近前，严厉责问。

“蒲桃，你明明亲眼见到谨哥哥无恙，为何京中人人都说，王爷快……快……”宋静娴实在说不出那个字眼，但屋里所有人都知道那是什么意思。

蒲桃望向馨兰，目光中带着敌意。

很明显，懿贤郡主连床都下不来，是肯定无法自己得知龙成谨的消息的，只可能是她身边的侍婢乱传话了。她好不容易才让懿贤郡主放下心，可才三天，馨兰就又将王爷的消息递了进来。

懿贤郡主见蒲桃不说话，当即便明白她的意思，可出乎所有人意料的是，她的态度也跟着软了下来。

懿贤郡主缓缓道：“我知道你是怕我担心才欺骗我，我不怪你。可是谨哥哥的病我不能不关心。从今日起，不管刮风下雨，你每日都要去景王府送药膳，直到谨哥哥病愈来看我的那一日为止。”

此言一出，所有人都愣住了。

馨兰和馨悦将此事说与懿贤郡主，纯粹是因为她们不喜蒲桃，想要戳穿她的谎言，让郡主不要将她一个外人放在近前伺候。蒲桃的姿色让她们产生了天然的敌意，哪怕她什么都没做，也让人无比讨厌。她们却没想到，这反倒给了蒲桃一个近距离勾搭龙成谨的机会。这简直让人难以接受。

而蒲桃就更害怕了。

龙成谨说得明明白白，他不想再见到自己，自己以后每日出入景王府，那不是平白招人烦吗？

万一哪一天他看自己不顺眼，想起那一日的落水之仇，卖玉之恨，自己的小命休矣。

“奴婢不想去……”

“她不能去！”

馨兰、馨悦和蒲桃几乎同时说出了拒绝的话，但宋静娴不问因由，直接道：“这是命令。”

相识数月，这是宋静娴头一回摆出主子模样。

蒲桃不得不从，馨兰和馨悦不得不闭嘴。于是蒲桃每日不再只负责宋静娴的膳食，还要每日早中晚三次穿梭于景王府和宋将军府之间，比从前忙碌了许多。

裘德自从得知推自家王爷入水的是蒲桃之后，对她就再没有好脸色。但她拿着懿贤郡主的玉佩，他又不能拒绝她，只能每天拿了她送来的膳食，便将她赶走。

龙成谨一开始是不吃的。可后来有一回，吐药过后实在难受，闻到了一股清甜的香味，便让裘德伺候自己用膳。只一口，他便尝出来，这是蒲桃的手艺。他这才得知这些日子的药膳都是蒲桃熬的，而他竟然一次都没有喝过，委实浪费。

从那以后，龙成谨便天天都要吃蒲桃做的饭，并且还要求她把工作地点转移到王府。

他给她在自己打开窗户就能看得到的地方造了一个小厨房，闲来无事便把窗户打开一道缝隙，透过缝隙看蒲桃在落雪屋檐下忙碌的样子。在催吐的时候，看到貌美如花的女子给自己熬汤，催吐也就不是那么让人难受的一件事了。

尤其一想到自己吐完就能吃到蒲桃做的饭，就觉得那是一件十分美好的事情。

渐渐地，龙成谨更加不想“病愈”了。

日子一晃而过，开春了。

蒲桃在景王府里伺候了一个月，这段时日里，将军府里已经流言满天飞。

蒲桃在景王府逗留的时间越来越长，回来得越来越晚的事情传得沸沸扬扬，连卓妈都不愿再见蒲桃。只有卓毅，全然不信那些流言蜚语，坚定地对蒲桃好，给她送各种零嘴糕点。

蒲桃一开始不知晓，直到张妈提点蒲桃，要她注意点，这才发现大家看自己的眼神已经极不友好了。

如果只是不友好，蒲桃不会放在心上，可后来发生了一系列事情，给她的生活带来了困扰。

一开始，她们还只是偷偷溜进蒲桃的房间，往她床上洒水，或者在她的汤婆子上钻个洞，又或者在她的炭火里加入一些劣质的炭，使她整晚无法入睡。后来，她们剪坏了蒲桃的衣衫，让她险些在大庭广众之下因为衣带松解而出乖露丑。多亏了龙成谨，在她外衣将要落下的那一刻，拿着一件玄色貂裘罩在了她身上，才让她幸免于难。

这是蒲桃自那一夜后，第一次见到龙成谨。

龙成谨病了数月，不仅没有消瘦，反而更加好看，尤其那一双星眸里，似乎藏了一团火。蒲桃被他灼热的目光盯着看了一瞬，立即就意识到自己逾越了，连忙下跪谢恩。

“奴婢谢王爷恩典。”

蒲桃很想把衣服还给龙成谨，可若还回去，自己就要光着身子回将军府，那一路的羞辱是她作为一个女子最不堪忍受的。就算是过去最粗犷时候，她也不敢不在乎这份尊严。

龙成谨很公事公办地让她平身，而后蒲桃便向他告假回去换衣服，龙成谨允了后，她很快便穿着这件貂裘消失在转角处。

春日里，乍暖还寒，地上的积雪还剩薄薄一层，融雪的夜晚，正是最冷的时候。

“她……是不是想勾引本王？”龙成谨望着地上那一串脚印问裘德，虽然是不好听的话，但语气有些愉悦。

裘德将蒲桃这阵子的表现尽收眼底，发现她不是一个有深沉心思的人，于是着人去调查了一番，才来回禀龙成谨：“回王爷的话，蒲姑娘是被人欺负了。”

“什么？！”

在龙成谨震惊的神色里，裘德肯定地说：“将军府上上下下，都疯传着蒲姑娘与您……关系很近。于是，他们有多爱戴您，就有多厌憎蒲姑娘。王爷，蒲姑娘身在将军府可是如同身处水火，您……真的不考虑将她接到王府中来吗？”

蒲桃一去，披着自己的貂裘，等于坐实了二人之间非同一般的关系，那她定会被人欺负得更惨。

龙成谨几乎没有任何犹疑，立即道：“把她给本王追回来！”

裘德松了一口气，立即派了侍卫去。等待的时候，他总觉得这个场面有点熟悉。好像自从他知道蒲桃的存在以来，王爷和蒲桃，就一直是这样的状态。

一个懵懂离开；一个一边嘴上说要远离，一边身体却拼命地在靠近。

可蒲桃此次脚程极快，就这么转头的工夫，已经入了将军府。侍卫不仅没接来蒲桃，还带来了一个坏消息。

据说蒲桃回府没多久，就跟人起了冲突，将曾经一个屋檐下住着的婢女打了一顿不说，还把宋老将军打了！

“什么？！”龙成谨一个头两个大。

“回王爷的话，具体的因由过程属下不得而知，但据说蒲桃已经被宋老爷子带走，属下尝试过想去探望，但宋家管家说这是他们宋府的家务事，不足为外人道也。属下人微言轻，不便插手。这下……怕是只有您亲自去一趟才能知晓了。”

“知道了。”龙成谨极不耐烦地让侍卫离开，只留下心腹裘德。

“你说，从蒲桃离开，到本王派人去追，这才多大点工夫，她就把一年在京中待不上几日的宋老将军打了，她简直就是个惹祸精啊！”

龙成谨虽然言语中充满了对蒲桃的不满，但眼神里充满了关切。

裘德当然看出来了，说：“王爷，不论蒲姑娘为什么打了老将军，眼下救蒲姑娘才是第一要紧事。您，准备离开王府了吗？”

龙成谨闻言，犹豫了。

龙成谨对外称病，要从落水前说起。

落水前不久，龙成谨曾得到宋昱消息，说有两批军粮达不到标准。龙成谨立即派人去查，发现户部一干官员私吞军饷，数额巨大。此事后经礼部、工部、刑部尚书上报，最后被皇帝知晓。

皇帝震怒，派出三位巡抚要求彻查。一级一级查去，居然查到了太子龙成壁的身上。皇帝更是怒不可遏，差点废了太子。然储君乃国之定海神针，不到万不得已，不会让事态发展到不可挽回的地步。

皇帝最终只是让太子归还军饷，然后将过错安在了几个无足轻重的官员头上。

此次事件，龙成谨从头到尾没有露面，就是为了避嫌。但世上没有不透风的墙，此事从何而起，很快便传到了太子和皇帝的耳朵里。皇帝没有怀疑龙成谨的初衷，而太子多疑，原本就觉得龙成谨觊觎皇位，这下更是坐实了龙成谨刻意针对他。

太子明里暗里给龙成谨使了不少绊子，恰在此时，龙成谨被蒲桃推入湖中，大病一场。

病中，龙成谨的汤药被人做了手脚，久病不愈，要不是蒲桃每日盯着，龙成谨还发现不了端倪。后来回了王府，他索性顺水推舟，继续装病。

有传言说，主持春祭的人会得到上天青睐，是储君人选。但今年的春祭，因军饷之事，皇帝并不打算让太子主持，这个事情落到了龙成谨的头上。

龙成谨不想成为众矢之的，原计划一直装病到春祭结束，等此次风波过去，因此皇帝仍按照旧礼让太子主持祭天大典。但没想到，蒲桃得罪了宋老将军，命悬一线。

他一旦离开王府，装病的事情就没办法再隐瞒，他必须回归朝堂。

在继续蛰伏，保持兄友弟恭的表象，和拯救蒲桃，站出来与太子摆在明面上对着干二者之间，龙成谨犹豫了一瞬，也仅仅是一瞬。

“裘德，伺候本王更衣！”

裘德喜上眉梢，立即招呼了侍女进殿。

侍女们鱼贯而入，将龙成谨里里外外打扮一新。

龙成谨装病整整三个月，吐了近三个月，终于回到了从前的模样。

不，在裘德看来，不惧太子的龙成谨，风华更胜从前。

（四）

龙成谨赶到将军府的时候，原以为会在宋府柴房之类的地方看到瑟瑟发抖的蒲桃。然而没想到，他看见她正在院中和宋老爷子比武。

阳光灿烂下，蒲桃手持长剑，舞得遒劲有力。宋老将军则单手挥舞一柄红缨枪，风采不减当年。但宋老将军到底已经上了年纪，在蒲桃步步紧逼之下，虽然未有颓势，但明显不如蒲桃游刃有余。

“不来了不来了，再来十回老夫也赢不了你。”比武没有持续很久，宋老爷子便喘着粗气认输。他语气里虽然带着些埋怨，但明显并没有真的责怪她。

“奴婢得罪了。”蒲桃说完，按照标准的军人仪态，收起手中长剑。长剑入鞘，铮鸣声刺耳，摄人心魄。她连眉头都没有皱一下，恭敬地将剑递还给宋老将军。

宋老将军露出惊讶神色：“这把剑乃玄铁所制，重达八十斤，是老夫年轻时习武所用，花了三年时间才将它挥舞自如，你竟不费力气就能将它使得顺手，简直不可思议。”

蒲桃连忙跪地，道：“奴婢献丑了。”

宋老爷子连连摆手，上前将她扶起：“你这哪里是献丑？该觉得丢脸的是这满院子的男人。”

宋老爷子扫视一圈，一干侍卫通通低下头去。

蒲桃没有再说什么，只是低着头，看着自己的脚尖，等待宋老将军下一步指示。

“当厨娘太委屈你了，将军府中尚缺一个护院总教头，每个月老夫让管家给你二十两银子，并撕掉你的卖身契，你可以拥有自由出入的权利。如何？”

天大的好事，蒲桃当然不会说不。

只是如此大的一个馅饼突然砸在头上，她一时没反应过来。

她回来之后，只是想教训一下那些欺负她的婢女，没想到暴打她们的时候，突然出来一个鹤发苍颜的老人，不由分说便与她动起手来。她下手没有轻重，很快便将那人打倒在地。

她后来才从闻声赶来的管家嘴里得知，眼前人竟然就是宣武国的开国元勋，宋老将军宋昀。

宋老将军没有怪罪她已经是极大的恩典，现如今又多加赏赐，她高兴还来不及，又怎么会拒绝？

“奴婢谢宋老将军恩典！”蒲桃叩头谢恩，让宋老将军很是开怀。

蒲桃的谨小慎微与她在舞刀弄枪时的气势完全不同。若不是亲眼所见，宋昀如何也想不到，自己有生之年还能见到第二个喜欢舞刀弄枪的女子。而眼前的女子，与那一个截然不同。

如果说玲珑公主是从小跟在他身边耳濡目染，学了一些花拳绣腿，便在女子之中傲视群雄，妄想与男子比肩的花把式，那么蒲桃就是有真才实学，足以与男人匹敌，甚至绝大多数男子只能望其项背的存在。

他在全盛时期，或许还能与她一较高下。然而现在，实在是老喽……

龙成谨目睹这一幕后，悄无声息地回去了。

但就算只是出来一刻的工夫，想必太子那边也已经收到消息，自己这病是装不下去了。

龙成谨也不打算继续装病了。

一个女人在家破人亡，夫离父散的情况下，都可以拿起剑不屈不挠地顽强生活，他又有什么理由像只缩头乌龟一样躲起来？

他不想得罪太子，不想兄弟不和，可是对方未必这样想。

成年人的世界，并不是靠一味忍让就能换来好结果，他不能再坐以待毙了！

裘德知道了他这一番想法后，对蒲桃的好感又都回来了。

蒲桃再不好，也阴差阳错做了件大好事。

龙成谨是最适合当皇帝的那个人，可是生错了时候，晚了太子几年，儿时又承了太子太多的情面，使他始终无法对太子的咄咄逼人予以还击。

蒲桃的事情，让龙成谨开始正视自己的处境，因此说这倒也不失为一件好事。

晚间，龙成谨没有去猜想太子下一步会有什么行动这等大事，脑海里挥之不去的是蒲桃在阳光下英姿飒爽、剑舞生风的模样。于是，他便绞尽脑汁地想要为她做点什么。

蒲桃力大无比，舞动重剑也毫不费力，但在龙成谨眼中，始终觉得蒲桃纤弱，是需要被人保护的人。就算亲眼看到她使用玄铁重剑也能逼得宋老将军毫无还手之力，他仍发自内心地觉得，轻便灵巧的武器更适合她。

他也由衷地希望，她平日舞剑的时候可以少用些力气，让自己得以休息。

三日后，蒲桃从信客那里收到了从万和城寄来的礼物。

她原本以为是父亲寄来的家乡特产，却不想打开盒子后，里面躺着的是一柄通体银白的软剑。剑身比一般的剑都要短和窄，但剑柄很长，剑锋锋利无双，吹毛断发，削铁如泥都不在话下。整把剑看上去光华耀目，还可藏于腰间，十分便于携带。

蒲渊一如既往地写了四个字："安好，勿念。"

这柄剑，让蒲桃霎时间泪盈于睫。

蒲父从来就不教导她习文识字，虽然不反对她舞刀弄剑，却也从来没有特别的支持。他时常教诲她的便是一句："女子无才便是德。"他不希望她异于常人，也不希望她脱颖而出，只想着平平安安就是福。

所以，长这么大，她都靠着野蛮生长，没想到却在武力方面有着超高的天赋和造诣。可身为女子，就只能囿于柴米油盐酱醋茶，活动于那厨房的方寸之间。

从前蒲桃闹过，蒲渊是万和城首富，也不与她真的计较。等家道中落，她扛起了家中重担，便发现一个女子在这个世上，能依傍的技能绝不是武力，于是也疏于练习。不要说给自己买一把趁手的兵器了，就连她谈起这个，父亲都是一脸的难过。

她没想到，如今父亲竟然寄了一柄精工细作的极品软剑给她。

蒲桃坐在院子里，美滋滋地看着自己收到的礼物，又想到自己新得到的工作和被撕碎的卖身契，只觉身边那满墙含苞待放的花骨朵都为自己绽放了。

春天，或许真的就要到来了。

（五）

蒲桃成为护院总教头之后，每天都是带着一身伤入睡。这些伤倒不是旁人给她的，而是她自己跟自己较劲，玩命练武所致。鬓角、双手、膝盖，经常会因各种高难度的招式而鲜血淋漓，但她没喊过一声疼，每晚拖着残破的身躯回房间，还满脸喜悦，似是极为享受。

大家从没见过这样拼命的蒲桃。之前她总给人一种清淡温和的感觉，一副什么都不争不抢，话也不多，听之任之的模样。但一当上总教头，她整个变了一个人似的。

将军府内，府兵都是校场出身，正儿八经上过沙场杀过人的军人，分明不需要她过分调教，她却铆足了劲训练，不仅自己带头不休息，让下面的人也不得休息。这多少让这些男人看她不顺眼。一来她是总教头，二来他们也确实打不过她，他们明面上说不得什么，但私下里都称她是“灭绝师太”。她，一个能动手绝不动口的女人，气势彪悍，威武雄壮，与单薄纤细的女子截然相反。

宋老将军每天都来校场巡视，看到他们拼命训练的模样十分满意，对蒲桃更加喜欢。若不是军营严禁女子入内，他恨不得立即就让她参军！

看着宋老将军高兴的模样，护院府兵们知道蒲桃这教头的位置算是坐稳了，过去那种闲散的好日子怕是到头了。他们现在每天只能一边拼命训练，一边祈祷这个女人快点嫁出去，等她嫁人生子回归后院了，应当就不会有精力来折腾他们了。

而后院的女子们则与之相反，她们天天在祈祷，祈祷蒲桃永远不要回来。

蒲桃从前不声不响的模样让人觉得她很好欺负，她们做的那些事情如何过分，自己心里比谁都清楚，蒲桃的威名远播，这时候她还会忍吗？那不是得有冤报冤，有仇报仇？

她们将蒲桃至今未寻仇归到了她很忙，没空搭理她们上，殊不知蒲桃有了自己真正喜欢的事务后，根本就不记得这些无关紧要的小事。她们内心焦虑惶恐，便又想方设法地坏蒲桃的名声，以此阻挠蒲桃的姻缘。不出七日，蒲桃的名声经过大家的宣传，已经妖魔化到极致。

魔性到什么地步了呢？

就连身处皇宫大院内的皇后都不禁有些害怕。

“今日请宋老将军前来，是有一事想要向您老求证，还望老将军不要见怪。”皇后设宴御花园，邀了宋老爷子入宫一聚。

皇后在宋老将军面前算是晚辈，姿态一向极低。她今日神情凝重，语气深沉，明显不悦。宋老将军见惯了风雨，虽不会被这阵仗吓到，但心中也不由得奇怪：皇后如何生气了？

宋老将军不想作无谓的寒暄，直接开口道：“娘娘但说无妨。”

“本宫听闻，将军府上有一女子名唤蒲桃，此女……”皇后犹豫着，一副难以启齿的模样。

宋老将军就更加奇怪了。

“确有其人，娘娘想要知道什么？”宋老将军心如平镜，一片澄然，可也实在猜不透她欲言又止的缘故。皇后憋红了脸，不愿开口，无奈之下只能给侍女使了个眼色。侍女也是一脸通红，不知如何开口，最后重任还是落到了老嬷嬷的身上。

“回老将军的话，近来京中传言，将军府中多了一名女子，与护院府兵纠缠不清，夜御数人，致遍体鳞伤，仍不收敛。”皇后的奶娘桂嬷嬷年逾五十，一张老脸处变不惊。可是在座所有人听了都惊呆了。

皇后咳嗽了一声，头歪向一边。侍女们羞红了脸，纷纷低下头去。宋老将军更是气得直哆嗦。

“混账！胡说！一派胡言！”宋老将军气得一口气险些没上来，皇后一脸担忧，连忙让内官们给老将军顺气，好一会儿他才喘过气来。

“将军见谅，本宫也是因近日流言纷纷，才不得不请您进宫解释一番，还请您谅解。”皇后低声下气，连声道歉，但宋老将军似乎更加生气。

“如何谅解？”老将军一把年纪，可说是从小看着皇后长大的，在她面前失了规矩也不是一次两次，气急了便指着她的鼻子骂道，“旁人没有脑子，你也没有吗？你身为一国之母，连你都信了这些鬼话，让下面的人如何作想？！今日我可以清清楚楚明明白白地告诉你，没有的事！那些流言一个字都信不得，明白了吗？”

皇后娘娘瑟缩着身子，在盛怒的宋老将军面前半个怀疑的字都不敢说，只连连点头，道：“是本宫想岔了，还请老将军原谅。”

“原谅谈不上，我只希望娘娘以后莫要再听信这些流言，徒惹不快！也惹人笑话！”宋老将军震怒，拂袖而去。御花园中一干人等皆不敢阻拦，就连皇后本人都不敢多说一句。

“娘娘，看样子，宋老爷子是打定了主意要维护蒲桃了。既然宋老爷子都说是没影儿的事儿，王爷那边……”桂嬷嬷欲言又止，似是被老将军的威仪模样震慑，有些发怵。

皇后惊魂甫定，恢复皇后仪态后，便冷冰冰地吐出一个字：“查。”

“是，娘娘。”桂嬷嬷得了命令，立即带着一干婢女退下。

皇后一口气喝了三杯水，才勉强平复心情。

其实蒲桃的流言本不干皇家的事，她的名声再差也就是个市井流言，茶余饭后的谈资，皇后绝不会管，但偏偏这流言牵扯到了七皇子龙成谨。传言蒲桃觊觎龙成谨多时，时常借着送饭的由头，去景王府与之幽会。更有甚者说龙成谨的病不是风寒，而是花柳病，病之来源便是这女子蒲桃。

皇后惊吓难当，立即宣了许太医、宋老将军前来。前者支支吾吾说龙成谨的病情复杂，时好时坏不好判断，还需要观察。后者直接拂袖离去，连解释都懒得解释，这让她更加难以决断。但事关重大，她无法坐视不管，只能另觅他法，从龙成谨身上下功夫了。

龙成谨出景王府后七日，才第一次进宫。

春日里，御花园的杏花开了一路。龙成谨披着大氅，走在艳阳下，全身裹得严严实实，手里攥着手帕时不时掩嘴咳嗽两声，一副大病未愈的模样。裘德跟在他身后，一脸凝重。

“王爷，娘娘此次召您进宫，只怕与春祭脱不了干系，您可一定不能再心软了。给娘娘透个口风，也好让她在陛下面前为您说说话。”

裘德叨叨个不停，忧心忡忡。可龙成谨只当没听到，一路沉默，不知道在想什么。实在被絮叨得烦了，他才道了一句：“本王知道该怎么做。”

有了他的表态，裘德这才放宽了心。既然龙成谨已经决定跟太子撕破脸，争一争储君的位置，想必就不会再退让了吧？

御花园里，与宴请宋老将军时的茶水不同，皇后特意挑了午时，吩咐御膳房做了一桌好菜，全是龙成谨爱吃的。皇后在过问他的私生活的同时，也不忘改善改善他的伙食，真心疼爱溢于言表。

“皇儿，近日一切可都顺遂？”皇后夹了一块糖醋鱼，挑干净了刺，蘸了酱汁，才夹到龙成谨碗里。

龙成谨脸色苍白，因病而消瘦的手指拿着手帕掩嘴轻咳，好一阵之后才抱歉地苦笑：“儿臣多谢母后好意，但儿臣还用不得油腥。”

“原来是这样，倒是母后思虑不周了。”皇后脸色一僵，立即着人将一桌子菜撤了下去，又很快换了一桌清粥小食。

皇后在内心把许太医骂了个够。是他说龙成谨近日吃好喝好，尤其蒲桃做的饭，吃得一口都不剩。可今日一见，儿子分明还是食不下咽的模样。这个许太医，实在该死！

因这耽搁的工夫，太子龙成壁得了消息，也装作不经意路过，顺道给皇后请安。两个儿子一起陪自己吃饭，皇后自然高兴，立即让人添了碗筷，一起用膳。

席间，龙成壁十分关心龙成谨的身体，嘱咐他好好在府里休息，朝堂上的事情自有他和各位大人处理，龙成谨可以放心。

龙成谨自然是放心的，顺着龙成壁的话往下说：“我的身子只怕要入夏了才能大好，这段时间，还仰仗皇兄多加操劳，替父皇分忧。”

龙成谨话一出口，龙成壁当然高兴，连连给龙成谨布菜。皇后见二人同从前一般兄友弟恭，更是开怀。

只有裘德一脸不悦，紧张不已。他站在龙成谨身后，一个劲地拉他的袖子，龙成谨装作不知，自顾自喝粥。拉了一会儿，裘德也不拉了，心里明白自家主子到底还是狠不下心。

可是自家主子狠不下心，不代表对方不能狠心。

果然，不过半刻工夫，龙成壁装作关心地把祸水引到了龙成谨身上。

“近日京中盛传，将军府中有一女子频繁出入景王府，可真有此事？”

皇后和龙成谨的眉头同时一皱。

皇后皱眉是因她以为此事是儿女情长，正想着如何巧妙地开口，不料龙成壁也关心此事，可见此事不仅连皇宫内院的女子知道，就连朝臣也都知道了，委实有伤风化。

龙成谨皱眉则是恰恰相反，他压根没听过这些传言，故而不明白太子为何要在此时提起蒲桃。虽然龙成谨早知与蒲桃的交往逃不过龙成壁眼线的耳目，但也不认为这件事有什么值得拿出来讨论的必要，何况还是当着母后的面。

龙成谨看了眼皇后，见她也同样看着自己，明白皇后也知道了此事，正等着自己的答案。

龙成谨看向龙成壁，淡淡道："确有此事，不知皇兄何故有此一问？"

他言下之意就是不过一个女子，有什么必要提及？他也并未在外人面前表现出对蒲桃的格外偏爱，旁人当是不知自己心中所想才是。

皇后见龙成谨神情淡然，想他该是不在意蒲桃才是，当下松了一口气。

龙成壁也便权当个笑话来讲，舒展了眉目，靠在椅背上，展颜道："蒲桃的名声在外，十分污秽，传她夜御数人，与满将军府的府兵纠缠不清，你可要离她远些才是。"

他话音刚落，龙成谨全身一僵，握着手帕的手指微颤，指节发白，应该是被气的。

"皇兄从哪里听来的？东西可以乱吃，话可不能乱说。"龙成谨目光冰冷，直直地盯着龙成壁。

龙成壁还是头一次见到龙成谨面如寒霜的模样，他面色一僵，但很快又恢复如常，语气和缓地安抚道："皇弟不用紧张，蒲桃的名声再坏，也不会连累你。"

龙成谨的脸色丝毫没有改变，反而更加冰冷，连带周身的气温都低了不少。

龙成壁心中奇怪，但没想到龙成谨的冰冷并不是来自自己名声有亏，而是蒲桃被人诬陷。

龙成壁继续劝慰："照本王看来，不过是一个女子，若连累皇弟名声有亏，实在有伤皇家体面。不如干脆处理掉，等过些时日，流言过了大家也就不记得了。皇弟，你说呢？"

"不。"龙成谨斩钉截铁地说完，一张脸冷得铁青，坐姿也变得极为端正，不动如山。

裘德忍不住拉了拉他的袖子，提醒王爷在太子龙成壁面前这样有些逾越，但龙成谨压根没理他，仍是一动不动，目光灼灼地盯着龙成壁。

以往龙成谨对太子都是恭敬顺从，甚至有些讨好，眼神从来没有这样冰冷过，如今头一回用这样的目光看着龙成壁，让龙成壁也是心中一凛。

他继续打圆场："既然杀了不行，那不如随便找个地方打发了，让她远离京城也罢。只要她消失在众人视野里，去了哪里也不会有人关心。皇弟，你说呢？"

"不。"龙成谨寸步不让，在他面前，甚至连敬语都懒得再用。

龙成壁也没有心情跟他兄友弟恭了，他从来不认为拥有七窍玲珑心的龙成谨会因为一个女子跟自己闹僵，于是把他这副模样完全曲解为他不尊重自己，想要与自己分庭抗礼。

"那依你的意思，就放任不管了？"龙成壁也沉下脸来，正襟危坐，端出一副太子的架势，冷冷地看着他。

面对他的威压，龙成谨毫不示弱，直接扔掉了手中的手帕，坐直了身子，抬头直视他的眼睛，一脸郑重，一字一句道："皇兄，这是我的家务事，要管也是我自己管。您，管不着。"

"你……"龙成壁彻底被激怒，满脸不可置信地看着他，似乎完全没料到他会直接这样说话。

"够了！好好的一起吃饭，怎么就闹起来了？"皇后听得云里雾里，她以为大家讨论的只是一个坊间流言，完全没注意到二人之间不仅仅是关于蒲桃名声之争。在龙成壁看来，简直就是储君与皇位之争。

"成壁是兄长，更是太子，你不可这样对他说话。"皇后出来打圆场，但龙成谨丝毫没有要退让的样子。

龙成壁也不再装模作样，直接端起兄长和太子的架子，针锋相对道："一个将军府的婢女，如何就成了你的家务事？且不说静娴还没有嫁给你，就算嫁给你，那也是她嫁入景王府，那将军府的事还是宋家的事。还是说你已经把宋家当作自己府邸，想如何就如何了？"

"将军府如何，我不过问，但蒲桃如何，我过问到底。"

龙成谨一字一句，语气郑重，身姿笔挺，丝毫没有一丁点病弱的样子，似乎只要提到蒲桃这个名字，就能让他变得无比坚定。

龙成璧倒吸了一口凉气，直到现在都不敢相信，龙成璧真的是因为一个女子在跟自己抗争？他是不是疯了？

龙成谨直视着龙成璧，继续道：“我不允许任何人伤害她，就算是你，也不可以。”

“你……你简直……”龙成璧有些难以置信，半晌说不出话来。

这时，却听身后皇后猛一拍桌子，霍然起身。

“混账！”皇后见二人针锋相对的模样，怒不可遏，又见蒲桃在龙成谨心中地位竟然如此之高，便将刚才在宋老将军那里受的气一并算到了龙成谨的头上，“你怎么能说出这样大逆不道的话？那女子究竟是什么人，你何等尊贵，怎可与她相交？你居然为了她顶撞你的皇兄？”

皇后头一次发这么大的火，虽然矛头不是指向龙成璧，却也让他有些惧怕。

皇后如此生气，原因也很简单，龙成谨从小到大聪慧听话，她也是第一次见他如此不识大体。

面对皇后，龙成谨稍稍收敛了一点，但也只是一点。他看着母后，缓缓道：“她不是什么高贵的人。只不过儿臣很确定，她不是皇兄嘴里说的那种女人。”

蒲桃半生坎坷，皆因自己而起，她这一路的辛苦和委屈他都看在眼里，他比谁都清楚蒲桃是怎样一个人，又怎能任人污言秽语相向？就算是自己的嫡亲皇兄，那也不行。

龙成谨手里还握着手帕，脸色仍然苍白，但眉宇之间已经没有丝毫刚刚的病弱模样。相反，充满了攻击性。

龙成璧看到他的眼神，顿时明白，过去的他只是伪装，他果然如自己所想，不是没有攻击性的，那要看有没有人触到他的逆鳞。而他的逆鳞，就是那个名叫蒲桃的女子。

“成谨，不要生气，为兄也只是听了传言，怕对你名声有损，为你着想。既然你都不在意，那为兄也不说什么了。那些流言就让它去传吧，过些时日也就消停了。”

龙成璧说完，宽袍一摆，举杯喝茶，一派淡然模样，仿佛刚刚的针锋相对没有发生过。但坐在上位的皇后明显不愉快了，一张脸黑得仿佛能滴出墨来，看着龙成谨的目光里带着十足的责备。

龙成谨当作没看到，直接起身，淡淡地说了句："儿臣抱恙，恕儿臣先行告退。"

皇后还想说什么，却见他袖袍一甩，直接大步踏出了亭子，消失在园林间。

龙成谨心中当是怒不可遏。但龙成壁倒是心情很好，就像是抓到了龙成壁的一个软肋，和颜悦色地又陪皇后说了会儿话，所言看似平息怒气，实则是火上浇油。

皇后更加觉得，这个女人绝对不能留了！

出宫路上，裘德继续滔滔不绝地劝说。

"殿下，您怎么能突然沉不住气呢？"

"不是你让本王不再相让的吗？"龙成谨大步走在前面，头也不回地说。

"奴才确实让您不要让着太子殿下，可您……您不能为了蒲姑娘啊！"

"为何不可？"

"那不是将蒲姑娘往火坑里推吗？"

"……"

龙成谨不说话了，他明白裘德的意思，可是当时他又实在无法听任旁人羞辱蒲桃。

裘德见事已至此，也不再说蒲桃了，叹了口气，道："奴才相信，这只是一个开始。很快，不仅太子的目光会放在她身上，伺机寻找给你泼脏水的机会，帝后亦会关注她。尤其是陛下。"裘德跟在龙成谨身后，神情凝重。

"虽说这三年来，您一直刻意装出一副纨绔模样，但您与太子殿下究竟谁更适合当皇帝，陛下心里只怕已经如明镜一般。陛下迟迟不废太子，不过是在等一个契机。陛下不可能任由您的名声被一个女子所玷污。您执意要保全蒲姑娘，只怕最后会适得其反。"

裘德说的所有的话都正确，龙成谨无法反驳，只能面如寒霜地走在前头，沉默以示不满。

但裘德哪里会放过他？他紧跟在他身边，想要把他骂醒似的，一个劲地絮叨。

“况且，蒲姑娘是什么样的人，奴才这些日子看在眼里，也大抵看明白了。蒲姑娘性子烈，人又好强，既不贪图富贵，也不醉心名利。您的身份摆在她面前，除了带给她压力，起不了什么作用，这阵子的流言蜚语，若不是男主角是您，只怕也不会有人惦记。”

裘德是个人精，否则也不会爬到今时今日这个高度，更不会被皇帝选中，派他跟在龙成谨身边，成为他的总管家。他看问题目光犀利，处理事情老到，几番接触下来，蒲桃的性格已经被他摸了个透。

裘德将各方面利害关系都挑明了说，但龙成谨还是不理他。

裘德没招了，几乎放弃似的叹了口气，悠悠地说：“您看得比奴才透，也看得比奴才远，您明明一早就明白。这也正是您一直拒绝蒲姑娘的原因，不是吗？”

话到此处，一直没什么反应的龙成谨突然停住了步子。裘德一个没注意，直接撞在了他背上。

“王爷恕罪。”裘德立即瑟缩地退后一步，生怕龙成谨生气。

他非但没有生气，反而像是根本没有注意到裘德刚刚冒犯了自己。

龙成谨就那么站在皇宫大门外，一双眼睛无神地看着前方，目光放空，一动不动，任由烈日当空，照在他身上。他全身裹着裘衣，脸上的寒霜似乎没有一点消散的迹象，反而更加冰冷。

“王爷，您……还好吧？”裘德被龙成谨这副模样吓到了，躬着身子，小心翼翼地问他。

龙成谨没有回答他。片刻后，他重又迈开步子，向景王府走去。此时，他的步履跟来时全然不同，仿佛下定了决心，再没有犹豫。

裘德被他吓着了，不敢再多言，默默地跟在他身后。二人一路到了王府，裘德刚准备进去，岂料龙成谨直接绕过了王府大门，拐了个弯，进了边上的宋将军府。

傍晚时分，暮色四起，蒲桃刚结束一天的练兵。她一边解开护手，一边往内院走，不经意地一抬头，却看见龙成谨站在檐下。

夕阳西下，暖暖的暮色照在廊上，他就站在暮色里，静静地看着她。

龙成谨的身边，站着一些刚结束训练的府兵。府兵们经过这阵子认真的训练，一个个丰神俊朗，肌肉凸起，与病弱的龙成谨形成了鲜明的对比。但，在一群壮汉面前，龙成谨的病弱书香贵公子气质，倒也显得他鹤立鸡群。

可是，他怎么来了？

蒲桃左右看了看，发现自己身边没有人，更加确定他看的人正是自己。于是她只能硬着头皮，向他走了过去。

“奴婢参见王爷。”

蒲桃拎着几十斤重的玄铁重剑，肩上还搭着八块精铁所制的负重块，但行起礼来丝毫不马虎，动作十分标准，标准到让龙成谨觉得……她虽近在眼前，但心里跟自己的距离有着十万八千米远。

龙成谨心里有万千的话想说，但见着蒲桃那一双古井无波的沉静眼眸，顿时又不知从何说起，千言万语终化作了两个没什么感情色彩的字眼：“平身。”

“谢王爷。王爷……是来找奴婢的？”

“……嗯。”

蒲桃握着剑和负重块，没有要放下的样子，似乎只等着龙成谨说完话立刻就走。

但龙成谨有些犹豫，一副不大好开口的模样，等了许久才开口，语气沉重地说道：“最近……委屈你了。”

蒲桃起先一愣，旋即展颜一笑：“如果王爷指的是近日的流言，奴婢不觉得委屈。奴婢希望，王爷也不要在意。”

“你当真不在意？”

“不在意。”

蒲桃刚结束锻炼，满头是汗，小脸红扑扑的，配上开朗的笑容，简直是天底下最好看的样子。但，就算她不在意，他也不能不在意。

龙成谨望着眼前人又坚强又纤弱的模样，联想到旁人在她身后散播的污秽不堪的传言，只觉得是自己保护不力，害她不论在哪儿都受尽欺凌。

龙成谨的表情郁闷，让蒲桃十分纳闷，不知道他究竟在想什么，二人之间的气氛一时有些尴尬。

“奴婢名声从来没有好过，早已习惯了被人诟病，倒是您……”蒲桃试探性地问道，“奴婢……是不是给王爷带来困扰了？

“不是！”龙成谨斩钉截铁地回答，如此激动的神色让蒲桃不由得发愣。

“王爷恕罪，是奴婢逾越了。”蒲桃生怕得罪上位者，于是也不说话了，等着他自己开口解释来意。

龙成谨居高临下，看着蒲桃怀抱重剑，觉得委实碍眼，便把二人之间的生疏归咎于这剑，于是便要去夺剑，帮蒲桃减轻负担。岂料他拔了几次剑，剑身都纹丝不动。

龙成谨以为是蒲桃握着剑，才导致他拿不动，淡淡地开口：“把剑给我。”

他是想说，我来帮你拿。但蒲桃领会不到那层意思，只当龙成谨此番前来是为了这把剑，立即便将剑放开了。

“有些沉，王爷当心。”

话音刚落，玄铁重剑一下失去了支撑，整个落在龙成谨怀里。龙成谨差点被砸得内出血，脸瞬间就涨红了。

“王爷，您没事吧？”蒲桃睁大了眼睛，不确定地问。

“没、没事……”

龙成谨憋足了劲，才勉强把剑接到怀里，靠着柱子的支撑才没有倒下去。

片刻工夫，他整个人已经气喘吁吁，没有力气说话了。但身为男人不能丢的尊严，又使他无法向她求助。

蒲桃丝毫没有察觉龙成谨的吃力，愣愣地点了点头：“既然王爷喜欢这把剑，奴婢可以借给您用用，过几天还给奴婢就是。但……如果您想永久拥有，要同宋老将军知会一声才好，毕竟这是他年轻时的佩剑。”

“……”

龙成谨很想否认，但他已然没有力气。

“王爷没有别的事的话，奴婢就告退了。”蒲桃见龙成谨不再说话，也便不想在他面前晃悠碍眼，近日流言正盛，该与他保持距离才是，于是迅速施了个礼就离开了。

她的身后，龙成谨双臂抱着重剑，双腿用力抵住廊柱，整个人都在风中颤抖着，用尽了十分的力气才没倒下去。

眼见她渐行渐远，龙成谨不愿意就此跟她别过，情急之下扯着嗓子对她喊：“跟……跟我走吧，我可以保护你！”

短短一句话，龙成谨用尽了全身的力气。但他嗓子嘶哑，声音微弱，蒲桃根本没听见。

穿着训练服的蒲桃身姿挺拔，脚步轻盈，眨眼的工夫便消失了。

龙成谨再也撑不住了，“嘭”的一声跌倒在地，重剑砸在胸口，将他砸得吐出了一口老血。

远远看着二人的裘德立即上前，一边扶他一边叹气：“王爷，您这是何苦呢？”

龙成谨脸色很差，不想回答。

裘德继续插刀：“王爷，您这副弱鸡模样说要保护她，换作是您，您信吗？”

龙成谨很想发火，但他无言以对。

“王爷，咱们还是回去从长计议吧……”

在裘德的帮助下，龙成谨终于顽强地站了起来，临走前，还不忘带走那把剑。

他拒绝裘德一起抬着剑回王府的提议，一个人拎着剑柄，用尽吃奶的力气，花了一个时辰的时间，才将原本只需要半刻钟就能走完的路程走完。

当他拖着剑回到王府，已经累得筋疲力尽，今日在御花园中的不愉快也便统统忘了，眼下满心都是如何征服眼前的剑。

在裘德的刺激下，这把剑在龙成谨心里，俨然已经成了蒲桃的代名词。仿佛征服了剑，他才有资格征服蒲桃。

第二日，龙成谨起了个大早，照例告假不上早朝。借口仍旧是大病未愈，但又多了一条：他决定到宋将军府锻炼身体，待强筋壮骨后再归朝堂。

皇帝倒是没反对，反而很开心。

要知道自从江南治水之后，体能就成了龙成谨的一大软肋，七尺男儿缺乏武力终究难以服众，如今自发去将军府学习，值得赞赏。于是皇帝大笔一挥准了假，并且还在朝堂上大加夸奖。

皇后听闻后，额心一跳，急忙问皇帝："陛下，皇儿去宋将军府邸习武，是与何人习武？"

皇帝见皇后满面慌张，安抚道："宋将军以武治家，能人辈出，与任何人习武都差不到哪里去。何况如今有宋老将军在府，你慌什么？"

就因为有宋老将军在，臣妾才慌！

堂堂将军府居然用一个女人指导练兵，真是笑话！

皇后没敢把御花园的事情说与皇帝听，笑了笑就过了，但转身又偷偷遣了太子龙成壁去瞧。他表面上是代皇后探望宋静娴，实则是看看龙成谨在将军府究竟如何习武。

皇后的懿旨正中龙成壁的下怀，早朝一结束，他便拎着御膳房做的满满两盒子糕点去了宋将军府。

正午时分，春日艳阳高照，竟有着与炎炎夏日一比的势头，晃得人睁不开眼。龙成壁到达将军府的时候，正是一日之中阳光最强烈的时候。

他经过前院，走进演武堂，便见练兵场上密密麻麻地站满了人。

府兵实行轮休制，三班倒。未当差的府兵被召集在演武堂里，勤加苦练。此时此刻，他们正在扎马步。每个人都脱了上衣，露出或六块或八块的腹肌，肩上扛着一个如腰般粗大的木头桩子，背部有明显因摩擦而起的伤痕，汗顺着皮肤流进伤痕里，每个人的表情都是苦不堪言。隔了老远，龙成壁都能从他们的目光里看到"痛苦"两个字。

龙成壁本来不相信龙成谨真的是来习武的，但当他在队伍末尾看到穿着绢丝单衣，背着比旁人的小一半的木头桩子的龙成谨时，他突然有点相信他了。

就算木头桩子小一半，龙成谨的衣物也已经被汗浸湿。但就算紧贴在皮肤上，他也没有像旁人一般脱去上衣的意思。所以整个操练场上，古铜色皮肤的人群里，一袭白衣的他格外惹人注目，也更为出挑。当然……也更显得他弱。

“七皇子在此处多久了？”龙成璧寻了一个侍卫问。

“回殿下的话，天刚亮就来了，约莫两三个时辰了。”侍卫道。

“就这么一直站着？”龙成璧觉得不可思议，声音陡然拔高。

“回殿下的话，是。”

龙成璧听得目瞪口呆，突然开始同情他了。

“好好的皇子不当，跑来当府兵，他究竟在玩什么把戏？”

龙成璧将此事当作笑话说给宋静娴听，宋静娴原本苍白的脸色顿时红润了几分。

“成谨哥哥的病大好了？”

“风寒是好了，但这会儿怕是又患上相思病了。”龙成璧放下身段，一副跟宋静娴聊家常的模样，却句句说着戳心窝子的话。

脸色刚好几分的宋静娴闻言，脸色变得更加惨白了，带泪的双眸里还有些凄凉的意味。

“太子哥哥，您说，成谨哥哥对蒲桃情根深种？”

“情根深种与否本王不清楚，但他如此维护一个人，本王倒是头一次见。”

龙成璧将御花园发生的事情也一并说给她听，末了，问了一句：“还记得小时候他养的那只狗吗？”

宋静娴点了点头：“记得。”

“当日，那只狗咬了舒妃娘娘，父皇要将狗杀了泄愤，成谨不同意。他啊，护佑那只狗的模样可真是让本王终生难忘。”

宋静娴也是心有余悸，回忆道：“我记得当时成谨哥哥才六岁吧？他拼了命都不让王公公把狗带走，王公公被他打得一身伤。”

“王公公的伤算什么？就连父皇亲自去了，也被他咬伤了手腕。做下损伤龙体这种事，可是要杀头的！他为了那只狗，可说是连命都不要了。那时候他的眼神啊，本王终生难忘。”

宋静娴想起儿时的事情，表情有些困惑，不明白这与蒲桃之事有何关系。

龙成壁认真地给宋静娴剥着橘子，装作不经意地道："他啊，维护蒲桃时的模样，可比那时要可怕得多了。"

（六）

虽然龙成壁拿狗来比拟蒲桃有些不妥当，但龙成谨维护她的模样确实如出一辙，也更甚当初。

儿时的龙成谨只是凭着本能在保护陪伴自己长大的宠物，但现在的龙成谨明明白白地知道，自己是在维护心爱之人。那个人，是他想要一生去细心呵护的人。因此，他对待蒲桃自然更为重视。

龙成谨在演武堂习武，也是为了给蒲桃正名。

既然谣传二人有私，那不如把"私"公之于众，摊开在阳光底下。他要告诉所有人，二人清清白白，坦坦荡荡，谁人来看也不怕。

蒲桃不了解龙成谨的心思，只当他是上司。上司自己要求训练体能，那她就照命令行事，对他毫不留情。只半天的工夫，龙成谨的背部已经被磨破了一大块皮，鲜血透出绢衣，十分可怖。

"王爷，不如今日先歇息吧，您这副模样被陛下和娘娘见着，他们定会问罪的……"

"闭嘴。"

龙成谨在烈日下咬着牙，勉力苦撑，一双眼直直地盯着最前方的蒲桃。然蒲桃拿着把四十斤重的铁锤，像掂锅铲一样轻巧地挥舞着，被打到的府兵都是因撑不住而导致动作不标准抑或东倒西歪的。

蒲桃还专挑最疼的穴道去敲打，谁被敲了第一反应都是想破口大骂，但自从第一个破口大骂的到现在还没下床后，也就无人敢自讨苦吃了。

龙成谨心里盼望着蒲桃快到自己身边来，看看自己有多坚强，动作有多标准。他眼巴巴地看着蒲桃走近了，哪知她看了他两眼，只说了两个字："很好。"然后就从他身边走过，再没回过头。

龙成谨就像块望妻石，身体保持不动，目光追着蒲桃。

裘德打着伞，捧着不知道换了第几杯的热茶站在一旁，虽然心疼是真的，但也没忍住笑出了声。

这一声嗤笑直接让铆足了劲的龙成谨泄气了。

他背着几十斤重的木头，晒了几个时辰的大太阳，只为她多看自己一眼，但是，一眼都没有。

龙成谨内心吐血，突然感觉一阵天旋地转，眼前一黑，倒在地上什么都不知道了。

“王爷！王爷！”

裘德大惊失色，连忙招呼人来帮忙。

蒲桃见了也是害怕，生怕他有个什么闪失算在自己头上。一群人里数她跑得最快，她想都没多想，直接一个箭步上前，拦腰抱起龙成谨。在几十双不敢相信的眼睛里，她一路抱着龙成谨，将他送去了府中客房。

然后她又以同样快速的脚步，请来了府中的坐诊大夫。

经过大夫诊治，景王爷没有大碍，他只是在这大好的春日里，和煦的微风中，华丽丽地中暑了。

龙成壁恰好也在府里，听闻此事后，本应依照皇后嘱咐，将蒲桃能打发就打发了，不能打发就找个由头处理掉。但他并没有借题发挥的意思，仔细询问过大夫龙成谨并无大碍后，三言两语轻斥了蒲桃几句，便让她退下了。其间，他还夸奖她“不畏强权，一视同仁”是极好的品德。

蒲桃是头一回见到太子龙成壁。

一开始听说他召见自己，她心中还十分忐忑，以为他是因龙成壁晕倒之事要责罚自己，谁承想他和颜悦色，非但没有责罚还表扬了她。于是她感恩戴德地听完训诫，便晕晕乎乎地出来了。她对龙成壁的全部印象便只有四个字——“温文尔雅”。

虽然龙成壁是全天下第二尊贵的人，一人之下万人之上，是宣武国未来的储君，但他一点架子都没有。比起初见龙成谨时他颐指气使高高在上的样子，太子要好上太多。故而蒲桃对他的印象极好，完全颠覆了对上位者的既定印象。

龙成壁走后，蒲桃又被馨兰请到了静宜园。

自从她当上府兵总教头之后，她就很少回静宜园了。做药膳的事有馨兰和馨悦盯着，每三日蒲桃会更新一次药膳配方，但她们到底不如蒲桃掌握火候好。

蒲桃以为懿贤郡主是想吃自己做的饭了，于是心情愉悦地去了。谁料想她刚一踏进房间，懿贤郡主的喝令便从帐中传来：“跪下！”

那声音中气不足，柔弱有余，但仍能从中听出十分的怒气。想来懿贤郡主此时的脸色，定是悲愤交加。

“奴婢有罪。”蒲桃不明所以，当即下跪。

虽然她不知道自己犯了什么错，但懿贤郡主向来待下宽厚，心存仁善，从不是无事起风波的人。她如此生气，那定然是自己有哪里做得不对。

空气在这一刻忽然凝滞。

蒲桃匍匐在地，等着懿贤郡主训斥，但帐中人就是不说话。蒲桃也乖顺，安安分分跪着不作声。

馨兰和馨悦站在床边，居高临下地看着蒲桃，眼中多少都带着些幸灾乐祸，她们本想从蒲桃身上看出点惊慌和害怕，但她只是跪着，不焦不躁，不急不恼。

良久之后，久到蒲桃的膝盖已经没有知觉，就连站着的馨兰和馨悦都觉得腿麻了，才听帐中的懿贤郡主缓缓道：“待景王爷醒了，去请他过来。”

“是。”馨兰抢先一步，快过馨悦应承了下来，立即便走出了屋子，使劲甩了甩胳膊和腿脚。

这个蒲桃，跪了这么久，连声哼哼都没有，她的身子莫不是石头做的？馨兰狠狠地翻了个白眼，出了静宜园。

馨兰走后，宋静娴又遣走了馨悦。她吩咐馨悦去取白绫、剪子和酒。

馨悦离开前，看蒲桃的表情里满满都是担忧，她如何也想不到，龙成璧三言两语看似不经意的几句话，就能要了蒲桃的命。同为奴婢，就算平日对她再不喜，这会儿也只能报以同情了。

房间里只剩下蒲桃和宋静娴。

昏暗的房间里，四周都是黑缦，密不透风，让人感觉十分压抑。静谧的空间内，可以清楚地听见两个人的呼吸声。

一个气若游丝，又急又促，明显更为生气，是宋静娴。

一个中气浑厚，均匀有力，不疾不徐，是蒲桃。

宋静娴听了一会儿，终于开口："你不紧张吗？"

"回郡主的话，奴婢不紧张。"

"为什么？"

"因为郡主是好人。"

蒲桃字句铿锵，不卑不亢，若不是她匍匐在地，给人的感觉似是挺直了背脊在说话。

帐内人闻言，没有了声音。

宋静娴靠在枕头上，双目无神，盯着前方的一处，似在思考蒲桃话内的真假，又似在思索下一步如何走。她的脸色很不好看，冷淡至极，更像是暴风雨前的宁静。

蒲桃跪在帐外，对宋静娴的表情一无所知，但她一点都不担心。

她始终坚定地认为，懿贤郡主是这个世界上最好的女人，跟外面所有女人都不一样。不管世人传出多少风言风语，蜚短流长，她一个字都不会信的。

龙成谨走进房间的时候，看到的场景就是蒲桃跪在地上，馨悦捧着白绫、剪子和一杯酒站在一旁。气氛压抑沉凝，连呼吸声都清晰可闻。蒲桃面色惨白，额头因长久跪着且保持标准的跪姿而布满了一层细密的汗水。

"这是干什么？"龙成谨的脸瞬间就沉下了。

他从没见过宋静娴处罚人的模样，这头一次阵仗就这么大，而且被处罚的对象还是蒲桃。所谓关心则乱，龙成谨立即上前，将蒲桃一把拉起，抱在怀里。

蒲桃跪了两个时辰，双膝早就没了知觉，乍然起身，就算明知道自己要推开他，但也力不从心。她只能两只手没什么章法地挥舞，想要把他推开，却被他牢牢抱住。

"别动！"龙成谨喝令。

蒲桃哪里是会听他话的人，情急之下，直接一口咬在他的肩膀上。龙成谨吃痛，却没有放开她，不管她怎么挣扎，始终将她摁在怀里。

很快，隔着衣料，蒲桃也能尝出丝丝腥甜。但是，他仍不肯放开手。

“够了！”帐中传来宋静娴不悦的声音，隔着纱帘，也能听出她语气中满含的怒意，“这里是宋将军府，静娴在自家管教奴仆，谨哥哥是不是多管闲事了？”

她盛怒之下，因身体孱弱，开始猛烈地咳嗽。馨兰和馨悦连忙入帐内伺候，很快便用托盘端出几条染了鲜血的手帕。

龙成谨和蒲桃都是一怔。

蒲桃趁机挣脱了龙成谨的桎梏，继续跪回原处。

龙成谨见蒲桃态度坚决，又因担心宋静娴的身体，不再逼迫蒲桃。

他站在宋静娴的床前，隔着床幔问她：“你还好吗？”

“谢谨哥哥关心，静娴不过是老毛病。”话音刚落，她又是一阵咳嗽，让人听来我见犹怜。

龙成谨不再造次，但对蒲桃的关心也没有忘记，他冷静地问：“你为何要对蒲桃罚跪？”

帐内传来一声轻笑：“自家奴婢，跪就跪了，还要解释为什么吗？”

“你从不是无理取闹之人。”

“过去不是，现在是，不可以吗？”宋静娴难得与旁人针锋相对一次，何况此人还是她从小到大仰慕的人。

“过去谨哥哥若看谁不顺眼了，要杀要剐也是有的，怎么今日静娴教训一个奴婢，都成了天大的事了？”

“静娴，究竟发生了什么？”龙成谨知道她现在正在气头上，不理会她刻意的讽刺，好言好语地询问。

宋静娴没有正面回答，反而质问龙成谨：“谨哥哥，换作以往，你早就掀开帐帘，在我床边坐下，好言安慰，怎的今日如此生疏了呢？”

“……”

龙成谨盯着帷帐，竟不知如何回答，也半点没有要上前的意思。

“男女授受不亲，我们该避嫌了。”半晌，龙成谨说出了一句连自己都不相信的话。这虽然是实话，但与他过去的行为着实大不一样。

争执之后，宋静娴也冷静下来，收起了满脸愤恨，缓缓道：“蒲桃身为我的婢子，得了我的命令前去王府照料，却不规行矩步，刻意勾引谨哥哥，致谨哥哥名声有亏，此为一罪。整日与府兵厮混，致声名狼藉，此为二罪。”

“这都是无稽之谈！你也信？！”龙成谨这下是真的生气了。哪怕面对的是从小呵护到大，从没舍得苛责一句，比亲妹妹还亲的人，只要她欺负蒲桃，那便不行。

蒲桃跪在地上，双手按在地上，额头贴着冰凉的地板，听着二人因自己而争执。龙成谨的维护她听出来了，但那丝毫不能缓解懿贤郡主的厌弃。这让她浑身发抖。

她这一生，对自己极好的人，除了家中老父，就只剩懿贤郡主、卓毅和卓妈了。卓毅对自己有着男女之爱，卓妈更是将自己当作儿媳妇，只有懿贤郡主，身处高位，仍对自己关怀备至，是没有利益纠葛都能对自己好的人。

她敬她，爱她，如何也不希望她误会自己！

“郡主，奴婢没有做过！”从来不为自己辩解的蒲桃忍不住为自己发声。

但懿贤郡主根本没有要理她的意思，只淡淡地说：“馨兰，掌嘴。”

上位者说话，哪轮得到她一个奴婢插嘴？

哪怕撕毁了卖身契，也是低人一等的。

“你敢！”龙成谨伸手，拦在馨兰面前。

馨兰为难，看向帐内：“郡主……”

隔着严严实实的帷帐，外人根本看不见她的表情，半晌，才听帐内传来懿贤郡主清冷的声音：“谨哥哥，今日我叫蒲桃来，就不会简单地放她离开。你连掌嘴都不允许，是一定要维护她的了？”

“是。”

这一句“不会简单地放她离开”，意思是什么，已经很明显了。馨悦捧着的白绫、剪子和酒杯，谁不知是做什么用的？蒲桃什么都没做，凭什么受此委屈？

龙成谨瞪着宋静娴的方向，眼中有了些怒意。

宋静娴没有继续在掌嘴上坚持己见，让馨兰退下。

“谨哥哥，你这样维护她，你和她，究竟是什么关系？”

"我们……"

龙成谨话到嘴边，停住了。

他倒不是怕将自己的心意剖白，只是……他也不知道他们是什么关系。他们好像……没关系。

"难道真如传言所说……"

"当然不是！"龙成谨打断宋静娴，"传言污秽，难以入耳，你怎会听进心里去？"

不等她回答，龙成谨立即又瞪着馨兰和馨悦二人："你们两个将这些污言秽语传给主子，是嫌命太长，日子过得太舒服了？我看你们也该好好跪一跪，从这三件里挑一件，以死谢罪了！"

"嘭"的一声，龙成谨直接将放着白绫、剪子和酒杯的木盘拂在地上。酒盏立即碎了一地，将馨兰和馨悦吓了一跳。

馨兰、馨悦立即跪倒，连声哀求："王爷恕罪，不是奴婢们，是……"

"静宜园除了你们，还有谁能进来？难不成是宋老将军吗？"

"是……是……"馨悦守规矩，犹豫再三不敢开口。

"是太……"馨兰却已经话到嘴边。

"馨兰！"帐内的宋静娴忍不住出声喝止。

但馨兰到底年轻，经不住吓，立即便交代了："是太子殿下！他……他今儿来过，陪主子说了会儿话……"

龙成谨明白了。

如果是龙成璧，能让宋静娴这样生气，那就太正常了。

"静娴，皇兄与我的关系你比我看透得还要早，少年时你提点了我多次，怎么这次，变成你上当了？他与你说这些污言秽语，只不过想让你我产生隔阂，你怎么会轻易相信？"

"我不信他，我只信你。"

帐内人叹了口气，幽幽道："现在，我要你亲口告诉我，你跟蒲桃，究竟是什么关系？"

龙成谨沉默了。他站在原地，目光有些痛苦地看着地上的人。

他与她的关系，至亲至爱，却也至疏至远。他眼里的蒲桃，不管如何卑微低贱，都仍是当初那个不可一世的女子，敢做敢当，敢爱敢恨，而自己，配得上她吗？

蒲桃跪在那里，头磕在地上，双拳紧握。看得出来她很想辩解，但她也知道自己身份低微，根本没有资格在这时候插嘴。

况且宋静娴问的是龙成谨，根本不是她，她如何回答？

但是，她也不担心。既然宋静娴愿意听龙成谨解释，这件事情就有转机。她能确定的是，她跟龙成谨之间清清白白，没有任何关系。龙成谨也一定会为自己解释清楚的吧。

但是她错了。

她从来没有了解过龙成谨的心路历程。

龙成谨站在那里，目光定了又定，似乎下定了决心般，才不管不顾地将内心的想法说了出来："我爱蒲桃，我在追求她，只要她愿意嫁给我，我就娶她。"

龙成谨一字一句说着，字字有力。蒲桃猛然抬头，满脸不可置信地看着龙成谨。龙成谨回看着她，目光坚定，毫无躲闪，一派郑重模样，一点都不像在开玩笑。

屋内所有人都倒吸了一口凉气。馨兰和馨悦咬牙，怒目瞪着蒲桃，眼神惊讶，似乎在说："她凭什么？"

每个人的表情都很震惊，除了宋静娴。她不仅没有感到意外，反而释然地笑了："听到谨哥哥这样说，静娴就放心了。"

宋静娴伸出皓腕，掀开帷帐，目光带着欣慰和赞赏，温和地看着龙成谨。紧接着，她用了全身力气掀开被子，却只是掀开了一个被角。

宋静娴无力地道："扶我起来。"

馨兰和馨悦这才从震惊中回神，立刻去扶宋静娴。

"郡主，太医说了，您需要卧床休息，不可下床走动。"馨悦十分焦急，生怕郡主有什么闪失。

但宋静娴并不听劝，执意下床。馨悦和馨兰只能仔细搀扶，不再多言。

因长期卧床，宋静娴双腿已经萎缩，步履蹒跚着，每走一步都像在刀尖上行走。五步的距离，仿佛比一生还漫长。当她来到蒲桃面前时，整个人已经虚弱到了极致。

宋静娴半跪在蒲桃身前，将她扶起。

蒲桃这才从震惊中回神，她看着目光温柔的懿贤郡主，也是十分困惑。

“我知道名节对一个女子来说有多重要，你是我身边的人，我不能坐视不理，只好出此下策，请你原谅我。”

宋静娴言辞恳切，目露痛惜之色，末了，一字一句地郑重道歉：“对不起。”

“郡主，您相信我没做过？”蒲桃又惊又喜，有些不敢相信。

宋静娴颔首：“我当然相信你，你是我这里出去的人，我怎会不相信你？”

宋静娴虽然天生福薄，身体不好，但老天爷也让她耳聪目明，心里亮堂。见过的人，她几乎一眼就能看透。正因为蒲桃没有任何坏心思，她才会将她送去景王府，却不料这世上从不缺少心存恶意的人。怀璧其罪，他们总有一万种方法往你身上泼脏水。

“其他人怎么想，如何说，我把握不了，但只要谨哥哥拿真心待你，旁人就不能欺负了你去。”

宋静娴说完，龙成谨皱了皱眉。

龙成谨道：“你是故意为难蒲桃的？”

“是。”宋静娴点了点头，“不然，你怎会跟蒲桃表露真心？你对她的心思，我从你第一次见她时的表现便看出来了。”

“……”

龙成谨和蒲桃都是一怔。

龙成谨是因为被人道破了心事，有些窘迫。

蒲桃则是因为莫名其妙。

他喜欢自己？还是从很久以前就开始了？

为什么？怎么会？

蒲桃看着龙成谨，龙成谨下意识把头转向了一边，但一瞬后，又转了回来。

四目相对，龙成谨眼里的情愫从隐忍变成了外放，目光也愈加火热，仿佛在说：“静娴说的都对，我喜欢你，从很久很久以前就开始喜欢你了。”

最后反倒是蒲桃被他盯得受不了，低下头去。

宋静娴咳嗽了两声，倒不是想故意打断，实在是因为身体不适。

“郡主，还是回床上歇着吧。”馨悦出声提醒，蒲桃这才反应过来，立即帮着馨悦和馨兰一起将宋静娴扶回了床上。

宋静娴的身后垫了四个厚厚的枕头，床褥也比寻常人厚了数倍，汤婆子一个时辰一换，房间里的温度于旁人而言已经太高，于她而言只是正好。

蒲桃和龙成谨已经满身大汗，但都没有要离开的意思，宋静娴知道他们是想多陪陪自己，但现在这个时候，不应该让他们单独好好说说心里话吗？

“我乏了，你们也走吧。”

蒲桃站着不动，龙成谨见她不动，他也不动。

“既然喜欢，为什么不直说呢？生命太短，只够用来爱。”宋静娴浅浅一笑，略带些苦涩地说，“不要把我想得太好，如果我还有时间，我一定不会撮合你们两个。谨哥哥，我也喜欢你，喜欢了很多很多年了。”

第六章

相爱实难别亦难

（一）

傍晚时分，竹林幽静，露水湿重，静宜园中泛起薄雾。出了暖阁，春意带着寒气扑面而来，让龙成谨和蒲桃都冷静了一些。

蒲桃和龙成谨一前一后走在林间小道上。

龙成谨数次放慢步伐，想与蒲桃并肩而行，但蒲桃总是刻意保持距离，始终落后他一步。这样的氛围太生疏，并不适合表白。

“你的腿还好吗？”龙成谨眼角余光瞥见她一瘸一拐的，明显膝盖还在疼。

蒲桃闻言，立即站直了身子，掩饰着膝盖的疼痛，摇头道：“回王爷的话，奴婢无碍。”

龙成谨见到她这副表情，听到这两个字就来气。

“又是‘无碍’，我就从没见你‘无碍’过！”

每每相见，哪怕是第一次擂台比武初见，现在回想起来，她也不是“无碍”的！

大龄未婚，在当下是为大不孝，纵然自己被她踩在脚底颜面尽失，可背后嘲笑她的人又有多少？只怕数倍于自己吧！

而后的每一次相见，她都备受欺辱，每次还咬着牙道一句：无碍。

她怎么不干脆改名叫蒲无碍？

龙成谨驻足，回身道：“以后不要再让我听到这两个字。”

他的身后，蒲桃歪着头，正目光困惑地看着他：“啊？”

虽然回答不尽如人意，但好歹她没说“回王爷的话”了，值得嘉奖。

龙成谨目光变得柔和，柔声道：“你有什么疑问，问吧。”

捅破了那层窗户纸之后，龙成谨就变得不管不顾起来，他直接环手胸前，拦住蒲桃的去路，逼迫蒲桃开口。

但蒲桃并没有很快开口，她一直歪着头，似看着龙成谨，又似在看着别人。

时间慢慢过去，风吹过竹林，树叶沙沙作响。龙成谨淡定地站在原地，任她看。他虽然表面上十拿九稳，气定神闲，一副胸有成竹的模样，但环抱着的手紧握成拳，手心里都是汗，内心的紧张只有他自己知晓。

半晌后，才听蒲桃说：“王爷是在报仇吗？”

龙成谨皱眉：“什么意思？”

“当日奴婢在此处推您入水，您不予追究，但近日那些流言，是您找人散播的，对不对？您是在向奴婢复仇，对吗？”

龙成谨立刻就疯了，他真是恨不得找块石头敲开这个女人的头来，看看她脑子里到底装着些什么。

可是，他舍不得。所以他只能忍住怒气。

龙成谨努力平静下来，温柔地问：“你知不知道自己在说什么？我怎么可能会做那种事？”

蒲桃点头：“想来想去，您的嫌疑最大。”

龙成谨彻底被气笑了：“来，你说说看，我为什么要那样做？”

“奴婢在乎的人本就不多，懿贤郡主算是其中一个，您这样做，可以让奴婢痛苦。”

“为了让你痛苦，我大费周章四处给你泼脏水，最后还把自己的名声搭进去？你觉得我有这么愚蠢吗？”龙成谨翻了个白眼，这一刻发自内心地觉得她的脑子坏掉了。自己对一个白痴表白，真的合适吗？这是不是证明自己的脑子也有问题？

是了，从遇到蒲桃开始，他就没有“正常”过！

蒲桃见龙成谨目光坦荡，十分生气，不像在撒谎的样子，心中的困惑就更深了。她疑惑地道：“那您为什么说……”

“说什么？”

“说……”蒲桃话到嘴边，却说不出口。别看她平日里威武雄壮、舞刀弄剑十分在行的模样，谈起情说起爱来可真是一窍不通。

龙成谨知道她要说什么，很快接上了：“说我爱你？在追求你？”

蒲桃尴尬地点了点头。

“这很简单啊，因为我说的是事实。我心里怎么想，就怎么说了，有什么不对吗？”

“当然不对！你不可能喜欢我！”蒲桃认定了龙成谨对自己绝不可能动真心，他说这些话一定别有用心！

蒲桃一直清冷淡定的容颜难得露出惊惶失措，还不是一般的那种惊惶失措，而是难以言喻、不可置信、不能接受掺杂在一起的那种，表情真叫一个丰富多彩！

眼前人张牙舞爪不知所措地指责自己，这让龙成谨觉得很冤枉。他郑重地说：“如果我说，我喜欢你很久了，你相信吗？”

“不信！我们根本不熟，你喜欢我什么？”

蒲桃看着龙成谨的眼睛，问他：“难道你喜欢我在万和城被所有人嘲笑，被金仕柯踩在脚底下的样子？还是在太平府里，乖巧顺从，唯唯诺诺的模样？我告诉你，那都不是真的我，我根本不是那样的！”

不知不觉，蒲桃已经没有再自称“奴婢”，虽然她嘴上说不相信，但是任谁遇到这种情况，都会去在意。

她不希望被人玩弄，她极讨厌这种感觉，她只能竭尽全力去撇清关系。

而龙成谨又何尝不知道她不是那种唯唯诺诺的人？

她从来都是骄傲而不可一世的。他喜欢的，或许就是她每次被人欺负了，依然心向阳光，坚强活着的样子吧。认真地去活着，可说是极为难能可贵的品质了。

他想，他甚至比她自己更了解她，可是他没有办法说出来。

难道他要告诉她，自己很早很早以前就认识她了吗？自己害得她家破人亡，零落成泥？

他不能。

他也不敢。

“不要再拿奴婢开玩笑了。奴婢很无趣，绝不是那种能讨殿下欢心的人。”说完，蒲桃直接从龙成谨身边快速走过。

一种从未有过的无力感从龙成谨心中升腾而起。他可以为了她跟全世界为敌，但是到现在为止，她都不肯相信他。

她甚至把他当成敌人！

龙成谨没有去拉她，他不想逼她这么快接受自己，于是只能眼睁睁地看着她的背影消失在薄雾笼罩的廊桥深处……

翌日清晨，龙成谨照旧去演武场习武。此时天光尚未亮起，给他开门的是值夜的小侍卫。

小侍卫是新来的，一直被安排在不见天日的夜里当差，从未见过龙成谨。但他看龙成谨的气度和服饰，就知道此人来历非凡，一问方知竟是景王爷。当下他便觉得自己祖坟冒青烟，见到了活着的达官显贵。

“王爷有什么要求尽管吩咐。”小侍卫点头哈腰，鞍前马后地伺候龙成谨。但龙成谨换了一身习武的衣裳后，只找小侍卫要了与他人同等大小的木头桩子，便一个人站在演武场上扛着木头桩子扎马步。

小侍卫看呆了。

这阵子，将军府内所有府兵都因蒲桃“压迫”而叫苦不迭，没想到居然还有个上赶着找罪受的，真是令人大开眼界。

在小侍卫惊讶又敬佩的眼神里，龙成谨目不斜视，专心致志练着基本功。他动作一丝不苟，神态十分认真。

渐渐地，天光亮起，将军府里也渐渐有了人声。

蒲桃是最早到达演武场的。她穿着一身飒爽的训练服，一边往里走，一边旁若无人地往脚上绑负重块，不想一抬头便看见空荡荡的操场上，龙成谨站在属于他的位置上咬牙苦撑着。汗水打湿了他的衣裳，却更显得他刻苦认真。

蒲桃一夜没睡好，精神有些不佳，但当她看到龙成谨的模样时，觉得他更像是一夜没睡。

“早。”龙成谨勉强扬起一抹微笑，声音因为长久地蹲马步而颤抖。

蒲桃已经没办法像昨日一样，把他单纯当作一个上司对待。他一对自己笑，她就忍不住想落荒而逃。但她刚走出一步，很快就反应过来：自己在演武场当差，低头不见抬头见，上午不见下午要见，躲得了一时，躲不了一世。于是她又咬牙转身，向着龙成谨规规矩矩客客气气地行了个礼：“景王爷万安。”

“免……呃！”龙成谨难得看见她羞涩的模样，心中想笑，便忘了自己还扛着一百八十斤重的木头。他脚一软，手一松，“嘭”的一声，木桩便砸了下来。还好蒲桃眼疾手快，快步上前，单手一抬，便稳稳地将木桩接住。

“您没事吧？”蒲桃问。

“没、没事……”龙成谨惊魂未定，抱着头软倒在蒲桃脚边。

“没事就好。”蒲桃说完，也不知道自己还能说什么，于是一只手扛着木桩，低头看着他。

从蒲桃的角度看过去，龙成谨就像只瑟缩的小白兔。

而从龙成谨的角度看，蒲桃就像是顶天立地，撑起整片天的神祇。他莫名就想到了开天辟地的盘古。不，只怕当时的盘古大帝也没有这一刻的蒲桃威风。

龙成谨全然忘了一个男人的尊严，但蒲桃并没有失掉身为女子的娇羞。她被龙成谨火热的目光盯得脸发红，很快将木头往边上一放，扔下一句：“你不适合扛起这个重量，换小一点的吧。”而后便落荒而逃。

蒲桃一走，龙成谨就恢复正常了。

作为一个男人，他是有尊严的。

她让换木头他就换木头？偏不！

他就要一步登天，就要从最难的练起！

这一幕被准备轮班的小侍卫看在眼里，他觉得十分惊奇。

早前见着龙成谨威风凛凛，王爷气场十足，怎么这会儿在蒲教头面前变成了猫？而传闻中彪悍的蒲桃居然会脸红？

嗯……这两个人有故事。

小侍卫认定了二人之间有猫腻，立即便将这一见闻传播了开去。于是整个早上，将军府里一传十十传百，把二人之间的情事传得绘声绘色，并且越传越香艳，用“活色生香”来形容都不为过。

紧接着，后院传来的八卦也掺杂了进来。传闻蒲桃昨日被懿贤郡主罚跪，险些赏赐了白绫和鸩酒，是龙成谨全力相护，才不至于竖着进去横着出来。

府兵们大呼可惜，都只道：这等祸害精，郡主就该当场了结了她，这样他们就不用再在日头下被折磨了。

此事经过馨悦和馨兰默认之后，便知不同于以往的无稽流言。那些流言再污秽，也只是下人之间的玩笑话，但这一次的传言，直接导致了府兵们开始不服蒲桃管教。

他们不关注事件的结果，只知道蒲桃被懿贤郡主整得有多惨。他们想：宋老将军和宋小将军最疼爱的就是懿贤郡主，现在懿贤郡主对蒲桃不满，宋老将军还会护着她吗？

蒲桃原就是无根之木，好不容易抱上了宋老将军这棵大树，还没过几日就干上了勾引王爷这等事，被原来的主子懿贤郡主知道了，还有她的好果子吃吗？只怕宋老将军很快会对她弃之如敝屣了。

于是这一日下午，在蒲桃决定加大训练力度后，原先的府兵教头便开始带头挑事了。

之前的总教头姓沈，单名一个练字。他是一路跟着宋老将军打江山的副官长的孙子，从出生开始就被送到了将军府，陪着宋昱一起长大，没吃过什么苦，一路顺风顺水当上了府兵总教头，在府中地位非同一般。因他生在和平年代，所以对训练也不是特别上心，陡然被蒲桃压了一头，心中不爽已久。

当他在演武场内看到蒲桃眼神躲闪、面带愁容后，当下便觉得她一定是心虚，不复往日的镇定。又因为新拿到蒲桃增发的十块负重板，他心中压抑已久的积怨便统统在此时爆发。

“你打算虐待我们到什么时候？！”沈练将负重块往蒲桃面前一扔，指着她的鼻子骂。

“虐待？”蒲桃不懂。

这从何说起？她只是在尽自己的职责。况且这点负重量，还不如自己十岁时所肩负的重量，与虐待沾得上边吗？

但，她是蒲桃，普通人不能比。

沈练怒不可遏，发泄着心中怨气："每天二十斤负重跑，一跑就是十里地。八十斤马步蹲，一站就是两个时辰！你当我们是铁打的？"

"可我从小就是这样长大的。"蒲桃一派镇定，仿佛这是理所当然的事情，一点都不像在说谎的样子。

而她陈述事实，再加上迷惑的表情，就被沈练曲解成了"你们都是废物"的意思。

"我们大伙儿可都是肉体凡胎，比不了你天生神力！"沈练随手抓来身边一个人，扒下他的衣服，将他往前一推，说道，"你看看，这都被你折磨成什么样子了？"

只见那人的肩膀上，新伤旧伤叠加在一起，血肉模糊，确实是这些日子训练所致。

"还有他……他……他！"

沈练顺着一排走过去，连续撕下来几个人的衣服，几乎全布满了同样的伤。

"你看着这些，都不觉得内疚吗？我们可都是人啊！"

在沈练的咆哮声中，府兵们不满的眼神中，蒲桃脸不红心不跳，面不改色地道："总有一天，你们会感谢我的。"

"感谢？呵。"沈练冷笑一声，说出了一句在场所有人都在内心说过一百遍的话，"我巴不得你死。"

话音刚落，只听"嘭"的一声，从遥远的角落里传来一声闷响。

众人循声回头，便见龙成谨阴沉着一张脸站在那里。他的脚边放着一根巨大的木桩，刚刚的声音就是木桩落地的声音。

龙成谨往日都是踩着点来演武场，几乎在大家都到了之后才到，并且每日穿着打扮都与众不同，格外显眼。而今日他穿着黑色训练服，站得又远，来得又早，没几个人注意到他。就算注意到了，大家也会以为龙成谨是站在他们这一边的——因为，没有人想这样训练。若日日如此，那跟生活在地狱有什么区别？

何况他们是府兵，永远不会有上阵杀敌当炮灰的一天，这么刻苦训练有什么用？

沈练见龙成谨都扔掉了训练设备，腰板挺得更直了，说道："七皇子在此，你该不会想说连他以后也会上阵杀敌吧？"

龙成谨越听越觉得火大。

这么多男人欺负一个女人，还是自己的女人，是可忍孰不可忍！

他当即卷了袖子要上前去，谁知刚走出一步，便听蒲桃镇定地扬声道："我朝自开国以来，便以武治国。你们的祖辈、父辈，多有获封护国将军、骠骑将军、镇远将军者，沈老将军、张老将军、刘老将军，他们的名号曾响彻天下，让我等听闻如雷贯耳，钦佩有加。而你们身为宣武男儿、他们的后人，不但不思进取，还舍本忘祖，整日不学无术，浑浑噩噩度日，今日竟然不服管教，在这里恬不知耻大放厥词，我都替你们的祖辈感到丢脸！"

蒲桃从来没有说过这么多话。

平日里，她都不温不火，能动手时绝不动口，今日，他们是第一次听到蒲桃义正词严的声音——浑厚有力，沉着稳重，与往日纤弱冰冷的模样大不一样，一点都不像女子。

他们还是第一次看见这样的蒲桃，一时都被她的气场镇住了，全场鸦雀无声。

恰在此时，宋老将军和多年老友，军部的沈蒙、张广、刘放等一行六人来到演武场，站在廊柱后面，悄声观看。他们三人正是蒲桃嘴里的护国将军、骠骑将军、镇远将军。而宋老将军更是历经三朝的一品大员镇国公。

这些年，他们极少出来走动，他们在过去五十年名震天下，但现在早已被历史的洪流冲到沙滩上，真正还能记住他们的名字和封号的，少之又少。就连沈练，都快忘了祖父曾追随在宋老将军身边打天下。

在他的印象里，祖父就只是一个喜欢在田里收麦子的老人。

沈练被蒲桃训斥得面红耳赤，哑口无言。

龙成谨也不再急于上前，摇头笑了笑，便搬起木桩子继续练。他听话认真训练的行为，可比上前替蒲桃吵架管用得多了。果然，其他人见了，立即学着龙成谨的模样，乖乖地缚上负重块，背起木桩子，开始围着演武场跑步。

但仍有一部分人跟在沈练身后，见他不动，他们也不动。

“你还有什么话想说吗？”蒲桃走近沈练，盯着他的眼睛问道。

四目相对，一个神色躲闪愧疚，一个平稳淡定。虽然蒲桃矮沈练不少，但气场上完全碾压着他，高下立分。

沈练被她盯得下意识想后退，但一侧头，看见身后跟了那么多弟兄，又不好退却，只能硬着头皮强词夺理：“祖辈威名远播不假，你又怎知我辈就输给他们了？我们不过是生不逢时，没有机会建功立业！”

“是吗？”蒲桃扬起嘴角，淡淡一笑。那一笑，分明带着讽刺和轻蔑，但在旁人看来，仿佛连周遭的阳光都黯然失色了。

蒲桃整日不苟言笑，这次，怕是在场所有人第一次见她笑。

因这一笑，沈练终于记起眼前人是个女子了，他刚想找个台阶服个软就下了算了，却不想蒲桃冷哼一声，话锋一转：“要我说，你连你祖父护国将军沈蒙的一根手指头都比不上。”

蒲桃走到演武场正中，轻而易举掂起一袋负重块，其重量约莫有三十斤。

她举起负重块，朗声道：“据《宣武兵政》行军篇第三十二章十七节记载，沈蒙将军受元帅宋昀之命，攻打永定城，也就是曾经的沧庸关。沧山天险难攻，需每人每日负重二百二十斤石料登顶，持续一个月，而后用石料攻城。永定城破之日，前朝军心涣散，这才奠定了我宣武国后来百战大捷的基础。换作是你，你可以吗？”

“啪”的一声，蒲桃将负重块扔到沈练一干人等身前，仿佛击在众人心上，将他们吓了一跳。但，负重块的响声再清脆响亮，也不及蒲桃字字铿锵，言辞犀利，将一干人等训斥得抬不起头。

这些史料，都记载在军部史记之中，很少有人翻看。

蒲桃从小读书少，唯独爱听兵书，对野史烂熟于心。自入了将军府当总教头后，她虽然白日训练辛苦，但夜晚也不闲着，藏书阁里能读的书都拿来读了，并且依着这些年听来的野史，与正史相联系，记忆犹如洪水般涌入，几乎不需要费力便能通篇背诵。

而沈练之流……怕是连沧庸关在哪儿都不清楚。

蒲桃环顾四周，朗声问：“还有问题吗？”

寂静无声。

“那好，继续训练！”蒲桃拍拍手，熟练地背上负重块，带头训练。

沈练等人再不多言，一个个耷拉着脑袋，听话地开始练习。

不远处的廊下，一干老将军俱是满脸钦佩。

宋老将军也是满脸骄傲，笑着说：“我原想着她有麻烦，来给她撑撑腰，看来这下不用老夫出面了。”

“谁说不是呢？”沈蒙满脸欣羡，非但没有因为蒲桃训斥自己孙儿而觉丢脸，反而十分赞赏，“元帅，您从哪儿弄来这么个宝贝，可真让属下羡慕。”

“真羡慕假羡慕？”

“当真羡慕！”沈蒙觍着老脸道，“不知她可曾婚配？我那孙儿……”

“哎，世间女子千千万，蒲桃可就这么一个，你觉得她能看上沈练吗？”宋老将军一点也不怕拂了老部下的颜面，直言道，“蒲桃要配的，也该是个人中龙凤。”

阳光下，蒲桃剑招凌厉，恣意挥洒，功法翩然又狠绝。这些招式旁人看不出门道，但宋老将军一干人等都看得出来。金鳞岂是池中物，她的眼里，带着一股绝不回头的狠辣气势。一般人……还真降不住她。

宋老将军一行人离开后，宋静娴差馨悦送来了满满一食盒的慰问品。

食盒在桌上一字排开，里面装有鸳鸯凉糕、花盏金酥、雪梨蜜饯和七色果子，都是皇宫大内才有的御用糕点。太子龙成壁亲自带来探望宋静娴的礼物，被宋静娴转赠给了蒲桃，目的就是为了平息近日的流言。

宋静娴身子不好，无法下床走动，但一听闻蒲桃有难，也无法坐视不理。这些点心便是表明懿贤郡主仍然看重蒲桃，宠信蒲桃。她借此警告将军府的人不要再听风就是雨，不要再欺辱蒲桃。

一场不大不小的危机，让宋府的管家算是彻底看明白了。虽然蒲桃自己化解了危机，但景王爷、宋老将军、懿贤郡主都向着她，于是他也不再作壁上观，亲自带人在前厅惩罚了几个带头传谣的仆人，才向宋老爷子回了话。

宋老爷子没有过多苛责传谣的仆人，只给蒲桃涨了薪水，还分了单独的小院子给她居住。于是蒲桃在府中的地位更加稳固，事情也算尘埃落定了。

翌日，龙成谨照旧早到，发现小院里已经陆陆续续有了许多身影，都是将军府中的护院及府兵。以往，演武堂内要到最后一刻才有人气，他们都是因为迫于蒲桃的严威，不得不来。而今日他们主动早到，想来是因为蒲桃昨日那一番慷慨陈词，让他们打从心底里生出敬佩之情。

龙成谨心情大好，吩咐裘德给自己多添几个负重沙袋，今日要当人群中最努力的那一个，让蒲桃刮目相看！

可谁知，一直到日上三竿，蒲桃都没有现身。

“蒲教头今天来得有点迟啊……”

“昨日新搬的小院更靠近演武堂些，怎的还迟到了？”

“许是昨日夜里与人庆祝去了吧，郡主不是送了几盒糕点，不得找小姐妹们一起分享一下喜悦心情？”

“蒲教头有朋友？我还以为她只有敌人呢！”

“就是就是，那些女人说起蒲桃来，可没一个有好脸色的，我的朋友都比她多！”

……

府兵们趁着群龙无首，一边训练一边聊天。

因着蒲桃强大的战斗力，以及上位者对她的宠信，虽然他们言谈之中丝毫没有担心的意思，但也不再像过去那样带着鄙夷，只是平静地闲聊。

只有龙成谨，心中的担心越来越甚。

“蒲桃绝不会迟到，她一定是遇到麻烦了。”龙成谨一边说，一边除去了身上的训练服，迈着大步，在众人惊讶的眼神中直接奔向了后院。

后院多是女眷，赏给下人的院子紧挨在一起，基本上是八人一间房。有些值晚班的奴婢刚下工，正在院子里洗漱，衣衫不整者见着龙成谨，都尖叫着捂着胸口跑进屋，待下一刻反应过来是景王爷驾临后，又装作不经意地扯落了胸前的衣物，露出一片酥胸。

一路上风景香艳，春宫图都没她们好看，但龙成谨全然看不到。

“蒲桃住在哪里？”龙成谨像看白骨一样看着美人们。

“那里。”美人们脸色红透，娇羞妖娆，但龙成谨目不斜视，径直从她们身边走过，向着蒲桃居所而去。

宋老将军知道蒲桃不爱与人结交，特地吩咐把蒲桃安置在最边缘的小院里，四周没什么人打扰。

“啪啪啪！”龙成谨将门拍得震天响，但始终没有人来开门。

“王爷，昨儿蒲桃进去了就没出来过，虽然您是王爷，但这里到底是婢女居所，不如奴婢帮您进去看一看？”那些跟来看热闹的小奴婢自告奋勇，一边说话，还一边扯自己的衣服。

龙成谨一听蒲桃在里面，却这么久都不开门，心中更加担忧，哪有工夫理会她们的话？

“你很热吗？热的话去冰窖里待着，别在这儿碍眼！”龙成谨白了她一眼，紧接着一脚踹向院门。

“嘭”的一声巨响，院门应声而落，倒在了地上。

围观的奴婢被吓了一跳，四散逃开。

龙成谨又是一脚踢向了房门，房门毫无意外地跟院门一样裂成两半倒在了地上。

屋内，一袭寝衣的蒲桃晕倒在床边，从她嘴角溢出的鲜血染红了大片的衣襟，更有一些已经成了黑褐色。

龙成谨当即变了脸色，一个箭步冲上前，将她打横抱起。

他怀里的蒲桃双唇青黑，眉头紧蹙，浑身发抖，气若游丝，仿佛这一刻还在呼吸，下一刻就不知道还能不能吐气。龙成谨心急如焚，什么都顾不得，抱起蒲桃就往外跑。

“来人！太医！宣太医！”

整个将军府里，都回荡起他焦急的喊声。就连湖心岛上，闺阁深处的宋静娴都从梦中惊醒。

“我好像听见谨哥哥的声音了。”宋静娴昏昏沉沉地坐起，凝神一听，更加确定是他，“快，出去看看出什么事了。”

“是。”

馨悦走后，宋静娴再也无法安眠。她从没见过龙成谨这般模样，恨不得亲自走出去瞧瞧究竟发生了何事。但过了很久，馨悦也没能打探到任何消息。

龙成谨明白蒲桃的模样是典型的中毒症状。而蒲桃功夫了得，便只能是旁人趁其不备，暗害于她。在事情真相查明之前，整个将军府都变得不可信，于是他直接将她接回了王府，并封锁了所有消息。

龙成谨不仅请了太医院的人来为蒲桃医治，还找了几个民间有名的大夫。几人合力，才将蒲桃从死亡线上拉了回来。

“王爷，蒲姑娘性命虽然保住了，但毒入肌理，深入肺腑，需要好好调养，切不可再舞刀弄剑了。”

许太医身为太医院院首，耳听八方，眼观六路，早就摸清楚了蒲桃是什么人。龙成谨也不奇怪他为什么会知道蒲桃喜欢舞刀弄剑，只管遵照他的医嘱，望着蒲桃道：“本王明白，本王绝不会让她再受累。”

接下来的治疗便是慢慢祛除她身上的余毒，太医们陆续离去，只留下其中两个轮流照看。龙成谨将自己的屋子让了出来，让太医住在外屋，方便照管，自己则衣不解带地伴在蒲桃身边，端茶递水，事必躬亲。他生怕有什么人又钻了空子，想要了她的性命。

裘德上下安排妥当，立即来回禀报：“王爷，王府上下已经清点完毕，除了奴才，没有任何人能接近蒲姑娘和两位太医。”

“好。”龙成谨目不转睛地看着蒲桃，轻声问，“让你查的事情如何了？”

“回王爷的话，经过查验，蒲姑娘是吃了懿贤郡主送来的点心才中毒的，会不会……”裘德欲言又止。

龙成谨倒是连眉头都没皱一下，肯定道：“不会是静娴，此事一定另有其人。”

“那会不会是太子？点心是他送来的。”

“不可能。”龙成谨摇头道，“皇兄早已离开将军府，他也不可能料到静娴会将点心转赠蒲桃。”

“那或许……他想害的压根不是蒲姑娘呢？”

裘德说完，龙成谨皱了皱眉头，但很快又舒展开了。

“皇兄不可能陷害静娴。静娴是内定的皇后，他这一生最想娶的便是静娴，只不过静娴迟迟不肯答应。就算静娴与本王交好，他也不可能因小失大，轻易放弃整个军部的支持。所以……这个人目标其实很明确，一定就是蒲桃。”

龙成谨沉下脸，厉声道：“去查。一个个仔细盘问清楚，看看究竟是什么人想对蒲桃不利。”

“是，王爷。”

（二）

蒲桃醒来的时候，听到门外隐约传来争吵声，不，应该说是单方面的辱骂。

蒲桃清醒了一会儿，听到争吵声越来越激烈，她没在意自己躺在一个陌生的房间里，反而想要搞清楚门外发生了什么事情。

她推开窗户，打开了一丝缝隙，就看见龙成谨双手拎着自己的衣摆，蹲在一方小火炉边上。他的身边跪着一个婢女，婢女拿着蒲扇，正在看着火炉上的药盅。

“灭了灭了，用点力！”龙成谨盯着火炉指挥着小婢女。

婢女立即加大了力度。

“大了大了！要文火慢熬！”婢女还没扇两下，龙成谨又在她耳边咆哮，吓得这婢女手一抖，蒲扇差点掉在地上。

“你会不会熬药啊？你怎么那么笨啊！火要灭了，我就把你的头拿去当柴烧！”

“王爷恕罪！”小婢女吓得给他跪下了。龙成谨更加火大。眼看着炉子里的炭火要灭了，他立即把蒲扇捡起来，自己上手。

“站那边去，别挡着我的风！”龙成谨一边扇火，一边恶狠狠地吓唬小婢女。

小婢女站也不是，坐也不是，只能远远地站在廊下的雪地里抹眼泪。她的身边，还站着一排与她相同模样的婢女，显然都是被龙成谨换下的。

不得已，龙成谨只能自己上。他蹲下身子，趴在火炉前面，双眼直勾勾地盯着火，右手小心谨慎地扇着风，控制火势。

蒲桃盯着看了一会儿，发现此情此景有些熟悉。

过去自己也是蹲在走廊里，给龙成谨煲汤，但她没有像他这样连身子都趴在地上。深夜，更深露重，地上凉，她很想提醒龙成谨，文火慢熬的要求并不是那么严格，王爷熬药不需要这样小心。她也可以帮忙。

然后，她就这样做了。

她找不着自己的衣物和鞋袜，便索性披着被子下床，光着脚走出去。

“王爷，我来帮您吧。”蒲桃在龙成谨身后蹲下。

他专心致志地盯着炭火，没听到蒲桃的话。蒲桃又重复了一遍，龙成谨才见鬼似的抬起头。

“蒲桃？”龙成谨看到蒲桃光着脚踩在地上，突然尖叫，“你怎么出来了？快回去躺着！”

蒲桃虽然觉得身体有些累，好似被掏空，胃里到喉咙还一路都是火辣辣的感觉，但大碍没有。她摇了摇头：“我看您熬药很痛苦的样子，是谁病了？我来帮您吧。”

“谁病了？有谁病了我会这般关注？”龙成谨见鬼似的翻了个白眼，把蒲桃打横抱起，往房内跑。

蒲桃没什么力气反抗，皱着眉头，思量道：“懿贤郡主？”

龙成谨皱了皱眉：“不是。”

蒲桃再次试探性地问：“宋老将军？”

龙成谨脸色不佳：“不是。”

蒲桃更加迷惑了：“那……裘管家？”

龙成谨的脸彻底垮下来，他将蒲桃抱回床上后，没有很快起身。他维持趴在她身上的姿态，贴近她，看着她的眼睛，一字一句道：“这里除了你，没有人值得我这般上心。”

看着近在咫尺的龙成谨，蒲桃的脸有些红。

“王爷说笑了，我身体好得很，怎么会生病呢？”蒲桃尴尬地笑了笑，打算去推龙成谨，哪知她的双手贴上龙成谨的胸，想使力却根本使不上。她用力推搡他胸口的动作，看上去竟然像是在调情抚摸。

蒲桃满脸不可置信，再次用力，结果还是一样。她两只小爪子摸在龙成谨的胸前，一寸寸地轻轻抚摸着。她甚至连握成拳都难。

“怎么回事？”蒲桃目瞪口呆，求助似的看着龙成谨。

龙成谨眼神有些悲伤，没有正面回答她的问题，只是握住她的手，将她的手放在唇下轻吻："别担心，我一定会治好你的，以后你还可以跟以前一样舞刀弄剑，勇冠天下。"

蒲桃闻言，瞬间懂了。

原来他是在给自己熬药。

什么药需要他紧张成这样？

蒲桃突然有些害怕了。

但更让她害怕的，是龙成谨的态度。

他有些过于担忧了。他眼底的热情和担心就像一团火，她明显能感觉得到，那不是上位者对玩具的热情，而是站在一个平等的地位。他看她就像在看情人。

蒲桃没有表现出害怕，只是默默地收回手，把被子盖在了头顶上。

她不敢直视他的眼睛。

龙成谨见蒲桃冷静下来，知道她现在一时无法接受，需要时间去消化，于是不打算打扰。

他温柔地说："我先去熬药，你再休息一会儿，千万不要下床。药熬好了，我会叫你起来。"

"嗯。"蒲桃点点头，眼神有些飘忽。

等龙成谨离开后，她才从被子里探出头。

她有些无法面对龙成谨。

她从没见过龙成谨这般模样。他眼中充满愁苦、无助，好像宁愿受伤的是他自己。她不明白自己究竟出了什么事，但想到龙成谨刚刚避而不答，神色悲戚的模样，蒲桃知道自己的身体一定是出了什么不得了的大问题，让历来自我感觉良好，无所不能、什么都不放在心上的景王爷都束手无策了。

蒲桃思索着，突然注意到自己雪白的寝衣上，有一小块红晕，那是鲜血的痕迹。

蒲桃仔细检查了一下，发现不是自己流的血。

她刚刚只见过龙成谨。

龙成谨受伤了？

为什么？蒲桃心里有一万个疑惑，但是她身体使不上力，头也昏脑也涨，根本无法思考，很快又昏睡过去。

叫醒她的是龙成谨。

“来，喝药了。”龙成谨把蒲桃扶起来，然后捧来药碗，颤抖地把它递到蒲桃嘴边，温柔地说，“小心烫。”

蒲桃闻到一股刺鼻的血腥味，皱眉：“这是什么药？”

龙成谨：“可以让你重新回到演武堂的药。”

龙成谨没有回答药名，只是告诉她益处。看他那一副小心翼翼又热切期冀的模样，仿佛碗里的是仙丹灵药，漏出去一点一滴都不行。

蒲桃强忍着恶心，一仰头，便将它们全部喝光。

哪知龙成谨不愿就此放过她，看了一眼碗底，还有一层薄薄的黄色汤汁，说道：“再喝一口，全部喝下去，一滴都不要剩下。”

蒲桃强忍着胃部的恶心翻涌感，再次仰面，将最后一滴药都倒进了嘴里。

龙成谨这才松了口气，嘴角牵起一抹微笑：“真乖。”说完，塞了一颗话梅在蒲桃嘴里。

蒲桃心中有很多疑惑，但是她还来不及说出口，龙成谨就端着药碗走了出去，好像多一刻都不想停留。

蒲桃看着他匆匆离去的背影，不知道为什么，她总觉得一夜不见，龙成谨就消瘦了许多。

不仅仅是消瘦，更有一种浓浓的、化不开的血腥气在他的周身蔓延。她好像还看到他的右手手腕那里缠着白色的布，那明显是包扎过的痕迹。

蒲桃更加疑惑了，在她昏迷的这段时间究竟发生了什么？龙成谨究竟在忙什么？

蒲桃按捺不住内心的好奇，偷偷跟着龙成谨。

夜凉如水，蒲桃扶着墙，一路跟着他来到偏殿，躲在窗下，原想看看他在干什么，却不想听到了让她无法接受的事情。

“蒲姑娘体内的毒侵入肌理，五脏受损，不要说以后难有子嗣，就连多在外头行走都成问题，王爷，您……这又是何苦呢？”

这话仿佛利刃，一刀一刀扎在蒲桃心上。

她难有子嗣？连行走都困难？

蒲桃脚下一软，几乎要昏过去。但为了反驳裘德似的，她硬生生地放开了撑墙的手，努力站得笔挺。

她明明可以走得很好。

蒲桃不想相信裘德，可是他的语调又那么认真，那么平静，让她不得不相信。

“蒲姑娘无法为您开枝散叶，诞下子嗣，您为她做这么多，值得吗？”

“值得。”

屋子里，裘德站在龙成谨身边，表情痛苦。龙成谨背对着蒲桃，蒲桃看不见他在做什么，只能等着他转过身来。

可她只站了一会儿工夫，就开始全身冒冷汗。她可不想晕倒在这里，再给他们带来麻烦，准备挪着步子回房去，这时，龙成谨却转过了身来。

“我不苦。”龙成谨端着一只陶瓷的白碗，碗里盛着小半碗血。而他的左手手臂上，一道血口子还在往外淌血。裘德连忙拿来白布，将他的伤口覆住。

龙成谨摁着伤口坐在床边，表情冷静而坦然地再次开口：“我愿意。”

裘德叹了口气，不再规劝，只从旁边取来了烛台和天壶。天壶便是烧酒中的冷凝器，用以收集蒸馏水。裘德将小半碗血加热，而后产生的水蒸气被收集在冷凝器中。

蒲桃也不知道自己哪里来的力气，硬撑着看着他们的动作，直到收集过程完毕。

裘德捧着冷凝器，将里面的液体倒在药盅里。

“有王爷的血做药引，蒲姑娘一定会感念恩德，尽早康复。”裘德低着头，说着连他自己都不相信的话。从蒲桃的角度看去，她分明能看到他脸上的无奈。

龙成谨对此倒是深信不疑。

“本王也这样认为。你把药盅放在檐下，本王亲自去熬药，她们熬的我都不放心。”龙成谨说着站起身，但一阵头晕目眩的感觉袭来，他脚下踉跄，又跌回了床上。

裘德连忙将他摁在床上，道：“奴才会亲自看着把控火候，绝不会让王爷的鲜血白费。王爷，您也歇歇吧。”

龙成谨摇头：“你有更重要的事情要做，将军府那边如何了？”

“奴才盯着呢，将军府那边一有风吹草动，会立即通知奴才。想必不出两日，给蒲姑娘下毒的凶手就会有消息，您再耐心等一等。”

“好。”

龙成谨闻言，这才没有急着起身，让裘德捧着药盅出了门去。

蒲桃连忙转身，将自己的身子隐去。

她靠着墙，捂住了嘴，满脸的不可置信，眼中甚至有晶莹的泪珠在闪烁。

龙成谨居然用他的血给自己做药引！

他堂堂宣武国的七皇子，皇位的有力竞争者，竟然一日三次放血给她做药引，这让蒲桃连倒下去的勇气都没有。

她就算是再难受，也不能倒下。她不敢想象如果自己真的躺在床上不得动弹，龙成谨还会做出什么事情来。

蒲桃想到这里，突然浑身充满了力气。

她站直身子，不愿扶墙，一步一步，迈着缓慢而坚定的步子回了房。躺在床上，她一整晚都没有睡着。

第二日一大早，龙成谨端着药来的时候，蒲桃说什么都不肯喝了。

她为了证明自己身体已经很好，不需要喝药了，苦练了一晚上。龙成谨目瞪口呆地看着她在房里又是翻跟斗，又是举鼎什么的，还以为她准备去街边的杂耍班子谋个差事。

但不管她怎么折腾自己，龙成谨都只有一句：“来，先把药喝了。”

“我真的全好了，能不能不喝了？”

“不能，来，张嘴。”

蒲桃欲哭无泪，在龙成谨不容拒绝的强硬态度下，只能将药喝了。

这次不需要龙成谨说，她非常自觉地把最后一滴都喝了个干净。

“真乖。”龙成谨接过药碗，四下看了一圈，就开始重新布置蒲桃的房间。

他亲自检查窗上的棉布会不会漏风，房间里的炭火是不是充足，又担心烟气呛人。

看着龙成谨近在咫尺地为自己忙碌着，蒲桃有点难以直视。她现在终于明白了龙成谨的心思，却只觉得自己是个罪人。

她就是一个麻烦体，一而再再而三地给他惹麻烦。

她究竟何德何能，竟会让高高在上的景王爷爱上自己？

就连懿贤郡主都没有这样的福气，只能每日眼巴巴地望着窗外，等着景王爷去探望她。

蒲桃很想开口问问龙成谨为什么，却又怕是自己一腔热血，自作多情。

换作从前，她一定毫不迟疑地开口了，但现在不行了。

由爱故生忧、由爱故生怖，她看着为自己忙碌的龙成谨，突然不愿意放开他了。

她希望能看到这样的龙成谨，在每一个能睁开眼看着这个世界的日子里。

蒲桃走到龙成谨身边，轻轻抱住了他的腰。感受到身前人全身一僵，蒲桃非但没有退缩，反而将自己的脸贴在了他的背上。

正拿着银钎戳炭火的龙成谨手上动作一顿，只觉得整个身体都跟着狂跳的心燥热起来。

“你……”

“谢谢你。”蒲桃环抱着他的腰，整个身子趴在他的背上，轻轻说道。

龙成谨不知道说什么，只是丢开了银钎，双手覆住了她的手，然后抓住她的手背，转过身，看着她。

蒲桃同样看着他。

四目相对，她不再躲闪。

蒲桃：“以后不要再为了我而伤害自己了，我心疼。”

龙成谨想了想，明白了蒲桃的意思，问道：“你知道了？”

“嗯。”蒲桃抚摸上龙成谨的手腕，双手手腕上，各有一个被包扎的痕迹，这是他连续两天放血的结果。她不希望他再为她受伤了。

“我会好起来，不需要你的血，你有这份心，就是对我最大的鼓励。我一定为了自己，为了你，好好活下去。”

龙成谨没有回答她，只是牵起她的双手，吻了吻她的手背。

蒲桃一开始像是被灼烧到了，瑟缩了一下，但是很快，又主动伸出了手。

龙成谨开心到发狂，想要拥抱她，将她圈在怀里，但是又不敢造次。最后他只是拉着她的手，一寸寸亲吻她的手掌、手背、手心，十指。

他就像对待最珍视的宝贝，捧她在掌心，待她如珠宝。

他们十指相扣，便再也不愿分开了。

蒲桃一夜没睡，不知为何，精神仍然很好。龙成谨同样如此。

两个人手拉着手坐在桌子边，四目相对，只是看着对方的脸，就能一直沉醉下去。要不是龙成谨想起蒲桃大病初愈，不宜久坐，两人只怕能一直眉目传情下去。

龙成谨让蒲桃在床上躺下，刚给她盖好被子，门外就传来裘德的声音："王爷，军务处有紧急军情需要您批示，请您尽快处理。"

"这……"龙成谨有些为难。

蒲桃平日对什么都不上心，对军务倒是十分在意，立即说："王爷军事要紧，奴婢……"

"还自称奴婢？还叫我王爷？"

蒲桃愣了一下，在龙成谨的瞪视中，才试探性地说出一个字："我？"

龙成谨满意地点了点头："还有呢？"

"还有什么？"蒲桃又愣住了。

"你叫我什么？"

龙成谨在蒲桃面前也不再端架子，以"我"相称，平等相待，给足了地位，面子里子都有了。蒲桃已然受宠若惊，哪里还敢乱喊？且，男未婚女未嫁，叫夫君也太早了吧？

龙成谨看到蒲桃脸上纠结来纠结去的模样，不忍地叹了一口气，然后刮了刮她的鼻尖，笑着说："逗你的，等我三媒六聘娶你过门，再唤我夫君也不迟。我等得起。"

蒲桃松了一口气，软软糯糯地喊了他一声："谢谢你……成谨。"

龙成谨被她这一声喊得骨头都酥了，这两日放血的痛苦和不济的精神统统飞走了，他大手一挥，直接让裘德将政务资料都搬了来，当着蒲桃的面处理完，就让裘德拿走立即分发各处。

这是裘德第一次见龙成谨如此愉悦地处理公务。

裘德拿着文件出去的时候，眼角的余光分明看到龙成谨笑眯眯地看着蒲桃，两只手还偷偷向蒲桃靠拢，似是想去牵她的手。裘德一看，他又迅速板起脸，转过头，让他赶紧滚。

裘德不明所以，然而还是飞快地打开门，退了出去。

裘德走后，房间里终于又只剩下他们二人。

龙成谨弯起眼睛，扬起嘴角，说："接下来我有一整日的时间陪你。"

蒲桃不知道回答什么，半晌才愣愣地点了下头："嗯。"

接下来，都是龙成谨在说。他大抵交代了下心路历程，爱上蒲桃的点点滴滴。

龙成谨说不出来自己究竟为什么喜欢蒲桃，只说每一次相见，蒲桃总是让他眼前一亮，不管当时自己在做什么，一看见她，眼里就容不下旁人了。哪怕蒲桃是以五体投地的姿势跪在地上，看不见半分容颜，他也能记起她那双在黑夜里依然炯炯有神的眼睛。

蒲桃说不出他对自己是什么感情，但听得出他话语中的疼惜和怜爱，好像自己每一次都是匍匐在他的脚下，让他看到的全是自己孤单可怜的模样。

他在同情自己。

这或许就是爱吧？

因为自己弱小，所以让他产生怜悯和同情，如此便让他无私奉献，甘愿放血给她作为药引，这不是爱是什么呢？

蒲桃酝酿了一会儿，悠悠开口："王爷……"

龙成谨打断她："又叫王爷了？"

蒲桃："……成谨。"

龙成谨满脸满足，眯着眼睛点头："嗯，再叫一次。勤加练习，才能养成习惯。"

蒲桃被他的模样逗笑了，羞涩地唤他："成谨。"

"乖。"

龙成谨摸了摸蒲桃的长发，正色道："你想说什么？"

"我想说……其实我不弱的。我……并不值得你可怜和同情。"

"嗯？"

"我从小就比别人吃得多，长得壮。"

"是吗？"龙成谨佯装吃惊。他弯起眉眼，一副毫不知情，十分感兴趣的模样。

但蒲桃不知道的是，他早已见过她从前的模样。

蒲桃继续解释："自我有记忆起，别的小姑娘每顿至多一碗饭，院子里的行脚商一顿也至多吃三四碗，但我都是拿锅吃。"

这番话倒是让龙成谨惊了一下，心说怪不得她过去长得那么胖。

他下意识地握了握她的手，纤纤素手，不盈一握，好像用点力就能折断。

蒲桃垂下眼，神情复杂，接着说道："所以，从前的我根本不是你现在见到的模样，过去的我粗壮结实，不仅特别能吃，还特别能打。十里八乡的男人都被我欺负过，他们见了我就跑。"

"嗯。"龙成谨听蒲桃说着过去的事情，心道何止十里八乡，就连远在皇城的他也是其中一员。

"或许有人因为种种原因表面上对我俯首帖耳，恭顺有加，但是，他们都不是发自内心的。"

蒲桃说着说着，表情黯淡下来。

龙成谨以为蒲桃说这么多，是想强调自己的强悍，不愿意做一个低声下气的人，以此在自己面前要一个强者的地位，却不想蒲桃顿了一下，说道："我从来没有一天被人真正当作一个女子看待过，你是第一个。

"你是第一个，在知道我的过去和我所有的不堪后，还愿意爱我的人。成谨，谢谢你。"

蒲桃郑重道谢，让龙成谨愣住了。

蒲桃的眼里有着异样而复杂的情绪。蒲桃不善于说谎。在她看来，两个人交心，就是要把所有的事情都摊开来说。但是过去的事情，她不知从何说起。

龙成谨看得出她还有话想说，他也非常清楚她想说什么。

“我不需要知道你的所有，我想要的是你的现在和你的未来。至于你的过去，我不需要知道。同时，我希望你也能明白，那些过往都已经是过往。不管是撕心裂肺也好，还是荣耀加身也罢，都已经过去了。你只需要记住，你的未来有我。忘掉那些让你痛苦的过去，好吗？”

蒲桃也愣住了。

她一直不敢与人交心，就怕旁人知道了自己的过去而轻视自己。可她没有想到，有一个人——一个高高在上，可说是人中之龙的人，对自己说：“我不在意你的过去，我要的是你的未来。”

蒲桃突然就释怀了。

一个真正爱你的人，是不会在意你的曾经的。

这一刻，她所有像噩梦缠绕的不堪往事，都因为他的出现而烟消云散了。

往后，她再也不会因为那些难以启齿的过往而关闭自己的心。她会努力打开自己，去接受他，爱他，就像他这样爱着她。

蒲桃看着龙成谨，点了点头：“好。”

龙成谨松了一口气，拉着蒲桃的小手，让她的手搁在自己的下巴上，然后把自己的整个脑袋都贴了上去。

龙成谨：“那你爱我什么呢？”

蒲桃想了想，说：“有钱。”

龙成谨愣了一下，脸色有点不好看：“还有呢？”

“……有权？”

龙成谨的脸色更加难看了：“有钱有权也能算你爱我的原因？”

“当然。”

“除此之外呢？还有没有更加深层次的？”

蒲桃纠结了：“还有……”

龙成谨一脸期待：“还有？”

“还有颜值。”

听了这话，龙成谨彻底凌乱了，背过身去，不想理她。

虽然她说的有钱有权有颜值，这都是事实，但这也是普通人都爱他的地方啊。

她跟她们一样，那一定就是不爱他。

龙成谨钻进了牛角尖，不肯出来。

蒲桃哄了半天见都没哄好，只好叹了口气，一本正经地说：“我爱你，在往后每一个孤苦无依的夜里，我只要想起你，就觉得自己可以变得很坚强。因为有一个人，他愿意爱着曾经在泥土里的我，爱着在悬崖边的我，爱着连我自己都不喜欢的我。往后的日子，我总不至于比现在还惨。我会变得越来越优秀，努力让自己配得上这么爱我的你。你也一定会更爱更爱我的，对吗？”

龙成谨哼了一声，算是默认了。

蒲桃：“所以，有钱有权有颜值又十分爱我的景王爷，你告诉我，我究竟有什么理由不爱你？”

这个问题，龙成谨没有回答。

他只是摸了摸蒲桃的头发，守在她的床边，温柔地对她说：“记住今天你说的话，万一以后我哪里惹你不开心了，你一定要原谅我。”

“好。”

蒲桃想都没想就答应了。在她看来，这么爱她的龙成谨，不可能做出伤害她的事，他们之间不会有矛盾。就算有，也是皇家天子不可避免的。三宫六院七十二妃？只要她在他心上，情敌三千又何妨？

蒲桃想着想着，闭上了眼睛。龙成谨趁机想离开。

他还想瞒着她去割腕放血，但被警觉的蒲桃察觉，她说什么都不肯让他离开自己的视线。

“王爷，您历来清醒，怎的如今对这等无稽之谈都深信不疑呢？你看我像是今后不能舞刀弄剑之人吗？”蒲桃万分不解，拉着他的手不让他起身。

蒲桃的力气哪是龙成谨可以相抗衡的？就算她中毒了，只要她不想让他起，他就半分也动弹不得。

蒲桃：“能不能生育我不知道，但功夫，我可一点也没落下。”

“你都知道了？”

“嗯。”

蒲桃紧紧地盯着龙成谨，手上力气又加重了两分。

龙成谨终于妥协了。

他看着自己腕子上的红指印，坐回床边，泄气地说："定是许太医欺我。"

许太医是太医院院正，乃皇后心腹，与龙成壁也交好。龙成谨从前对他深信不疑，但接连几次巧合发生之后，他发现许太医早已为龙成壁所用，成了他手里的一支暗箭。

龙成谨不动声色，非但没有怪罪许太医，反而对他说的话全盘接受，开的药也全部照吃。在蒲桃这件事上，他原本也是不信的。尤其他说这是民间偏方，胡乱使用是会让他掉脑袋的事情，他让龙成谨切莫相信和外传。

龙成谨明知这是许太医故意说来给自己听的，他却很想试一试。死马当活马医，他为了蒲桃悄悄试了一次，发现蒲桃吃了两次药之后精神大振，倒由不得他不信了。

龙成谨叹了口气："关心则乱，为了能救你，我也顾不得许多了。"

蒲桃能如此平静，是因为她不知道自己当时倒在血泊里的模样有多惨，也不知道当时她躺在床上连呼吸都几近于无。

龙成谨："如果有一天，我将死之时，让你拿命换我，你愿意吗？"

蒲桃没有说话，似在思考。

龙成谨叹息："你看，还是我更爱你。我根本来不及细想，我只知道，我不能再看见你躺在棺椁里的模样。"

蒲桃皱了皱眉，觉得这话里有问题，但问题出在哪儿，她又想不出来。

她摇了摇头，说："我不是在思考自己愿不愿意，而是我压根不会让你我到那一步。我会尽力保护你，不让你受伤。"

蒲桃一字一句，说得十分恳切，万般笃定。她不过一介女子，哪来的勇气和自信保护一个王爷？

她自己也不知道，可她就是有这个信心。从小到大，一旦认定了的事情，她就一定不会回头。

"傻瓜，我怎么会让你保护我？往后余生，你要记住，你才是站在身后的那一个。"龙成谨没有再跟她探讨这个问题，他让她先休息，因为之后还有很重要的事情要做。

蒲桃听了他的话，乖乖睡下，但她仍是怕龙成谨再做傻事，不肯放开他。

二人如此腻在一起过了两日，蒲桃身子算是大好，裘德那边的调查也有了眉目。

这一日，二人用过午饭之后，龙成谨便带着蒲桃离了景王府，去了将军府。

将军府里，通往正堂的路上，府兵一字排开，站在道路两侧，恭顺地等待着蒲桃。

领头的沈练看见龙成谨和蒲桃，立即正色，挺直腰背，高声喊道：“热烈欢迎蒲教头病愈回府。”

蒲桃被吓了一跳。

彼时，因府兵三班倒之故，她平日里只见得到其中的三分之一，今天他们约好了似的集体站在门口迎接，着实让她大吃一惊。

平日里，蒲桃都是一身戎装，威武霸气，今日她一身白裙，活脱脱一个瘦弱小仙女。她这样站在这一群大老爷们儿面前，委实有些不像话。

蒲桃双手有些颤抖，龙成谨握紧了她的手，让她不要害怕。

蒲桃倒不是害怕，而是被感动了。

她一直觉得他们应该很讨厌她，却不想自己病了五六天，他们反倒流露出了不舍，这些不舍都是真情实感，不带半分假意。他们对蒲桃爱戴、敬仰、尊重，这些是她靠自己的努力和人格魅力赢得的，与龙成谨的威仪没有半点关系。

蒲桃被龙成谨牵着，在众人的护送下，进了内堂。

内堂里，宋老将军坐在首座，他身旁的座位空着。

头戴厚重的幂篱，将自己从头裹到脚的宋静娴坐在沈蒙将军的对面。两个婢女全身是伤地站在她身后，见了蒲桃敢怒不敢言，一副被严刑拷打过的模样。

沈蒙等一干老将军也被请了来，坐在下首。

一群人一言不发，面色冷峻。

蒲桃头一次见到这般阵仗，有些惊骇，立即想要跪倒，给诸位将军、郡主行礼，却被龙成谨摁住了。

龙成谨的身份地位最高，蒲桃是他的人，地位自然也随之上升。只要有他在，她往后都不需要仰人鼻息了。

龙成谨直接坐在了宋老将军身边，并示意蒲桃站在自己身后，但蒲桃说什么都不愿意，主动站在了郡主身后，与馨悦、馨兰站在一处。

然二人脸色不善，并不想搭理她。显然这两日，裘德没让她们吃到什么好果子。

众人就座后，宋老将军率先发话："今日将大家都请了来，就是想给王爷一个说法……"

龙成谨打断宋老将军的话："不是给本王说法，而是还蒲桃一个公道。"

龙成谨当众拂了宋老将军的面子，宋老将军理当生气，但他并没有因此发怒，反而顺着龙成谨的话往下说："王爷说得不错，是老夫本末倒置了。"

宋老将军看向蒲桃："蒲教头，你是在我府中出的事，老夫难辞其咎，这厢给你赔不是了。"

"蒲桃万万不敢！"蒲桃连忙匍匐在地，磕头行礼，"宋将军和郡主对蒲桃有再造恩德，蒲桃不敢。蒲桃坚信，其中定有奸人挑拨，与郡主、将军没有半点干系。"

蒲桃的话让宋老将军和懿贤郡主都松了一口气。宋老将军看蒲桃拎得清，十分满意。宋静娴则蹲下身子伸出手，轻轻握住了蒲桃的手，将她拉起。

二人之间的嫌隙便算是解除了。

龙成谨见蒲桃与自己想到一处，对蒲桃的喜欢更甚，对歹人的痛恨又更深了一分。

他扬了扬手，便有府兵押着几个老嬷嬷和小婢女进来，她们身上无一不挂彩。有一个甚至全身是伤，站都站不起来，整个人像团抹布一样被人扔了进来。

蒲桃定睛一看，仔细辨认许久，才发现那人是婢女小月。

龙成谨道："虽然父皇历来不主张动用私刑，但她们始终不肯开口，本王也只能出此下策。污了宋老将军的眼，还请恕罪。”

“王爷何罪之有？在老臣看来，此等毒妇，扒皮抽筋亦不为过。”

宋老将军、龙成谨等一干人等居高临下看着小月，半分同情都没有，倒是蒲桃这个受害者的心跟着一紧。

只见小月十指被上了夹棍，指尖鲜血模糊，一双脚腕暴露在空气里，已经有虫子围着飞舞。她双眼紧闭，已然人事不知。

据传小月刚来的时候，因着与懿贤郡主的长婢馨悦有几分相像，便赐了小月之名，本打算等馨悦到了年纪，放出府邸成婚之后，就提拔她为府中女官，接掌馨悦的位置，却不想她一念之差行差踏错，半个身子躺进了棺材。

蒲桃难以想象这几日她究竟经历了什么。比起莫名其妙在鬼门关走了一遭的自己，地上的小月应该是眼睁睁地看着自己是如何一步步踏进去的。

裘德道：“根据这些人的供词，小月在事发当日傍晚之时，曾进入过蒲姑娘的房间，待了好一会儿才出来，虽然她始终不肯说自己是进去做什么的，但也只有她有这个作案时机。”

宋老将军直勾勾地盯着她：“你究竟为何要这么做？”

地上的人嚅动嘴皮，声音极轻，坐在高位的宋老爷子和龙成谨听不大清楚，在蒲桃的位置也只能听见一两个音节。

沈练脾气大，“啪”的一声脆响，一鞭抽在她身旁，将地上的人吓了一跳。

“大点声！”沈练不是不想直接抽她，但见她这副模样，生怕把她直接抽死了，于是只能以威吓为主。

小月指尖抠着地板，挣扎了一瞬，才又开口：“都、都是奴婢，凭、凭什么她……她就高人一等？看见她那副、那副自命清高的嘴脸，我……我就想吐！”

小月愤愤地盯了蒲桃一眼，重又看向她身边的宋静娴。

她变脸似的，忽又哭泣着说：“郡、郡主……您救救奴婢……念在奴婢自幼跟着您的分上……救救奴婢……奴婢再也……再也不敢了……”

蒲桃听明白了，小月下毒是因为嫉妒自己离了奴籍当了教头，又受到龙成谨和宋静娴的青睐。

对此，蒲桃是不意外的。

小月对她从来没有好脸色，历来讨厌她，蒲桃不是不知道，只是从前那些明里暗里的讽刺和加害都无关紧要，她也没放在心上，却不想酿成如今的大祸。

说起来，自己也有责任。

蒲桃刚想开口为她求情，却听宋静娴抢先开了口。

“今日若饶了你，往后府里众人只怕更难管束。”宋静娴的声音虽然细弱，但语气镇定，不急不喘。

“来啊，拖出去，”宋静娴冷冷地道，“杖毙。”

没等宋老将军和龙成谨开口，小月便被下了死亡判决书，这让宋老爷子和龙成谨都有些意外。蒲桃也是头一次见宋静娴这般冷漠和严厉。

相比宋老将军的愕然，龙成谨只是愣了一瞬，随即就恢复了寻常神色，眉宇间甚至带着些许欣赏。

蒲桃见了龙成谨的样子才知道，这才是真正的宋静娴。懿贤郡主宋静娴虽然表面柔弱，对人真诚有礼，但该强硬的地方丝毫不手软，治下温和却有力，真正意义上做到耳清目明，赏罚分明，与蒲桃的拖泥带水截然不同。

蒲桃明白了这一点，也不再多言。

“郡主……郡主……奴婢错了！郡主……”

小月的哀号在耳边回荡，人已经被拖了出去。地上有两条长长的血印，那是她的手指死死抠住地板，不愿离开的印记。

门外，一声又一声的闷棍响起，击在每一个人身上，满屋子奴婢没一个敢吭声。直到小月的声音渐渐消失，闷棍停止，沈练提着带血的棍棒回来复命，此事才算了了。

宋静娴因身体不适，提早离去，蒲桃送至门边，远远看着她离开的背影。

厚重的幂篱遮不住她挺拔的背脊，娘胎里带来的病能击垮她的身体，却击不倒她的灵魂。蒲桃越来越觉得，宋静娴才是真正配得上龙成谨的那一个，自己要学习的地方还有很多。

牵连宋静娴、太子龙成壁的毒杀案告一段落，蒲桃和龙成谨一前一后走在后花园里。

龙成谨好几次停下脚步，回头看着蒲桃，欲言又止："你……"

"嗯？"蒲桃不明所以，乖乖等着龙成谨开口。

龙成谨问："你有没有什么事情瞒着我？"

蒲桃更加不明白了，摇了摇头："奴婢不敢。"

见蒲桃又下意识地自称奴婢，龙成谨知道自己可能是吓到她了，连忙缓和了语气，轻声道："我没有质问的意思，就是闲聊。"

蒲桃仍是摇头，坚定地回答："没有。"

龙成谨点了点头："回去吧。"

"嗯。"

往后的几天，龙成谨都没有来找蒲桃，蒲桃也没有多想，只管做好自己的事情。

她白日里带府兵，夜晚看兵书，宋老将军来看过她两回。一开始，他只是叮嘱蒲桃多休息，后来不知怎么的，两人就开始探讨起行军布阵之事。蒲桃对宋老将军征战四方时为数不多的几次败仗都发表了自己的见解，甚至对几次打得漂亮的大战役，也说出了两种以上可以减少伤亡的办法，着实令宋老将军惊奇佩服，连连夸她巾帼不让须眉。于是他更加频繁地来找她，还教会了她下棋。

棋盘如战场，考验的就是一个人走一步看十步的本事。蒲桃无疑是出色的，这一点，从宋老将军每晚都来找她下棋就可以知道。

这一日，宋老将军连输了三局之后，边收拾棋子，边若无其事地说："七皇子近日没来看你？"

蒲桃拿着兵书，一边看一边点头："回宋老将军的话，没有。"

"你……不想念他吗？"宋老将军欲言又止，眉宇间透着担忧。

"嗯？哦，当然想。只不过他是皇子，身负重任，奴婢不该在他忙碌的时候打扰他。"蒲桃头都没抬，全然弄不清宋老将军的弦外之意。

"这样啊，你倒是心宽。"宋老爷子收拾好棋子，叹息着看着蒲桃。

她完全沉浸在自己的世界里，安然地过着自己的生活，对于龙成谨在做什么、为什么不来看她毫不关心。也不知这样是好还是不好？

蒲桃察觉到老将军一直盯着自己，刚抬起头，就撞上他满眼的“恨铁不成钢”：“将军，奴婢可有什么地方做错了？”

宋老将军摇头：“没有，是老夫多虑了，你不用放在心上。”

蒲桃没作他想，乖乖地点头：“是，奴婢明白。”

龙成谨这些日子表面上忙于春祭，实则心思还在蒲桃身上。有一件事情一直横亘在他心里，疑惑像滚雪球，有越来越大的趋势。

小月已死，表面上风平浪静了，但将军府里发生了不少蒲桃不知道的怪事。

在蒲桃无法察觉的地方，沈练和裘德派来的人分别救了蒲桃一次。

一次是蒲桃睡觉的时候，门边突然燃起一缕烟，烟雾飘飘散散，进了蒲桃的口鼻，而后她便人事不省，就连沈练进了她的屋子都不知道。

好在沈练及时派人把守在门外，没能让歹人现身，才让她免于遇难。

沈练将此事禀报给裘德，裘德意识到事情的严重性，立即派了两个精明能干的奴婢陪在蒲桃身边，表面是伺候，实则是保护。

十日后，其中一名奴婢因食用了有毒的菱角，当场毒发身亡。下毒者高明，菱角无毒，酒也无毒，但两者中和，便能要人性命。

这奴婢的尸体迅速被裘德带走，没有惊动到蒲桃。

蒲桃只在发现伺候的人又换了一个时，奇怪地问了一句：“小莲去哪里了？”

“回姑娘的话，小莲回乡省亲，短时间内不会回来了。”婢子按照裘德的吩咐，没有说出让蒲桃担心的事实。

“这样啊……”蒲桃也就当了真，点了点头，没作他想，继续做自己的事情去了。

（三）

春祭很快到来。

春祭分为皇家祭祀和各家祭祀。皇家祭祀自从太子龙成壁成年以来，都是由他主持。各家的祭祀也都仰仗着太子的吩咐，按照级别的不同来制定规格。

往年太子早早便准备好，带着太子府众人行走各府，张罗用度，叮嘱事项，将祭祀大典办得又好又气派。但今年直到祭祀将要开始之时，太子都没有得到皇帝的诏令，于是也不敢自作主张吩咐各家官员。

文武百官不知道今年的主祭人选，只能根据往年的规矩自发准备着。

皇家祭天这一日的清晨，天还没亮，八百文武官员已经齐聚天坛，分列两侧。

皇室的人还没到，只有几个御前伺候的公公带着小太监们候在两侧。

周尚书离祭台最近，站在台阶下红毯边第一位，属文官之首。

"张公公，今年的主祭是否真的换成景王爷了？"周尚书将大太监拉到一旁，压低了声音问他。

张公公摇头："回周大人的话，奴才也不知道。"

"陛下到现在还没有明示吗？"

张公公点头："回周大人的话，确实如此。"

一传十十传百，这下文武百官更加凌乱了。大家你看我我看你，谁也说不出个准信来。直到钟鼓、号角接连响起，吉时一到，皇帝才携着太子龙成壁到来。众人见了龙成壁，一颗心终于放回肚子里。

看来这次大典，仍是由太子主持了。朝野内外盛传皇帝要撤换东宫太子的谣言，便不攻自破了。

八百官员垂首致礼，山呼陛下万岁，太子千岁，而后静待祭祀开始。

然而，这次典礼并没有照常进行。

皇帝与带头的兵部尚书说了两句什么，兵部尚书便带着大半武官官员离开了。广场上一下空了一半，皇帝非但没觉得有什么问题，还吩咐龙成壁开始祭祀典礼。

龙成壁心中纵有一千个疑惑，也不好在现在表现出来。他只是按照传统，先祭天，后祭祖，将祭典妥妥帖帖地完成。

官员们的内心也很焦灼，整个典礼下来都跟热锅上的蚂蚁一样，焦躁不安。好不容易挨到典礼完成，各自归家之后，他们才打听到，原来前线传来紧急军情。

大军被敌人诱进了关庸山，一时进退两难，而敌人派出骑兵突袭边界，已经洗劫了四座城池，获得丰厚粮饷。

元帅宋昱亲率骑兵追击，但除了他和副将黄兆带的部队，其余将领带的军队接连败退。大军更是被前后夹击，粮草不济，已显颓势。眼见优势渐失，原以为开春就能结束的战争又有持续的态势，七皇子龙成谨得了皇令，正带着军部众将讨论应对之法。

也就是说，因为出了紧急军情，七皇子才分身乏术，无法主持春祭。所以祭礼究竟本该由谁主持，除了皇帝本人，谁都不知道。

有命妇旁敲侧击地跑去问皇后，娘娘却十分傻白甜地反问她："祭祀历来都由成璧主持，今年也不例外，不是吗？"命妇们不仅没得到答案，还惹来娘娘一个宛若看智障的眼神。

摆在明面上的事情，为何还要多此一问？

是不是朝廷让她们吃得太饱，闲得慌了？

谁都无法从皇室套出准信来，便有人想去问龙成谨，但龙成谨始终与众将领关在一起讨论军情，文官进去根本插不上话。于是这事情便成了一件悬案，一直笼罩在众人心头。

相比朝堂上的风起云涌，将军府里就显得清闲多了。

龙成谨消失十几日，宋老将军和一干老将近日也跟着集体消失，蒲桃不明所以，日子虽然照过，但与从前相比，总归是冷清了些。

蒲桃整日带兵，原本没作他想，但每每回到后院，总有些小浪蹄子说着风凉话，久而久之也让她有些担心了。

这日傍晚，掌管后厨的张妈妈干完活，便和嬷嬷、婢子们闲聊。丫鬟们围在一起，看见蒲桃，邀请她一起。

蒲桃久不闻外事，也想听听最近究竟发生了什么，便凑了过去。

"都说婊子无情，戏子无义，近日我倒听了一件稀奇事。"张嬷嬷嗑着瓜子，满脸写着得意，让众人都来了兴趣。

"什么事？"

众人七嘴八舌地让她快说，张嬷嬷这才张口道："我听说呀，前些日子，李侍郎的儿子看上了一个风月场里的女子，铁了心要娶她。然后就被家里关起来了，为了将她娶过门，他闹了好一阵绝食。那个姑娘听了，便也铁了心地要回报他，不肯再委身他人，也开始闹绝食。"

“后来呢？”

“后来那个姑娘就饿死在妓院的柴房，被人发现的时候，身子都臭了！”

众人哗然，接连问：“那那个男人呢？”

张嬷嬷嗤笑了一声：“那男人表面闹绝食，实际上有小厮看顾着，别看他白日里不吃不喝，夜里可吃得欢着呢！他一听说那姑娘死了，连看都没去看一眼，春祭一过，就与正天府的张大人的二女儿定了亲，二人现在正鸿雁传情，你侬我侬，好得跟一个人似的。而那风月场里的姑娘，只怕姓什么他都忘了。那姑娘连个棺材都没落下，草席一裹便埋城外了。唉！”

众人一开始纷纷为那女子抱不平，但聊着聊着，便都成了那女子本为下贱，自己原不该痴心妄想。

“照我说，不是凤凰，就别做那麻雀变凤凰、山鸡飞上枝头的好梦，不然也不会平白丢了性命。你们说是不是？”

“就是！”

众人笑了起来，唯独蒲桃站在那里，皱着眉头不说话，似在思索着什么。

众人见蒲桃脸色不好，便都止住了笑声。她们这才意识到，刚才说的话或许有些扎人心。

要说身为下贱，这满院子的婢子都是下人，蒲桃自然也不例外。虽然她现在得了景王爷、宋老将军、懿贤郡主的赏识，早已脱离奴籍，但她到底也是跟她们一个出身的。

张嬷嬷推了推蒲桃，奇怪地道：“蒲教头，你、你怎么了？”

“嗯？”蒲桃回过神，便见满院子的丫头和嬷嬷都看着自己。

蒲桃也是一愣：“怎么了？”

张嬷嬷神色紧张地说：“你可不要多想啊，我们就是闲聊，一点指桑骂槐的意思都没有。”

蒲桃更加懵懂了，摇了摇头：“我不会多想。”

“真的？”

“真的。”

众人见蒲桃没有生气，这才松了一口气。

小月的死，和一干婢子受的罪还历历在目，她们可不想得罪蒲桃，哪天也成了杖下亡魂。

众人不敢再当着蒲桃的面说这些话，笑着散开了，很快，院子里又只剩下蒲桃一个人。

蒲桃听了故事，倒不是怕自己哪一日也成了冤魂，无棺椁埋葬，而是在担心，龙成谨消失这么多日，莫不是遇到什么事情了？他会不会也被家里人关起来了？

如果这事换成龙成谨，按照他为她取血作药的行事作风，决计做不出阳奉阴违假装绝食的事情，他一定会真的绝食！

蒲桃越想越紧张，生怕龙成谨出事，于是带着这疑惑，去见了懿贤郡主。

懿贤郡主听了张嬷嬷的故事，“扑哧”一声便笑了出来。

“郡主，您笑什么？”蒲桃不解。

宋静娴眯着眼睛，笑道：“我笑你傻。”

“嗯？”

“那群婢女嬷嬷摆明了将这话故意说与你听，你却全然没有听出弦外之音，让她们的刀扎在了铁壁上，你说好不好笑？”

蒲桃皱眉，思索道：“可是奴婢明明担心了呀。”

宋静娴又是淡淡一笑：“担心成谨是对的，但是你没有因此怀疑成谨才是最难得的。”

蒲桃似懂非懂，等着宋静娴往下说。

“身为皇族女子，心胸宽广是好的，相信他对你的爱也是对的，但是同样的，你也要相信他。

“他忙，没有时间关心你，一定是遇到麻烦了，而且这个麻烦只怕不会小。你的担心有道理，但成谨绝非池中物，景王爷的身份也不会桎梏他一辈子，你要相信，他一定能自己解决掉这个麻烦。

“爱一个人的表现，女人大多是关心和付出。但对一个男人而言，他更希望的是不要把任何麻烦带到爱人面前，他这么做，是不想给你压力。跟你在一起的时候，他只想你开开心心，快快乐乐的。这才是一个男人爱你最深的表现。

“所以，你不要再做无谓的担心了，好吗？等成谨解决完手头的事情，他一定会回来跟你解释清楚的。”

听了懿贤郡主的一席话，蒲桃的心才稍稍定下来了，说道：“多谢郡主，蒲桃明白了。”

“嗯。”

郡主揉了揉眉头，眉目中有些疲倦，但看着蒲桃的眉目里，还带着笑意。蒲桃突然觉得自己真傻，不仅帮不上忙，还要给同样关心龙成谨的人带来困扰。

她有些后悔在懿贤郡主面前说这些事情，她想：懿贤郡主说的每一个字，会不会都是扎在她自己的心上呢？

一个女人若真爱一个男人，又怎么可能容得下旁人呢？

察觉到蒲桃的犹疑，宋静娴抿了抿嘴角，微微一叹：“你是不是想问，我为什么要这样帮你？”

蒲桃知道什么都瞒不过郡主，点了点头：“回郡主的话，是。”

宋静娴微微一笑：“因为我是一个没有未来的人啊。

“我注定无法陪伴成谨哥哥，不如将他托付给一个值得托付的女子，一来你将永远感激我，二来他开心，我也放心。而且，成谨哥哥承了我的情，对将军府也会永远记一份情。当他看见你，总归会想起我，我虽然注定要离开，但是可以用另一种方式永远陪伴他。这样一箭三雕的事情，我为什么不去做呢？”

在蒲桃惊讶的目光中，宋静娴收起笑脸，目光郑重而锐利：“不要将我想得太好，我并不是没有缘故地在帮你，也不是因为特别喜欢你才对你刮目相看，我只是在权衡利弊之后，认为帮助你最有价值。如何，这样你还愿意接受我的帮助吗？”

蒲桃沉默了片刻，便点了点头。

宋静娴惊讶道：“都不需要考虑一下？”

“不需要。”蒲桃摇头，“郡主待奴婢好，不会害奴婢，郡主说什么就是什么。”

宋静娴“扑哧”一笑，掩着嘴咳嗽了好几声，就算咳得痛苦，都忍不住笑她："有时候我真的很羡慕你，不需要想很多，就能找到最正确的那一条路，这样信任一个人的能力，我是没有的。或许……也正因为如此，成谨才会那般上心地对你。"

蒲桃似懂非懂。其实她也不是那般有信心。

她与龙成谨此前不过数面之缘，连话都没怎么说过几句，虽然不知道龙成谨为什么这么喜欢自己，但是就凭他为她取血作药医病来看，她在他心中的分量定然是不同于旁人的。她承了他这份情，便会报之以琼琚，对他信任有加。

"你性子直爽，为人单纯，放你在外我不放心，往后的日子，你愿不愿意在我这里读书识字，相伴度日？"

蒲桃精神一振："郡主愿意亲自教导我？"

"嗯。"

宋静娴点点头："治国平天下之权，女人家操持大半，你拥有成谨的爱，就注定不会拥有平凡的一生。如果你决定跟他站在一处，那么从此你心头装的，就不仅仅是他一人，极有可能还有宣武国千千万万的子民，你要学习的还有很多。"

宋静娴这一番话，几乎是在告诉蒲桃，龙成谨必将登顶九五之尊，而她的位置也就变得举足轻重起来。她不知道宋静娴为什么这么笃定自己会坐上那个位置，但是她愿意去相信她。她也只能相信她。

宋静娴："我知道这对你来说不容易，但这是不得不去走的一条路，这条路非常艰辛，我不会因为你是女子而宽待你，我会非常严格的。"

宋静娴说话间，蒲桃的神色越来越沉重。

宋静娴知道自己的表情不会好看，许是非同以往的凝重吓到了蒲桃，但是她也没有就此住口的意思，而是更加郑重地说道："当然，成为他的贤内助，或者只做他的掌中珠，都是你的选择，我不强求。"

宋静娴靠在枕上，摊开双手，朝蒲桃做了一个让她自己选择的手势："你也可以永远这样下去，如果你甘心只做他身后的瓷娃娃，一生活在他的保护之下，半点反击的能力都没有，我也不会有意见。"

"我不愿意！"蒲桃连连摇头，"我不要当一个摆设，我要帮助他，与他并肩站在一起。"

宋静娴露出满意的微笑：“那你，愿意跟我学习吗？”

“扑通”一声，蒲桃直挺挺地跪了下去，用行动告诉宋静娴：“郡主在上，请受弟子蒲桃一拜。”

“你还叫我郡主？”

“啊？”蒲桃愣住了。

“你应该叫我‘先生’。”

“哦！”蒲桃这才明白，赶紧又重新磕了一个头，说道，“先生在上，弟子蒲桃定当心无旁骛，认真学习，谨遵先生教诲。”

宋静娴从身旁的暗匣里取出早已准备好的一本书，递给蒲桃。

蒲桃以为会是《女则》一类的，接过却发现是一本《礼记》。

宋静娴：“虽说自古有云，女子无才便是德，后宫不得干政，其实不然。女子才气必须要有，却又要懂得收敛，表面上你可以什么都不说，但是内里你不能不懂。书读百遍，其义自现，你拿回去，先行背诵，每日傍晚我会与你讲学，考你功课。”

蒲桃郑重接过。这本书她小时候听学子们提起过，父亲也不止一次夸赞过，但是那时的她根本无心学习，只把这些旁人当作瑰宝的书当作垃圾。

现在她把这书拿在手上，却是另一番滋味涌上心头。

它沉甸甸的，还只是躺在手里的一本书，书中的价值再高，于她而言还只是游离在外的。她迫不及待地想要将它们诵读完，理解感悟，记在心底，有朝一日，便能成为她站在龙成谨身旁的一分底气，一分沉稳。

往后，蒲桃白日带兵，晚上则认真默读《礼记》。蒲桃房间的灯火几乎整夜不熄，久而久之，她白日精神不济，身体越来越差，不禁让人猜测她每夜都在做什么。

府兵一群大老爷们儿，倒无人说什么，但是后院里的丫鬟婆子们则众说纷纭，好听的难听的都有。

唯一知道真相的馨悦借着宋静娴不得声张的命令，闭口不言，放任这些婆子们瞎说，到了关键时候，甚至添油加醋来一句，给蒲桃的名声抹黑。

宋静娴知道以后，没有说什么，只问蒲桃后不后悔，要不要为自己解释。

蒲桃摇头，说不用解释，如果每一个人对自己的猜测都要去解释，那她就会浪费很多时间，对那些真正应该给予关注的人和事就会减少关注度，那是大大不划算的。

宋静娴对她的回答很满意。她知道蒲桃这些日子很辛苦，却没有多余的话语关心，甚至连休息都没有。她只是不停地往她脑子里塞东西，希望她在有限的时间内学得越多越好。因为，她也不知道自己还剩多少时间，她只能在这段时间内尽自己所能教导她，多一点，再多一点……

而这一个月以来，龙成谨一直和军部各将领待在一起。由于没有更好的将领人选，他们只得给予宋昱大军按兵不动、拖长战线的命令。京畿大军被迅速调往了边关，用以暂时抵挡敌国骑兵。但这只是缓兵之计，不足以彻底解除边患。

龙成谨接下来还要与户部众人商讨调度问题，务必做到在行军时没有任何后顾之忧。可这又是一场没有硝烟的战争，各方都会跟他哭穷，要想从他们手里弄出银子，这也不是一件简单的事情。

龙成谨分身乏术，好不容易熬到事情告一段落，可以稍作休息时，便接到了裘德的密报。密报的内容让他十分意外，并且如何都想不通。

“蒲姑娘这几日，共遭到四次暗杀。第一次最为严重，派去的婢子小莲当场毙命，后来三次因有所防备，被我等率先洞悉，所以均没有得手。而这一切的始作俑者都指向了一个人。”

“谁？”

“吏部尚书。”

“周琦？”

“是。”

龙成谨大惑不解：“周琦与蒲桃素未谋面，为何与她过不去？且他在朝中素来独善其身，唯独效忠父皇。从未听说他偏向哪位皇子，就连对太子也只是做到表面谦和，并未真正顺从。不参与任何党争，他为何要对蒲桃下手？”

裘德道：“奴才也不知。但据探子来报，四次下毒的毒药都来自周府。每一次下毒前夜，他的小女周月灵都与其夫婿刘长昕到周府用膳，很有可能是这刘长昕或者周月灵买通了周府的下人，借着周府与将军府之间的日常往来之便作怪。”

“刘长昕……周月灵……”

龙成谨嘴里喃喃念叨着，突然灵光一闪，想起了很久以前的一件事。

那时蒲桃刚到京中，曾于刘长昕新婚大典上大闹了一场。彼时，他没有当回事。当时蒲桃差点殒命，被他从棺材里拖起来，他便只想着早点送走这个灾星，对她为什么会来京城，为什么要大闹刘府，全忘记问了。直到近日，因他的疏忽，险些酿成大祸，实在让人追悔不已。

他原以为这只是巧合，但是一而再再而三，刘长昕冒着自己可能被牵扯出来的危险几次三番下毒手，便是和她有解不开的死仇了。

他究竟为什么要对蒲桃不利?

“王爷，您问过蒲姑娘吗？”

“……问过。”

裘德道：“蒲姑娘如何说的？”

“她说并没有事情隐瞒于我。”

她不愿意回答，就说明她不想让他知道。

他从蒲桃嘴里问不出什么，便只能想办法从侧面了解。

但是不管他如何调查，也调查不出蒲桃与周府之间的纠葛。

眼见龙成谨百思不得其解，裘德倒希望他能开门见山地和蒲姑娘谈一谈。

裘德：“如何问的？”

龙成谨：“本王……”

裘德：“事已至此，奴才以为，与其互相猜测，您不如对蒲姑娘直言，如果她明白了事情的紧迫性，或许就会告诉您了呢？”

龙成谨认为这话有理，一刻也不敢再耽搁，派裘德跟父皇告了假，连衣服都没换便直奔将军府。

蒲桃刚从宋静娴那里下了学，走在静宜园的路上，尚在思索今日所学，没心思看路，突然被路上的石子绊了一下。正当她准备一个后空翻平稳落地时，却陡然被人拦腰一抱。

她的腰间常年佩剑，正是父亲赠予的那一柄，她下意识一只手抽出软剑，一只手扭过来人的手，将他摁在地上。她一系列动作行云流水，等看清来人时，她的剑已经搁在了他的脖子上。

龙成谨本想英雄救美，却不料被她反杀。

“王、王爷，您怎么突然来了……”蒲桃连忙收起软剑，将他扶起，拍打着他身上的灰尘。

龙成谨没有责怪她的意思，紧张地牵着她的手问：“你有没有事？”

蒲桃摇头：“我没事。”

“没事就好，没事就好……”

龙成谨小声念叨着，让蒲桃很是奇怪。

不就是差点摔倒吗？他需要这样忧心吗？

“蒲桃，我不能离开皇宫太久，为了你的安全考虑，我需要你老老实实地回答我的话。”

龙成谨看着蒲桃的眼睛，一字一句道：“你与吏部尚书周琦的女婿刘长昕是什么关系？”

“砰”的一声，蒲桃手里的剑掉在地上，她明显慌乱了，连忙蹲身去捡剑。

她不敢直视他的眼睛。

龙成谨蹲身阻止她的动作，他看着她，誓要知道真相一般，一字一顿道：“蒲桃，告诉我。”

“我……”

刘长昕，刘子昭……

她只知道他们是她的救命恩人，却不知道他们也是她的催命符。

她感念刘长昕当年的救命之恩，不想因她的过去影响到他的光明前途。她更不想让龙成谨因此而看轻自己。

假如龙成谨知道自己的第一任夫婿还活着，他会如何呢？

就算她与刘长昕什么实质的关系都没有发生过，可是这个名分毕竟曾经有过。

龙成谨会为自己杀了他？还是会与自己断了情分呢？

这两个情况相比较，不管是什么结果，都是血淋淋的。她不能给他找麻烦。

蒲桃没办法告诉他真相，她低下头，不敢直视他的眼睛，硬着头皮说谎："没关系，我跟他没有任何关系。"

这是刘长昕所希望的。

那些关于刘子昭的一切，都已经埋葬在昨日，他现在是刘长昕，她也不算说谎。

"是吗？那我只能自己去调查了。"

龙成谨松开了蒲桃，看了一眼天色，转身离开了。

"成……"

蒲桃看着他的背影，突然觉得有些害怕，还有些后悔和无力。

她应该告诉他真相的。

可是她能吗？

她怎么开口呢？

她说不出口。

手里的《礼记》还是那么沉甸甸的，她已经拼命记住了大半，但是，她还用得上吗？

她不知道。

但只要龙成谨一日没有说别离，她就还会朝着那个方向努力。他是站在高台上的人，自己想要更靠近他，就只能一点一点地努力，去消减这些遥不可及的距离，哪怕只是一小步一小步地来，也是好的。

她不想还没有开始，就成为他的拖累啊。

她不想。

接下来的日子相安无事，蒲桃表面如常，但经常会盯着某处发呆，这是从前的她不曾有过的。

这一日傍晚，蒲桃照例在宋静娴的闺房中学习。

宋静娴看出蒲桃的不对劲，问她："究竟发生了什么事？"

"我……"

蒲桃有些犹豫，不知道从何说起。她倒是不介意将这件事的来龙去脉说与宋静娴听，但是宋静娴并不想去窥探别人的隐私。

宋静娴道："你会犹豫，就说明这件事对你而言十分要紧，如果你不想说，或者难以说出口，我不会怪你，我也不想知道。但是这件事如果与成谨有关，我希望你能跟他坦白。”

蒲桃惊讶地道：“……您知道我跟他发生了小矛盾？”

宋静娴摇了摇头：“我不知道你们之间具体发生了什么，但是我知道成谨前几日曾来过将军府，逗留不过半炷香的工夫，这是不正常的。你们吵架了？”

蒲桃也不知道这算不算吵架，只能含糊地回答：“……算是吧。”

宋静娴沉默了一会儿，说道：“夫妻之间，当没有秘密，寻常人家床头吵架床尾和，于帝王家更应如此。成谨身处高位，高处不胜寒，你不应该让他去猜你，你也不该猜测他，你们必须互相信任，共同进退。”

宋静娴算了算日子，无奈地摇头：“从成谨入府到今日，你们已经互相猜测五六日了。你觉得，你足够分量，让一个心系天下的男人为你浪费时间吗？你又有多重要，让你们之间的感情经受这般消耗？”

蒲桃被她一提点，更加伤怀。

她耷拉着脑袋，不得不承认：“蒲桃不重要，我们的感情经不起消耗。”

“那就是了。他不来找你，你就不能去找他吗？一定要他来向你道歉、认错？你为什么不主动一点，去找他说清楚呢？如果他爱你，他会认真聆听，原谅你。如果他不爱你，那大不了便是‘我本将心向明月，奈何明月照沟渠’，这种男人，不要也罢。”

蒲桃闻言，惊愕地抬起头。

“我教你的从来都不是一个女子该当对一个男人俯首帖耳，盲目顺从。”宋静娴看着蒲桃的双眼，郑重其事地道，“我教你的，是帝王之术，是举案齐眉的夫妻相处之道。你们在一起，不论身份地位如何，心境上该是平等以待的。他对你好，你也全心全意地对他。他若对你不好，你便转身离去，我半个字都不会说你。”

宋静娴将话说得这样明白，让蒲桃又惊讶又感动。她万万没想到，懿贤郡主会这样看待自己。

懿贤郡主将她看作一个人，而不仅仅是一个女人。与龙成谨在一起时，她是他的女人。但就算分开了，她也不会过分在意。因为她将她当作了一个独立的个体，不依附于任何人的独立存在。

“你不要以为我是站在你这边，在帮你，成谨那一边，我也是一样的。假如有一日，是你对不起成谨，我也不会为你多说一个字。只有当你们是一条心，共同进退时，我才会鼓励你们在一起。否则我再怎么努力，都是在做无用功。你明白吗？”

“蒲桃明白了，谢郡主……不，谢先生教诲，蒲桃这就去找成谨，不过……”

“嗯？”

“不过成谨身处皇宫内院，蒲桃想见他怕是也难……”

宋静娴微微一笑，呼唤馨悦，让她拿来了自己的玉牌。

这玉牌与皇后赠予龙成谨的那一枚是一对，与蒲桃的那一枚有些相似。

宋静娴道：“你可以拿着这块玉佩，说懿贤郡主派人探望，他们定会放你进去。”

蒲桃接过，点了点头：“谢先生帮扶。”

蒲桃走出门，便听到小楼里传来宋静娴猛烈的咳嗽声。她几次想回头，却又知道，宋静娴或许更希望自己能大踏步地往前走，而不是束手束脚，谨小慎微，一步三回头地保持着过去迈不开腿的模样。

蒲桃进皇宫的时候，已近午时。各部要紧官员在早已安排好的偏殿中歇下了，议政殿里没什么人。

虽然隔了两条走廊，蒲桃依然能听见从庭中传来的声音。

“她现在是挺美，但是以前，膀大腰圆，腿比我的腰还粗！一只手就能举起一个鼎，吓都吓死了，怎么可能硬得起来？”

“哈哈哈……那你当时为什么还要娶她？”

“这还用说吗？她是首富之女，下官当然不能放过，腿粗怎么了？腰圆怎么了？要知道她脚下踩着那些金灿灿的黄金！那可是货真价实的！”

“后来怎么又变卦了呢？”

“因为那些金子飞了呀！下官在京中，消息灵通，眼看她起高楼，眼看她宴宾客，眼看她楼塌了，下官不跑，难道守着她一起死吗？”

“也对也对，哈哈哈……来！喝酒！”

……

蒲桃全身一僵，愣在当场，无法动弹。

蒲桃听得很分明，其中劝酒的那人便是她心心念念的龙成谨，而另一人，虽然陌生，但声音也透着几分耳熟。那个声音，曾经在她耳边轻柔地说：“别怕，我娶你。”

她极力想要忘记的不堪的过往，却被刘子昭当作笑话一样与龙成谨交谈。二人把酒言欢，好不快活。

蒲桃再没有上前的勇气，她强行定住身形，悄悄放下食盒，便沿着原路返回。

一路上，宫灯满挂，雕梁画栋，无比奢华，与一身素服的她格格不入。

她根本就不属于这里。

她根本就不该做这样的梦。

……

龙成谨与刘长昕走到拐角，看到了拐角处的食盒。

刘长昕没在意，但龙成谨一眼便认出这食盒是蒲桃的。龙成谨脸色一变，赶紧与刘长昕作别。

龙成谨道：“今日已晚，待改日再聚，本王答应你的一定作数。”

刘长昕不觉有他，笑逐颜开，拱手作揖：“谢王爷美言，下官定当竭尽全力，报效国家。”

龙成谨点点头，摆手道：“去吧。”

“下官告退。”

刘长昕离开，龙成谨连忙走过去，打开食盒，发现盒子里的饭菜还是热的。

龙成谨当即明白，蒲桃一定是听到了他们的谈话。

龙成谨沿着出宫的方向寻找，一直到走出皇宫，才看见一个身影躲在墙角里。若不是月光洒下，在地上留下一个阴影，根本不会让人发现她站在那里。

他倒希望她能哭出来，不管是寻常女子的嘤嘤啜泣，还是豪迈女子的放声大哭，都好过现在的样子。

她只是站在那里，安安静静地低头沉思着，不知道在想些什么。

蒲桃越是不说话，他越害怕。

她太喜欢把事情都闷在心里，不愿让他人知晓。

龙成谨也知道刚刚自己的话若被蒲桃听了去，她该有多难过，但是他这么做并不是想伤害她。

正在他纠结如何开口安慰她之际，蒲桃突然转身，一抬头便看见了他。

二人四目相对，一个隐忍纠结，一个怔忪愕然，眼眶还微微泛红。

蒲桃本想回到皇宫，把心里的纠结都跟龙成谨说说，却不想他就这样站在自己身后，不知道看了自己多久。

反倒是龙成谨先回过神来，问道："……你都听见了？"

"嗯。"

"我……"

蒲桃咬着下嘴唇，不等龙成谨说话，便一咬牙，打断他："他说的都是真的。"

龙成谨不解："你说什么？"

"我说，刘子昭，不，刘长昕说的都是真的。过去的我是一个非常非常糟糕的人。"

"你……"

"你先别打岔，听我说完。"

在龙成谨愕然的目光中，蒲桃目光坚定，语气郑重地说："过去的我不堪又自负，不仅丑陋还性格扭曲，走在路上别说男人了，连猫狗都嫌。虽然现在也没有多好，但是与从前相比，可说是云泥之别。"

"我之前怕被你知晓我的过去，所以不敢告诉你我和刘长昕的关系，也因为他是我的救命恩人，我不想再给他添麻烦，才不得已隐瞒了。我知道错了，今天来就是想跟你说这个，但是意外听到了你们的对话，我把选择权交给你，你可以跟我提分手，我不会有意见，也不会闹，我仍然会心怀感激，感谢你这些日子的真心相待！"

蒲桃一口气说完心中所想。龙成谨惊讶了片刻，旋即掩嘴一笑。

“你等在这里，就是想跟我说这个？”

“是！”蒲桃鼓起勇气抬头看着他，又点了点头，“我纠结了很久，我不想让这段关系莫名其妙戛然而止，我希望能跟你说清楚。”

龙成谨长舒了一口气：“那就好。”

“什么意思？”

“我以为你等在这里，是要跟我说分手。”

“我……”蒲桃眼底闪过一丝犹豫。

“你也想过，对不对？”

蒲桃迟疑了一会儿，点头：“……对。”

“那后来又为什么不想了呢？”

“因为……因为郡主告诉我，爱人之间不能有所隐瞒，是我隐瞒你在先，才有你和刘子昭对话在后，如果我早一点告诉你，你根本不会去找他！”

龙成谨呆呆地看着她，因她这副勇敢的模样而惊讶。

蒲桃小心翼翼地问：“……我说得对吗？”

龙成谨眼角一弯，走上前，一把将她抱在怀里。他抚摸着她的头发，让她的下巴枕在自己肩上，柔声说：“你说得全对。一个字都没有错。但是我也要道歉。”

“嗯？”

“我不应该向别人提起你，就算是为了保护你，也不能让你成为他人口中的笑料。相信我，我不会放过他，我一定会为你报仇，可好？”

“不好！”蒲桃摇头，斩钉截铁地说道，“刘子昭确实有负于我，但那都是过去的事情了，他既然已经改名，我便当作不认识他。何况，他也曾经救我于水火，我希望自己与他再无干系，从此他走他的阳关道，我过我的独……”

龙成谨用食指按住蒲桃的唇，笑着说：“你不会一个人过独木桥，你还有我。”

蒲桃红着脸，点了点头：“总之，放过他，不要再因为我的事而跟他有牵扯了，好不好？”

蒲桃趴在龙成谨的胸口，乞求地看着他。

傻瓜，你愿意放过他，可他不愿意放过你啊。

龙成谨心里叹着气，嘴上却笑着说：“好，我答应你。”

（四）

龙成谨给刘长昕升了官，官衔还不小。

“古有大司马，掌邦政；后汉武帝罢太尉，设大司马，位列三公之上。我朝未设大司马，但有六部尚书及天下兵马大元帅，今承古制，于吏部设大司马一职，三品，由刘长昕担任。”

任命文书下发到刘长昕手里时，他激动得话都说不出来。吏部尚书周琦，也就是他的岳丈，亦是喜笑颜开，在家中大宴宾客三天三夜，才缓过神来。

刘长昕在还没弄清楚“大司马”是个什么官职的情况下，就兴冲冲地去吏部领了新的官服。礼帽、紫袍、金鱼袋，一套行头配上他年轻英俊的面容，于一众年迈官员中显得十分惹眼。但是，他仍没有上朝面圣的机会，被发配去了一个极为边远的地区，日日见不到人影。

周琦虽然觉得奇怪，但是没有多问，因为他自己也分身乏术。龙成谨给了周琦在一个月内征召新兵二十万的任务，让他忙到焦头烂额。

而刘长昕去了荒寒之地的岚山牧场才知道，他哪里是什么大司马，根本是个弼马温！

岚山牧场里，虽然千万良驹都直接跟着宋昱一起上了战场，但留下的种马和小马崽子仍不少，且因人员紧张，连他这个管事的都被派去清理马厩。

刘长昕捂着鼻子咬着牙坚持了一个月后，好不容易熬到放假，他回京连夫人都来不及见便直奔岳丈府上，却因周琦忙碌，连面都见不到，更别提诉苦了。

而早已在周府埋下眼线的龙成谨直接让下人把他请到了景王府，一聊便是一整天。

“在岚山干得可好？”龙成谨泡了一壶茶，一边剥核桃，一边笑嘻嘻地看着他。

“回王爷的话，微臣……”

龙成谨见他有所迟疑，抢先道："我曾与宋昱一起在岚山历练，岚山地域辽阔，草地肥美，属山清水秀之地，景色宜人，看你近日愈见强壮，想来日子过得不错。"

刘长昕在官场摸爬滚打多年，很明白龙成谨话里的意思。

他的意思其实是："本王也曾在那里待过，让你去那里是为了锻炼你，你最好不要抱怨。"

于是，满脸风霜、又黑又瘦的刘长昕听了这话，半个字的不好都不敢说，只一个劲地擦汗，道："回王爷的话，微、微臣在岚山过得很好，谢王爷厚爱。"

龙成谨十分满意，核桃剥得又快又好，就是只见他剥壳，却未见他吃仁儿。

刘长昕就这么陪着龙成谨剥了一下午的核桃，然后就直接被他的马车送回了岚山。他一月一次回家省亲的机会就大半用在了这上头。

此事传扬出去，周琦还认为龙成谨对刘长昕另眼相待，十分厚爱，留他在家中也定是为了商讨国家大事。毕竟龙成谨近日在外人眼中，是一个兢兢业业、勤勤恳恳为公务奔波忙碌的人，政绩之好如今远胜太子。

太子也很快得了消息，对刘长昕又记恨了一笔，将他放在了需要扳倒的龙成谨爪牙的首位。他认定刘长昕是继宋昱、黄兆之后，龙成谨的又一亲信，虽然不敢明目张胆地杀之而后快，但是暗自使使绊子还是可以的。于是，被他派去岚山使绊子的下属便多了几笔。

从此，刘长昕府上经常缺斤短两，要么是派去送菜的半路被土匪劫走了，要么就是送肉的半路迷路了。小马生了病、母马不发情，就连公马都时不时闹肚子，惹得刘长昕一个头两个大。

太子在龙成谨那里吃了多少瘪，就数倍地还给刘长昕。他决计不会让龙成谨的这个"亲信"回到朝堂，于是刘长昕回京无望，龙成谨好像也乐见其成，并未反对。

而从不参与党争的周琦在家书里安抚刘长昕，认为太子越针对他，就说明他越重要，让他一定要好好报效景王爷、巴结景王爷。周月灵的家书里也告知他，因为得了景王爷的厚爱，她在一干官家贵妇面前也十分有面子。

于是他更加敢怒不敢言，逢人只能处处说景王爷的好话，所有苦处只有自己知道，打落牙齿和着血一起往肚子里吞。

日子在他人嘴里过得风光无限，但实际上他每日只能对着一望无际、充满马粪味的草原叹息流涕，真是好不凄凉。

刘长昕实在不知道自己哪里得罪了景王爷，他要这样玩弄自己，直到一日，他的眼线冒着生死危机从京中传来消息："毒杀蒲桃再次失败，蒲桃平日只吃自己做的饭菜和核桃肉。"

刘长昕看到"核桃肉"三个字，突然就想起龙成谨心情愉悦地剥核桃的样子：他嘴角带笑，眼里有光。他本来以为是龙成谨心情很好的缘故，却不想是因为他手里的核桃是要剥给心爱的人吃的。

龙成谨竟有这么喜欢蒲桃？

打死他也不信！

龙成谨什么女人没见过？他什么口味的没吃过，怎么就对蒲桃这般上心了？

虽然他不想承认，但是联系起自己这一系列的遭遇，以及龙成谨初与自己相熟时，他便有意无意问起关于蒲桃的事情，便觉得那些传闻都是真的！龙成谨就是与她关系匪浅，指不定就是传说中的真爱了！

可为什么他连知道蒲桃再嫁了之后都还能忍受，还能继续相爱？

这就不得不惹人深思了……

刘长昕百思不得其解，于是决定从头开始掰扯。

他站在马厩边，看着满目马粪，恶狠狠地对密探说："我知道景王爷曾两次到访万和城，你去万和城打听一下，龙成谨究竟是从什么时候开始，又是因为什么对蒲桃另眼相待的。"

"是，大人，属下这就去办。"

在刘长昕忍着马粪味辛苦清理马厩的日子里，蒲桃已经背完了《礼记》和《大学》，《资治通鉴》和《中庸》也在学习中。

战场传来捷报，黄兆已经在宋昱的调遣下回到边关，失守城池正在一座座拿回。龙成谨公务处理得差不多了，他酒足饭饱没事做，就开始想方设法地约见蒲桃。但蒲桃身在将军府，白日练兵，晚上背书，能见他的时间少之又少。且毕竟男未婚，女未嫁，为了避免遭人闲话，二人只能在月朗星稀，深更半夜静谧无人之时，一起安静地坐在将军府的墙头晒晒月光。

爬墙对武功卓绝的蒲桃来说没什么难度，但是对龙成谨来说极为困难，他需要裘德用尽吃奶的力气将他向上托才能勉强够到墙头，再经蒲桃捞住他的衣领将他用力往上一提才上得去。

这对英明神武的景王爷来说，实在是不可忍受。

“亲爱的，嫁给我吧。”

这一日，龙成谨气喘吁吁地上了墙之后，见到蒲桃的第一句话便是如此说的。

蒲桃愣了好久，才红着脸说：“……太、太突然了吧。”

龙成谨镇定摇头：“不突然，一点都不突然。”

“我曾经设想过无数种可能，唯一可以确定的是，你虽然不能成为我的嫡妻正妃，但你也不会是给人做妾的女子，我以景王爷的名号向你起誓，并郑重承诺，你会是本王的唯一。就算不是正妻之名，也一定有正妻之实。本王向你保证，本王这一生都不会再让人欺负你。”

“王、王爷，你待我极好，我从来没有觉得被欺负，我对你只有感激。”

“只有感激？”龙成谨皱眉，“没有爱吗？”

“啊？我不是这个意思……”蒲桃慌乱地摇头，“我的意思是，我很感激你，从来不会因为过去那些小事觉得被人欺负，我……”

“我知道你的意思。”龙成谨一把揽住她，把她紧紧抱在怀里，搂着她的肩膀，悄声说，“我刚刚是在跟你开玩笑，我也没有旁的意思。我的意思是，过去的事情都过去了，未来我只是想尽自己的所有，给你最大的包容与爱。我一刻也等不了了，现在就想拥有你，立刻、马上！”

蒲桃目瞪口呆地看着他，然后推开龙成谨，低头看了看守在不远处墙角里的裘德，羞红着脸说：“这里？不好吧，裘德还看着呢……”

龙成谨愣了一瞬，敲了敲蒲桃的头：“想什么呢？这只是一个比喻！我怎么可能会在这里……咯！”

龙成谨咳嗽了两声，才重新抱住蒲桃说：“我的意思是，我希望你能尽快嫁给我，只要你点头，我就去跟宋老将军提亲。”

蒲桃犹豫："这……"

"你不愿意？"

蒲桃摇头："我不是不愿意，只是父母之命，媒妁之言，我是不是应该修书一封，给万和城中的父亲……"

龙成谨闻言，目光中闪过一丝悲伤。他打断她："你要如何告知父亲？"

"如实相告。"

"你不能。"

"为什么不能？"

"因为……"龙成谨话到嘴边，却无法说出口。

头顶月光皎洁，道旁花香，美人在怀，目光似玉。良辰美景时分，他实在无法将那个撕心裂肺的真相告诉她。

他只能转变思路，换一个说法："因为，在他心中，你是来京中找宋昱的，对不对？"

蒲桃瞪大了眼睛，问道："你怎么知道？"

龙成谨笑着点了点她的鼻尖，说道："当时我是你们的证婚人，你忘了？如果你来了京城，一定是告诉他你来寻宋昱，我说得对不对？"

"对！你这么聪明？"

龙成谨自负地一扬眉："所以啊，岳丈大人年事已高，你在这时候跟他说，他一定无法接受，说不定就因为太过激动而……"

龙成谨顿了一下，才继续说："所以，还是等他日你我都有空闲，便回万和城中，我当着岳丈大人的面，亲口将此事完完整整地说与他听。届时，他或许就不会太担心了，你说呢？"

"还是你考虑得周到，就按你说的办。"

"那我们就这么说定了。我明日就去跟宋老将军提亲，然后娶你过门，你我二人就再不用享受这'月光之旅'了。"

龙成谨刻意在"享受"二字上加重了语气，显然对这些日子的爬墙行为深恶痛绝。

蒲桃知道他的不易，于是不再多言，红着脸点了点头："一切都听你的。"

“那你现在该叫我什么了？”

“嗯？”

蒲桃愣了一下，小声道：“成谨？”

“不不不，不对。”

龙成谨满怀期待地看着蒲桃，蒲桃这才明白他的意思。

“夫……夫……夫……”

不知道是不是因为刘子昭给蒲桃的心理阴影比她想象的大，抑或是因为二人终究还没有成亲，“夫君”二字都已经到了嘴边，但蒲桃就是说不出口。

龙成谨知道蒲桃为难，于是没有再继续勉强她。

“好了，我开玩笑的，等我们正式拜堂成亲以后，我再让你还回来，一日叫我三百次也不嫌多！”

蒲桃感激地点了点头：“若三百次还不够，我不介意叫你三千次，只是那时候你可不要嫌我烦……”

“我怎么会嫌你烦？我不会嫌你烦，这辈子都不会。”

二人相偎相依，旁若无人地说着情话，丝毫没把裘德当个人。

裘德蹲在墙角，捂着耳朵，不住地翻白眼。

他当了一辈子的太监，从龙成谨出生开始就守着他，看着他出宫立府，如今又要成家。

他这辈子是无法理解爱情了，看下辈子有没有福气吧……唉！

蒲桃成婚的嫁衣是宋静娴为她准备的。

宋静娴有两套嫁衣，一套是皇后命内务司准备的，按太子妃的规格定制，镶嵌金丝的龙凤袍，凤冠上的南珠又大又亮。另一套则是宋静娴年幼时自己绣的，虽然只是普通官宦女子穿的嫁衣，但一针一线都饱含感情。因蒲桃只是龙成谨的侧妃，又比她高挑，需要些许改动。宋静娴带着馨悦一起，花费了小半个月的时间才制作完成。

宋静娴将嫁衣箱子递给蒲桃的时候，眼里明显含着不舍。

蒲桃以为她是舍不得这套嫁衣，连忙说：“郡主，奴婢可以自己赶制一件，虽然简陋，但也配得上奴婢的身份，郡主不必割爱。”

蒲桃知道宋静娴有多仰慕龙成谨，她已经承了她许多的情，现在还要抢她的嫁衣，这实在是有些说不过去。

宋静娴淡淡一笑，摇了摇头："我不是舍不得这身嫁衣，我只是觉得可惜，你不能穿上另一套。"

宋静娴的目光落在另一个箱子上。

"那是……"

"是皇后赠予的嫁衣。"

在蒲桃震惊的目光中，宋静娴打开了另一个箱子。

箱子里，光华璀璨，闪耀夺目。嫁衣上的一针一线都在烛火的映照下变得生动起来。太子妃的服制代表的是皇家体面和威仪。凤冠上的珍珠更是硕大稀有的南珠。

"可惜，只差一点点了……"宋静娴咳嗽着，说了一句蒲桃寻思许久也不明白的话。

"郡主，奴婢愚笨，奴婢不明白您的意思。"

宋静娴轻轻摇头："无事，是我想太远了，既然上天如此安排，让成谨现在就娶你，定有他的道理，我等遵循便是。"

蒲桃没有多想，点了点头。

"还有，这都什么时候了，你又自称奴婢？前些日子改了不少，如今又全还给我了？"宋静娴佯装发怒。

蒲桃连忙作揖行礼，谨慎地道："先生息怒，弟子知错。"

宋静娴叹气："你要记住，不管什么时候，你都不再是奴婢。去了景王府，你是王府的女主人，是主子，要拿出主子的气势来。否则，那一大群莺莺燕燕如何服你管教？"

蒲桃愣了一下，显然没想过这个问题。

"蒲桃能管好自己就已经很满足了，至于旁人……还是自己管好自己吧。"

宋静娴被蒲桃这话逗笑了："你这般不将她们看在眼里，也不知是好是坏，但在心境上来说，你已经赢了一筹。这一点值得鼓励。"

"谢先生夸奖。"

宋静娴点了点头，又道："你要记住，成婚之后，在身份尊卑上，你是不逊于我的。但在师徒关系上，你一日是我的弟子，就终身是我的弟子，你对我只能称一句‘先生’，永远不可再有旁的称呼，明白吗？”

“蒲桃记住了，蒲桃谨遵先生教诲。”

“嗯。”

宋静娴咳嗽着，摆了摆手，示意蒲桃可以离去了。

“弟子告退。”蒲桃说完，便恭恭敬敬地捧着嫁衣走出了门。

一出了静宜园，初夏的微风就把蒲桃吹清醒了。

月光下，手中的嫁衣华美得不真实，这比她之前穿过的任何一件都要贵重。直到这一刻，她才觉得自己是真的要嫁人了！

这是她即将穿上的第三件嫁衣。

第一件，是在她无论如何也没想到自己会嫁人的情况下，仓促嫁给刘子昭时穿的。那时她膀大腰圆，又没有特制嫁衣，是用从两名女子手里买来的两件嫁衣改制而成的。就算十几个绣娘一起努力，将它改得再好，穿在身上总归是有些奇怪。

第二件，是住在贫民窟里的时候金家送来的嫁衣。嫁衣是水红色的，因她不是正房，也不是头婚，便制作得简陋而带有侮辱性质，她一点也不喜欢。

后来，她就再也没有幻想过自己能有一天会再次穿上金丝绣线，正红鲜亮的凤冠霞帔。

直到今天，凤冠霞帔沉甸甸地出现在自己手里，这一刻她才明白，其实她不是不在意的，她只是一直在压抑自己、欺骗自己。

没有哪个女子不幻想自己真正成为新娘的那一天。带着幸福和喜悦，成为心爱之人的新娘，这样的憧憬，她和旁人一样，一直是有的。

“吧嗒”，一滴滴泪无声地落在凤冠最大的那一颗珍珠上，然后缓缓流到嫁衣之中。

过去不得不压抑的，在这一刻都集中爆发了出来。

蒲桃再也抑制不住自己，放声大哭起来。

寂静的夜里，宋静娴听到动静，不顾馨悦的劝阻走到阁楼里。她披着厚重的外衣，看着远处那一抹模糊又渺小的身影。

她蹲在地上，号啕大哭。

“郡主，是不是她扰着您休息了？要不要我去赶走她？”

宋静娴摇了摇头：“让她哭吧，这些日子她没喊过一声累，没叫过一次苦，可见过去她的经历比这还要辛苦。好不容易苦尽甘来，也是时候发泄一下了。”

“是……”馨悦垂下眸子，不再言语。

宋静娴又看了一会儿，因更深露重天气寒凉，回屋歇着了。

蒲桃蹲在地上，一直哭到再也流不出一滴眼泪，眼睛肿得像个小核桃了才回屋。她将嫁衣小心仔细地叠好，摆放在床头最显眼的位置，这样一来，每日她一睁开眼睛，看到的就是这身红嫁衣。

她期盼着，等待着，龙成谨来提亲的那一日。

吉日的前一天夜里，蒲桃听见了久违的敲墙声。这是龙成谨和蒲桃墙头相会的暗号。

二人决定成婚的那夜，龙成谨便和她说好，为了婚后的幸福生活，从来不信鬼神的他要坚守婚前新人不能见面的传统，忍住相思之苦，一直到大婚当夜揭开盖头的时候再见面。

蒲桃以为他真能忍得住，却不料还没过几天，连提亲的日子都没到，他就忍不下去了。

蒲桃欣然赴约，几下越过屋顶，来到与他夜夜相见的墙头。她正想开口揶揄他两句，却不料墙头下站着的不是龙成谨，而是一个她这辈子都以为不会再见面的人——刘子昭。

不，现在该叫他刘长昕了。

刘长昕老了，又瘦又黑。若不是因为他穿了素白的时服，在这漆黑的夜里，她还真辨认不出他来。原本细皮嫩肉的小白脸变成了饱经风霜的糟老头，这些日子他究竟在马场经历了什么，让人用脚想都知道该是十分难受了。

蒲桃没有幸灾乐祸。她虽然神经大条，但也知道男女有别，况又是在深夜时分，久留实在不妥，当即就想回去。

“等等。”墙下传来刘长昕急切的声音，那声音听上去隐忍又愤怒，让蒲桃十分困惑。

但她还是觉得自己跟他没话说，于是跳下墙，往回走。

“难道你不想知道景王爷为什么这般优待你吗？”刘长昕的声音越来越着急。

说实话，她当然想知道，但是她一点也不想从刘长昕的嘴里听到答案。听成谨亲口跟她说，要比听刘长昕告诉她好多了。

等成婚之后，她有的是时间问龙成谨，没必要现在跟他废话。

刘长昕见蒲桃仍是毫无反应，只能不择手段了。

“你的父亲被龙成谨害死了，就算这样，你也还是要嫁给他？”

刘长昕扯着嗓子说完，墙的另一边，蒲桃的脚步猛然顿住。

紧接着，几声破空声传来，他也没看到蒲桃是怎么翻墙出来的，等他反应过来的时候，蒲桃的身影已经近在咫尺。

她一拳打在他的脸上，怒道：“我警告你，拿什么开玩笑都可以，唯独我父亲，不可以！”

蒲桃的眼神里，如火在烧。

她是真的生气了。

刘长昕躺在地上，不顾脸上的剧痛，轻声笑了起来。

她生气就好，他就怕她不生气。

“看来你什么都不知道啊。”刘长昕啧啧着摇头，自己坐在地上像个可怜虫，但是看向蒲桃的眼神充满了同情。

蒲桃见不得他这副无赖模样，一把揪住他的衣领，将他整个人提了起来，质问道：“你究竟什么意思？”

“我没有别的意思，我只是想着不管咱们现在是什么关系，总归从前还是亲近过的。所谓一日夫妻百日恩……”

“你放屁！”蒲桃听不下去了，打断他，“谁跟你是夫妻？你改名刘长昕……不，不对，或许你从来都不叫刘子昭，刘长昕才是你的真名！你早就在防着我，早就想甩掉我了，对不对？”

“人瘦了，脑子也清楚了。”刘长昕笑眯眯地点头，旋即又开始诉苦，“哎，到底是攀上了高枝，过去的事情一点也不认账了？你可别忘了，当初如果没有我，你直接就死在断崖边了，你……”

“我给你最后一个机会，有屁快放！否则我保证你见不到明天的太阳。我有信心让你死得无声无息，京兆府就算派出所有府兵，都不会找到你的尸首。不要用这副表情看我，你知道，我做得到的！”

蒲桃沉着脸，扳动手指，关节发出“咔咔”的响声。

刘长昕从来不知道，蒲桃的脸上竟然会生出这样的表情。哪怕在他大婚当日，她发现自己上当受骗，欲当众截亲时，都没有这般生气过。

刘长昕不敢再乱说话，收起一脸无赖模样，吞了口口水，一字一句郑重地说：“今天我来，只是希望你不要再被人蒙蔽，又一次不明不白地上了花轿。”

“什么意思？”

“我的意思是……当年将你绑去，造成你失身假象的，正是龙成谨。

“蒲家从万和城首富，一夕之间败落，失去了京中所有订单和支持，亦是龙成谨所为。

“让蒲渊久卧病榻，在你离开万和城之后便油尽灯枯，魂归冥府，这一切一切的始作俑者，都是龙成谨。”

“你胡说！”蒲桃满脸悲愤，“三年前成谨怎么会认识我？我从来没有见过他，他怎么会与我为敌！”

蒲桃的声音已经变了。

虽然她完全不相信这一切与龙成谨有关，但看刘长昕的眼神，再将这些日子所发生的种种事情联系起来，她心中有一股不祥的预感。

她很怕他说的都是真的。

“你见过他的。只不过当年你没有将他放在心上，可哪怕三年过去，万和城中还是有人曾记得他。”刘长昕摇头叹息，一副为蒲桃担忧的模样，缓缓地说道，“记得你曾武功冠绝天下，将一个英俊潇洒的小公子踩在了脚下，那个人正是龙成谨。你告诉我，从来都是被人捧在手心里，高高在上又不可一世的小王爷受不受得了这份屈辱？他会不会让你倾家荡产，将你引以为傲的一切都夺走？”

蒲桃呆愣原地，神情震惊。

刘长昕拍了拍她的肩膀，安慰她：“他没有让你拿命去偿已经是格外开恩了，你以身相许，认他为夫也是对的。毕竟现在的他较之三年前权力更盛几分，说不定未来还会继承大统，成为我宣武国下一任皇帝。在此，我由衷祝福你二人能够白头偕老，恩恩爱爱。”

刘长昕微微一笑，轻而易举地拍开了蒲桃放在自己衣领上的手。他打着一盏破灯笼，像是喝醉了一样，高高兴兴地离开了。

蒲桃一动不动地站在原地，满眼死寂。

子时，龙成谨忙完一天的政务，刚回到府邸，原本已经累得没有力气说话，但想着第二天要去将军府下聘，立刻又来了精神。

他不知道聘礼是否准备妥当，于是再一次返回前院，打算亲自清点彩礼。

前院里，空地上放满了木箱、礼盒，加起来约有一百五十个。每一个礼盒上都扎了大红的锦缎，远远瞧去，场面十分壮观。

“把它们拆开了，本王要再亲自过目一次。”

龙成谨走过去，大手一挥，一副丝毫不嫌累的样子。

驻守的侍卫得了命令，便上前开始拆锦缎。

裘德有些迟疑，在一旁规劝，道：“王爷，这已经是第三次了……”

“第三次怎么了？”龙成谨不悦地打断他，“本王每一次来检查，不都查出缺漏了？这次你就敢保证不会缺了什么？”

“回王爷的话，奴才不敢保证这次您会不会再添点什么，但是奴才能保证绝不会有缺漏。”

迎娶蒲桃以纳妾之礼就够了，现在的她连侧妃都算不上，而这排场就算是娶正妃都足够了，又怎么会有缺漏？这就算用来迎娶宋静娴，都绰绰有余了。

但是这话裘德只敢在心中说，龙成谨最不爱听的就是旁人说蒲姑娘只是一个民间女子，无依无傍没有背景。他想给予蒲桃的，简直就是自己的全部。

裘德见龙成谨兴致高昂，于是也不再阻止，跟在龙成谨身后，看他第四次清点聘礼。

“雁璧、玄纁、蒲草、苇席、卷柏、嘉禾、长命缕……”

“四京果，四色糖、五色丝、九子墨……”

“金钏、金锭、金幢坠……”

“禄得、香草、舍利兽……”

因为此事龙成谨没有上请帝后，没有礼部专业的人员来给他规划婚仪，于是他在询问相关人士之后，将古往今来有吉祥寓意的所有下聘物件都集齐了，足有一百五十种之多。

寻常人家挑其中三四件，富贵官宦也不过十余件，龙成谨偏不，他说：“本王要让蒲桃成为天下最幸福的新娘，自然要赠予她所有的东西。”

除此之外，金银宝器一类的自然也不会少。送完这些聘礼，龙成谨的大半家产都要没了。

但裘德细细一想，反正将军府也不敢侵吞龙成谨的家产，等蒲桃嫁过来的那日，定当全部还给她，并且还会再多添置些什么送回来，于是也不再多言。龙成谨想要抬举蒲桃，他也就配合了。

“起首放大雁……不合适，不高贵，没档次。”龙成壁不顾形象地蹲在门边，看着最前头的礼盒。他思索了半晌，才走到第三个礼盒前，双手捧出一尊碧绿的合欢玉璧。然后他小心翼翼地捧着合欢璧，放在门口的第一个礼盒里。他又亲力亲为地将大雁塞到了第二个礼盒里。聘礼的前后摆放顺序较之前更加清晰明了，更加合理。

“这才对嘛。来，包好。”龙成谨满意地拍拍手，高声一喝，让侍卫们将聘礼重新打包。

就在龙成谨带着侍卫们扎锦缎的时候，大门口突然传来沉重的敲门声。

“咚。”

“咚。”

“咚。”

敲门声一声接一声响起，缓慢又激烈。在寂静的夜里，这声音显得格外刺耳。

“这个时辰，谁会来？还这么着急……”裘德看了眼夜色，月已西斜，有一半被阴云遮住，已是深夜。

龙成谨也是不解，但是没怎么放在心上，心思仍在聘礼之上。

因为满院子都是宝贝，价值连城，虽然龙成谨没有声张，但多多少少会透露消息出去，若惹来歹人惦记，也不是不可能。又加上是这个时辰点，大家都绷紧了心弦。

裘德挑了个侍卫去开门，说：“你去看看。”

“是。”

门闩缓缓拉开，大门打开一边，露出一截白衣角，见来人只是一名女子，众侍卫都放下了警惕。但龙成谨的心骤然一紧。

大门完全打开，露出蒲桃苍白的容颜。

“你怎么来了？我们不是约定大婚之前不要见面吗？”龙成谨愣了一瞬，回过神之后，连忙迎上去，将她请进了院内。

蒲桃双唇苍白，双眸充血，眼里还有一股挥之不去的凄凉神色。她自始至终没有看龙成谨一眼，只是目无焦距地望着前方，一言不发。

“你怎么了？是不是病了？”龙成谨见她神色有异，忍不住摸了摸她的额头。

蒲桃的额头触手冰凉，整个人都在冒虚汗。龙成谨更加担心。

“你究竟怎么了？”

龙成谨明显能感觉到蒲桃的异样，他尝试去牵蒲桃的手，却不料下一刻就被她大力推开。

蒲桃抬起头，目光幽幽地看了眼龙成谨，然后很快移开视线。

她的目光最终落在了那一块合欢碧玉之上。

合欢玉通体碧绿，细腻温润，顶上一方红锦缎，扎了一个花球形状，既喜庆又美观。围绕碧玉，摆放了一圈象征姻缘天成、伉俪情深的吉祥物件，都是龙成谨亲自挑选配对的。

蒲桃自然读懂了龙成谨的心思，但越是懂，就越是悲痛。

“当年，将我掳走一夜，造成失身假象的人，是不是你？”

龙成谨愣住了。

他虽然知道蒲桃深夜来访定有要事相告，但没想到会突然提起这件事。

这件事困扰他多年，始终让他无法面对。

龙成谨当即变脸，沉默着不知如何作答。

裘德看出二人关系有异，忙命众侍卫离开。前院偌大的院子里，满满当当的聘礼之间，便只剩下蒲桃和龙成谨两个人。

“蒲桃，你听我……”

龙成谨从一开始的愕然中回过神，刚想为自己解释，却听蒲桃继续道：“当年，断了蒲家生意，让京中所有人都不许帮助蒲家，是不是你干的？”

“……”

“我的父亲，他早就死了，这些日子与我通信的人都是你，对不对？”

“……”

虽然蒲桃是在发问，但她眼中透着笃定，就好像存留在心中许久的疑问在这一瞬间豁然开朗——龙成谨之所以对她格外另眼相待，全是因为同情。

人是很容易因为另一个人的痛苦而爱上她的。尤其是当他看到她原本该恣意飞扬的脸上，时刻戴着一张安静顺从的面具，嘴角扬起的微笑却笑不到眼角去时，他仿佛能看见她这些年来那些支离破碎的时刻。这时她的笑，或许会让他的心也跟着钝痛一下。

那个瞬间，他可能误以为那就是爱吧？

他的爱，从来都是因为自己的内疚心理。

蒲桃说完，看到站得像一尊雕像一样的龙成谨便明白了，刘长昕说的都是真的。不等龙成谨回答，蒲桃掉头就走。

龙成谨无法开口回答她的那些问题，只是紧紧拽住了她的衣袖。他不知道该如何回答，他只知道他不能让她离开。他有一种错觉，一旦他放开蒲桃，今夜让她走出了这道门，他们之间就再无可能了。

“过去的事情我知道无法弥补，但是以后请让我照顾你，好不好？”龙成谨声音嘶哑，望着蒲桃绝望的眸子，他几乎用尽了全身力气才说出这句话。

可蒲桃全然没有要答应的意思，她漠然地抽出那一把软剑，没有任何犹豫地直接斩断了自己的衣袖。

“刺啦”一声，二人之间好不容易产生的一点情谊，便这样被斩断了。

蒲桃将软剑扔在地上，不再说一个字，转身就走。

在经过合欢璧旁边时，她停顿了一瞬，看了一眼，便将那玉一掌拂落。

玉摔在地上，四分五裂。

蒲桃自始至终没有表现出很生气的样子，只有这一掌，将她内心的愤怒展现了出来。但也仅仅是这一掌。

蒲桃的身影很快消失在大门外，夜色依然幽静，月光依然皎洁，除去地上碎裂的合欢璧，一切与蒲桃来时没有任何不一样。

但是龙成谨心里明白，他们再也回不到从前那样了。

翌日，将军府内仆人起了个大早，将已经洗刷了十余遍的地板再次进行擦拭。还有廊檐上的红灯笼，也被换成崭新通红的。

虽然不是将军府的小姐要嫁人，但在宋老将军的心中，蒲桃地位也是不遑多让。他心中早已有了无法给宋静娴送嫁的遗憾，如今能看着蒲桃风风光光地出嫁，也不失为一种安慰。宋老将军换上到天坛祭天时才会穿的朝服，一整套穿戴整齐，精神头较之四十年前有过之而无不及。他身边的副官们也纷纷换上了军装，早早地到来，给蒲桃撑场面。

辰时三刻，约定的吉时已到，但门口还没见到景王府中半个人影。不要说龙成谨了，就连负责抬聘礼的礼宾队都没见着。

“你去问问看，景王爷是否遇到什么麻烦了？”宋老将军脸色不大好，一边安抚着来观礼的副官们，一边暗暗派人去打听。

不一会儿，就听下人慌慌张张来禀报：“回老将军的话，景王府闭门谢客，谁都不见，奴才听说……景王爷去上早朝，到现在都没有回来。”

“裘德怎么说？”

“裘管家说……让将军府的人不用等了，景王爷不会来提亲了。”

“什么？为何？”宋老将军十分困惑，昨儿龙成谨还兴致勃勃地告诉他，要让蒲桃成为全太平府最风光的新娘子，怎的今日忽然不来了？

下人欲言又止，露出一副十分为难的样子：“奴才也问了，但裘管家说……”

宋老将军催促：“裘德说了什么？”

“裘管家说……不来就是不来了，没有什么为什么，景王爷办事，不需要向旁人交代缘故。”

宋老将军闻言，短暂惊讶过后，便是震怒：“虽说蒲桃不是我将军府中的小姐，可也不能让人如此耍弄！他景王爷说来就来，说不来就不来，哪有这样的道理？来人！取我方天画戟，本将要亲自去景王府，为蒲桃讨要个说法！”

宋老将军的方天画戟，乃开国皇帝所赐，上斩昏君下斩佞臣。景王爷龙成谨此番做法虽然不义，但也没到要出动方天画戟的地步。

“将军三思！若果如此，败坏了景王爷的名声，往后可就没有回旋余地了！”

沈蒙连忙拉住宋老将军：“说到底，蒲姑娘此番出嫁，名头上只是妾室，连侧妃都算不上，您为了蒲桃将此事闹大，与皇家过不去，到头来伤的只会是您和蒲姑娘啊！”

道理他都懂，可宋老将军仍然不解气，几番权衡之下，他决定去问问蒲桃的意思。

假如蒲桃气不过，他便是拼了命也会为她撑腰。

假如蒲桃认为就这样算了，他便重新为蒲桃寻一个好人家，就算地位不如景王府尊崇，但至少是个嫡妻正室，往后余生未必就过得比景王府差。

宋老将军带着一干部下来到后院时，蒲桃的房间内毫无动静。

将军府内众人基本上已经得到蒲桃被弃婚的消息，或同情，或嘲笑，或等着看笑话，总之说什么的都有。唯独蒲桃这边，一点声响都没有。

她的婚事，旁人倒是比其本人还要在意，真是皇帝不急太监急。

宋老将军正要进屋，却被守在蒲桃房间外的婢女拦住了。

“宋老将军，蒲姑娘昨夜休息得迟，现在不想见人，您还是晚些再来吧。”

婢女是景王府派来保护蒲桃安全的，昨夜虽然天色已晚，但她自然比将军府内任何人都要早得到景王府的消息。她不知道具体发生了什么，她只知道，景王爷下令，不要让任何人打扰蒲桃。

宋老将军肯定不乐意了。

“究竟你是将军，还是我是将军？这里哪里轮得到你说话？滚！”

宋老将军二话不说，抬脚就要进屋。那婢女也是一根筋，也不管自己身处人家府中，反正她只认龙成谨，伸手便要拦宋老将军。

眼看二人就要动手，房门“吱呀”一声打开了。

蒲桃一身素服站在门口。素服洁白飘逸，干净利落，再加上鬓边挽了一朵小白花，看上去怎么都不像是要嫁人，而像是要去送葬。

“蒲桃，你这是……”宋老将军疑惑地问道。

“回宋老将军的话，蒲桃无碍。”

蒲桃声音嘶哑，表情寡淡，举手投足都有气无力，眼中如古井一般，没有波澜。就好像这个世界在她眼里都失去了颜色，一如她的衣裳般素净。

“当真无碍？”宋老将军怎么看怎么觉得她不对劲。

一夜之间，蒲桃虽然眉目没有什么变化，但眼神中的那份沧桑，比自己这个垂暮老人还要深沉，怎么看都不像没事的样子。

“回老将军的话，蒲桃当真无碍。”

蒲桃微微摇头，淡淡地说道：“只不过蒲桃近日疲乏，怕是无法练兵了。”

“不打紧，本就没有指望你以后还能训练府兵，你应该……”

你应该坐在闺房里，安安静静地等待龙成谨用八抬大轿把你迎去景王府。

这话宋老将军没有说出口，他见蒲桃这般模样就明白了，蒲桃一定比他更先知道龙成谨今天不会来提亲了。

“罢了，你且好好休息，景王爷那边我会去替你讨要一个说法。”说完，宋老将军抬脚就要走。

蒲桃连忙叫住他：“宋老将军留步。”

“怎么了？”

“奴婢与景王爷，一个在天，一个在地，本就不是一路人，过去发生的一切，您就当没有发生过，可好？”

“这怎么可……”

“蒲桃求您了。”蒲桃苍白着脸打断他，“奴婢知道您待奴婢好，不愿意奴婢受辱，但此事继续追究下去，蒲桃只会越发难过，请您也与奴婢一样忘掉这件事吧。”

蒲桃差点就要给宋老将军跪下，宋老将军连忙上前扶起她。

纤纤素手，不盈一握，蒲桃整个身体都是虚软的状态，宋老爷子一握她的手腕，就明显能感觉到她身体的颤抖。

她并不像表面那样平静。

宋老将军更加生气，但看到她郑重乞求的眸子，又无法拒绝她。

半晌，他只能无力又心疼地说道："好，我听你的。"

蒲桃平日里的作风十分正派，自从开始训兵，一天假都没有请过，风里来雨里去，兢兢业业，十分让人敬佩。对待男女感情之事上，他相信她的选择也不会错。

宋老将军一干人等离开之后，围观的嬷嬷、仆人、丫鬟们便纷纷望向蒲桃。寂静无声中，所有人的脸上都写着两个字：同情。

蒲桃过去有多高调，在这一刻就有多惨烈。这样的情景她不是没体会过，对此已经习以为常。蒲桃毫不在意，关上门，便将那些目光全隔绝在外。

她切实感受到的是寂静和悲伤，在只剩她一人的死气沉沉的房间里，就连那抹红嫁衣都仿佛失去了颜色。她如今失去了爱人，更令他难受的是，她连父亲的最后一面都没能见到。

万和城中，等待她的只有一方坟茔。父亲躺在里面，而她再也听不到他说话了……

这一切的一切，都拜龙成谨所赐。

那个前一天她还心心念念的，要穿上大红嫁衣嫁给他的人，那个在她耳边轻声说此生只爱她一个的人，如今与她再无瓜葛。

蒲桃双拳紧握，眼眶发红，却流不下一滴眼泪来。

这些年她早已知道，眼泪改变不了任何事情，遇到任何困难，她都会咬紧牙关撑过去。她唯一一次哭，是她认为将要苦尽甘来之时，哪承想，却是另一个噩梦的开始。

蒲桃不会再哭了。

她给自己一天的时间，一天后，等她整理好自己的心情，就去向宋老将军和懿贤郡主辞行。她必须回到万和城，回到父亲身边，哪怕父亲已在坟茔里，她也得陪着他。

傍晚，睡了一整天的蒲桃再次被屋外的喧闹声吵醒，她昏昏沉沉地醒来，就听见裘德正在训人。

“不要以为景王爷退婚了，你就可以接近蒲姑娘，就算是王爷不要的女人，也没有旁人可以染指！”

蒲桃打开门，便看见屋外聚集了一堆人。

那些人面孔熟悉，跟上午见到的那一拨差不多，唯一的区别是卓妈站在人群中掩着嘴哭泣。

而她的儿子卓毅跪在蒲桃的房门口，正被龙成谨派来保护她的婢女掌掴。

裘德站在一旁，居高临下地指挥着婢女：“给我往死里打！看他以后还敢不敢擅闯将军府后院！”

很明显，裘德来将军府探听情况，发现卓毅摸进了后院，就认为他意图对蒲桃不轨。

卓毅的身边散落着一包桂花糖，说明他并没有歹心，只是听了蒲桃的遭遇，想要来给他送一包糖，给她一点点微薄的甜，仅此而已。

婢女得了裘德的命令，巴掌更加重地落下，一下接一下，直打得他嘴角流血，眼角开裂，但他的目光始终深刻内敛，挺直的背脊彰显着融于骨血的高贵。

直到他看见蒲桃，他的表情软化了。

蒲桃分明能看见，那一瞬间，他挺直的背脊就那样弯了下去。

在重要的人面前，暴露了最狼狈的自己，这让他抬不起头来。

他不怕被人打，不怕被人骂，只怕被蒲桃看到自己窝囊的模样。

卓毅觉得很丢脸，但蒲桃一点都不觉得丢脸。

他跪在那里，不管他多么卑微低贱，在蒲桃眼里，他就像是凌驾一切的天神。

谁也没有看清蒲桃是什么时候出门的，只知道她瞬间就来到了婢女的身前，牢牢制住了她的手，阻止她的巴掌继续落下。

蒲桃冷声道：“回去告诉龙成谨，卓毅是我的人，谁都不可以伤害他。”

那婢女的手腕被握得生疼，想要抽回手，却发现自己半分力气都用不上。

她的脉门在蒲桃手里，只要蒲桃愿意，可以直接废掉她的一只手。

婢女求救似的看向裘德，裘德皱着眉头，不悦地看着蒲桃：“你要跟王爷过不去？你知不知道王爷因为你……”

“蒲桃不敢与王爷过不去。”蒲桃冷冷地打断裘德的话，盯着他的眼睛道，“蒲桃只知道卓毅是我的救命恩人，他过去救过我，如今就算私闯将军府内院，也罪不至死，还请王爷高抬贵手，饶他一命。”

卓毅当然罪不至死，甚至裘德都不应该出现在将军府，代替将军府处治仆人。

裘德一眼就看出卓毅对蒲桃的心思。王爷喜欢的人，怎么能被旁人惦记？是可忍孰不可忍，他当然要替王爷出气！

但他见蒲桃的态度也十分坚决，便不好再与她正面作对。

“我会将此事禀报王爷，你还是想想，如何与王爷交代吧。”

裘德拂袖离开。

蒲桃这才放开那婢女。婢女一交手便明白，自己根本不是蒲桃的对手，她不懂蒲桃身手极佳，王爷为何还要派自己来保护她？

婢女不知如何面对满院子的人，索性跟着裘德一起离开了。

卓妈人缘上佳，二人走后，院子里的人都替卓毅说话。

“你留在这里，就不停地有人为了你牺牲，你就是一个祸水！”与卓妈相熟的老嬷嬷直接指着蒲桃的鼻子骂。

身边有人扯了扯她的衣袖，她更加肆无忌惮：“怕什么？你当她身后还有景王爷撑腰吗？王爷已经不要她了！就算老将军还护着她又如何？我说得又没有错！”

“卓毅对蒲桃的心思，大伙都看在眼里，当初她抛弃卓毅与王爷勾勾搭搭，不清不楚的，卓毅妈妈和卓毅说过她一个字不好吗？这会儿被王爷抛弃了，还要连累卓毅被打，真是天大的冤屈，搁谁身上都不会乐意的！”

张嬷嬷一席话让大家对蒲桃的怨气更加强烈，前后被她这样一曲解串联，似乎又全说得通。大家对蒲桃更加厌恶，连丝毫的同情都不剩了。说风凉话的、恶心她的都有，但蒲桃统统不在意，她的眼睛全被卓毅吸引了。

卓妈趴在卓毅身边哭，为他擦拭伤口，但他的眼睛直直地盯着蒲桃。

他不敢直视蒲桃的眼睛，只是看着她的其他部位，偷偷打量着，确定她是不是一切都好。而蒲桃在思索，眼前人是因为自己才被裘德打的。一个女人可以原谅男人对她的伤害，却无法接受一个男人为她做的牺牲。

“对不起，我会尽自己所能补偿你。”蒲桃不知道如何报答，只盼望他能开口告诉她，她能为他做什么。

卓毅半晌才苦笑了一下，摇了摇头：“你一直是个聪慧的女子，什么都明白，却什么都藏在心里。

“我想要的，其实你一直知道。”

（五）

蒲桃决定嫁给卓毅。

卓妈一开始不同意，但蒲桃拿出自己回万和城的盘缠给卓毅去赎身后，卓妈没有再多言。她唯一的顾虑是龙成谨会阻拦。诚如裘德所言，景王爷看上过的女子，也不容他人染指。她非常担心龙成谨会找麻烦。

“景王爷不会来找麻烦，我保证。”蒲桃向卓妈保证。

卓妈一开始还有所怀疑，但见裘德派来保护蒲桃的婢女从此消失，便也不再多言。二人的大婚之日定得很快，三天后，也就是这个月初六，便是良辰吉日。

卓毅给蒲桃戴上银镯的当天夜里，蒲桃去宋静娴屋里还嫁衣。

“郡主，这是您赠予蒲桃的嫁衣，蒲桃自知没有福气，还请郡主收回。”

“又叫我郡主？”宋静娴没有看那件喜服，只盯着蒲桃，对她的称呼感到不悦。

蒲桃双唇张合，许久才哑哑地开口道：“……先生。”

“教了你那么多遍都学不会，你太让我失望了。”宋静娴难得露出严厉模样。

蒲桃低下头，不敢反驳。

“我说过很多遍，你与我，不是仆从关系，不是上级对下属，我对你好也不是因为龙成谨。你一而再再而三因为与他的变故而影响你我二人的关系，难道这些日子以来，你从来没有真心待过我？”

“我……”

“我再说一次，也是最后一次，我不管你跟龙成谨是什么关系，你以后决定走哪条路，我都会支持你。因为我看重的，是你自身的品格和价值。你是我亲手教出来的人，你值得旁人真心对你，你为什么要这般自惭形秽？

“你决定嫁给卓毅，我不反对。你不必对我负责，可是你要对自己负责。你看着我的眼睛告诉我，你是真的喜欢他吗？

“未来五年、十年，乃至五十年，你都不会后悔今日的决定吗？”

蒲桃闻言抬头，看着宋静娴。她的容颜似乎在一夜之间老了许多，她定然也听闻了龙成谨悔婚的消息，但她没有像外面那些老嬷嬷一样探听经过和原委，她出于对蒲桃的信任，一句话都没有说，只想问蒲桃，她嫁给卓毅是否真的甘心。

“先生……卓毅对学生很好，他救过学生的命。虽然他没有什么大的出息，赚得也不多，但是他始终会记挂着学生不喜欢吃苦，便时常拿自己微薄的薪水给学生买糖。他还……”

“我不要听这些。”正在蒲桃努力想着卓毅的好，以及自己嫁给他的原因时，宋静娴打断她，“这些话我不管你是想说服我，还是说服你自己，你说给自己听就够了。

“我想知道的，是你摸着自己的心，认认真真地回答我，你，真的甘心吗？”

甘心如何，不甘心又如何？到了这个地步，她没有选择的余地。

过去一段时间，她好不容易找到了自己未来的路，她一门心思想要成为能站在龙成谨身边，给他助力和关爱的人。她重新有了生活的目标和动力，她为他筹谋了许多，但到头来只是黄粱一梦，她一直紧绷着的那根弦突然就断了。她甚至已经失去了生活的目标。

后又得知父亲死去的消息，这个世上便连最后的牵绊也没有了，她不知道自己活着还能做什么，还有谁需要她。

直到她见到了卓毅，她的想法才有了些松动。或许，她于他人而言，还有一些用处的。有那么一个人，他于自己有恩，有牵连。

他需要她。

她欠他的，能用自己的一生来偿还，也未必不是一件好事。蒲桃迎上宋静娴的眼睛，一字一句地回答她："回先生的话，学生甘心。"

宋静娴静默地盯了她一瞬，点头："好，只要你真的甘心，我也不劝你。嫁衣你拿回去吧，送给你的嫁衣，你愿意穿着它嫁给谁都可以，这是作为先生的我最后能为你做的事情了。"

宋静娴摆了摆手，让蒲桃离开。

蒲桃本还想说什么，但宋静娴神色坚决，不许她多留。

"我能忍住不责骂你已经是格外开恩了，如果我现在身子大好，或许我会忍不住打你。所以，趁我还忍得住的时候，你快走吧。"

"学生不怕被打，先生，您想打就……"

"走。"宋静娴疾言厉色，怒目而视。

蒲桃还从来没见过她这副表情。只见宋静娴双肩颤抖，双拳紧握，眼中怒火中烧。

蒲桃不得已，为了宋静娴的身体着想，只能迅速离开。大门在蒲桃离开后重重地关上，馨悦从头到尾一句话没说过，只用行动表明她有多讨厌她。

蒲桃没有为自己辩解，顺从地离开了。当她再次捧着这套喜服走在静宜园的路上，相同的地方，在同一轮月亮的照耀之下，心情却是截然不同的。没有欢喜，没有兴奋，没有感动，有的只是报恩。

她对未来，已经没有任何期待了……

龙成谨知道蒲桃要出嫁的消息时，已经是蒲桃婚前的那一夜。

蒲桃孤苦，没有家人，没有朋友，宋老将军特地派了两个心慈的嬷嬷来帮助她整理衣物，穿戴嫁衣。

嬷嬷想要摘掉蒲桃鬓边的小白花，蒲桃却坚决不允。

"我可以穿红着绿，却不能不戴这朵白花。"

蒲桃无法忍受内心对父亲已故这件事的打击，戴小白花是作为子女的她唯一能表示悼念的方式。

五更时分，蒲桃已经穿戴整齐，她头上盖着红盖头，安安静静地坐在床上，等着辰时卓家来迎亲。

她从头到尾表现得十分平静，波澜无惊，好像对什么都不再关心。但旁人不如她镇定。就连宋老将军都来过几次，他怕龙成谨来闹事，委婉地提醒要不要防范一下。

然而蒲桃很淡定，她只淡淡地说了一句："景王爷此生都没有脸面再面对我了。"

宋老将军以为是龙成谨的主动退婚才导致他没有脸面，对其中的诸多变故他并不知情。他不再多言，只是安抚她："你放心，等你大婚之时，我定让全体府兵为你送嫁，他景王爷就算权势滔天，也不敢在太平府中公然闹事。"

但是宋老爷子显然没有料到，龙成谨的退婚并不是他的本意，真正要退婚的人是蒲桃。

龙成谨或许会因为顾念情义，暂时不去打扰她，但一听说她要嫁与旁人，那是万万不可以的。

"你一早就知道消息了是不是？你为何不告诉本王？！"龙成谨气急败坏，质问裘德。

若不是太子得了消息，当笑话一样说与他和父皇母后听，他到现在还被蒙在鼓里。裘德本就不喜欢蒲桃，认为她阻碍了王爷的锦绣前程，蒲桃能速速嫁与旁人，那真是再好不过了，龙成谨不问，他又怎会主动提起？

裘德自知无愧于心，于是也不在意龙成谨的盛怒。

裘德劝道："王爷，蒲姑娘已经上花轿了，您还是放弃吧。"

"放弃？本王的人生里就没有这两个字！"

龙成谨说完，拿了剑就往外冲。

"王爷您去哪儿？"

裘德连忙追出去，但院子里哪还有龙成谨的影子？

只剩他的声音还留在耳边——"本王还能去哪儿？当然是去抢亲！"

景王府与将军府虽然只有一墙之隔，但龙成谨赶到的时候，蒲桃的花轿已经出发多时了。

从京城腹地一直到城外的庄子，路途不算近，蒲桃特地要求不要张扬，卓家便连爆竹都省了。卓妈鼓动大伙一起帮忙，从道旁摘了些红色的野花，便权当是彩头了。

宋老将军及一干老将给蒲桃送了嫁，本以为不会再有意外，正准备回府时，却见龙成谨匆匆而来。

龙成谨看着满地红色的花瓣，就知道蒲桃已经离开了。

“王……”

宋老将军“王爷”二字还没说完，龙成谨便是一定神，直奔花瓣抛撒的方向追去。他眼角眉梢全是焦急之色，什么礼仪规矩忘了个一干二净，甚至连最起码的正冠束发都没有，显然他是梳头梳到一半就匆匆跑了出来。

宋老将军一干人等面面相觑，看龙成谨这般紧张的模样，也不像是要对蒲桃始乱终弃的样子，但他前几日的退婚行为又让人无法解释。

“看来这场戏还没唱完。”宋老将军半揣着手，高深莫测地说。

沈蒙也点头道：“这景王爷似乎仍然惦记着蒲姑娘，且……惦记得紧啊。”

“难道不是景王爷先背信弃义？”

“看样子另有隐情……”

几人正说着话，突然从景王府里冲出来许多侍卫，追随龙成谨而去。宋老将军一行人见状，想起今日没什么异常，便没有让将军府的人为蒲桃送嫁。她和卓毅就是一匹马，一顶轿子，加上两个轿夫。这是再寻常不过的婚仪。这下光是在气势上就输了一大截。

“咱们几个老骨头，好久没有松松筋骨了，要不要去帮帮蒲桃？”沈蒙率先反应过来，提议道。

宋老将军也与他想到了一处，正要派出府兵，却听门口传来一个无奈又冰冷的声音：“各位将军，王爷的事情你们还是不要插手了吧。”

几人回身，便见裘德站在门口，手里拿着龙成谨未来得及佩戴的玉佩。

原本裘德只是怕龙成谨吃亏，所以召集侍卫跟着他，出来恰好撞见几位老将军在商议如何给蒲桃撑腰。为了确保自家主子的安全，以及维护王爷的地位，裘德故意扬了扬手里的玉佩说道：“景王爷想要得到的从来都不会失手，就算是过去他放弃的人，只要他还想要，就没有旁人插手的余地。几位老将军，你们觉得呢？”

除了宋老将军不大买账，其余人等都是笑着行礼：“老夫们明白了。”

等裘德冷着一张脸离去之后，几人问宋老将军：“我们现在该如何行动？”

宋老将军冷哼一声：“你们不怕景王爷了吗？”

“怕啊，但是怕也要干！当初要是就这么退缩了，咱们几个也不能在战场上活下来。今儿景王爷摆明了要抢亲，若蒲姑娘不愿意，咱们势必是要给她撑腰的！”

宋老将军这才缓和眉目，笑出声来：“还以为你们的血性都被太平府的灯红柳绿磨平了呢！没想到一个个还是老样子，阳奉阴违！”

“都是宋老将军教训得好，给我们带了好头。”

几人笑着互相吹捧了两句，便立刻回到正题：“咱们现在到底要不要出手？”

宋老将军揣着手，淡定地摇了摇头：“如果蒲桃愿意跟景王爷走，那么皆大欢喜，那卓家的老实孩子咱也不会亏待了他。如果蒲桃不愿意跟景王爷走，那……”

“那就如何？”

“那么谁也带不走她。”

宋老将军哈哈一笑：“你们这些人，就是瞎担心，凭蒲姑娘的身手，刚刚那些府兵能抓住她？再来两倍怕也难！”

众人恍然大悟，都觉得自己是不是失忆了？

蒲桃可是将军府的总教头，他们瞎操什么心呢？

几人笑着便各自散去，回了府。这一场闹剧，等有了结果自然会有人来通禀，他们无须烦心，只需要耐心地等即可。

与老将军们喜笑颜开的画面不同，蒲桃坐在花轿里，盖着红盖头，双手紧紧捏着一只红苹果，一副惴惴不安、在等待着什么的模样。

花轿行到太平府的东市大门口人来人往的地方，真的突然就急停下了。花轿落地，蒲桃紧握苹果的手才缓缓松开。

终于来了。蒲桃长舒一口气。

她就知道，龙成谨不会这么轻易地放过她。

没有任何意外，很快，花轿的轿帘就被掀开，紧接着，她的盖头被人一把扯下，龙成谨怒气冲冲的模样映入眼帘。

蒲桃低眉顺目，眼底平静无波，只是抬头幽幽地瞥了他一眼。

只那么一眼，龙成谨所有的怒气便都烟消云散了。

蒲桃的妆很淡，寻常新娘妆的痕迹统统没有，她在姑子的多番劝导之下，才肯在唇上点一点水粉色的口脂，其余的修饰一概没有。

头上的饰品更是少得可怜，两股头发拧成了麻花辫缠绕在头上，如此便更加凸显了鬓边的小白花。

旁人不知道那朵小白花的意义，但是龙成谨比谁都要清楚。

蒲渊已经去世半年了。而他的死与龙成谨脱不了干系，甚至可以说，龙成谨是一切的始作俑者。

她连大婚的日子也不忘戴着小白花，便是提醒自己，也提醒他：他们之间有血海深仇，不会有未来了。

“王爷，放手吧。”蒲桃哑哑地开口，不是与他商议，而是正式通知他。

“如果你想要得到的是一具尸体，我向你保证，我绝不会一个人上路。”

她之前之所以没有找龙成谨报仇，与当时她对刘长昕的态度一样。一是因为情义。她到底曾经喜欢过他。二是因为父亲之死虽然与龙成谨有关，但往上追溯，自己也未尝没有责任。如果他肯放手，二人桥归桥，路归路，他们之间抹掉过去，淡忘现在，放过未来，如此便能你好我也好。

但若他不愿意，那么她就算死，也会拉上一个垫背的。反正她什么都没有了，一介民女换一个王爷，哪里会亏，根本是赚大发了！

龙成谨被蒲桃盯得心底发寒，倒不是因为被她恐吓，而是她的眼神清冷，半点波澜都没有，看着就像一个死人。

龙成谨被她一吓，恍然间放下了轿帘，退了出去。

阻挡视线的人消失了，蒲桃见到卓毅跪在街头，一个劲地给龙成谨磕头，鼻涕眼泪流了满脸。

“王爷，求求您……不要伤害蒲桃，她是被奴才胁迫才嫁给奴才的，求求您……求求您……”

卓毅的额头已经磕出血来了。蒲桃突然觉得内心钝痛，他是因为自己才这样毫无尊严的。卓毅见龙成谨离开了喜轿，立即连滚带爬地过来，跪在蒲桃身前，紧紧握着她的手，问她：“你没事吧？”

蒲桃摇头，淡淡一笑：“我没事。”

这是这些日子以来，卓毅第一次见蒲桃笑，他便立刻放下心来。

但开心不足一瞬，也就是蒲桃这一笑，落在龙成谨眼里便无比刺眼了。那分明不是蒲桃真正开心的模样，她现在笑得很勉强，非常勉强！

她根本不喜欢卓毅，一丁点也不！她为什么要自轻自贱，嫁给一个自己完全不爱的人？！她可以恼我，恨我，唯独不能因为这个而伤害她自己。正在卓毅招呼轿夫准备起轿时，还没开口，龙成谨便一脚踹开了他。卓毅滚倒在街边，蹭了满身满脸的泥。

但没有人注意他，所有人的目光都放在了龙成谨和蒲桃的身上。

“你一定要嫁给他？这个三十几岁还满脸眼泪的懦夫？”

蒲桃颔首，认真而坚定地告诉他：“他不是懦夫，他是我的丈夫。”

“你……”龙成谨怒不可遏，却又无从发泄，半晌，指着她的嫁衣，冷笑道，“这件嫁衣本是你要穿着嫁给我的，你现在却穿着嫁给他，这是什么道理？”

一个女子制作嫁衣的过程极其复杂，龙成谨原想以嫁衣为借口拖延时间，然后慢慢想办法解决这件事情，却不想下一刻嫁衣便被直接扔出喜轿，落在了他的脸上。

只见蒲桃穿着红色的兜肚坐在轿子里，固执而清冷地看着他道：“王爷，这下您满意了吗？”

蒲桃要嫁的人，不看家世，不重权势，只图人品。

不管旁人如何看待卓毅，在她眼里，他就是最特殊，最好的那一个。

而她，与卓毅一样，都是泥土里的人，根本不需要脸面，不需要怜悯。不，甚至她还不如卓毅。

卓毅有母亲，有朋友，而她只是一根无根的浮木，随波逐流。

她现在对这个世界唯一的牵挂，就是曾经欠了卓毅的那一包桂花糖。她必须要还。

花轿外，龙成谨衣冠不整，傻傻地站着。

花轿里，蒲桃半裸着身体，镇定自若地坐着。

他们一个高，一个低，却似乎蒲桃才是俯视的那一个。

龙成谨不再阻拦花轿，任由卓毅爬过去脱下自己的衣服给蒲桃裹好，然后重新为她盖上盖头。

卓毅不嫌弃蒲桃，他不管她是什么模样，外人如何看她，他都要把她娶回家。

而蒲桃自始至终镇定又冷静，不管旁人如何指指点点，都是一副旁若无人、毫不在意的冰冷模样。

轿子再次出发，渐行渐远，围观的人群却没有散去，他们都看着龙成谨。龙成谨全然不顾旁人的目光，只盯着蒲桃离开的方向。

等花轿彻底看不见时，龙成谨才回过神来。

他看着手里的嫁衣，也不知道是哪里来的力气，三两下便将它撕成了碎片。纷纷扬扬的红缎里，龙成谨气急败坏地往大街另一边走。

裘德将这一切看在眼里，非常想去安慰他一下，他迟疑了许久，正准备开口时，却听龙成谨冷冷一笑，淡淡道："她以为这样就没事了？她以为我会就此放过她？呵，做梦！"

城外的庄子里，因卓妈人缘好，挨家挨户都为她的儿子张灯结彩，大红灯笼挂了一路。

卓妈的小院里也早已准备妥当，红绸、红灯笼、红窗花一应俱全，院子里一片红红火火。且由于卓毅成婚晚，同年纪的都早娶媳妇生子了，来吃酒席的几乎全是一大家子。因宾客太多，宴客用的桌子小板凳一路延伸，摆到了小院外头。众邻舍都是看着卓毅长大的，没人说什么，都自发拿出了自家的桌子凳子，为他们添置。原本该是热热闹闹，高朋满座的一场喜宴，却因龙成谨半路截亲的消息传来而戛然而止。

没有人敢得罪景王爷，于是纷纷找借口不来了。就连轿夫放下了轿子之后，也都匆匆忙忙地跑掉了。

空空荡荡的小院子里，红绸、灯笼、窗花非但没有带来丝毫喜气，反而更显得冷清。

“真是造孽啊！”卓妈看着满院子的好酒好菜，心疼得不行。

卓毅却觉得没有关系，安抚她：“反正我也从没有期盼过旁人到来，我只要一个蒲桃。”卓毅兴高采烈地拿来爆竹，亲自点燃。

“噼里啪啦”的爆竹声响起，卓毅牵起蒲桃的手，便将她迎进了自家家门。

一拜天地，二拜高堂，而后夫妻对拜。

一整套流程下来，除了卓妈，没有旁的任何一个见证者。

卓妈又高兴又好气，哽咽得说不出话来。

卓毅亲手将蒲桃送进了洞房，然后就出来陪母亲吃饭。

“娘，孩儿高兴啊，真高兴。”

卓毅得到了一直以来梦寐以求的女人，笑得像个孩子，然而脸上的笑遮不住眼底的酸涩。知子莫若母，卓妈知道他虽然嘴上如此说，但内心还是紧绷的。

蒲桃就是一个烫手山芋，她确实嫁给他了，但是保不齐后续还有事端。卓毅嘴里说不怕是骗人的。不，更确切地说，应该是他在骗自己。

事已至此，卓妈不想再打击他，于是一杯接一杯地为他倒酒。

渐渐地，夜幕降临，月上柳梢头，院子里的酒菜全凉透，只有他们母子二人，还在一杯接一杯地喝着。院子里时常会传来酒盅酒器摔落的声音，也不知道是因为开心，还是因为生气。

房间里，蒲桃听到动静，丝毫没有好奇，只是坐得规规矩矩，纹丝不动。她也不知道自己现在是个什么心情，就好像是自己给自己下了一个任务，一个军令。她得开心，得心甘情愿，得有所期待。于是，她强打起精神，让自己保持一个好的状态，希望一会儿卓毅掀开盖头看见自己的时候，她能以清醒的姿态面对他。

她紧张到一刻也不敢松懈。

蒲桃不知道自己独自坐了多久，直到月儿西沉，太阳东升，清晨第一缕阳光照在她的手上，她才惊觉自己等待的时间实在是太长了。

蒲桃掀开盖头，动了动僵掉的身体，然后走下床推开门。

屋外满地是酒瓶和碎掉的酒碗，卓妈披头散发，背对着蒲桃坐在大门口，面对着大门。

“……娘？”蒲桃轻轻唤了一声，但卓妈毫无反应。

蒲桃见形状有异，还以为卓妈出了什么事，加快了脚步跑到卓妈身边，却发现她睁着眼睛盯着前方。

“娘，您怎么了？娘……”蒲桃接连唤了好几声，卓妈都没有反应。

她眼眶通红，颧骨突出，脸颊带泪，俨然一副大受打击，然后默默哭了整宿的模样。眼前的大门紧闭着，不知道她在痴痴地等着谁。

这时，蒲桃注意到她的手里握着一封信，信纸不是普通的家书纸张，而是白底硬质的官方文书通用纸张。

卓妈紧紧地握着那张纸，蒲桃依稀能看见上面写的头两个字：征丘。蒲桃皱眉，不懂其中的意思，但见“丘”字的后半截被卓妈的手挡住了，蒲桃内心一紧。

丘……兵？！蒲桃脸色一变，慌忙抽出信纸，拿起一看，正是紧急征兵令。朝廷紧急发布征兵令，征召了皇城附近一千余个田庄中的壮丁，卓毅很不幸，上了征兵名单。通知日期在今日，而出发日期就在明日。这说明，卓毅连停歇的时间都没有，就要连夜赶回太平府报到。

“卓毅……已经离开了？”蒲桃怎么都没想到，卓毅连与自己告别的时间都没有。

他怎会就这样丢下自己？然而事情再不可思议，卓妈也证实了她心中所想。卓妈痴痴地坐在地上，点了点头：“他已经走了。”

“他为什么不跟我道别？”蒲桃想不通，就算是要去入伍报到，他也不会这样离开。

蒲桃起身，便要开门去追，然而卓妈迅速拉住了她。

“你不要出去！”

“为什么？”

“外面有官兵……”

“官兵？”

蒲桃不懂，为什么会有官兵？她挣脱开卓妈，安抚她：“我只是看看，绝不出声。”蒲桃不容分说，直接爬上了一旁的大树，探出头去，果然看见卓妈的院子附近站满了官兵。看他们的装扮，不是普通士兵，而是景王府的府兵。

蒲桃心中奇怪，完全不明白这是怎么一回事。

“娘，外边是景王府的人？他们为何在这里？卓郎呢？”蒲桃回到卓妈身边，问她。卓妈没有正面回答她的问题，而是缓缓侧头，看着蒲桃。

她的眼里闪过愤怒、不甘、埋怨，到最后却只剩无奈。

“儿啊，你后不后悔嫁给卓毅？”

蒲桃摇头：“不后悔。”

“死也不后悔吗？”

蒲桃点头：“不后悔。”

“好，我告诉你，卓毅已经走了，他不是去当兵，而是做了逃兵。”

“什么？！”

“门口那些人，连夜而来，他们一刻也不想他与你共处，我好说歹说，才争取到天亮出发。一会儿便是约定之时，到那时他们见不到卓毅，便是你我二人的死期。”

蒲桃脸色一变，如何也没想到，卓毅会以这种方式逃避现实。

“儿啊，你不要怨我，卓毅他身有残疾，上了战场一定有去无回，我卓家就这么一点血脉，如何也不能断了！哪怕是钻狗洞离开，以后只能东躲西藏，也好过死在战场上，有去无回。”

蒲桃愣愣地看着卓妈，良久，才开口问她：“是您逼卓郎的吗？”

卓妈点了点头：“你千万不要怪我，他也不是故意抛下咱们娘儿俩，我知道景王爷的目标是你，他如果带着你一起跑，一定会被抓回来，所以他只能独自上路。”

“……他有没有想过当逃兵的后果？”

蒲桃眼眶发红，升起氤氲水汽，然那并不是伤心，而是生气。

“他有没有考虑过您，有没有考虑过我？”

蒲桃的声音不自觉地拔高。卓妈连忙捂住了她的嘴，生怕外头的人听见，得知卓毅已经逃跑的消息。

她现在只希望卓毅能跑远一点，再远一点。

卓妈声音哑哑的，眼带哀求：“逃兵这件事情，如果朝廷追究起来，就让我们代他去死吧！你就当还了他当日救你一命的恩情，成吗？”

蒲桃看着卓妈一夕之间苍老的容颜，不忍拂逆她，于是红着眼眶点了点头。卓妈见蒲桃没有反抗，便松开了她的手。

她叹了口气，说道："你不要怪我，要怪只能怪自己，如果不是你，卓毅不会上征兵名单。"

"为……为什么？"

"卓毅身有残疾，征兵名单上本不该有他，那份名单显然是景王爷故意将他强行加上去的，今日你一命还一命，以后与老卓家便两不相欠了。不，以后这世上就没有我老卓家了，卓毅以后只能改名换姓，在外孤苦流浪了……"

庄子里，越来越多的人家陆续醒来，各家各户都收到了征兵令，哭声渐渐汇聚，越来越大，越来越响。

这一次紧急征兵的数量不少，也就意味着律法的严苛。卓毅当了逃兵，一定会付出血的代价，否则不足以服众。

蒲桃耳朵里嗡嗡直响，后来卓妈说了什么都没有听进去，她站起身来，忽觉两眼一黑，只踉跄了一下，便直挺挺地向后昏了过去。

等蒲桃再次醒来的时候，本以为自己会在天牢，与卓妈一道等候处决。但是没想到，她躺在一个华丽的房间里，周围还有一股说不上来的、熟悉的香味。

"醒了？"耳边传来熟悉的声音，原本还糊里糊涂的蒲桃立即清醒，转头就看见龙成谨正坐在床边。

龙成谨抱着药碗，正拿着勺子吹凉汤药，一副平静安然的模样。

蒲桃惊得坐起身来，眼睛直勾勾地盯着龙成谨。

龙成谨道："别担心，大夫说你只是没有休息好，再加上这些天脾胃不大好，吃得太少，才会昏迷，不是什么大病，来，张嘴。"

龙成谨递了一勺药过来，蒲桃沉默地看了他一眼，便伸手推开了他。蒲桃下手重，龙成谨没拿稳，汤药碗便落在地上，碎了一地。

"没关系，我让下人再去熬一碗。"龙成谨权当没看见，微笑了一下，起身往外走。

蒲桃看着他的背影，只觉得这人太淡定了，淡定得让人害怕。

蒲桃道："别白费心思了，我不会再受你一丁点的恩惠。"

等蒲桃在他的身后冷冷地说完，龙成谨站定，然后转过了身。

龙成谨道："你恨我没关系，但是因此委屈了自己，实在不应该。"

他站在她身前三步的距离，没有再上前的意思，显然他也明白二人之间的鸿沟远不止这点距离，与其强行迈过这道坎，让她恨自己，还不如适当保持距离，二人还能有效对话。

"你知道，我是真的在关心你。"龙成谨表情真挚，半点没有开玩笑的意思。

"关心？"蒲桃冷冷一笑，"你所谓的关心，就是在我大婚之日半道抢亲，让所有人都不敢来参加我的婚礼，然后又在新婚当夜紧急征兵，逼得我的夫君只能抛妻弃母，远走天涯？"

"他配不上你。"龙成谨表情淡淡的，似乎完全不觉得是自己的问题。"当逃兵是他自己的选择，他在做出这一选择的时候，已经摆明了不顾你的生死。这样的人，你还有什么可惦记的？我这是在帮你。"

"我不需要你这样的帮助！你这些假惺惺的行为，还是留给旁人看吧！"蒲桃愤怒道。

龙成谨一次又一次地将她放在孤立无援的位置，这一次更可笑，还要站在高处，伸出一只手，对她说："我是在帮你。"

她不需要这样的帮助，如果没有他，她的生活轨迹根本不会发生这样的变化。

"你现在还在气头上，等你冷静一些，我们再对话。我会让婢子来照顾你，如果你想，我也可以送你回静宜园。我只希望你不要再冲动，不要再做一些会让自己后悔的事情，好吗？"

蒲桃看着他憔悴的面容，淡淡一笑："我最后悔的事情，就是认识了你。"

龙成谨闻言，身形一滞。虽然他心里也知道蒲桃有多后悔，但是听她亲口说出来又是另一番滋味。

龙成谨表情郁闷，却无法反驳，只能默默地转身离开。

"你满意了？"蒲桃在他身后喊。

龙成谨停下步伐，没有回头，缓缓道："我不满意。你不开心，我更不开心，但至少，你看清了卓毅是什么样的人，我认为我做得没有错。"

“需要用卓妈和我的命去看清？”

“你不会死。”龙成谨郑重地说。

“卓妈的命就不是命了吗？”

蒲桃声嘶力竭，越说越气，龙成谨却沉默了。

对他来说，卓妈的命不是他该关心的。

卓妈的命是她儿子卓毅葬送的，与他没有关系。

“你好好休息，我们晚些时候再说。”龙成谨不顾蒲桃的悲愤控诉，大步离开。

蒲桃坐在床上，双拳紧握，看着龙成谨自始至终一副高高在上的冷淡模样，心中恨极。

她知道这件事情不能全怪龙成谨，要怪只能怪自己鼓起勇气嫁的第三个人，是一个贪生怕死，会为了自己的性命而抛妻弃母的小人。

但是龙成谨不了解的是，从此以后，这个世上，再也没有任何人、任何事情可以牵绊住她了。她彻彻底底、完完全全地，再也没有任何后顾之忧了……

她是蒲桃，可以只做蒲桃，以后只为她自己一个人而活了。

终　章

一将功成万骨枯

（一）

三个月后。

落日时分，大漠长烟，万里黄沙，苍茫戈壁中，一望无际的沙河里，只有胡杨树林是不同的风景。千年胡杨，活着一千年不死，死后一千年不倒，倒后一千年不朽。千年孤独，千年矗立。

约莫有两万人的队伍行进在沙漠中，他们各个灰头土脸，形容疲惫。其中一大半是朝廷紧急征召的新兵，其余那些是为前线送补给的，负责押送物资的人。

万人队伍里，独有一人分外惹眼。他身材矮小，皮肤白皙，樱桃嘴，不论大军行进到何处，他始终将自己收拾得干干净净，全身上下除了脚，看不见一点泥，平日所供的食用水也被他拿来洗脸洗手。旁人都有些看他不顺眼。

风凉话说多了，传到他耳朵里，他听了不舒服，便直接上拳头。他的武力值与他的外形成反比，看上去是个清秀模样，却武力值超群，直打得旁人抱头鼠窜。他人为了求饶，便将自己分的水大半给他了，供他三不五时地洗个澡。

同行士兵们再不敢多说什么，但也有别的将士见了心中不平，越级上报，却也得不到半点反馈。久而久之，大家对他的不满愈深，不过都是敢怒不敢言。

“有捷报传来，黄兆将军带兵突围成功，元帅将在今夜举办庆功会，同样也是欢迎新兵入伍大会。还有一个时辰，我们就到岐山大营了，大伙儿再坚持一下，等到了营地，咱们就有酒喝，有肉吃，不用再啃野菜饼了！”

消息传到林龙这一组的时候，大伙格外开心。

“听说宋元帅杀伐果决，治军严谨，某人这一路的罪状，也该有人来好好惩戒惩戒了。”

虽说新兵们都是各家的府兵，比一直身在军中的人要讲究一些，但到底都是糙老爷们儿，林龙在他们这些人里面就显得过于爱干净了。用男人们的话来说，他有点娘。

林龙懒得跟他们废话，直接挥起拳头，冲着他们比画：“到了岐山大营我会不会被处置不清楚，但是你再废话，我保证你见不到营地！”

“你敢！我还就不信了，你敢在这里打死我？你就不怕军法处置？！”

“是你们先挑事的！”

林龙此言也不假，原本就是他们先狗嘴里吐不出象牙，还不许他反击了？旁人被打服了，自愿上缴饮用水，他也不算犯了军规。

林龙挥舞着拳头，一拳打向对方的面门。那小士兵一个不备，直接被他打出血。

“废物，真不经打。”林龙拍了拍手，满不在乎地对他扬了扬下巴，“你，去拿水来，我要洗手。”

被打的小兵捂着鼻子，眼泪在眼眶里打转。见旁人都不帮他，他只能颤颤悠悠、极为不情愿地去摸自己的水袋。

“快点！”林龙厉声催促。

小兵被他一吓，连忙把水袋递了过去。正当林龙伸手让他倒水的时候，一只手摁住了小兵的手腕。

“用我的吧。”

一直不怎么说话，也不与人交流，在队伍里存在感最低的人走出人群，解开了自己的水袋，递给小兵。

小兵感激地看着他，眼里霎时盈满泪花。林龙看了却觉得稀奇。

“哦？没看出来，这儿竟有个‘圣人’，喂，你以为自己这么做，他就会感激你？”

“……我不需要旁人感激。”那人淡淡地开口。

“那你也不需要喝水吗？”

“需要。但是他更需要。”他压了压帽檐，低着头，缓缓地说，“他的水这一路都被你抢夺去了，天气干燥，才会动不动流鼻血。我还撑得住。”

“呵，我不要你的，我就要他的！”林龙说着，仍去抢那小兵的水袋。但那人拦在他身前，固执地将自己的水袋递给林龙。

林龙推了他两下，推不动，冷笑了一声：“敬酒不吃吃罚酒，别怪我不客气！”

林龙说着，一拳向那人的脸上打去。那人微微一侧头，躲过拳头的同时，露出了半张精致的容颜。林龙看呆了一瞬，但紧接着他就又低下头，同时左手挥出，握住了林龙的手腕。

“都是有今日没明天的人，得饶人处且饶人，可好？”

那人一字一句，看似轻描淡写，但手上的力气半分没少。

林龙铆足了力气，也没能挣脱分毫，当下便明白自己遇到高手了。

林龙觉得手腕生疼，险些就要叫出来，未免丢人，他迫不得已，只能放开他，不再纠缠于那个小兵。那人便也松了一口气，装作感谢的模样，对林龙作揖：“谢谢。”

看热闹的人群散去，大家都以为是林龙高抬贵手，不再纠缠，但只有林龙自己知道，他是为何息事宁人。

大军继续行进，那人重新隐匿进人群中，缓步前进。

林龙走到他身边，与他并行一处，盯着他细细打量。但他自始至终低着头，默默地背着自己的行军包，跟着人群前行。

林龙从来没有注意到他，甚至可以说没有任何一个人注意到他。他们没有一个人知道他的名字。但林龙明白，这人是实打实的高手。

“看不出来，你能忍这么久。”

林龙尝试着与他搭话，但他根本不回应。他只是低着头，默默地走。

“你看我不爽很久了吧？”

“……”

“你是不是想揍我？”

“……”

“我们找个地方，光明正大地打一场，如何？”

“……”

“喂，我在跟你说话，你听不到吗？”

他的帽子格外宽大，几乎将他整张脸都遮住了，林龙忍不住去扯他的帽子，但他的手刚一碰到对方，就被迅速躲开了。

“你为什么不肯露脸？见不得人吗？”

“……”

“不会啊……我记得你好像长得挺好看的。虽然身上都是泥，但我能看得出，你长得很好看，跟他们这些糙老爷们儿一点都不一样。”

林龙像个话痨一样，不停地在那人身边絮叨，但那人始终闭紧嘴，不肯理他。

“你的五官好看得……就像一个女人一样。”

林龙说完，只见那人身形猛然一顿，倏尔抬头，不可置信地看着他。只一眼，那人便明白林龙只是在说笑，他迅速低下头，继续往前走。

林龙倒是愣住了。

他刚刚只是在开玩笑，但那人眼中陡然绽放的光芒却带着铺天盖地的杀气。那绝不是一个女子会有的眼神，冰冷、凛冽，霸气威武。

他毫不怀疑刚刚对方想杀了自己。

林龙吞了一口口水，追上他道：“我只是开玩笑的，你别往心里去。”

“……”

“我说这么多其实只是想问你，你叫什么名字？”

“……”

“你只要告诉我名字，我保证今天不再缠着你。”

林龙死皮赖脸，不管对方如何冷漠，都死死地跟紧他，他的动静越来越大，渐渐引起了众人的注意，于是大家都在猜测这人是谁。

他实在忍不下去了，才开口轻轻地说出了两个字。

林龙没听清，凑近他身边：“你再说一遍。”

“卓……毅。”那人的声音低低的，很斯文，与他的名字很违和。

林龙想，这人一定是一个内心极为温和的人吧？不然也不会在这群糙汉里始终轻声细语，路见不平，拔刀相助。

虽然他拔刀对自己，但是一点也不妨碍他在自己心中的伟岸形象。

这个朋友，他交定了。

反正他也只是保证今天不缠着他，他们还有明天、后天……他还有的是时间！

大军到达岐山营地的时候，已近酉时。

夜幕降临，月上柳梢头。岐山营地深处漫漫黄沙之中，营地中心有连绵绿洲，围绕绿洲之处灯火通明，宋昱的十万大军在此驻扎已经一年有余。

宋昱率军一路西行，收复失地之后，便占领了敌国生存之根本——水源。

敌军被切断水源，被赶出岐山以外。原本两军胜负已分，宋昱正准备班师回朝，却不料大后方被敌偷袭。敌方也不恋战，直接放弃争夺绿洲，挥军南下，攻入了宣武国边界。敌方靠着烧杀抢掠，得到了喘息的机会。

而宋昱大军机动性不强，骑兵数量少，难以与敌方大军抗衡。幸得黄兆连夜调兵，遣五千骑兵带着边关将领一起，用了两个月的时间，才成功阻挡了敌方大军南下的攻势，将他们赶出了宣武。然敌军已经得到补给，死灰复燃再次一战不可避免，绿洲将再次成为两军争夺的焦点。

虽然敌方在士兵数量上没有什么优势，但他们全是骑兵，平日在沙漠草原中游猎，吃牛肉饮牛血，个个骁勇善战，与宣武将士大不相同。又因宣武营地的大后方此前被撕开了一个缺口，这个缺口由紧急征召的一万民众临时补上，一时间胜负更加难料。可以说敌军若找到了这一万将士所在地，就等于敲开了大营的大门，重新夺回绿洲便轻而易举。于是这一万人的安置问题成了重中之重，甚至成了胜负的关键。

“元帅有令，新兵营中，凡士官长以上军衔者，都入主帐议事。”

士官长的军衔名称是都护校尉，约莫统领一百人。整个新兵营中光校尉就有好几十人，他们平日连想见将军级别的都属于奢望，却没想到一来就能见到元帅，一个个扬眉吐气，兴高采烈地直奔主营帐而去。只有林龙畏畏缩缩地躲在众多士兵之后，说什么都不肯去。

“我又不是都护校尉，我为什么要去？”

“之前那个校尉与你打赌输了，被你打得头肿得像猪头，到现在还说话不利索，这一路来都是你代行校尉之职，怎的现在不肯去了？多好的露脸机会啊！说不定元帅看上你，就给你个副将的位置坐坐，你可就扶摇直上，平步青云了！”

“谁爱露脸谁去，反正我不去。”

林龙也是倔脾气，翻了个白眼，不论那将领如何说，就是不肯去。

“你不去谁去？这里没有旁人了！”那将领着急得团团转，感觉眉毛都在燃烧。然而林龙眼皮都不抬一下，手看似随意地那么一指，不偏不倚，指向了卓毅。

卓毅站在人群后，靠着巨大的帐篷撑杆，越发显得瘦小。

他个子不高，一副弱不禁风的模样，头埋在头盔里，盔甲显得空当当的，就连脖子、手都看不见。

林龙道：“我看他就挺好。”

“他？他是谁？”那将领一脸蒙，他突然发现，自己和他们相处了两个月，他甚至不知道那人是谁。

而且他明显一副发育不良的样子，怎么能担任士官长？！

“你别跟我开玩笑了！送这么个玩意儿去元帅面前，他非得扒了我一层皮不可！总之，今天你去也得去，不去也得去！”

那将领没再跟林龙废话，叫来两个人，一左一右驾着林龙向主帐走去。

林龙虽然武力值不错，但也顶不住与他同样有真本事的人，如今捆着他的二人正是如此。真遇到这种情形，他除了徒劳的挣扎和号叫，没有半点旁的办法。

卓毅站在原地，原本没在意，但耳朵里持续传来林龙的叫骂声，就让他不禁有些好奇了。

元帅亲自点将的好事，多少人伸长了脖子期盼都期盼不来，怎么平日里这么爱露脸的一个人，现在却像变了一个人？

莫非，他认识宋昱？

校尉们离开之后，士兵们也没闲着。他们二十人一组分工合作，搭建帐篷，安营扎寨。约莫半个时辰之后，五百余顶帐篷沿水畔建起。而后，就是新兵欢迎篝火晚会。

万余人跋涉了两个月，各个灰头土脸，如今盼望的是好好洗个澡。

绿洲两岸，士兵们欢呼雀跃着跳下水，洗尽一身灰尘。倒是有不愿意下水的，譬如卓毅，始终将自己包裹得严严实实，不让任何人靠近。

“再不脱衣服下水洗澡，你可就要生虫了！”

被卓毅救过的小兵尝试着去拉卓毅的手，把他拖走。但是他缩得快，一溜烟就消失在茫茫人海里。而其他人又想不起卓毅这个人来，于是他顺利逃过一劫，几乎不怎么费力地躲过了第一场考验。

士兵们洗完澡，便围着篝火吃肉喝酒。老兵们送来好酒好菜，招呼众人一起吃吃喝喝，就连卓毅这个没什么存在感的，都被三五个老兵围在一起，又是敬酒又是帮忙烤肉的。

卓毅不大喜欢接受旁人无缘无故的热情照顾，于是吃得也不多，喝了两杯便装作不胜酒力，歪倒在一边。

“他也太没用了。”老兵们不知道谁嗤笑了一声，便扔下卓毅，继续去灌旁人。

有几个从前在皇庄上就比较有势力，被人捧惯了的没有多心，老兵们给什么就吃什么，轮番敬酒也不在话下，一人喝了好几斤，很快就醉得不省人事。

老兵们对视一眼，开始对醉酒的人图谋不轨，三下五除二直接把人扒光了。

“还以为皇城新征召的人有多了不起，不过是些个细皮嫩肉的笨蛋！”老兵们放声大笑，连扒了十几个人的衣服，然后把他们吊起来，绑在帐篷的木桩子上。放眼望去，白花花的一群大老爷们儿，全光着屁股。

卓毅躺在人群里，听着动静，内心十分紧张。

老兵们专挑那些刺儿头下手，起先越是捧着你，越是自得的人被欺负得越狠。有些被绑在木桩上还不够，甚至会被人在屁股上画乌龟。他们美其名曰是在调教新兵，实际上就是给他们一个下马威。让他们这一群皇城征召来的新兵认清楚，不管他们从前是干什么的，到了战场上只是新人，要对老兵绝对地服从和尊重。

等这一拨刺头被收拾完了，往下就是收拾那些细皮嫩肉的大老爷们儿，比如卓毅。他本来毫无存在感，但就因为裸露在外的手指头被眼尖的人看见了，便认为他欠收拾。毕竟，身上没有点风霜的男人那不叫男人，必须让他尝尝苦头。

十几个老兵把二三十个类似卓毅这样的男人扔在一处，其中很多人酒已经醒了，不乏想要跟老兵们动手的。但老兵们早就达成了默契，但凡有敢出头的，立马群起而攻之，直接打得人家鼻青脸肿，根本连呼救都来不及。

不敢还手的便乖乖躺在那儿，任人扒光，然后脖子上挂着写着“我是笨蛋”的木牌游街示众。

轮到卓毅的时候，大家都以为他是所有人里最弱小最不可能反抗的，于是只派了一个老兵去扒他的衣服，却不想那老兵刚揪住卓毅的衣领，便如何都无法做下一步动作。

只见卓毅死死地扣住那人的手腕，那人便半分都动弹不得。

“你……”老兵不可置信地看着卓毅，便见巨大的头盔下，他一双眼睛清清亮亮，目光沉着镇定，还带着杀意。

“我劝你，不要再惹我。”卓毅一字一句，像下通牒一样。

但对方显然没把他放在眼里，这一句无疑还惹怒了他。他立即招招手，叫了几个人过来。一群人围住卓毅，想要狠狠地给他一点教训，却不想，谁也没看清他是怎么出的手，那些人便都倒在地上，分别捂住腹部、脖颈、膝盖，疼得满地打滚，哭爹喊娘。

卓毅站在人群里，原本佝偻着身子，这下却仿佛是下定了决心，站得笔直。

“人不犯我，我不犯人，人若犯我……”卓毅巡视一圈，淡淡开口，“便是找死！”

没有被他教训的老兵自然不相信这么一个身材矮小的娃娃能干出什么事，躺在地上的那几个却明白他不是在开玩笑。

他虽然出手快且轻，但都是在关键部位下了狠手的。看似轻飘飘的一掌，却足够让他们疼上七八天。若他再多用三分气力，便足够让他们成为残废。

人不可貌相，他们这下算是踢到铁板了。

老兵们哪里能够容忍颜面被一个小新兵蛋子辱没了？当即所有人都把矛头对准了卓毅，一齐向他冲了过去。

卓毅双拳难敌四手，也不想在大敌当前的情况下自家人打自家人，便都是四两拨千斤地一人来一下。被打到麻筋的人脸色一变，身体便开始不受控制，倒在地上喊疼。

越来越多的人向卓毅涌去，越来越多的人被他打趴下。等那几十个校尉回来的时候，看到的就是一群光屁股的新兵被绑在帐篷边，却丝毫不觉得丢脸，一个个对着人群欢呼雀跃，大声叫好。

老兵们躺了一地，卓毅站在中心，脸上虽然挂了点彩，但精神、体力上佳。

“还有谁？”卓毅喘着粗气，目光环视人群，身体不动如山，眼神自信，犹如君临天下的帝王。

林龙拨开人群，只看了一眼便明白发生了什么，刚想前去帮卓毅，便见一个身影快速冲进了人群。他不由分说，直接从背后偷袭卓毅，以迅雷之势，一掌拍在他的后颈穴位处，将他击倒于掌下。

卓毅昏倒在地上，扬起一片黄沙。

人群寂静无声，谁都没有嘲笑卓毅的意思。因为他的武力值有目共睹，在上百人的围攻下，丝毫没有落于下风，要不是为了防备眼前的老兵们，也不至于后背被人偷袭。

而偷袭他的人身穿新兵的盔甲，想来也不是老兵，老兵们纷纷觉得丢脸，没人敢说话。

“干什么呢？还嫌不够丢人？都给我散了！”闻讯赶来的几个将军连忙将各自的人领回去，这一出闹剧才算暂时落下帷幕。

看热闹的人群散去，只剩下这一群新兵停留在原地，他们也大多是吃了老兵的亏的，连忙走回帐篷，各自去洗刷自己的耻辱。

篝火旁只剩下林龙、卓毅，以及偷袭他的人。

“你、你居然偷袭？！”林龙目瞪口呆，赶到卓毅身边，确认他没事后，目光凶狠地看向偷袭卓毅的人，“你为什么要这么对他？明明是那些老兵仗着人多，欺负他一个新来的！”

“欺负？你觉得到底是谁在欺负谁？”

说话的人穿着新兵的盔甲，脸同样大半藏在头盔里，但目光不似卓毅那般躲闪，反而有着旁人没有的属于上位者的气度。

“他这样的新兵，若不尝尝苦头，他日若立了那么一星半点的军功，不得站在本元帅头上作威作福？”

此人不是旁人，正是乔装成新兵，准备长期待在新兵营里的三军总元帅，宋昱。

宋昱看着卓毅的背影，一开始只觉得此人眼熟，等靠近之后，他几乎能够确定，这人哪里是什么新兵蛋子，根本就是当初那个在万和城里雄霸一方的蒲桃！

宋昱只觉得一个头两个大，来了一个女扮男装、自视武功卓绝不凡的玲珑公主不说，又来了一个女扮男装的女战神。

这两人还都跟龙成谨有脱不开的干系。他真是倒了八辈子的血霉，人生中迄今为止最艰难的一场战役里，又出现了两个不得不保护的女人。他感觉实在是命途多舛，命途多舛啊！

（二）

夜晚，众人歇息的时候蒲桃还没醒，宋昱将他们三人安排在了同一个营帐里。

每一顶帐篷里都是大通铺，左右各可以睡十人，一个帐篷总共可以睡二十个人。玲珑睡在最里面，靠着帐帘，宋昱将自己的棉被垫在她的身边，确保她不会因为深夜天寒而冻着。蒲桃则挨着玲珑，睡在她身边。宋昱睡在蒲桃边上。

蒲桃是半夜醒的，她一睁眼，就看见身边躺着一个熟悉的身影。虽然眼前的人比起去年见面时要沧桑许多，甚至有刻意抹黑自己的嫌疑，故意在脸上弄了许多脏污，但她一眼就认出，此人不是旁人，正是龙成谨当年在万和城的跟班——宋玉！

不，应该说是宋将军府的小公子，现任三军总元帅，宋昱。

他怎么会在这里？

蒲桃被吓了一跳，从来都淡定的她下意识惊叫，但还没出声，就被他捂住了嘴。

宋昱缓缓睁开眼睛，静静地看着瞪大了双眸的蒲桃，显然他也一直在观察着她，并没有真正睡着。他对她比了一个“嘘”的动作。蒲桃眼睛一动不动地盯着他看了半晌，才勉强接受了这个现实。

虽然她知道在军营里或许会遇到宋昱，但宋昱乃元帅，她混迹在十万大军里，要想隐藏身份也不是什么难事。且他在明，她在暗，就算遇到了，她也会想办法避开。但她怎么也想不到，自己第一天夜里就会与他碰个正着，且是以这样一个尴尬而暧昧的姿势。

“出去说。”宋昱压低了声音说，却没有很快放开蒲桃。直到蒲桃回过神，向他点了点头，他才松开手，起身跳下床去。

宋昱和蒲桃来到远离营帐的一处小山丘上。夜晚的大漠，一望无际。向下俯瞰，一顶顶延绵到天际的雪白的帐篷，似与头顶的万里星空相连，无比壮观。

若在平时，蒲桃看到这只有在梦中和书里才能见到的景象，内心别提会有多激动了，但现在，身边站着的是宋昱，她实在激动不起来。

不是因为身份暴露，女扮男装会让她送命，而是因为，她怕龙成谨会迅速地追查至此，那么她的努力就全部白费了。

她在得知卓妈会因卓毅当逃兵而被处决时，连夜赶回了卓家，从狗洞钻进去，从卓妈手里拿走了卓毅的征兵书，然后打开门，跟着驻守的士兵去了征兵处报名，为卓妈的离开赢得了时间。

她现在只希望能再多给卓妈争取一点时间，让她能跑远一点，再远一点。或许有一天，她就能追上卓毅，与儿子重逢。

毕竟，他们本没有必要忍受分离之苦，是因为她的出现，才导致他们天各一方。她对卓毅不恨不怨，也不想有任何的亏欠。

宋昱站在蒲桃身边，盯着她的脸，注视着她脸上的变化。

她的眼里有恐惧和忐忑。这可不像她。就算她被他识破了女扮男装的身份，也不该过分担忧，毕竟他跟她有过交情，且交情不浅。他也曾问过玲珑，蒲桃现在的名字叫卓毅，而分队长可以证明，卓毅的身份是真的，他的征兵书现在还收纳在户部随行官员的匣子里，随时可供查阅。

也就是说，蒲桃的身份不是凭空捏造的，她是代人从军。

她为什么要这么做？宋昱不想浪费时间，直接开口问道：“卓毅是谁？”

“我的丈夫。”蒲桃面不改色，神色平静，也不打算隐瞒。

宋昱见她面色平静，对答如流，显然不是在说谎，就更加奇怪了。

“如果我没记错的话，上次见面的时候，你好像还是我的娘子？这一别才不过一年，你就在我面前叫旁人丈夫，这说得过去吗？”

蒲桃眼睛里闪过一丝愤怒，她忍耐了一瞬，才淡淡地道：“那作不得数。”

“如何作不得数？”

“你是达官，我是贱民，配不上。我之于你……只是一个玩笑。”

宋昱有一瞬间的惊讶，旋即明白过来：“你知道我的身份？”

“是。”

宋昱扬起嘴角，冷冷地道：“不许对外说出我的身份，否则，我会杀了你。”他明明脸上带着笑，眼神却是冰冷而凌厉的，而蒲桃一点也不害怕。

“我不会对外说，你也不会杀我。”

“这么笃定？”宋昱惊讶。

蒲桃点头：“是。”

“为什么？”宋昱好奇，“你都说了，我们过去的婚约作不得数，而且，军法如山，你女扮男装被我识破，凭什么认定我会对你格外开恩？”

“因为林龙。”

原本宋昱还是一副很轻松的模样，但听了这话后，眼中的笑意全化作了杀意，整个人都冷了下来。

蒲桃道：“一开始我以为林龙与你交恶，所以他不愿见你，直到看见你因为怕他冻着，宁愿自己不盖被子也要把棉被给他，便猜到了不寻常。显然你们的关系很好，但是你不跟他睡一起，宁愿中间夹着一个我，这又说明你不愿意冒犯他。一个你既关心又爱护，却又不愿意冒犯的人，这个人除了玲珑公主，我想不出别人了。恰巧，他们连名字都很像。所以……这个林龙应该就是景王爷同父同母的嫡亲妹妹，玲珑公主吧？”

宋昱挑了挑眉，没有反驳，说明蒲桃全说中了。

他睡在蒲桃身边不是因为跟蒲桃亲近，更加不是因为看重她。恰恰相反，蒲桃是可以随意冒犯的人，而玲珑不可以。

她是公主，她只能被爱。任何婚前的一点点亲近，都被他视作对她的不尊重。他不想有任何的轻慢。

“就算林龙是玲珑，那又如何？她未必能护得了你？”宋昱神色淡然，一脸冷漠。

蒲桃面不改色，缓缓道：“玲珑公主也是女扮男装，你若处置我一个，她必受牵连，到时你如何面对三军，又如何面对帝后，乃至景王爷？”

宋昱冷哼一声，道：“我大可以不动声色地解决了你，如何也牵扯不到玲珑。”

“不可能。你与我交过手，你知道自己不可能毫无动静地将我杀死。”

“为何不可？你忘了自己刚刚有多狼狈？”

“正是因为记得，所以更加笃定。如果你想让我死，刚刚就会杀了我，你没有杀我，就说明我还有用处。”

“什么用处？”

“你也知我确实身手不错，在战场上杀敌必能建功立业，又因我的身份，我不可能逾越了去，即便立功也只能深藏功与名。白捡的好处，你为何不要？”

宋昱眉目缓和，笑了笑：“蒲姑娘，你每一次的变化都让我惊喜。一年不见，倒是有所长进，连说话都变得文诌诌的了，还知道‘深藏功与名’。只可惜……我并不认为你能超过我。这是战场，不是比武场，你空有一身蛮力，没有读过兵书，终究是无法带兵打仗，建功立业的。”

蒲桃没有反驳他，也不想在这个时候用苍白的言语告诉他自己比过去有多大进步。她相信日后会有用行动证明自己的那一天，而现在，她需要宋昱彻底对她放心。

她要告诉他，她清楚地知道自己的位置，知道他留自己的真正用意。

“我会保护好玲珑公主，只要我还有一口气在，就不会让任何人动公主一根头发。我会与她同吃同睡，不让任何人欺辱冒犯到她。您对我这点，还满意吗？”

“满意，非常满意，你真是说到我的心坎里去了。前……妻。”

宋昱忍不住想调戏她两句，刻意在最后一个字上加了重音。但蒲桃并没有放在心上。一个男人真正在乎一个女人，是不会有一点点轻慢的。他对自己越无情，她越不会觉得有哪里不好。她不敢承受旁人的好，但已经习惯了旁人的白眼和冷漠。这种程度的玩笑，她承受得起。

宋昱见自己的揶揄并没有伤到她，觉得有些无趣，又问她：“那你呢？对我就没有什么要求吗？毕竟这十万大军，都唯我马首是瞻。”

蒲桃迟疑了一瞬，刚想开口，神色忽然低落下来，淡然道：“身为下贱，哪里敢提要求。”

“凭我们的关系，怎么会身为下贱？说说看，或许我会同意呢？”

“我……”

“嗯？”

蒲桃顿了一下，才试探性地说道：“我希望，你不要把我的行踪告诉景王爷。”

“成谨？你不希望他知道你在这里？”

“是……”

“为什么？”

“没有为什么……”

“如果我一定要说呢？你知道，他或许会很感兴趣……”

宋昱终于在蒲桃脸上看到了一丝慌乱，正觉有趣，便见她脸色一沉，认命地说道：“如果一定要说的话，我希望在一个月以后。”

这样卓妈就有更长的时间逃跑，就算龙成谨知道自己代夫从军，要抓回卓家母子，也是一个月以后了。

“为什么是一个月？”

宋昱笑着问蒲桃，蒲桃却不愿回答。宋昱见她彻底闭上了嘴，叹了一口气，只得无奈地对蒲桃伸出了手：“好了，不逗你了，我答应你，不告诉成谨。但是你也要向我保证，未来一定保护好玲珑公主，就算拿你的命去保护她，也在所不辞。”

“我保证。”

“那就祝我们以后合作愉快。”

蒲桃迟疑了一瞬，便将自己的手搭了上去："合作愉快。"

第二天，玲珑公主醒来的时候，蒲桃已经在晨练。

玲珑虽然身份尊贵，但并不像豪门女子那样身娇肉贵，每日晨昏训练，从不落下。她自认为算是起得早的，但与蒲桃相比，就没话说了。

"卓毅，你几点开始晨练的？"

玲珑目瞪口呆地看着大汗淋漓的蒲桃，丝毫没察觉到她的性别与自己一样。毕竟，在她看来，自己已经是全天下武功最高的女子，不可能还有人比她更厉害了，于是对蒲桃的性别毫不怀疑，只将她当成是一个身材娇小的男子。

蒲桃与宋昱有约，对玲珑便与对旁人不同，多少还是会回她一两句话。她哑哑地开口："一个时辰前。"

她的声音哑哑的、涩涩的，但玲珑丝毫没觉得难听，反而心情愉悦。他对自己说话了呢！比起旁人来说，卓毅算是极给自己面子了，一定是因为自己的武力值让他刮目相看了！

嗯，一定是的！

玲珑再接再厉，拿起负重沙袋，扛在肩上，一边笑着做深蹲，一边对蒲桃说："明天你起来的时候也叫我一下，我要跟你一起练。"

蒲桃盯着她的笑容愣了片刻，而后便匆匆忙忙地离开了。

玲珑知道她不喜与人交往，于是没有在意，继续自己晨练，丝毫没察觉她的不对劲。

蒲桃来到水边，掬起一捧水，往自己脸上浇，几次之后，才稍稍平静下来。

玲珑公主与龙成谨一母同胞，但相貌并没有那么相似。玲珑公主虽然貌美，但比旁的女子眉目英挺，或许长得比较像皇帝。而龙成谨潇洒英俊，却也有着别的男子没有的秀丽，兴许比较像皇后。但他们笑起来是一模一样的。

蒲桃看着玲珑脸上的那一抹笑，不自觉地便想起龙成谨对自己悉心照顾时的模样——他的笑也曾这般真挚。

但是越想，蒲桃越觉得心痛。他是带着什么样的心情，才能对着被他害得家破人亡的自己笑的呢？她不敢再继续回忆下去。

只要她不去想，那么她人生中唯一的快乐时光就不会变得复杂、黯淡，也就不会荡然无存。

蒲桃回到营帐时，集体晨练刚刚开始。

他们这一队隶属黄兆将军管辖。黄兆麾下有五千骑兵、六千步兵，其中三千步兵是新兵，蒲桃他们便是他麾下的新兵步兵大队第十分队的第二十七支队的队员。宋昱任第十分队队长。

当然，他现在在旁人面前，名字叫宋玉。

宋昱隐瞒了身份，藏在第十分队，管理三百号人。玲珑作为第二十七支队的小队长，跟在宋昱身边，倒是吃不了什么苦。但蒲桃参与训练才发现，这新编的第十分队，怕是整个军营里最弱的一支队伍。

弱到什么程度呢？所有新兵中的老弱病残，都被分在了这里，上至六十岁的老叟，下至刚束发的少年，就连缺胳膊少腿的都不在少数。

蒲桃突然发现，或许龙成谨并没有公报私仇，此次征兵范围之广，当数本朝开国以来之最。卓毅那种程度的残疾人在征兵范围之内，并不算过分。

这分队里，唯一的一个正常人便是来时被蒲桃救了的那名小兵。那人本来身强力壮，但被玲珑折磨了一路，便也分在老弱病残队伍里了。

这个队伍里，还有两名悍将，便是宋昱和黄兆了。

虽然蒲桃没见过黄兆，但他的名头总归是听过的。而宋昱隐姓埋名藏在人群里，这样的安排显然极为不合理，也就是说，宋昱一定有自己的打算和安排。于是蒲桃也不着急，不动声色地跟着宋昱认真训练着，她发现他甚至有意无意地偷懒，没有暴露自己的武力值。蒲桃也就有样学样，在众人面前懒散度日。

于是他们这第十分队的第二十七支队，便是被众人同情的存在。不论黄兆在他们身边如何排兵布阵，混淆视听，他们自己也深知，他们就是拖整个大军后腿的那一支队伍。

蒲桃既来之则安之，没有想太多，宋昱不说，她也不问，日子一天天过去，敌军不动，他们也不动。军中的生活渐渐让蒲桃放松了心情。

没了扰人的柴米油盐酱醋茶，只有一日日的残阳如血，大漠悲风，这不正是她梦想中的生活吗？

她的母亲，在她年幼之时，与父亲在行商途中，被漠北游牧民族抢劫杀死。那一日，母亲将她护在身下，被漠北人扎了几十个血窟窿的场景，她到死都忘不了。从前她没有办法报仇，如今她终于到了大漠，可以有机会手刃敌人，心情别提有多激动了。

感谢龙成谨，感谢卓毅，如果没有他们，她永远不会想到这样疯狂的报复计划。

眼前唯一的麻烦是玲珑公主。她以为蒲桃不知道她的真实身份，与蒲桃兄弟相称，动不动就想找她打架。一开始，蒲桃还处处留情，但玲珑越来越过分，一天缠她七八回，严重干扰了蒲桃的正常生活。蒲桃后来便索性懒得跟她废话，每一次都一招必杀，本以为她会知难而退，却没想到她缠得越来越紧。

“你为什么总是骚扰我？”蒲桃问她。

“与比自己强的人为伍，才能学到真本事。”

“那你怎么不去找宋玉？”

“宋玉比你厉害吗？我怎么不觉得？”玲珑挠了挠头，默认卓毅不知道宋昱的身份，且在她的认知里，就算宋昱是元帅，也没有卓毅有本事。

宋昱从来对自己都是和颜悦色，予取予求，她觉得他根本打不过自己。这整个军队里，能让她刮目相看的只有卓毅。

“你不要谦虚了，旁人知耻而后勇，方为大丈夫，而你本来就是大丈夫，完全不需要感到自惭形秽，如果我有你这身本事，我早就去挑战宋昱了！”玲珑顿了一下，补充道，“不是咱们这个宋玉，是三军大元帅，宋昱！”

蒲桃神色漠然，继续道：“你还可以去找黄兆。”

黄兆文武双全，也是有硬功夫的人。

“黄兆？黄将军？”玲珑愣了一下，思索道，“宋玉不让我跟他亲近，咱们这个宋玉哈。”

玲珑继续道：“宋玉说他是……”

“是什么？”

玲珑脸色一红，弯了弯食指。蒲桃还是不明白。

玲珑叹气，道：“他有龙阳之癖呀！黄将军对女人没兴趣，靠他太近，会有危险的。”她说完，下意识摇头并且捂紧了胸前的衣裳，好像黄兆见了她就会对她下手一样。

听了这话，蒲桃彻底凌乱了。

玲珑分明是女儿身，对方要真是有龙阳之癖，宋昱怎会不放心将她交给他？只怕他是担心玲珑公主因为黄兆的武力值太高而移情别恋。所以啊，就冲宋昱的说辞，也可知黄兆的性取向是正常的。

但不管怎么说，事不关己高高挂起，蒲桃不想多参与，摇了摇头就离开了。

平静的日子一直持续了半个月。

半个月之后，军队第一批补给到了。蒲桃没想到，她没等到两军对垒，却等到了一个她极其厌恶的人——刘长昕。

刘长昕是跟着押送禽类、牲畜的队伍来的。名义上是补给官员，但因为人手不够，需要亲自下场宰杀禽畜，烹饪食物。他需要时常戴着满是油污和血污的围裙，后来索性都不脱了，直接穿着睡觉。

两个多月不见，他又瘦了一大圈，眼眸里一星半点的光彩都没有了，只剩下苍老和憔悴。就算看到蒲桃从眼前走过，他的眼里也没有任何波澜，就好像不认识她。

蒲桃本以为他已经疯了，却没想到他只是被龙成谨折磨到没有任何求生的欲望了。

当天夜里，刘长昕出现在她的帐外，拉着她非要跟她解释。

“你失贞之事传到尽人皆知与景王爷没有关系，是我在野外捡到你之后，贪图富贵，为了让你身败名裂下嫁于我，才将此事传扬了出去。这件事情万和城老刘家巷的乞丐可以做证，我便是给了他三两银子，让他将此事散播出去。

“蒲家落败也与景王爷没有关系，他自万和城归来之后虽然气极，但也不愿此事传扬出去，不想与蒲家沾染任何关系。是我通过各方关系打压蒲家，造成蒲家悲剧的始作俑者是我，全部是因为我！

“若说景王爷有错，只能说他点燃了一颗火种，是我让那颗火种渐渐燎原！是我！你要恨就恨我，好吗？”

蒲桃万万没想到，刘长昕居然会成为龙成谨的说客。蒲桃不知道龙成谨是怎么做到的，只知道这段时间，龙成谨对他的打击估计是身与心全方位的，否则他不会说出这么多内幕。

“所以呢？”她平静地听他说完，问他，“我恨你，然后呢？”

“所以，请你不要再责怪景王爷了！请你原谅他吧！求你了！你再不原谅他，我就……”

“我原谅他了。”蒲桃打断他，平静地说，“请你转告他，我早就原谅他了。”其实，点燃那颗火种的人根本不是龙成谨，是她啊。

如果不是她，龙成谨不会以那样的方式展开报复，她就不会让刘长昕钻了空子，也就不会连累父亲。她可以原谅龙成谨，但是她没办法原谅自己。

“我原谅景王爷了，景王爷无须再自责。我困了，你可以走了。”

刘长昕站着没动。蒲桃没管他，径直转身，准备回营帐，却没想到一回头，就看见龙成谨站在她的身后。只是短短的距离，可龙成谨半步都不敢再前进。他就那么安安静静地站在那里，悄悄地看着蒲桃。

他再也不想逼她了。他一步都不敢了。

蒲桃在看到刘长昕的时候尚在奇怪，他如何会在这里，在听到他为龙成谨说话的时候猜到了一半，等见到龙成谨之后，就全明白了。

龙成谨定然已经查到，她之所以会在下聘前一晚得知真相，是刘长昕所为。刘长昕本以为这样可以破坏龙成谨和她的关系，等二人感情淡漠了，龙成谨就会放过他，但没想到惹来了龙成谨更加疯狂的报复。

他这些日子所遭受的，不是普通意义上的虐身，而是进一步的虐心。

龙成谨成立了专门的调查小组，调查刘长昕入仕以来的各种疏漏，其实都是一些微不足道的小事，但是叠加起来就成了一项不小的罪名。比如说文人雅士逛青楼喝花酒，乃正常社交应酬所需，他为了炫耀自己的才华，给花魁娘子写了几首赞诗。诗中情真意切，诉说相思，称赞她是每一个男人心中盛开的莲花，濯清涟而不妖，不惹尘埃，如果没有浮世繁华，定要与这女子白头偕老。

原本只是写着玩，信手拈来的东西，也是赠予了不同的女子，刘长昕没放在心上，连自己都忘了。但被人刻意收集之后，此事就被夸大了，说所有诗都只是送给一人的。尤其是将批判的锋芒指向了其中一句话——“若无凡尘俗事所扰，愿与卿暮暮与朝朝。”

他的意思就是，如果不是因为周尚书权倾朝野，他刘长昕又怎会娶周月灵？这可不就是在骂自己的夫人和岳父？

加之花魁娘子恰好失踪，失踪前还被诊出有孕，又恰好出现在马场被人偶然看到，与刘长昕“暮暮与朝朝”的消息传得比真金还真，周月灵一怒之下回了娘家，从此不问他死活。

周尚书求过龙成谨，为了他夫妻二人和睦将刘长昕调回太平府，龙成谨也没有阻止，只说带着周尚书去问问刘长昕自己同不同意。而就在周尚书跋涉大半日到达马场之时，刘长昕被刺激得发疯，扬言这辈子最后悔的就是来到太平府，先是被岳丈压着，后又被夫人欺凌，现在龙成谨打着为他好的旗号，整日欺辱他，他还不如在老家活得清净自在。

这一番话被周尚书听到，周尚书也是气得跳脚，虽没有支持女儿“休夫”，却跟龙成谨说他需要好生看管、调教。于是龙成谨将他调去了军中，除了继续当军中的“弼马温”，这一次还兼职做屠夫和伙夫，工作辛苦可不止增了一倍。

刘长昕知道自己岳丈也不管自己了，心中绝望至极，很想一死了之，偏这时候龙成谨又给他带来了一个消息——周月灵已经怀孕三月，他死了可就见不着孩子了。刘长昕陡然又有了牵挂，于是活也活不好，死又不敢死，真可谓是难受至极。

为了弥补自己犯下的过错，只能是龙成谨说什么，他就做什么，将过去自己做过的所有的事情尽数吐露，试图帮助龙成谨修复二人关系。

龙成谨得知不是因为自己而导致蒲桃身败名裂、蒲家衰落，心中再次燃起了希望。也许蒲桃会原谅自己呢？

龙成谨摆了摆手，让刘长昕离开。

刘长昕如蒙大赦，迅速开溜，营帐前便只剩下蒲桃与龙成谨二人。

“我原谅你。”不等龙成谨说话，蒲桃率先开口，“如果你是想听这个，我可以实话告诉你，我真的已经原谅你了。”

蒲桃眼神真挚，丝毫不像在说违心的话。

龙成谨刚想走上前，却又听她说道："可是我们再也回不到过去那样了。"

龙成谨止住脚步，没有反驳。

蒲父的死是横在二人中间一个无法逾越的坎，就像她说的那样，哪怕解释一千遍一万遍，哪怕他们之间本没有任何直接的仇恨关联，但是蒲父的死让他们再也回不到从前，这个是无可改变的。

除非蒲父能够活过来，重新站在蒲桃面前，否则她只要一想起父亲，就会忍不住想起自己过去所犯下的错误，以及龙成谨对自己好的初衷。这让她难受到无法呼吸，进一步便是无法接受自己。

一个人如果连自己都不喜欢了，那么她会不知道怎么去活着。

"该说的都说完了，景王爷还有什么要吩咐的吗？还是说，您来这里，是有别的目的？您要揭穿我吗？"

"我……"

"揭穿与否我不在乎，反正我已经报了恩，全了情，哪怕现在被军法处置，我也没有任何异议。"

她无法有异议。

她看着他的眼睛，似乎在等待着他的宣判。

龙成谨这个站在高位的，反而不敢直视她。

"我不是来揭穿你的。"

龙成谨双手紧握，松开，然后再紧握，才开口，似是用尽了一生的气力："我不求你真的原谅我，也不求能回到从前，我只希望你不要放弃自己的人生。"

放弃自己的人生？蒲桃有些讶异。

"代人从军，这无异于自杀，我希望你能多为自己考虑，不要总是为他人而活。"

呵，他到如今还在为她着想。蒲桃内心钝痛，她又怎会不知他对自己的真心。可惜，相爱难相守，天堑无法越。他们之间有缘无分。

"只有到了这里，我才找到了真正属于自己的人生。我没有为任何人而活，从此以后我只为自己而活。多谢王爷关怀，罪女告退。"

蒲桃离开了，留下一脸怔忪的龙成谨。大漠黄沙，烽火狼烟，羽翎传信，属于男人的战场，才是她真正想要的人生？

龙成谨不懂。他自认为了解蒲桃，可到了现在他才发现，原来他一点都不了解她。他自以为对她好的所作所为，为她担忧的过去，为她纠结的未来，都不是她真正想要的。

她要的，其实从来都没有变过。

龙成谨突然就觉得，眼前纤弱沉默、一身戎装的她，其实与五年前的她一模一样。她眼中的桀骜和不可一世甚至更超从前。

诚如她所言，她已经一无所有，她只需要做她自己。

如果一个人连死亡都不再惧怕，那么她将无所不能。

景王爷来岐山大营的消息很快传遍了全军。与宋昱刻意隐藏在底下相反，龙成谨一点也不低调。他身穿龙纹盔甲，配以玄衣绶带，长剑在手，威势凌人，气宇轩昂地在大营里巡视，从上至下一个不落，不要说将军、副将了，几乎各个小组长都把他的模样瞧了个真切。

想要巴结他的人很多，他倒是来者不拒。他从起床开始就在喝酒，一直与人把酒谈天商讨军情到深夜。

龙成谨这个状态蒲桃是知道的，一天两天她不以为意，十天半个月她就开始有些担心了。因为他不仅每日应酬，他在每夜应酬结束之后，临睡前，不论醉意多深沉，都会来蒲桃营帐外远远地看上那么一眼。

“你说，这景王爷是不是受什么刺激了？”出操时，就玲珑和蒲桃跑得最快，率先完成任务，提前休息，便坐在一处闲聊。

从前蒲桃都懒得搭理她，但今日难得抬了抬头，皱眉望着她：“此话从何说起？”

玲珑见蒲桃跟自己说话了，兴奋得不行，立即倒豆子一样把话往外倒：“今天早上，我看到皇……景王爷醉醺醺地从草地上爬起来，显然昨夜就睡在草丛里头。他每天都醉成这样，真的没问题吗？”

“能有什么问题？”蒲桃有些吃惊，皱眉问她。

“问题可大了！”玲珑斟酌了一下措辞，才继续说道，“景王爷往日在太平府的名声不错，虽然过去有好一阵也是酒池肉林的，但已经很长一段时间不沾酒色了，现在奉旨督军，却天天醉酒，这话传出去，就有些不妥了吧？”

何止是不妥，简直是闹笑话。

蒲桃心想着，却没有说出来，便听玲珑又道：“何况现在都快入秋了！草原上的天气，指不定哪一天就开始结霜，到时候湿冷入骨，生病了可怎么好？虽然有军医，但这鬼地方医药不灵的，王爷那把金贵的骨头，能承受得起吗？宋昱也真是的，就顾着自己的计划，也不管管……”

玲珑话说得快，这才反应过来自己的语气可能有些不对，连忙解释：“我说的是宋昱元帅，咱们这个宋玉可管不着景王爷。你知道的，元帅肯定有自己的事情要忙，所以肯定有他的计划，但是那么亲近的两个人，不好好管管，也是有些说不过去，对吧？”

玲珑干笑着，等着蒲桃说两句。

蒲桃明眼人装瞎，不与她分辩，也不想揭穿她，轻轻地“哦”了一声，也不知道说什么好。她全部心思都在“龙成谨受了刺激”上。

龙成谨能受什么刺激？他近日受的最大的刺激也不过是自己又将他拒绝了一次。

他莫不是因为被自己拒绝了，所以就想不开了？从此浑浑噩噩，醉生梦死度日，旁的都不管了？不不不，他是皇子，不至于如此幼稚。

蒲桃虽然觉得这不可能，但接下来好几天，这样的担心都越来越明显。直到第一次起霜的那一夜，蒲桃整晚都没有睡着，一听到帐外有风吹草动，就会爬起来看看是不是龙成谨又来了。

玲珑都被她弄醒了几次，更别说灵敏的宋昱，为免二人起疑心，到了后半夜，她为了不吵到旁人，索性一直守在帐外等他。

一直等到三更时分，蒲桃以为龙成谨今夜不会来了，正准备回去，却见一个醉醺醺的身影从营地中心走来。

蒲桃下意识地隐在阴影中，退到一旁，让他看不见自己。

她不知道他是用什么借口甩掉身后一众跟班，每晚都能独自出现在这里的，但他的的确确是来了。

龙成谨摇摇晃晃地出现在蒲桃身前不远处，醉意浓浓的他连路都走不稳了，却能精准地找到蒲桃所在的营帐。

他轻手轻脚地在帐外正对着蒲桃睡的铺位的地方坐下，也不觉得草地湿冷，仿佛靠着营帐就像是靠着蒲桃，他满脸都是放松的笑。

他双唇一张一合，对着营帐说胡话。蒲桃见状，心中有些发堵，却又不愿让他发现自己，直到他彻底睡着后才敢接近他。

她凑近了他，发现他全身冰冷，鼻头冻得通红，且就算睡着了，也还在梦里不停地念叨。

他一个人孤孤单单地趴在帐篷上，对着帐篷里的人轻声地说："蒲桃……我回家了。"

翌日，龙成谨醒来的时候，发现自己正睡在自己的营帐之中。以往他都是早晨天还没亮便被冻醒了，然后自己爬回营帐，今日却好好地睡在自己的营帐中，高床软枕，炭火正盛，着实让他有些困惑。

"本王怎么回来的？"龙成谨招来侍卫询问。

侍卫恭敬地回答："回王爷的话，是刘将军送您回来的。"

"刘将军？本王不是问酒局，本王问的是半夜！"

"半夜？"侍卫一脸疑问，"回王爷的话，属下不知。"

龙成谨听了就怒了："你奉命看守本王的营帐，连本王怎么回来的都不知道？！"

"王爷恕罪，属下……属下确实不知。"

负责守夜的侍卫跪了一地，他们比龙成谨还蒙。他们岂止是不知他怎么回来的？他们连他半夜曾出去过都不知道！

龙成谨这才想起，自己往日都是从帐顶的天窗爬出去的，昨天也不例外。那么昨夜送自己回来的人，也一定没有走寻常路。能背着自己回来，悄无声息不被旁人发现，这样的人全军不超过三个。

宋昱、黄兆，还有蒲桃。

龙成谨知道宋昱和蒲桃同住一个大营，首先便去问宋昱，宋昱当然不承认，他虽然顶着小兵的名头，但仍然事务繁忙。然后龙成谨又去问了黄兆，黄兆更加不明所以。

龙成谨思来想去，最后才去找了蒲桃。他认为蒲桃是最不可能管自己死活的人。龙成谨在临时搭建的练功场上找到了蒲桃，发现她正在陪玲珑练身法。

玲珑见了龙成谨，以为他是来找自己的，本能地向后躲，想让龙成谨不要说教不要把自己揪出去，哪知道龙成谨根本都没看她，径直走向了卓毅。仿佛玲珑在他眼里真的就只是一个籍籍无名的小队长，二人根本不认识。

玲珑公主刚松了一口气，就听龙成谨小心翼翼地喊了声："卓……卓毅，本王有事请教。"

玲珑还是头一次见龙成谨这副模样。那叫一个彬彬有礼，谨小慎微，俨然一副尊他、敬他、仰慕他，甚至有那么点怕他的架势。

他眼里情绪之复杂多变，为玲珑公主生平仅见。

反倒是卓毅，光明磊落，落落大方，拱手作揖便跟着龙成谨走了。他眼神毫无波澜，就是下级对上级的尊重。玲珑公主看出了龙成谨的一点异样，但是又看不懂其中到底出了什么问题，眼中的困惑倒是不少于龙成谨。

龙成谨没有管尽力装作不认识自己，又特别想要知道内里故事的玲珑，和蒲桃二人来到一处无人的小丘。

"我……"龙成谨再三迟疑，犹豫了半晌，都没能说出口。

反倒是蒲桃大大方方地开口："昨夜送王爷回营帐的人，是我。"

"当真是你？那你……"

龙成谨欲言又止，低着头，偷偷抬眼去看她。见她脸上没有任何表情，他心中更加忐忑。

"我什么？"蒲桃催促。

"那你是不是……"

"是什么？"

"是不是……"

龙成谨犹豫再三，最后还是蒲桃先说出口："你是不是想问，我是不是在关心你？"

龙成谨愣了半晌，才飞快点头："……是！"

"景王爷，您多虑了，我不是在关心你，我是在关心宣武国的未来。"

"……什么？"

蒲桃沉下脸，一字一句道：“您作为宣武国的皇子，奉命督军，却整日饮酒作乐，让外人看了作何感想？他们会认为自己为之拼命，为之效忠的宣武皇族是一群贪图享乐、不顾大局的无知之人。”

“我……”龙成谨脸色不大好看，一时间不知道该说什么。

正在他斟酌语气之时，蒲桃继续道：“景王爷，退一万步说，就算你不在乎旁人怎么想你，怎么看你，这里也还有比你的名声更重要的东西。”

“岐山大营里有数十万将士，他们每一个人都有父母妻儿，亲人朋友，他们的生死不是儿戏。且众人每日的吃穿用度都是黎民百姓的血汗，我们是带着无数人对和平的祈愿和希望来到此处，这里不是给你花天酒地醉生梦死的场所，您究竟明不明白？”

“我明白，当然明白！”龙成谨被骂蒙了，点头如捣蒜，但是他还是想不通这跟她送自己回去有什么关系。

“所以呢？”

“所以，我把你送回去不是因为我对你有情，抑或是旁的，我唯一的理由，只是因为我不希望你在每日浪费大家的军粮之后，又因病倒还要让旁人匀出更多的精力去照顾你。我希望你能站在皇子的角度，多为大局着想，而不是囿于儿女情长。这不是因为我关心你，只是因为我希望这数十万的将士，乃至他们的家人，都能骨肉团聚，不再分离。而你，是他们的主心骨，你不能倒下。”

蒲桃说完，看见龙成谨眼中的光芒褪去，她知道自己在伤他的心，可是这样的伤害怕是越狠越好。

蒲桃居高临下，满眼鄙夷：“景王爷，不管过去您多荒唐，我希望未来的您能将目光重新放在万民身上，不要只是盯着我。因为那样我会觉得，你这样的人，简直枉为人臣，枉为男儿。”

蒲桃说完，不顾龙成谨的反应，转身便要走。可下一刻，她便被人握住了手腕，用力往后一扯，下一瞬，她就落在了那人的怀里。

龙成谨将她牢牢摁在胸前，不让她动弹。

“枉为人臣？枉为男儿？”

龙成谨一字一句都十分用力，一副十分生气的模样。

蒲桃趴在他的胸口，可以明显感觉出他呼吸的用力程度。她本可以推开他，但当她感受到他胸前凸起的骨头，以及隔着薄薄的衣服听到的明晰的心跳声，她突然又不忍心大力推开他。

她只能收起自己的气力，小心却又不容人反抗地将他推开。

她站在他面前，定定地看着他。眼前的人看着与当初无异，但身体状况已经不及当初十之一二。他这些日子吃不好睡不着，早已瘦得只剩皮包骨，所以才穿上特定的盔甲，给人一种精神十足、耀武扬威的错觉。蒲桃感觉胸口堵堵的，多少斥责的话语便尽皆说不出口了。

“王爷，为了万民，您要保重身体。”蒲桃声音小小的，哑哑的。

龙成谨的声音也是嘶哑又低沉的：“蒲桃，你说了这么多，都是在告诉本王，本王粗俗浅薄、胸无大志，你对这样的我有多么不屑。可是在本王听来，这些全是对我的关心。”

“关心？”

“不错。假如你心中不曾有我，那么我被天下人耻笑又与你何干？就算我被天下人误会，你也不必帮我辩解。你说你站在天下人的角度，为万民考虑，可是在我看来，归根结底，你是不想本王被天下人憎恶、嘲笑，你根本是在为本王担忧！蒲桃，你明明心里还有我，为什么要推开我？”

蒲桃盯着他看了一会儿，旋即冷笑道：“景王爷，您还是那么自信，那么盲……”

“别急着否认。”蒲桃扬起的嘴角还没放下，便听龙成谨打断她，“我知道你在担心我，但是我想告诉你，我不会逼你现在就承认你爱我，我会证明给你看，你眼前的这个人，值得你爱。我要让你大大方方地承认，你是喜欢我的，我值得被你喜欢，你不必觉得丢脸。”

“什么意思？”蒲桃皱眉，这下她是完全听不懂了。

“你真当本王是来游山玩水的吗？你真以为那些没完没了的酒局，是本王被蒙蔽了双眼，捂住了耳朵，所以才赴约的吗？你错了！军中有叛徒，本王是在找叛徒。”

“什么？！”

“根据本王这些时日的调查，我已基本可以断定，将我军军报出卖给敌军的，正是当朝太子，我的亲皇兄，龙成璧。”

蒲桃闻言，心中的震惊难以言表。

龙成谨不顾她的反应，继续道：“过去你看不起我，从第一眼开始，你就不拿正眼看我，甚至将我踩在脚下。那时的你说只嫁能打得过你的男儿，只嫁这世上最好的男儿，那时我不懂你的意思，但是现在我懂了。你要的不是武力上能征服你，而是一个可以让你心甘情愿去仰望的人。

“我已经下定决心修书一封，准备直接上奏父皇。我相信，这宣武的皇位未来便会落在我的身上。也就是说，现在站在你面前的不仅仅是七皇子，更是未来宣武国的皇帝。我以整个宣武国向你保证，我绝对不会弃自己的百姓于不顾，我会尽自己的全力，让每一个宣武国民吃得饱穿得暖，家庭和睦，亲人团聚。百姓安居乐业，再无战争之苦。我会成为你口中那个世上最好的男儿，等到了那时，我会再来问你一次。”

“问什么？”

“我会再来问你一次……你还愿不愿意嫁给我？”

蒲桃没有答应他，也没有拒绝他。她根本就没有将龙成谨的求婚放在心上，她全部的心思都被“军中有叛徒”吸引了去。且这个叛徒还不是一般人，是东宫太子授意将军报透露出去的。

“太子为什么要这么做？”

蒲桃十分不解，这种百害而无一利的事情，他为什么要做？

“宋昱与我交好，打击宋昱就是打击我。只要宋昱因战事不利获罪，我自然也会受到牵连。”

“他为什么要打击你？你们一母同胞，不应该是世上最亲近之人吗？”蒲桃皱眉。

“过去我将他当作最亲近之人，可是渐渐地，在权力面前，再亲的人也会产生嫌隙。过去我从来没有想过争夺太子之位，但是现在不由得我不想。”龙成谨顿了一下，继续说，“过去我从未有一刻想要与皇兄相争，但是他并不信我，屡次三番暗害于我，以前种种我都能视而不见，唯独这次绝对不可以。他置宣武百姓的利益于不顾，只为那些朝堂之上捕风捉影的传闻，实在令我失望。这一次，我不会再退让了。”

“……”

信息量太大，蒲桃惊得一时不知如何回答，但她也突然发现，别看龙成谨平日里总是一副云淡风轻的样子，他的肩上或许背负着很多她不知道的东西。他甚至并不似表面看起来的那般安全。

蒲桃有些担忧道："既然你知道他想害你，那你还敢只身来到岐山大营？"

"为什么不敢？"

"因为……"蒲桃身处下位，不敢胡乱猜测，话到嘴边却不敢再往下说。

"我知道你在担忧什么。"

龙成谨无所谓地笑道："如果此事暴露出去，太子一定会对我下杀手。没有什么地方比战场更容易杀人的了，任何人，任何原因，甚至是一场突如其来的风寒，都能让我死得顺理成章。"

龙成谨每说一个字，蒲桃的脸色就难看一分，到最后她的脸色黑得仿佛会滴出墨来。

"你还笑得出来？"蒲桃简直无法理解，"既然你知道有危险，为什么还要来？"

"因为值得。"

"值得？"蒲桃更加不解了。

"你在这里，所以我来了。"龙成谨一字一句说得十分认真。

蒲桃更加慌乱了："……你简直不可理喻。"

蒲桃想走，却被龙成谨抓住了手腕。

龙成谨问道："你刚刚在担心我的安危，对不对？"

"当然。"蒲桃被龙成谨盯得久了，顾左右而言他，"宣武国已经有一个通敌卖国的太子，如果你再出事，以后宣武国该怎么办？我怎么可能不担心？"

"只是因为宣武国？难道你的心里就没有一点点担心我这个人的安危？"龙成谨向前一步，靠近蒲桃。蒲桃没有察觉，任由他近身，等她发觉的时候，龙成谨已经与她鼻息相通。

龙成谨伸出手的同时，蒲桃连忙向后退，却忘了身后有一棵歪脖子白桦树，让她退无可退，一时间竟被龙成谨圈在了怀里。

“蒲桃，我知道这里危险，我来这里大半的原因是为了你。我不求你现在原谅我，但是下半生，我希望你可以给我一个机会，让我去弥补我之前犯下的错误，可好？”龙成谨言辞恳切，字字发自肺腑。

她看着龙成谨近在咫尺的纤长睫毛因为紧张而颤抖，明白他的一片苦心。可是这种时候，又哪里是儿女情长的好时候？

“你先保住命再说吧。”蒲桃用力拂开他的手，力气之大让龙成谨根本无法招架。

蒲桃轻易就脱离了他的掌控，随后扬长而去。

她不是不感动，不是不相信，但更多的是生气。

龙成谨来这里第一次见面时，劝自己不要放弃人生，他倒好，明知山有虎，偏向虎山行，还跑到战场上来，真不知道究竟是不是不在意自己的人生？！

蒲桃离开后，很快有另一人从白桦林中走出。

“将这么重要的消息告诉她，可靠吗？”

宋昱来到龙成谨身边，表情凝重，显然将他们刚刚的对话全听了去。龙成谨本人却浑然不在意，还沉浸在愉悦之中。

“她没有拒绝我。”

“您说什么？”宋昱皱眉。

“你听见了吗？她没有拒绝我！”龙成谨兴致勃勃，向宋昱表达自己内心的欢喜，“这是不是意味着，我有机会了？”

宋昱愣了半晌，目瞪口呆：“您还是我认识的景王爷吗？”

“当然！景王爷也是要恋爱的，这是生而为人的权利和需求，你不懂。”

龙成谨心情很好，便拉着宋昱在小树林里嘀咕，将这些日子所发生的事情通通说给他听。其间，重点描述了他和蒲桃惊天动地、一波三折的爱情故事。

当然，于龙成谨而言是爱情故事，而在宋昱听来就是恐怖故事了。

龙成谨居然喜欢上了蒲桃，还要纳她做正妃，除她以外，谁也不娶。也就是说，那个膀大腰圆的乡野村妇，已经拜堂成亲过三次的女人，将成为宣武国未来唯一的皇后，宠冠六宫？！

龙成谨对她的不喜言犹在耳，这会儿就非她不娶了，这个女人到底有什么魔力？！

宋昱惊呼：“王爷，不是您疯了，就是臣幻听了。那个女人怎么配得上您？”

“你怎么能称她‘那个女人’？”龙成谨皱眉，“本王不许你这么称呼她，以后你见了蒲桃，都要尊称她一声‘王妃’。”

“可……”

“这是命令。”

龙成谨说完，宋昱变得一脸菜色，哑口无言。

龙成谨没管他，心情很好地离开了。

已经到了太阳下山之时，又是一轮新的应酬到来，他准备去自己的战场了。白桦林中，独留下宋昱一人在风中凌乱……

（三）

蒲桃得知龙成谨的真实来意之后，不再避着他。甚至有意无意，空暇时间她都会去他附近晃荡。

龙成谨瞥见过她几次，但每一次她都又迅速地消失，眨眼间不见踪迹。

龙成谨知道她是在担心自己的安危，又不想过分暴露自己，只是在暗中保护。他心中窃喜，来蒲桃所在小队的次数也便增加了。

黄兆陪着龙成谨巡视基层部队的次数增多，在上级面前蒲桃避无可避，只能陪着他们视察。

黄兆一直是不苟言笑的模样，对谁都不客气，宋昱和龙成谨都时常被他怼。玲珑和龙成谨则装作不认识，但四下无人之时，多多少少还是会聊上几句。

这一日晌午，只有宋昱、玲珑和龙成谨三人在帐外，玲珑拉着龙成谨问：“我看你眼睛一直在看卓毅，你是不是……”

玲珑欲言又止，宋昱的脑子里立马敲起了警钟，就连龙成谨都有些诧异。

“你看出来了？”

“当然！”玲珑一拍胸脯，大力点头，“你眼珠子都快粘人家身上了，你究竟有什么目的？你是不是也……”

“也什么？你给本王闭嘴！”

龙成谨有些心慌，脸色难看，顾左右而言他：“小孩子问这么多干什么？本王还没追究你女扮男装进入军营之罪，你倒先质问起我来了！赶紧回去，别在这里阻碍本王和宋昱谈要事！”

“你凶什么？”玲珑大惑不解，“我不过是想问问你是不是也觉得卓毅此人很了不起，前途不可限量，也想招揽他，你怎么就跟吃了火药似的？”

“啊？”龙成谨和宋昱都是一愣。

“你什么意思？”

龙成谨不解，看着玲珑眼带春色，渐渐生出爱慕之心，心中感觉有些不妙。果然，下一秒就听玲珑缓缓道：“虽然你来这儿不久，但我相信你也看出来了，卓毅他少年英武，身手不凡，是不可多得的人才！此次大战得胜之时，他一定会立下大功，届时……”

“届时什么？”这次是宋昱忍不住了，率先开口。

“届时……”玲珑脸一红，没有说完，只看着龙成谨，期待着他往下说。

宋昱看向龙成谨：“届时什么？”

龙成谨一脸懵懂：“本王什么都不知道。”

“哎呀，你们好烦啊，女儿家那点事情，你们怎么就看不明白？非要我说明白了。我偏不说，你们自个儿想去。”玲珑气急，难得露出女儿做派，一跺脚就跑走了。

宋昱和龙成谨面面相觑，沉默了半晌，龙成谨才愣愣地说：“玲珑这副模样，莫不是……”

“是。”宋昱一脸黑线，虽然不想承认，但还是只能说出事实，“你没猜错，她谈恋爱了，对象还是蒲桃。”

你们兄妹俩，口味真一致。

宋昱一个头两个大，完全不知道该怎么办了。他能统领千军万马，却始终搞不定这个从小一起长大的玲珑公主。

“你别看着本王，本王也拿玲珑没辙。”龙成谨也是苦恼，在他心里，蒲桃迟早是要嫁给他的，这若被玲珑公主得知蒲桃的真实身份，她会不会大闹一场？

不会，应该不会的。以玲珑公主骄傲的“天之骄女”的性格，她必定拉不下脸来与蒲桃闹。

嗯，一定会是这样的。龙成谨自我安慰着，暂时将这个问题抛之脑后。

宋昱和龙成谨都很有默契地略过了这一小插曲，继续商量接下来的安防布置。

宋昱：“我们从上游切断了敌军水源，他们已经两日没有水用，存水不会超过三日，我相信，他们这两日就会发起总攻了。”

龙成谨问道：“你打算怎么做？”

“大军的安防缺口已经透过太子那边的细作送到了敌军手里，就看他们会不会上当了。”

龙成谨看了看远处蒲桃营帐的方向，知道他们正是被宋昱抛出的诱敌猎物，虽然知道有万全之策在后保护，但还是有些担心。

他沉默了许久，才点了点头：“好，务必保护好他们的安全。”

宋昱颔首：“王爷放心，一切都在我的掌控之中。”

“嗯。”

二人闲聊着回到营地，便看见玲珑拿了盘牛肉递给蒲桃。

蒲桃过惯了清贫日子，这些天的风餐露宿也没觉得多苦，但玲珑不一样，她从小山珍海味，大鱼大肉的。在这荒野之地，三天才分得一小块肉，她能积攒这么大一盘，一次煮烂全给了蒲桃，可见是积存很久了。她的心意也可见一斑。

但蒲桃并不承情，全程冷着一张脸拒绝了，除了一句“不必”，连一个字都没有多说。

“你不吃它们就没有意义了，扔了也罢！”玲珑难过，气得直接把一盘肉都扔在了地上。

玲珑原本是想引得她的注意，然而不想蒲桃见了，陡然就生气了。

“你不想吃，大可以送给旁人。这么多将士，全吃不饱穿不暖，你何苦在此发无端脾气，拿食物撒气？”蒲桃怒不可遏，瞪着玲珑，“简直不知好歹！”

蒲桃脱口而出，根本不记得眼前的人是皇家公主。

这会儿她也顾不上她的身份了，只当对方是个不懂事的纨绔。

玲珑头一次见蒲桃发这么大火，惊得不敢动。她就呆坐在那儿，眼睁睁地看着蒲桃将沾满了泥土的牛肉捡起来，洗干净了送给其他人。

玲珑咬着唇，想发脾气又自知理亏，一副发脾气也不是，隐忍又难受的模样，脸都绿了。

宋昱来到玲珑身边，安慰她：“你别跟卓毅一般见识，他乡下小子没见过好东西，见不得人糟蹋食物，说你两句，你也莫要与他置气，不值当的。”

宋昱原本是好意，但玲珑不领情，说：“乡下小子怎么了？人家乡下小子说得也没错，本来就是我错了，是我不该平白浪费食物。”

“那你生什么气？”宋昱目瞪口呆。

“我气我自己！”

“什么？！”

“卓毅骂得没有错，食物珍贵，我不该把肉扔了。唉，我该怎么办，我又惹他生气了，他肯定要讨厌我了。”

玲珑眼含泪水，双手不自觉地绞着盔甲里衣，看着卓毅满脸女儿家的作态，又急又恼。这是在宋昱面前从未有过的，甚至，身为皇兄的龙成谨都没有见过。

龙成谨从旁看着这一切，更加觉得头疼了。玲珑这是动了真感情了啊……对象还是自己的亲嫂子。唉，人生难，真难。

但是往好的方面想，连玲珑这个天不怕地不怕的“天之骄女”都喜欢蒲桃，是不是更加可以确定蒲桃实在是个不可多得的好女人？他的选择果然没有错！

念及此，龙成谨对蒲桃更加好了。

玲珑以为哥哥是因为自己才对卓毅好，只当是哥哥也认可了卓毅，没有多想。站在圈外，眼睛跟明镜一样的宋昱就很难受了。

这兄妹俩配合默契，旁人看不出几人之间的关系，宋昱却看得明明白白。他们俩啊，对蒲桃鞍前马后的，恨不得把她当菩萨供起来。他内心很想问一句：“凭什么？！”

表面上，却只能言笑晏晏，见到蒲桃就眯起双眼，夸奖道：“你干什么都厉害，真是不可多得的少年英雄。”

玲珑听了很满意，龙成谨听了也不觉得有异。

只有蒲桃觉得背脊发凉，总觉得这个笑面虎的心里，肯定不如表面这般温和。

然而蒲桃的好日子仅限于四人小团体内部，面对直属上司黄兆，她还是需要打起十二万分的精神。

黄兆每次巡查经过，不管是对宋昱，还是对龙成谨，甚至对玲珑公主，都是冷着一张脸，没有给他们半分脸面。

“王爷，您地位尊贵，不应该长期混迹底层士兵营地，影响他们训练。

“元帅，您是三军主帅，有自己的打算末将不反对，但是您不应该与景王爷过从甚密，这样会影响大计。”

“公主，虽然您女扮男装，然看在大战在即，您又确实能够有所建树的分上，末将暂时不想揭穿您，以免乱了军心。但大军凯旋之时，末将一定会禀报帝后，请他们对您严加发落。还有，请您不要在营中开小灶，已经有很多人说过，您经常动用私厨，这严重违反了军规军纪，请您注意。”

“至于你……”黄兆看向蒲桃，露出思索的表情。

“我叫卓毅。”蒲桃第三十次提醒他。

他也第三十次冲她点头：“对，卓毅。”

“末将在。”

“国家征兵，你身为军人，主要职责是守卫边疆。国家不是召你来插科打诨聊天的，请你注意自己的言行。”

“是，将军。”

蒲桃巴不得溜之大吉，每次黄兆一来，她就能从那三人之中脱身，实在是快哉。

然而龙成谨还生怕蒲桃心里觉得委屈，总是找机会跟她说：“黄兆就是这样，对谁都不买账，从来都不苟言笑，但人是不错的。他做事认真勤勉，十分妥帖。他不记得你的名字，也不是因为看轻你，而是因为他有社交恐惧症，再加上脸盲……”

龙成谨斟酌了一下，才继续说：“你懂的，天才总归是有缺陷的。他对你冷言冷语也不是故意针对你，你不要往心里去。”

蒲桃皱眉，瞪着龙成谨：“王爷，你是不是对我有误解？”

“什么误解？”

“你觉得我是那种旁人说我两句，就会记恨上的人吗？”

“你不是。”龙成谨使劲摇头。

“那你还替他解释什么？”

“我不是替他解释，我只是喜欢黄兆，也喜欢你，我不希望你们之间产生嫌隙……”

“王爷。”蒲桃再次打断他，“我想郑重地告诉你，我非但没有觉得黄兆将军做错了什么，反而觉得他做的一切都对。他说的话也是字字在理，直戳人心，他做到了一个将军该做的事情，而你们……才是真正把军营当儿戏！”

蒲桃没有直说“你们”究竟是哪些人，但龙成谨也很清楚她指向的是谁。

龙成谨很冤，他觉得蒲桃只见到了他伏低做小的一面，没有看到他兢兢业业勤勤恳恳忙于政事以及巡查三军的一面。

他很想解释，但是又觉得接触得越多，蒲桃越不安全，还不如什么都不知道。他想，等以后回太平府了，他再慢慢用行动告诉她自己不是一个游手好闲的王爷吧。

日子倏忽而过，敌军比宋昱料想的要能忍，在被切断水源后的第七天，他们还没有动静。

宋昱觉得有异，瞒着一干将军，亲自带队领了一队人马去上游查探。这才发现原本应该被切断的水源，早已被人偷偷放开了一条缝隙。水涓涓而出，虽然细小，但足够下游敌人的日常饮用。

由此可见，敌军的细作已经深入大军，就连切断水源这样大的事情都能出纰漏。

宋昱怒不可遏，对谁都不敢再相信。他回去之后，当即吩咐黄兆亲自带人守在上游，务必让敌军没有任何喘息的机会。

如此一来，水源是彻底切断了，却不想敌军迅速得到消息，知道黄兆被派去了上游，不在大军之中，当晚便挥军南下，直奔宋昱这一队而来。

宋昱本以为敌军上当了，知道他们这一队乃老弱病残，所以从此处突袭，早已部署了万全的法子应对。

他亲自迎战敌军的统帅，让他们一队精兵无法突围，后期部队便是来一批送一批，整个军营可说是固若金汤。

本来该万无一失才是，却不想敌军一个不出名、且从来没有人见过的小将领，穿着不起眼的普通士兵的军装，在茫茫人海中一眼就看见了龙成谨，挥刀直奔他而去。

风云突变，只在一瞬之间。

宋昱被人牵住，紧紧拖在战场之内，分身乏术。要不是蒲桃随时注意着龙成谨，跟随在他身边，龙成谨当即便成了沙场亡魂。

蒲桃为龙成谨挡下一刀，兵器断裂，之后只能徒手迎敌。

玲珑适时赶来，与那小将过了三招便败下阵来。也亏得这三招，为蒲桃赢得了机会。

蒲桃忙将龙成谨放到一边，赤手空拳与那马上小将过了十招，竟是谁都没有讨到好。

小将看蒲桃的眼神越发古怪，蒲桃心中也觉得诧异，显然都认为对方绝不仅仅是一个普通士兵。

这时，宋昱注意到了这边的情况。那人知道自己绝不是宋昱和蒲桃围攻之下的对手，见没有机会当场杀死龙成谨，便趁蒲桃不备，将龙成谨打晕拉上了马。他的眼力不错，觉得玲珑身份也不一般，便将她也顺势捞起，扔给了战友，一同掳走。

二人战马精良，很快便突围而出，消失在茫茫夜色之中……

宋昱被众人纠缠，即使注意到了这边的异动，也来不及追赶。蒲桃当机立断，斩杀敌人一名大将，抢了他的战马。

战马认主，不肯归顺蒲桃，蒲桃便是在如此艰险的情况之下，一边驯服战马，一边让它奔着龙成谨消失的方向而去……

蒲桃骑着战马，一路追赶，她根本没有别的想法，只知道不能让龙成谨离开自己的视线范围。

她一直紧紧追着那个小将，只见他与另一将领打扮的人一起，冲出重围，疾驰入敌军阵营。

敌军见了二人，自发地如潮水般退开，为他们让出了一条道，显然是早有部署。蒲桃紧紧地跟随在他们后面，不知不觉便深入敌后，等反应过来的时候，四周已经只剩下敌人。

但她根本没有时间去害怕，她也不知道什么是害怕。

因战马奔逃速度太快，敌军一开始没有反应过来，等发现后面有宣武国的士兵追击而至，想要上前阻拦的时候，蒲桃又早已远去，将他们远远甩在后面。

时值深夜，那人的战马长途奔袭，又带着两人，早已体力不支。马背上的龙成谨已经昏迷，人事不省。蒲桃在后头，不知他是死是活，她只知道，她要把龙成谨带回去。

那掳人的小将见众人阻拦不住蒲桃，便与另一人分开行动，一人驮着龙成谨，一人带着玲珑，逃往不同方向。蒲桃分身乏术，只得放弃玲珑公主，紧追着龙成谨而去。

两人骑着战马，一前一后驰入敌军大后方。

阴山以北，是一整片荒原。荒原上岩石突起，裸露在风沙中。

两匹战马一前一后在荒原上奔驰，那人一路北上，将蒲桃引上阴山，直至断崖，前去无路，才猛一勒马，停住。

“你倒是有毅力。”他回身看着蒲桃，目露凶光，“你究竟是谁？”

蒲桃气喘吁吁，根本不想回答。她就是一个普通人，一个宣武国的士兵，她没有任何旁的身份。蒲桃骑在马上，逼近那人，那人从蒲桃的气势便看出自己不是对手。

“不要过来！再过来我就把他扔下去！”那人拎起龙成谨，拿刀架在他的脖子上。也就是这一会儿的工夫，龙成谨醒转，明白了自己的处境。

断崖边，敌人马背上，还有一把刀架在他自己的脖子上。

不远处的蒲桃没有停下，她笃定对方费大功夫把龙成谨绑回来，而不是一刀杀了他，一定不会就这样要了他的命。直到她看见龙成谨的脖颈有鲜血溢出，才感到担心和害怕。

“相信我，你再过来会后悔的！”

蒲桃见状，终于不敢再前行。龙成谨则忍住痛楚，看到远处升起的烽烟，听到由远及近的马蹄声，那是千军万马疾驰而来的声音。

显然那不是友军。

他见蒲桃停下，他明白她在担忧自己的性命。毕竟论单打独斗，蒲桃还没有怕过谁。她分明有能力杀了这个人。

可是她不得不勒马止步。

“别停下！”龙成谨催促，“等他们援军一到，你我二人都会死。如果你我被俘虏，身后就是宣武国千千万万的百姓遭殃，你不如现在就杀了他，你和我之间还能活一个！”

哪里是还能活一个？活着的人只可能是蒲桃。

可是蒲桃怎么忍心看到龙成谨在自己眼前死去？

“闭嘴！”那人暴怒，说话的同时用刀背再次重击龙成谨的头。

龙成谨却咬着牙，没有再次昏睡，始终保持着一丝清醒，告诉她：“死我一个，换你活着，我愿意！”

龙成谨的话无疑再次激怒了马背上的敌人，但他还是不愿就此杀死龙成谨。他看向蒲桃，还是觉得她不敢上前，问道：“他是你们的七皇子，你知道吗？”

“知道。”蒲桃定了定神，再次催马上前。

现在轮到那敌军士兵紧张了：“那你还敢过来？”

“正因为他是七皇子，我才不得不过来。”

蒲桃怎么会不明白龙成谨的意思？待他们成为俘虏，龙成谨必然会被拿来当作人质，要挟宣武国以获取更多的利益。她可以现在杀了这人，将损失降到最低。牺牲龙成谨一个，救得整个宣武国。这是他身为皇子，必须付出的代价。

蒲桃定下心，一扬马鞭，马匹飞速朝二人袭去。

那人到底没有蒲桃有觉悟，不敢真正动龙成谨。他反而抽出长刀，对准了马儿，想要阻止蒲桃上前。但蒲桃早已做好弃马而去的准备，在他袭击战马的同时一跃而起，抽出怀中软剑，刺向他的手背。

突如其来的痛麻感让他手上一松，蒲桃顺势夺过龙成谨，抱着他从崖顶一跃而下。

坠落感传来，龙成谨却毫不害怕。

他瞪大了眼睛，满脸不可置信地望着蒲桃："……为什么？"

"天下是你的天下，而你是我的天下。黄泉路远，我怎舍得你一人前往？这一段路，我陪你走！"

蒲桃说话的同时，紧紧地抱住了龙成谨，将他护在身下。

龙成谨也同样紧紧地抱住了她，不是因为害怕，而是因为感动。

那一瞬间，他的心跳得无比激烈，几乎冲破胸腔。原来她也同样深爱着自己。不到濒临死亡，他绝不会明白。他到现在才知道，她有多爱他。

虽然有点晚，虽然时机不大好，但是他觉得值了。他将她紧紧地拥在怀里，希望能替她挡下千军万马，哪怕万箭穿心。但是她是蒲桃，不是普通女人。宁可死，她也要保护他。

他不要她死！他自己也不会死！哪怕前路是万丈深渊的绝境，只要有一丝希望，便要与你共赴。龙成谨用尽力气，一转身，将她向上托举，在下坠的一瞬间，挡在了她的身下……

"龙成谨……

"龙成谨……

"龙成谨……

"龙成谨……你醒醒。

"成谨……醒醒。"

耳边的呼唤声从小到弱，从担心到渐渐带着哭腔，龙成谨都能听到，可他就是醒不过来。他尝试着抬了抬手臂，很想安慰她，让她不要再哭了，但是抬不起手。

持续的呼唤和摇晃让他头疼不已，他觉得嗓子里像卡了一块什么东西，咳不出来又咽不下去，只能发出痛苦的呜咽声。

"成谨……成谨……"

肩膀上的手摇晃得更厉害了，龙成谨很想告诉她不要再推了，她手上的动作却越来越强烈。

在持续的推动中，龙成谨突然觉得腹部翻涌，紧接着“哇”的一声吐出了一大口血。那口血一直卡在喉咙里，已经变了色。龙成谨被这口血堵着嗓子，这会儿总算能睁开眼睛。

“这是哪里？”

举目四望，一片漆黑，只有二人身处之地有些许光亮。这是蒲桃费尽了心思，才生起的一小团火，用以给二人取暖。

蒲桃松了一口气，语气不再像之前那样关切，眼神也很快冷静下来，平静地道：“山洞。”

听到蒲桃平稳的声音，龙成谨微笑道：“我们没死？”

“没有。我们很好，只是……”蒲桃顿了一下，更加用力地摁住龙成谨的手臂，安抚道，“只是你受了一点小伤，不能动。”

“受伤没关系，没死就好。”龙成谨笑了笑。

没死，他们就还有回旋的余地。

没死，她坠崖之时，抱着自己说的话就还算数。

“你……”

“你需要休养，不要乱动。”

蒲桃似乎知道龙成谨想说什么，直接将他摁回去躺下，让他别动。

他躺在蒲桃的膝盖上，不动也开心，但她冷着脸，一副淡漠的样子，半点不与自己亲近，跟坠崖之时完全不一样。这让龙成谨不禁有些不悦。

“刚刚你不是这样说的。”龙成谨眼巴巴地望着蒲桃，期待着她能回应自己。

然而蒲桃别过脸，根本不想理他。

龙成谨动动手指头，去拉她的衣袖。见她还是不理，他就开始乱动。

蒲桃为了让他不要乱动，只能转过头回答他的问题：“刚刚是刚刚，刚刚的情况跟现在能比吗？”

“为什么不能比？刚刚是生死之际，最能看出一个人的真心，你明明是喜欢我的，为什么我们活下来了，你反而不承认了呢？”

“因为……”

因为死了，你就不是王爷了。你只是我的龙成谨。

蒲桃忍住心中的难受，木然道："因为我们还活着，所以有更重要的事情等着你去做，现在谈这个不合适。"

"怎么就不合适了？现在全世界只剩下你我二人，没有任何人来打扰我们，我们更应该享受此刻才是。"

"你……"蒲桃目瞪口呆，"你是真不知道还是装傻？外面早已战火纷飞了，你身为王爷，怎么能……"

"停。不要总是说我身为王爷。"龙成谨打断她，"我是身为王爷不错，但是我们现在被困在这里，哪里都不能去，除了你我二人聊聊天，什么都不能做，我们何苦还要去担心外面的事情？"

"你知道？"

"当然！如果我们能出去，你早就带着我出去了，我们被困在此处，很明显就是离开不了。既然不能反抗，那就享受，我已经很久没有与你独处了，我很享受，你呢？"

不得不说，龙成谨在短短的时间内就明白他们现在的处境，这点让蒲桃很惊讶，也很欣赏。但是她对他此刻的放松不敢苟同。

"我不享受，我只想赶紧脱困。"

宋昱和黄兆他们的担心不言而喻，就连被掳走的玲珑公主都下落不明，多拖一时都不好。如果此时大战已经结束，宣武大捷，玲珑脱困，她或许还会跟龙成谨多说两句，但现在，他们一刻都耽误不得。

龙成谨的右手断了，左手和右腿脱臼，什么都做不了，只能依靠着蒲桃。蒲桃想了想，觉得时间紧迫，不能坐以待毙。

"我背你出去。"蒲桃下定了决心，便不容他拒绝，直接将他背在背上，然后把火熄灭。

"你可以吗？"龙成谨趴在蒲桃背上，总觉得这姿势怪怪的。

蒲桃却不容他怀疑自己，镇定地说："可以。"

虽然她个子矮小，但力气很大。龙成谨在她背上，一点都不慌张。蒲桃给人的安全感不言而喻。

二人走出山洞，龙成谨才发现他们所处的环境比他想象的还要恶劣。他们在阴山的中部，突出来的一小块岩石上。岩石左边是个山洞，下方一片漆黑，深不可测，头顶距离坠崖的地方有数十丈，上去的路布满裸露在山体外的岩石。

敌军看不清山崖下的情况，以为他们坠落崖底，所以在底部搜寻，却没想到他们落在了中部，所以他们才能一时躲过对方的探查。假如明天太阳升起，山霭散去，敌军就会发现他们的藏身地，以及可能逃走的路线，这样他们就会暴露。所以，他们只能趁着夜色爬上山顶，在敌人认为不可能突围的地方突围。

毕竟，最危险的路或许就是最安全的路。

蒲桃背着龙成谨向上攀登，其间只要行差踏错一步，二人就会坠入崖底。

龙成谨趴在她的肩头，二人攀爬在高山岩石之上，能照亮前路的只有偶尔从云层中露出的一丝月光。但龙成谨一点都不害怕，有的只是内疚。龙成谨道："我总是连累你，每次都说要保护你，可到头来都是你在保护我。"

"如果你真的想保护我，现在就不要说话。"

"哦，好！"

龙成谨不再说话，不再想方设法地去安慰蒲桃。因为他发现，她根本不需要自己的安慰。

蒲桃根本没有空去害怕，也没有精力去想旁的事情，她只知道，他们必须爬上去，必须回到宣武国。

蒲桃的神情异常坚定，为了让龙成谨有信心，相信他们一定可以脱险，她强迫自己不去看脚下，只一门心思向上爬。她的身体半分颤抖都没有，眼中只有一往无前的坚定。

她的鬓角额头都是汗，龙成谨趴在她的背上，除了能帮她擦擦汗，什么都不能做。

二人沉默地向上爬，不知道过了多久，终于登上了崖顶。此时蒲桃的领口已经全部被汗水打湿，两只手鲜血淋漓。

龙成谨自然是心疼得不得了，可他现在就是一个废人，连安慰的话都说不出口。

蒲桃将龙成谨放下，然后整个人就地躺下，摊开四肢呈"大"字形睡着。

“我睡一会儿，记住，一炷香时间之后叫醒我。”蒲桃气喘吁吁，连听龙成谨回答的力气都没有，直接睡了过去。

龙成谨费尽了力气，才转过身子，侧躺着身子看着她。

月光下，她的头盔早已不知道扔在了哪里，头发凌乱，发髻歪斜，是他见过她最狼狈的模样。可是她眉宇间的英气和刚毅，是他一直以来都很熟悉的。

蒲桃一直是一个认真而坚强的人，不喊苦不喊累，只知道一往无前去做，不到最后一刻她绝对不会放弃。

龙成谨不忍心叫醒她，一直到天边响起群马奔袭的声音，蒲桃从梦中惊醒，明白有大队人马向他们的方向赶来。

她瞥了一眼西斜的月亮，知道自己已经睡了很久。

她眼神一凛，立即背起龙成谨，往一旁躲。

“为什么不叫醒我？”蒲桃皱眉，神情凝重。

龙成谨知道因自己一时的心软，或许要害得蒲桃所有的努力白费，他大气都不敢出，支支吾吾道：“我……我只是想让你再睡一会儿。”

“糊涂！”蒲桃目光凛冽，十分生气，“要休息回去有的是时间休息，现在休息无异于让我之前所有的努力白费！”

“……对、对不起，下次我不会这样了。”

“还有下次？！”蒲桃高声斥责道，“这种事情人生里有一次足矣！以后你不要再连累我了！”

她再也不想跟他一起玩心跳了。他们都是可以为对方去死的人，可是他们都不希望对方死。不，不对，不要说生死，就连受伤、受委屈都不可以。这样的他们，怎么还能再经历一次现在的处境？

龙成谨不敢说话，像个小媳妇一样老老实实待在她背上，一句话都不敢再说。蒲桃顾不上他，只管往马蹄声传来的另一面逃跑，尽所有的力气让他们不暴露在人群中。但是很可惜，他们的双腿怎么也跑不过四蹄如飞的骏马，二人在阴山以西三十里处被追上。

原本蒲桃和龙成谨已经绝望，但随着太阳的升起，他们这才看清，来人其实并不是敌军，而是领着大军来寻找他们的宋昱和黄兆。

“末将宋昱，营救来迟，请王爷责罚！”

“末将黄兆，保护不力，请王爷责罚！”

二人异口同声，同时下马，边说边向前走去，接过龙成谨。龙成谨倒是淡定，扬了扬能动的那只手，示意他们不必多礼。

而蒲桃在确定他们安全之后，根本没有精力再多说一个字，直接晕了过去。

她真的累极了，当她知道他们已经脱困时，什么礼节都顾不得了。她现在只想睡觉。黄兆和宋昱都没反应过来，只有时刻关注着蒲桃的龙成谨知道她随时会倒下，下意识去搀扶，伴随“咔嚓”一声，二人一起倒在了沙地上。

没有意外地，他另一只没有骨折的手也骨折了。

蒲桃这一觉睡得很浅。她的身体虽然累极，但头脑里像戏场一样热闹。她只觉得自己身处一团迷瘴之中，身后是刀山火海，身前一片白雾茫茫。她知道自己一定要往前走，可是又不知道要去哪里。在越来越近的烈火灼烧中，突然有一股清凉的味道传入鼻腔。她总觉得这股味道很熟悉，却想不起究竟是什么。这是她在迷雾丛中唯一的慰藉。

她顺着香味传来的地方走去，一个身着白色长衫的男子背对着她。在他的身后，是出口。他似乎听到了身后的动静，旋即转过身，像等了很久一样，对蒲桃伸出了手。

蒲桃看不清他的脸，但仍毫不犹豫地向他奔去，因为她知道，他就是香味的来源。

在蒲桃即将触碰到他，将自己的手搭上去的时候，她的身下突然裂开了一个缺口。缝隙之中，是滚滚岩浆，伴随着各种骷髅白骨，在岩浆中张牙舞爪，痛苦悲鸣。

蒲桃根本来不及将手放到男子手里，就跌入了岩浆之中。

然后……蒲桃就醒了。

“你醒了？再睡一会儿吧？你还没有睡多久。”营帐里，龙成谨坐在蒲桃的身边，神情关切。他看着蒲桃一直在表情痛苦地哼哼，很想帮她，但他也身受重伤，除了陪在她身边，什么都做不了。

他觉得自己太没用了，深深的自责刻在龙成谨的眉目里，蒲桃只一眼就看懂了。

蒲桃皱眉：“什么时辰了？”

“辰时。你才睡了不到一个时辰，再睡会儿？”

“不睡了。”

“为什么？”

“我总觉得，还有一件事情没做完。”蒲桃刚从噩梦中醒来，很快想到现实里她有很重要的事情还没有做。

“玲珑呢？”蒲桃问。

闻言，龙成谨目光突然沉了下来，他摇了摇头，表情痛苦地说：“被掳走了。”

“我知道，你们派人去救了吗？”

“去了。但是还没有消息。”

“派谁去了？”

“四路都有派出骑兵，但都没有消息。”

“他们到底不会对一个小兵上心。宋昱呢？”

“宋昱正在想办法。”

龙成谨每一句话都显得十分镇定，这让蒲桃很惊讶。

“你都不担心吗？”蒲桃疑惑地问道。

“担心，可是担心没有用。敌人显然已经知道了玲珑的身份，所以才会将她带走。费了那么大的力气将她掳走，肯定不会就这样放过她，换言之，玲珑现在是安全的。”

“可是万一他们用玲珑威胁宣武国怎么办？”

龙成谨满目悲痛，眼底又有着一往无前的决绝：“如果真到了那一步，这是她的命数。跟我是一样的。”

龙成谨的意思很明显，就像他当时在断崖边上说的一样。如果敌军以玲珑为要挟筹码，宣武国不会为了一个人而牺牲千万人的利益，玲珑需要为宣武国的人民而献身。

“可是我不能让她就这么死去。我要去救她。”蒲桃坐起来，目光坚定，“现在就去！”

“你？”龙成谨摁住她，摇头，“这件事情需要从长计议，你不能鲁莽。”

“敌人一定跟你有一样的想法，现在正是出其不意的好时机，再等下去，玲珑公主就算救回来，也身败名裂了！”

是啊，公主女扮男装，拖累大军，抑或被敌军掳走，成为俘虏多日，无论是哪个消息传出，都会对公主有致命的打击。这是同为女人的蒲桃不愿见到的事情。

“所以，我现在一定要去。”

蒲桃说走就走，直接披上战甲，向外走。龙成谨断了一条腿，两只手也才固定好。也不知道是哪里来的力气，他下意识往前一扑，便拖住了她。

“你不能去！”龙成谨激动地道，“玲珑重要，你也重要，现在已经失去了一个玲珑，我不能再失去你！”

“王爷，我会把玲珑平安带回来！”蒲桃目光坚毅。

失去亲人的痛苦她太明白了。她怎么能让龙成谨也跟自己一样，饱尝失去亲人的滋味？但是龙成谨说什么也不允许她去。

“不行！本王绝对不允许！这是命令！”

龙成谨已经很久没在蒲桃面前自称本王，现在实在没有办法，拿出了王爷的名头来压她。但固执如她，又怎会听从呢？

“我和你一起去！”这时，帐帘拉开，宋昱大步走来。显然他已经将二人的争执都听了去。

宋昱道：“我会保证蒲桃的安全。”

“那也不行！除非……”

“除非什么？”

“除非你带我一起去。”

“什么？！”宋昱和蒲桃都惊呆了。

宋昱甚至有点想笑：“您这副模样，只能……”他想说，他去了也只能拖后腿。

“我不能让蒲桃离开我的视线……我……”龙成谨一定要和蒲桃一起去，关键时刻胡搅蛮缠死缠烂打。然而时间紧迫，蒲桃不想跟他废话，直接揽过他的脖子，在他嘴边碰了一下。

他接下来所有的话都被封在了这一个吻里。他睁大了眼睛，不可置信地看着蒲桃。

“我知道你担心我。”在龙成谨的惊愕中，蒲桃缓缓道，“但是，你留在这里，就是对我最大的保护。听我的，等我回来，我一定会把玲珑救回来，我也一定会回来。”

宋昱咳嗽了一声，红着脸点头道：“还有我，我向您保证，我会把蒲桃和玲珑一起平安地带回来。”

龙成谨怔忪着，缓不过神。宋昱和蒲桃趁机离开。

直到蒲桃和宋昱离开很久之后，营帐里已经变得冷清而安静，龙成谨这才抬了抬手，不顾因骨折而导致的撕心裂肺的剧痛，用指尖摸了摸自己的唇。

指尖粗糙，龟裂，远没有蒲桃的唇瓣柔软。

龙成谨这才相信，刚刚她是真的亲了自己！

“我等你回来。”龙成谨望着二人离开的方向，虽然早已经没有了人影，但他还是郑重地说着，“我等你回来，娶你当我的新娘。我唯一的新娘。”

（四）

敌军在突袭失败之后，连夜退回了阴山以北。那里地处荒原，野狼环伺，自然环境恶劣。他们除了要面对宣武大军的包围，还要抵御严寒和猛兽，腹背受敌，十分不易。

宋昱带着黄兆和蒲桃，以及千人的小队，一路快马加鞭，赶到了敌军大营前。从高地向下俯瞰，黑压压的军队，一派死寂。

宋昱道：“他们付出如此巨大的代价，直奔龙成谨和玲珑而来，想必已经知道玲珑的身份。我们只有一天的时间，必须要在他们送出谈判文书之前救出玲珑，否则，公主就算能保住性命，也保不住名誉。”

黄兆道：“如果救不回公主呢？”

宋昱沉默了一瞬，冷着脸说：“保全公主名声为重。”意思就是，玲珑公主的名字如何都不能送到宣武军部，否则丢的就是整个宣武国皇室的脸面，她就算活着回到了宣武，也无法继续活下去。

苍穹之上，是层层叠叠的阴云，月光无法透云而出，重压之下，显得更为阴沉。

宋昱看了一眼天色，冷冷道："天亮之前，玲珑公主生要见人，死要见尸。"

宋昱说话的时候，眼睛里充满了不舍，但又有着一腔决绝。

黄兆和蒲桃都知道，虽然他向龙成谨保证过，他一定会救出玲珑。但他也同时是宣武的大元帅，国家利益高于一切，他已经下定决心，如果救不回，就会就地斩杀。

"我不会放弃。"蒲桃郑重地说，"我有信心，我们一定能够救出玲珑公主。"

宋昱和黄兆站在她身边，一左一右看着她，然后看向下方黑压压的军队，都没把她的话放在心上。

蒲桃也不想多说，她不是一个空口说白话的人，她是心中有了一个目标，就会拼命达成的人。玲珑公主是在她的眼皮子底下被掳走的，她救得回龙成谨，也一定要把玲珑公主平平安安地带回去！

随着"驾"的一声，蒲桃扬鞭打马，一骑当先，向下疾驰而去。那一马当先的气势，看上去倒是比宋昱更像元帅。宋昱和黄兆愣了一瞬，才招呼着军队跟着她前进。

小队按照原先的计划，兵分三路，吸引敌军注意力。这些人都是用来当死士的，上头命令他们坚持拖住敌军两个时辰，他们就必须坚持。哪怕被敌军消耗到只剩最后一人，也要坚持到日出之时。宋昱、黄兆和蒲桃等单兵作战能力强的，则深入腹地，到关押俘虏的地方迅速救走玲珑。

不想，蒲桃根本没有按照既定的计划来，而是直接单枪匹马闯进了敌军大营。就像掳走龙成谨和玲珑的那两个骑兵一样，她在万军之中如入无人之境。宋昱和黄兆在后面远远看着，都惊呆了。

"你去哪里！"宋昱扬鞭赶上，额头满是汗水，显然是费了老大的力气才追上她。而黄兆则在后面断后，给了他们喘息的机会。

"救玲珑。"

"关押玲珑的营帐在东边！你走反了！"

"没反。"

蒲桃目光坚毅，眼睛直勾勾地望着大军正中那顶最大最圆的白顶帐篷。

“你想干什么？”宋昱似乎明白了她的意图，但是意图太过疯狂，他无法相信。

蒲桃道：“直捣黄龙，擒贼先擒王。”

“什么？！”

“刺杀可汗，敌军自然大乱，不仅能救玲珑，我方死士也不必死，大战不战而胜，一箭三雕，不好吗？”

怎么可能不好，但是谁能做到？

“我能。”蒲桃从宋昱半张着嘴的模样便猜出他心中所想，镇定地说，“我见过可汗。”

“什么？”马上的宋昱再次震惊，北狄刚完成王权更迭，新王初即位，没有人见过他们的新王，蒲桃如何见过？

“北狄男人身材魁梧，有蓄须的习惯，那是他们王权的象征。”

“所以呢？”

“虽然那天变故在瞬间发生，但我清楚地看到，掳走龙成谨的人就算穿着破旧的外衣，装作小兵，可是他的胡须是我见过的最长的。我甚至看见胡须之中还交错编织了银线，缠绕在颈间，那绝不是普通的士兵可以拥有的。”

蒲桃思索了一瞬，继续道：“再者，北狄人上至王族，下至平民，全民尚武，新王的身手，自然也是众继承人中最出色的，否则不会成为继承人。”

“这是你一早就想到的？”宋昱惊讶地道。

蒲桃摇头：“刚刚看到他们的穿着打扮才知道。”

“……你真是疯了。”

宋昱随手刺杀了挡在面前的敌军，还想再说话，可是蒲桃已经向前冲出百米。宋昱看着她一往无前的背影，渐渐被敌军包围，迟疑了一瞬，还是决定按照原定计划与小队会和，杀向了战俘营。

然敌方早有准备，关押玲珑的营帐挑选了一处易守难攻的高地，四周守卫自然是里三层外三层。黄兆以一敌百，与宋昱二人联手，才勉强杀出了一条血路。而后方，死士们前赴后继，死守住后路，阻止敌方后续部队进入。

一开始，敌军略有不敌，毕竟来者都是宣武主力。但随着时间的推移，小队终究敌不过敌方大军，渐渐露出颓势。

战斗一直持续了小半个时辰，敌方大军多如过江之鲫，宣武士兵死伤惨重，而前方，宋昱和黄兆也遇到阻力，迟迟无法进入战俘营。

“元帅，只怕要做出决断了。”黄兆长剑一划，杀死了身前三人，来到宋昱身边，提醒他再这样继续下去，不仅救不了玲珑，就连他们都要死在这里。

宋昱如何不知？他也十分清楚，现在营救玲珑已经不大可能，他们需要改变策略，攻入玲珑的营帐，将其斩杀，成全她的名节，这才是将损失降到最小的方法。

“元帅，请您下令！”黄兆一字一句，只等宋昱开口。

宋昱接连杀掉五人之后，二人被逼至相反的方向。

他终究是错失良机了。

宋昱正要开口，突然，敌方大营里传来阵阵号角声，号角声伴着鼓声，又急又密，所有敌军都是脸色一变。紧接着，他们纷纷回头，向着主营帐而去。

宋昱站在高地上，看到营内灯火通明，围绕着中心营帐，狼烟四起。

“可汗的营帐着火了！”黄兆眼尖，一眼看出发生了什么。

“是卓毅！她成功了！”宋昱心中有了谱，立刻改变策略，“计划不变，全力营救玲珑！”

蒲桃声东击西，烧了敌军的粮草，又直逼敌军可汗的营帐，为营救玲珑赢得了时机。敌方大军回攻救主，宋昱和黄兆不再需要面对层层涌来的北狄士兵，便带着小队杀出血路，将玲珑从俘虏营中救出。

此时，距蒲桃刺杀可汗已经过去了半个时辰。

半个时辰内，没有听说敌军可汗身亡的消息，可见蒲桃已经失败。她一人被众人围攻，只怕凶多吉少。

宋昱和黄兆站在高地之上，回身看向敌军营地，便见一个小小的身影挥舞着长枪，所过之处，血花四溅。然而她身上的伤口，也是层层叠叠，密密麻麻。

玲珑心里明白卓毅为了救自己，付出了怎样的代价。

她下意识就要冲过去，却被宋昱一把拉回了怀里："我们为了你，已经付出了惨痛代价，你不要再去拖后腿！"

"可是卓毅怎么办！他是为了救我才深陷危险之中的，我不能眼睁睁地看着他死去！"

"那就不要看。"宋昱冷冷地道，"你们带着玲珑回去，我去救卓毅。"所有人都不同意，不等他们开口，宋昱高声道："这是命令。"

战场之上，元帅的命令为重，不遵守者就是违抗军法。黄兆不再多言，直接将玲珑公主"请"上马，一行人策马而去。

宋昱送走小队，重新看向蒲桃，然后放出了代表营救成功的信号，告诉蒲桃营救成功，她可以撤退了。

蒲桃这才松了一口气。

她虽然没能成功刺杀可汗，但重伤了他，这不仅没能成功引起敌方内乱，反倒激起了千层浪花，让所有人都恨不得吃她的肉喝她的血。

回去的路已经被敌军堵死，她不可能一个人杀死所有人然后离去。

她已经伤痕累累，没有力气了。正在一边抵抗，一边寻找生机之时，蒲桃远远看到宋昱又发射了一枚信号弹，那枚信号弹的方向指向了北方。

这与宣武军队所在相背，但是又在北狄的活动范围之外，是一片人迹罕至的沙漠。虽然是沙漠，但是只要能离开包围圈，就可以获得生机。蒲桃当机立断，向着北方逃离，宋昱侧面助攻，帮助她迅速地摆脱了追击。二人终于在天亮之时会合，甩掉了北狄的军队，进入了沙漠。

天边的晨光照耀在蒲桃的脸上，为她整个人镀了一层金色。血染的盔甲里，闪烁着晶莹，她鬓边嘴角淌下的汗水和血液交织，更是让人肃然起敬。

她从来都是如此坚毅不屈，从来不喊一声疼。蒲桃举目四望，看到无垠的大沙漠，脸上露出了疑惑："元帅，我们怎么回去？"

"从天山的山脊一路向东走，再南下，就可以回到宣武国。大军会在边关等我。”

“那我们快走吧，早一点回去，就可以早一点见到想见的人。”

他们出来了一整晚，干的都是出生入死的事情，她担心的人和担心她的人，肯定一直提心吊胆地在等着她。

宋昱愣了一下，目光从她的脸上移开，他沉默了一瞬才开口道：“是我回去，而你……不能回去。”

“什么？”蒲桃听不明白他的话。

“你以为我在这里等你，是接你回去的吗？”

“不然呢？”

蒲桃不明白，宋昱这没头没尾的一句话究竟是什么意思。

宋昱也不急着回答，他指着天山的山脊，山脊以西，是连绵沙漠，以东是成片的荒原，杂草遍地，这些草向着东南的方向越来越密集，越来越丰腴，那里就是宣武的地盘，他们心心念念的家乡。

而现在他却说，她不能回去。

“你一定是在跟我开玩笑。”蒲桃扬起嘴角，笑得很勉强。

她很想从宋昱的眼里看到他开玩笑的意思，但是她失败了。

“你不能回去。”宋昱再次强调。与此同时，一股劲风袭来，带着凛冽的杀意，蒲桃下意识一躲，发现他的剑并没有刺向自己，而是自己身下的战马。

战马的头颅滚落在地，身体也随之倒下。

“为什么？”蒲桃终于确定，宋昱不是在开玩笑。

他真的不准备带她回去。他甚至希望她死在这里。

“因为龙成谨。”宋昱淡淡地说，“那里是龙成谨的宣武，不是你的。”

“那又怎样？”她可从来没有想过，要跟龙成谨抢东西。她只会站在他的身后，为他守卫国家疆土，成为他最有力的助手。

她不明白，她怎么就成了阻碍了？

“因为你的存在，他注定无法娶宋静娴，没有军部支持的皇帝，无法长久。”

蒲桃张了张嘴，声音嘶哑：“所以，你一早就准备杀我了？”

“一开始并不。”

“那从什么时候开始计划的？”

“从我确认龙成谨对你格外不同开始。确切地说，当我看到他的真心，我便确定，不能让你活着回到他身边。”

“那你为什么还要救我？”

“我？救你？”

宋昱笑了笑，摇头：“我想你可能误会了，我不是救你，我只是要确认你不会活着回到宣武。毕竟，你武功超群，将你扔在人群里，说不定你就能想到方法活下去，不如我亲自见证你的死期。”

“你……”

宋昱嘴角总是带着若有似无的笑。就连对她下达死亡判决书的时候，他眼角都带着笑。

蒲桃突然觉得，他的笑是这世上最真挚，也是最虚伪的笑。笑是他的伪装，是他的保护色。他会对所有人笑，却不会对任何人都有真心。

蒲桃恶狠狠地道：“鳄鱼很好应付，它们只会试着杀死你并吃掉你。人就比较棘手，他们有时候会先假扮成你的朋友。”

宋昱道：“我权当这是你对我的褒奖，毕竟一个胸无城府的元帅不可能做得长久。多谢。”

宋昱一直嘴角带笑，发现蒲桃面带悲愤，可她的情绪丝毫感染不了他。他才是所有人里，对蒲桃最没有耐心的一个。利用结束，棋子会将被毫不犹豫地遗弃。

“你打算怎么跟龙成谨交代？”

蒲桃的离开，是几万双眼睛看到的。龙成谨一定会调查她的真正死因。

“蒲桃不幸，在天山山脊，被敌方弓箭手射中，一箭穿心，掉入天山以西，尸骨无存。”

“这不是真的。”

“当然不是真的，但结果是一样的就足够了。我确定你尸骨无存，就是交代。”

“你……”

蒲桃还想说什么，宋昱打断她：“太子出卖军事机密，导致八千士兵葬身边关，宣武国连丢四城。他的心中没有百姓，他的眼里只有自己的利益。但是七皇子不一样，他能让国家长治久安。”

“所以呢？这跟我有什么关系？”

“关系可大了。”宋昱缓缓地说，“七皇子未来是肩负天下重任的帝王，怎能囿于儿女情长？你的存在注定是一个绊脚石。等你死后，我会告诉他，如果没有太子几次三番勾结敌国，那么你不会死，你的死亡全系太子所为，他才是罪魁祸首。因此，牺牲一个你，让七皇子下定决心，并没有什么坏处。”

“你以为自己洞悉一切，但事实上，你什么都不懂！”

“难道你懂？”

“你以为龙成谨还没有下定决心吗？他早就知道太子所做的事情，他迟迟不愿回击，是因为他的心中有真情！那是他血肉至亲的兄弟，这是他不愿回击的根本原因！而在你的眼里，只有权力，你跟太子没有任何区别！”

“说完了？”蒲桃说完，宋昱把脸转向一边，指着远处的连绵沙漠说，“或许你说得不错，但是我所选的路，与太子绝对不同。时间不早了，你走吧，从这里往前，深入戈壁，我放你一条生路，永远不许回宣武国。”

那跟死有什么分别？这里每天都有风沙，进去的人就不可能出来。

蒲桃身上带着伤，流着血，她咬着牙笑道：“谢宋元帅不杀之恩。蒲桃来世，定当结草衔环以报答。”

蒲桃不是没有还手之力，但是宋昱从来没有在他人面前展露出自己的真实实力。她未受伤时或有一战之力，但现在她疲惫不堪，全身大大小小都是伤痕，根本没有还手之力，还不如深入沙漠独自赴死，这样也比死在自己讨厌的人面前要好。

蒲桃转身，头也不回地跳下天山。一望无际的沙漠里，风沙四起，很快她的身影便消失在了茫茫戈壁之中……

（五）

蒲桃独自一人走在戈壁之中。她第一次发现，原来冬天的阳光也可以这样炙热。

她在敌军包围之中原本就受了伤，此时伤口暴露在空气中，夜晚寒风凛冽，她说不清楚身体是个什么感觉。她根本感受不到疼痛，她只知道自己很渴。

她想喝水，只想喝水。她不知道自己走了多久，只知道天空中太阳升起又落下。从晨光熹微，到夜幕降临，然后是星辰消失，她看着它们在自己眼前不断变换着，然后眼前开始出现幻觉。

她一直向前走着，始终没有停歇，因为只有向前走才有生机。但是人的力量总是有限的，很快，她就走不动了。

蒲桃失去意识之前，撩起自己的衣袖，看到手腕处刻着四道血痕。哦，原来已经走了四天了。

她独自一人在沙漠里走了四天。这已经是身体的极限了。她真的坚持不下去了。生命中所有的人，所有的事，都在她的脑海中盘桓，旋转。她陡然发现，原来人在面对生死的时候，什么爱啊，恨啊都变得不再重要了。

她只想见自己想见的人——龙成谨。如果那天她能再多看他一眼就好了，只要一眼就够了。一眼，是她此生最后唯一的愿望。可惜……

“卓毅……卓毅！”

迷迷糊糊中，她听到一个声音在耳边萦绕。

卓毅？

不不不，她不想卓毅。她想龙成谨。

她的人生里，来来去去那么多男人，在临死之时，她想的人只有龙成谨。蒲桃不知道自己睡了多久，她以为自己再也不会睁开眼睛了，可是她再一次地看到了星光，头顶是一望无垠的美丽星空，璀璨银河。不仅如此，她还看到一片篝火，一匹战马，一个身披战甲的男人——黄兆。

“黄将军？你怎么在这里？我……我还活着？”蒲桃满眼不可置信，她使劲揉了揉眼睛，又因手指上都是黄沙，揉进了眼睛，十分难受。

黄兆见蒲桃醒来，连忙过去拍着她的背脊安抚，但因不大会说话，半晌只吐出了四个字：“我来救你。”

救我？为什么？他怎么会知道我在这里？

太多的疑问堵在蒲桃的胸口，可是她又因身体极度缺水，无法准确表达。黄兆似乎明白她的意思，一边拿出水囊给她喂水，一边说：“宋元帅说你牺牲了，景王爷，不相信。我，也不相信。”

“他让你来的？”

黄兆点头：“是，也不全是。”

“那不全是的那些呢？”

“对我来说，对待每一个士兵，都生要见人，死要见尸。”

“……每一个？”蒲桃不敢相信地问。

黄兆点头：“每一个都一样，他们都有父母，都有妻儿，他们生来平等，无分贵贱。我要对你们每一个人负责。”

黄兆眼神清澈，一脸郑重，没有任何撒谎的意思。

她突然就笑了。

“你笑什么？”黄兆不解。

她笑宋昱平日里带着各式各样的笑，可是人命在他眼里贱如草芥，做起事来下手绝不留情面，反倒是平日总是打骂士兵的黄兆才是真正将众人放在心里的人。

然而蒲桃觉得没必要将这件事告诉他，只笑着摇了摇头，道：“我笑自己茕茕孑立，孤独一生，却不想临死了有人来陪葬。黄将军，你平时那么聪明，为什么到这时候却糊涂了？”

“我不糊涂，我只是在遵守军令。而你……确实令我钦佩，值得我救。”黄兆说完，二人都沉默了。

蒲桃也不知道自己是怎么了，在绝境中看到一个人奔着自己而来，非但没有觉得高兴，心情还更加沉重。或许是因为她知道，她对黄兆撒了谎，她是女人，她叫蒲桃，她不是卓毅。她没有他想象中那么伟大和无私。

“我不值得你救。”良久，蒲桃才吐出几个字，“你根本不了解我。”

“我不需要了解你，在我看来，你营救景王爷、玲珑公主，重伤敌军可汗，此次大战，你立下头功。回去之后，我一定会禀明陛下，让他给你赏赐和嘉奖。”

闻言，蒲桃不仅丝毫没有觉得高兴，还有些失望：“只是重伤啊……我还以为北狄可汗死定了呢。”

她刺中了他的背心，虽然没有一击毙命，但一定是重伤。治疗稍微不及时，他就会失去性命，她却没想到，他运气这么好，居然熬过来了。

“能重伤可汗已是不易，你当放宽心胸。”

黄兆以为蒲桃是因为刺杀不成功才难过，可实际上，她难过的原因要更深一层。

这一次没有杀死可汗，那么他回到北方，稍作休整，之后一定会再次挥军南下，给宣武国带来隐患。这一次有她阻止了他南下的步伐，可是下一次呢？龙成谨身边有宋昱，有黄兆，未来会有更多的能人，可是他们之中，一定没有任何一个像她这样为他着想。她心中有百姓，更装着龙成谨。

而宋昱之流，他们心中更看重的是自己的权势地位，他们动机并不纯粹。等龙成谨登上帝位，成为九五之尊，他的身边还会有一个人不为名利权势站在他身边吗？

她无法帮助龙成谨解决内忧，但她原本是有能力帮龙成谨铲除外患的。可是现在，因为宋昱，她做不到了。甚至，很可能连黄兆都会折损在这里。

“你只有一匹马，我们走不出沙漠了。”

“我知道。”

“那你还来？”

“我来了，就没打算出去。”

“什么？”蒲桃震惊了，“……你的意思是？”

“只要能把你救出去，一命换一命也值得。因为我不仅是在救你，更是在救景王爷。”

“景王爷怎么了？”蒲桃关切地问道。

“景王爷他……”黄兆顿住了，他想了良久，都想不出来该怎么去形容龙成谨。

黄兆道：“我只能说，他十分悲伤，具体如何悲伤，我不知道该怎么说。你大概没有见过他那样的眼神，假如你见过就会明白，如果你回不去，或许他就活不下去了。”

蒲桃见过，她怎么会没见过？他们啊，都是可以为了对方放弃性命的人。蒲桃彻底沉默了。

“虽然我不知道景王爷为什么会那样，但我想，对他来说，你一定是非常非常重要的人，景王爷于我有恩，我不会坐视不管。”

蒲桃没有搭话，静静地听他继续说。

“其实许多时候真正感到孤单还真不是在独处时。”

蒲桃闻言回头，看见黄兆在自己身边坐下。他拿了根树枝，拨了拨炭火，火星子溅起，映在他的面上，让他隐藏在阴影中的那一面被照亮了。

他说：“独处不用掩饰情绪，不用顾及别人的感受。相反，虽然处在人群中，但格格不入，这样的状态才让人倍感孤独。”

蒲桃不解，不明白他为什么要在这个时候跟自己说这个。

“父亲从小严格要求我，我没有任何朋友，景王爷是我小时候唯一理我的人。虽然他经常拿皇子的身份耀武扬威，但是我知道，那都不是无缘无故的，他只是为了让我能休息一会儿，就那么一会儿。”

“所以呢？”

“所以，景王爷不仅是王爷，他也是我唯一的朋友，我不想看到他难过……”

“是吗？”只是为了不让他难过，就可以付出性命代价，蒲桃对这样的感情似乎了解，又似乎完全不了解。

黄兆平时除了训人，几乎不说话，也没有表情，就算有人对他冷嘲热讽，他也没有任何反应。大家都叫他面瘫将军。其实，他是一腔赤诚，毫无二心的。

蒲桃：“那宋昱呢？他没有阻止你来吗？”

“他为什么要阻止？他与我，维护景王爷的心是一样的。”

“这样啊……”蒲桃看着黄兆的眼睛，笑了笑，没反驳。

蒲桃动了动关节，全身跟着疼，但是她忍住了，没有在黄兆面前表现出来。

“那，我们走吧。”

“你恢复了？”

“恢复了。”

蒲桃脚步蹒跚地站起身，不愿意浪费机会，只能在能走得动的时候尽量多走一点，走远一点，或许这样两个人都能活着出去。

由于天山有敌军驻守，他们无法原路返回，只能绕远路回岐山大营。他们向着太阳的方向走，一直走了五天。五天里，蒲桃吃了四个馕，喝掉了三袋水。而黄兆，只喝了一点点的水。

黄兆说什么都不肯分走蒲桃任何一点食物，严格遵照龙成谨的吩咐，将所有的生存机会让给了她。

蒲桃也很是感动，原本只够七八天的食物，愣是被她吃了近十五天。到了第十五天的时候，他们的马死了。他们吃马肉，饮马血，又多坚持了两天。

随着天气越来越寒冷，沙漠渐渐变成了荒原，他们在只剩最后一袋水的时候看到了天山的另一处山脊。

"要到了！"

蒲桃十分惊喜，原本已经没有力气的她，立即加快了步伐，向前奔去。可这时，她发现黄兆没有跟上来。

蒲桃回头，便见黄兆倒在了地上。

"黄将军！"蒲桃冲过去，抱起黄兆才发现他已经昏迷。

蒲桃连忙拿出自己的水袋，递到黄兆嘴边。

黄兆只喝了一口，便闭紧了牙关，再不肯喝。

他在弥留之际，依然记得自己的誓言："我绝不能喝卓毅的水，绝不能吃卓毅的食物。"

蒲桃连忙去解黄兆的水袋，才发现他的水袋早已经空了，他已经三天滴水未进了。

"黄将军，你就喝一口吧！我们马上就能脱困了！"

"不、不能的……"黄兆睁开眼睛，朦胧地看着眼前的人，拼尽了力气才睁开眼睛，看了一眼远处的国境线。

"天山近在眼前，实则远在天边，就算你看到山脊，想要走过去至少还要三天，翻山又是三天，这些水只够你一个人的。而我……注定走不出去了。"

蒲桃明白，黄兆没有说谎，可是面对一个在生死之际一直陪伴的人，她又怎舍得就此离去？

“我不走，我说什么也不走，要走一起走！”蒲桃背起黄兆，想要把他背出沙漠，然而黄兆又怎会不知自己是累赘。

他也早就做好了赴死的准备，他绝不会让他们二人最后一个都走不出去。

“刺啦”一声，蒲桃只觉得耳后一热，紧接着，便觉脖颈一凉，温热的液体瞬间变冷，落在了她的身上。蒲桃太熟悉了，那是鲜血的味道。在战场上，随处可闻的血腥味弥漫在鼻腔。

而以前，那些血是属于敌人的，可现在，那些血是属于黄兆的。

黄兆拿着自己的佩剑，刺中了自己颈部，他喝的水很少，流的血也很少，他很快就不行了。

“你为什么要这样……”蒲桃连忙把他放下，让他躺在自己的怀里。看着全身是血、骨瘦如柴的黄兆，蒲桃鼻子一酸，哽咽着半晌说不出话来。

“军令如山，黄、黄兆……必须办到！”

蒲桃眼眶一红，她很想哭，可是她喝的水极少，连哭都哭不出来。

“黄将军，我……”

“不要哭。”黄兆打断她，“走，一定要走出去，活着见到景王爷。”

黄兆用尽全身的力气推了蒲桃一把，蒲桃这才点头答应他：“我答应你，我一定会走出去，但是现在你不要赶我走，请让我送你最后一程，黄将军，你……你有心愿吗？给父亲带话，或者其他的……”

黄兆摇头，释然地笑了：“我一生都在完成父亲的心愿，我都做到了，我不欠他。”

“那其他的呢？你再想一想。”

“没有，我没有心愿未了。”

黄兆睡在蒲桃怀里，闭着眼睛，原本痛苦的表情消失了，他笑着说道：“我要做到的事情都会做到，我是文状元、武状元，是位高权重的将军，我没有做不到的事情。就连救你都做到了，我没有心愿未了。”

黄兆再次强调，他没有遗憾，可是蒲桃总觉得他的眼睛里有点不同的东西。黄兆沉默了一瞬，突然开口：“如果非要说有……大概是，没有见过她一面。”

“他？”蒲桃摁住黄兆的伤口，急切地问，“他是谁？男人？女人？”

“她……是女人啊。”

一个雄霸一方的女人。

“要说我这辈子对谁刮目相看过，怕是只有她了，只可惜，她先我一步走了。或许我运气好，来生能再见到她，与她打一架，然后堂堂正正地赢了她，把她娶回家。”

听着黄兆断断续续的话，蒲桃得知，黄兆有一个喜欢的女子，这个女子曾经大闹刘长昕的婚礼，那以一敌百的女子，是黄兆今生所仅见。而那块送到龙成谨府邸的救命玉佩，是他送去的。

“不必等到来生，你现在就可以见到她。”

蒲桃说不清楚自己是什么心情，她只知道，自己再不说出口，他就再也听不到了。

黄兆闻言睁开了眼睛，倒不是伤势好转，他只是不理解，他很想弄明白她刚刚说的究竟是什么意思。只见眼前人脱下了盔甲，散开了头发，原本英气的五官在长发的衬托下，突然变得柔美。

“你……难道……”黄兆话还没说完，蒲桃便从怀里拿出了一块玉佩。

这是她唯一带出太平府的东西，龙成谨送她的玉佩，她还回去无数次，可是真的离开的时候，她还是带走了它。

那是她唯一的纪念了。

黄兆突然就明白了她的意思，他的眼睛其实已经快要看不见了，他抚摸着手心里的玉佩，笑了，笑得像个孩子。

“原来如此，原来如此。你还活着，你还活着……真是太好了……”

“太好了。”黄兆重复着这一句话。

蒲桃用尽了力气将他抱起，对着东方太阳升起的地方，一起磕了一个头。

“……你在做什么？”黄兆不明白。

“一拜天地。”

在黄兆震惊的表情里，蒲桃抱着他，又对着太平府的方向磕了一个头：“二拜高堂。”

“你其实不必如此……”

“夫妻对拜。”不等黄兆说完，蒲桃又摁着他轻轻地点了点头。

“黄将军，不，黄兆，两次救命恩情，蒲桃无以为报，我只能答应你，我一定会努力活下去，绝不辜负你的救命之恩。”

可是黄兆现在哪里还想要她回去？

她将玉佩拿出来的那一刻便明白了，她根本回不去。

“宋元帅不会容下你，你走……走得越远越好，永远不要回去！”

“我不回去，你的军令就不算完成，你愿意？”

“到了这个时候，军令还算什么呢？原先我不明白，以为你真的是被敌人所害。但当我知道你是蒲桃时，我便明白，真正要你死的人，根本不是敌人，是元帅！他不会允许景王爷爱上一个平民，我已经用自己的命换来你的命，我不想让你再回去送死！

“不要回去，一定不要回去！”

黄兆说完这句话，已经是只见出气，不见吸气了。

蒲桃不想再刺激他。她何尝不知道宋昱城府极深，又手握兵权，她回去之后，他若想要再杀她一次，实在如同捏死一只蚂蚁。可是，她还有一件事情没有做完，她必须把这件事情做完。

“我答应你，我会好好活下去，你不要担心我了，好吗？黄兆，好吗？”

“黄兆……”

可是没有人再回答她的话。黄兆睁着眼睛，已经没有了呼吸。

蒲桃将他的眼睛合上，没有哭，她只是背着他的尸体，将他一路背回了天山。她在天山脚下给他挖了一座坟。坟墓向着宣武的方向，在那里，是他们爱着的，心心念念的家乡。

一个月后。

在卓毅和黄兆两员大将双双陨落之后，军中着实沉寂了一阵子。他们的难过当然不是为了籍籍无名的卓毅，想念卓毅的只有当晚见过他神武英姿的人，以及平时与他朝夕相处的战友，其中以玲珑和龙成谨为最。

自从得知蒲桃没有回来，龙成谨几乎没有说过话。玲珑公主则纠缠宋昱，让他把卓毅救回来，但宋昱除了任她打骂，旁的什么都做不了。

龙成谨派去寻找蒲桃的黄兆始终没有回来，大家都知道，茫茫沙漠里，人烟稀少，他们都已是凶多吉少。

阴云笼罩在每一个士兵的头顶，直到前线突然传来敌方退兵的消息。北狄可汗遇刺身亡，他年轻又没有继承人，几个宗族子弟为争夺皇位争斗不已。北狄在短时间内不可能再成为宣武的忧患，大战不战而捷，消息传到太平府，举国同庆。

宋昱因奇袭受封天下兵马大元帅，几乎与祖父的威名齐平。

封侯拜将的诏书下达的时候，宋昱脸上却看不见笑意。

“这不是你一直以来的心愿吗？怎么这会儿不开心了？踩着黄兆他们的尸体上位，你良心能安吗？”玲珑注意到宋昱的表情忍不住就想揶揄他。只因这一段时间以来，她对他没有派出大军营救卓毅而有气，逮着机会就要讽刺他几句，丝毫不记得自己与卓毅的死也脱不了干系。

但宋昱从来不对玲珑甩脸色，只是温和地摇了摇头，说：“我很开心。”

宋昱说是这么说，但他的脸上实在没有什么笑意。玲珑也懒得理他，穿着一身素服回了自己营帐，自顾自地给卓毅守丧。

而她的营帐对面，龙成谨已经一个月没有出来过了。他谁都不愿见。宋昱看到兄妹俩这副模样，心里自然不是滋味，可是也没觉得有内疚感。

他是为了宣武国的千秋大计着想，他做得没有错。他认为，过一段时间，龙成谨自然就会忘了蒲桃这一个小插曲。

直到他接到了一个消息。

有探子来报，敌军可汗不是死于第一次刺杀时的并发症，而是受到了实打实的第二次刺杀。

第二次刺杀来势凶猛，比第一次更加精准，可汗几乎连来人是谁都没看清，就一命呜呼了。几个宗族子弟互相指责，认为此事是对方所为，北狄皇族为了将影响降到最小，除了亲近之人，甚少人知晓。消息传到宋昱这里时，大军已经班师回朝。

大军到达边关那一日，蒲桃刚好赶上了他们的一个尾巴。

远远看去，宣武的士兵们虽然衣衫褴褛，不如来时整洁，但一个个扬眉吐气，气势如虹。边关城墙上，抱着孩子的年轻母亲，等着夫君归来。还有守望孩子归来的老妇，无一不是脸上洋溢着笑容。

这个国家如此美好，战争结束，孩子们出生，男人从战场上凯旋。

蒲桃站在国界线外，知道自己已经是一个死人，永远不应该回去。可是看着他们回到家乡，她忍不住一路跟随。

只不过他们在山下，她在山上，她永远只能靠近一点，再靠近一点，却永远也回不去。

蒲桃走到尽头，看着下方连绵的队伍，突然发现队伍末尾有一人格外惹眼。那人一身白色素服，发带也是飘逸的白布，他正是脱下军装的龙成谨。

他黑了，瘦了，胡楂冒出了头，双眸略带沧桑意味。这副模样，说是换上常服，倒不如说是穿着丧服。他在用自己的方式，表达着对她的哀悼。他走在队伍的最后，一步三回头。他多希望那些派出去的探子能够快马加鞭赶上来，告诉他："找到卓毅和黄兆了！"

可是没有。他们一个都没有回来。蒲桃突然就泪目了。他的眉目依旧，可惜眼中藏有悲与愁，再不见曾经的神采。

塞外戈壁，残阳如血，烈烈悲风，笛声呜咽。看着一道道青山从身边远去，还有那个男人佝偻消瘦的背影，扶棺临穴而无泪的她，泪水突然就止不住地往下流。

夜幕降临，长亭古道，王孙离去。千里万里，不见归期。

她明白自己的身份地位，她是一个早就该死去的人，她是他黄泉路上的绊脚石。她如今能远远地再见他一面，已经是完成了临死前的心愿。她该无悔了。

可她就是忍不住想要跟着他，再走远一点，再远那么一点点。

然后，她就遇到了一个她不愿意见到的人。

"你为什么要回来？"宋昱发现了蒲桃，他站在她的面前，冷眼看着她，"既然能够活着，又为什么要回来送死？"

蒲桃看着宋昱，没有说话。

她回来的原因还不简单吗？

她回来的原因，他比谁都清楚。

"你跟龙成谨不会有未来，我能杀你一次，就能杀你第二次，你明白吗？"

宋昱目露凶光，缓步逼近蒲桃。

她怎会不明白？

可是她根本不想回答他。

她甚至连还手都懒得，她不想浪费那个力气。

宋昱虽然从不出手，但是她明白，自己其实并不是他的对手。

而且，对她来说，替龙成谨铲除了外患，还能再远远见他一面，已经是上天恩赐。她无悔，亦无怨了。

宋昱步步紧逼，蒲桃步步后退，临到悬崖前，蒲桃看着身后万丈深渊，突然就笑了一下，下定了决心似的。她连一句话都没有跟宋昱说，直接转身跳下了悬崖。

在宋昱震惊的目光里，蒲桃衣衫翻飞，猎猎作响。她的眼角弯弯，嘴唇带着笑。留在他眼里的，便只是她那一个心愿达成的微笑，没有任何怨怼的微笑。

因为她的眼里根本没有宋昱，她想的全是旁人对她的好。

她在这世上，认识了那么多对她好的人，她带着他们的爱，也觉得自己这一生该是完整无缺的了。

只是此一去，再无相见之日。

可是他们对她的好，将永远留在她的心底。

永远，永远。

【全文完】

番 外

春来江水绿如蓝

（一）

春日，太平府。

又是一年春祭。这一次的祭祀与往年相比，尤为不同。

皇帝自去年亲征之后，身体每况愈下，过冬之后，就正式下旨废太子，此后便一病不起。皇帝虽没有再立太子，却让龙成谨全权主持祭祀，传位之心可以说是举国皆知。

这一日春祭过后，便是开烈士塔林，安放死去将士墓碑的仪式。玲珑听闻卓毅死讯，一开始是不信的，直到她看到卓毅的烈士墓碑后，便哭得像个孩子。

龙成谨和宋昱都有些担心她无法出席祭礼，然而真正到了这日，她一身华服，打扮庄重，表情端庄，从头至尾没有流露出丝毫的不妥。她对待这些烈士一视同仁，不仅仅是卓毅，对待其他人也是一样的尊重。她就像是一夕之间长大了，成为一个真正的长公主。

他们都知道，她只是接受了卓毅的死讯，却始终没有忘记他。卓毅在她的心里，就像是刻在石碑上的文字，任由风吹雨打也不会有变化。

宋昱和龙成谨见了都很是头疼，却很默契地没有去告诉她真相。或许让蒲桃以一个英雄男儿的姿态永远活在玲珑的心里，才是最好的。

毕竟玲珑能接受一个男人比自己强，从此心生爱慕，却未必可以接受一个女人。他们还是不要让她失望了。

皇族队伍浩浩荡荡离开之后，还有一尊贵人家留在塔林。周尚书的小女周灵月，带着一众嬷嬷和丫鬟，抱着一个不足月的男孩站在刘长昕的墓碑之前。

刘长昕作为掌管粮饷的官员前往前线，随后在战事中身亡，为国捐躯，让他能够入住塔林，配享香火供奉，为周家赢得了荣耀。此前他和青楼头牌的谣言也得到了澄清，周灵月原谅了他，孩子仍然随父姓，名长悔。这名字是龙成谨赐予的，暗寓周灵月因谣言误会夫婿，没来得及见他最后一面的悔过之心。赐名之后，他又赐了周灵月一品夫人的荣耀。她便彻底相信，龙成谨对周家照顾有加，事事都为他们考虑周全，于是对孩儿的姓名便越来越喜欢。

“长昕，我带长悔来看你了，你地下有知，要保佑他健康平安地长大。”

周灵月倒不似官场中人，对孩子抱有多大的期待，她就像一个寻常人家的小女孩，爱情至上，对子辈的幸福更加看中。这或许也是当时得知刘长昕移情别恋后，她无法原谅夫婿的根源所在。

周灵月离开后，躲在塔林墙外的树上，衣衫褴褛，只为见妻儿一面的刘长昕偷偷看着……不，现在他又该叫刘子昭了。

龙成谨当时给了他两个选择。其一，放他一马，从此舍弃刘长昕所有的一切，在外苟且偷生。对家人而言，他已经埋骨边疆，为国牺牲。其二，以戴罪之身回京见妻儿最后一面，然后寻个由头死去。

刘子昭选择了前者，苟且偷生，忘记过去所有荣耀，与亲人永不再见。

（二）

又三月，皇帝自觉体力不支退位，传位于龙成谨，自己携皇后和四妃退居澜湖，从此不问世事，身体状况倒是有所好转。

龙成谨登基之前，特地去探望了被禁足的太子龙成壁，并给他带去了一条狗。

彼时，龙成壁坐在厅中，虽是被软禁的阶下囚，但丝毫没有失去太子的气度。龙成谨站在他面前，虽然像以前一样称他一句皇兄，毫无皇帝的架子，但龙成壁看他一身龙袍，就觉得无比碍眼。

“你是来羞辱我的吗？”龙成壁冷冷道。

“皇兄何出此言？”

“带这条狗，是在比喻我现在的处境吗？”

龙成谨这才明白过来，缓缓摇了摇头：“皇兄，看来你真的忘记了。”

龙成壁皱眉：“什么意思？”

“还记得我儿时养过的那条小狗吗？为了它，我甚至可以跟父皇叫板。”

“记得，”龙成壁点头，“不仅记得，且记忆犹新。”

“父皇说，第一次注意到我就因为这条狗。”

龙成壁皱眉：“什么意思？”

“彼时，我是最小的皇子，父皇政务繁忙，根本没有多余的精力管我，成长到六岁，我真正与父皇相处的时间不过两三次，我永远是远远地看父皇那么一眼，对他的感情也并不深厚，当然敢与他作对。说句大逆不道的话，对当时的我来说，那条狗比父皇还要重要。”

“所以呢？”

“所以，我为了狗忤逆父皇，并不是因为我胆大，只是因为我离不开它。但是我保护那条狗，并不仅仅是因为他是我的宠物，更多的是……因为你。”

“我？”龙成壁惊讶。

“对。”

龙成谨看着龙成壁的眼睛，一字一句道：“你是不是已经忘记了？那条狗是你送给我的。”

“我送你的？！”龙成壁惊讶，一副困惑的模样，似乎早已忘记了这件事。

“是。”龙成谨点了点头，眼中的光芒熄灭，他冷着一张脸，淡淡地说，“当初父皇对你的期望很高，成日都将你关在南书房，但是不管你怎么哭怎么累，你每晚都会来我床前看我一会儿，陪我玩。在你即将搬去东宫时，便送了那条小狗给我，说它以后会替你日日陪伴我。那条狗对童年的我来说，超过世间所有的珍宝，但我并不是珍惜那条狗，我珍惜的、维护的是你爱护我的情分。但是这一点，连你自己都忘记了。

“你忘记了曾经想要保护我的心情，只固执地认为我想要与你争夺太子之位。可是这种东西对我而言，远没有你重要。我一直追逐的是你的步伐，我希望能成为你的左膀右臂和你的助力。血脉亲情，才是我们存在于世间最根本最重要的东西，如果连这都可以舍去，君临天下又有什么意义？

“我一直在退让，一直在等你回心转意，可是我失望了，我发现你再也担不起太子之位。你出卖宣武，置十万将士性命、边关百姓生命于不顾，你不再是我心中那个顶天立地、为国为民的太子皇兄，你沉浸在自己的臆想里，在那一方狭隘的世界里，你迷失了你自己。你的心中，已经没有天下百姓，没有血脉亲情了。”

在龙成壁惊讶的目光里，龙成谨转身离去。

“我不会杀你，我也不是来羞辱你的，我来，只是将这条狗送给你。虽然它不是过去你送我的那条，但是我对你的心仍是不变的。我希望你能够通过它回想起那些美好的过去。”

龙成谨到底没有杀太子，只是将他幽禁，让他从此与一条狗相伴，终身悔过。太上皇对此没有过多干涉，甚至有些满意。太后也称赞龙成谨念及兄弟之情，到底留了他一条性命，对龙成谨治理国家更加放心。

（三）

龙成谨正式登基之后，头一件要事就是举行婚礼。众人皆认为，龙成谨与宋将军府的懿贤郡主是良配，懿贤郡主久病缠身，等他到现在，他应该第一时间将她迎娶过门，立为皇后。

但是，龙成谨拒绝了。

他倒不是直接当着群臣的面拒绝，只是私下见了宋静娴，借宋静娴的口说给大家听：她正在养病的关键期，不宜劳累。于是婚礼就这么拖了下来，一拖就是一整年。

来年开春，龙成谨又去见了宋静娴，理由还是一样的，他不想大婚，又不想拂了她的面子。宋静娴与往常一样，没有反对，但是告诉龙成谨，让他以后不要再来了。下次见面，便是在大婚之夜。

龙成谨点头，心想他绝不会娶她，那这或许就是最后一次见面了。

宋静娴也好似半点没有要嫁给他的喜悦，只将今次见面当成了二人最后一次见面。过去因病而忌口，从不饮酒的宋静娴特地温了两壶酒，二人把酒言欢，没有谈朝政，没有说家国，只是聊起那些从小到大的趣事。他们从晌午开始，聊至深夜。

龙成谨回忆了过去的许多事情，才发现已经恍如隔世。这个女子在他心里，没有留下一丁点的男女之情，他只将她当作妹妹。

他从宋静娴那里出来的时候，已经是深夜。

龙成谨走在静宜园的路上，看着与过去一样的景象，不知是因为与宋静娴的道别，还是因为在这里他仿佛能看见蒲桃曾走在雪地上的模样，他伸手一摸，发现眼角流出两行泪。

这已经是蒲桃离开的第三个年头了。龙成谨想，他已经习惯了一个人，往后大不了就做一个没有后宫的皇帝。

第三年开春，发生了两件事。

第一件，派去关外收殓将士尸骨的士兵发现了黄兆的尸体。他们将他带回来的时候，发现他的尸体上挂着龙成谨的玉佩，龙成谨便知晓，蒲桃极有可能还活着。她虽走失在沙漠，但黄兆找到了她，黄兆用自己的生命换回了蒲桃。龙成谨更加坚定了等待和寻找的决心。

第二件，从没有缺席过一次早朝的元帅宋昱，在黄兆尸骨回京的这一日，请了整整一个月的假期。龙成谨将他招来询问缘由。

宋昱素来喜着绛色军服，今日进宫，一身素服，龙城谨不禁多看了两眼。见宋昱双目通红，龙成谨便知或许有隐情。龙成谨逼问之下，才得知蒲桃死去的真相，从此君臣反目。

确切地说，是龙成谨单方面反目，他不再理会宋昱，日日朝会都当看着一个透明人。

宋昱消失的这一个月，没有出现在京中，谁也不知道他去了哪里。龙成谨也不过问，只希望此人能永远消失在自己的生命里才好。

可惜，宋昱是元帅，手握军权，没有大错无法让他消失。

龙成谨不再理会宋昱，只管派出自己的亲信寻找蒲桃的下落，不想没找到蒲桃，却找到了早已身亡的蒲渊。

在江南，一个靠近万和城的小镇里，蒲渊成了一个说书先生，每日泡上一壶茶，将自己各处行商的趣事说与众人听，在小镇里颇有威望。

龙成谨巡视江南，亲自将蒲渊接回了京中。

他才得知，原来蒲渊当时并没有死，他只是想断了蒲桃回乡的念想，让她好好跟宋玉过日子。当他知道龙成谨的真实身份，以及这些年发生的事情之后，他只是叹了口气，说："这或许就是人的机缘，因为种种缘故，不得相守。陛下还是应当将目光放在眼前人身上。"

蒲渊所说的眼前人，指的自然是宋静娴。

龙成谨大为不解："难道您不希望朕继续等蒲桃？"

"等一个能回来的人才值得等，而蒲桃注定是无法与陛下匹配之人。陛下隆恩，想必桃儿就算活着，不愿来见你的原因也正是如此。"

蒲渊到底还是没能劝动龙成谨，龙成谨依旧拒绝大婚。后来宋昱看不下去了，动用朝野上下的力量，还搬出了太上皇和皇太后，以及宋老将军等一干人，才逼迫龙成谨就范。

宋静娴的喜轿抬进皇宫的时候，龙成谨甚至没有去看一眼，他只是恶狠狠地告诉宋昱："你一定会后悔的！你会为你之前以及现在所做的事情付出代价的！"

宋昱没有反驳，只是低眉顺目地说："微臣已经付出了代价，现在只是在尽力弥补。"

这是君臣三个月来头一次说话，也是此后三个月中唯一一次对话。

龙成谨将宋静娴当作一个摆设，放置在后宫之中。他本人一次都没有去见过她。

为了让自作主张的宋昱难堪，龙成谨一连添置了好几个妃子在后宫之中，且都是长得像蒲桃的宫女。他虽然对她们没有真情实感，也没有实质接触，但就是放在后宫，给一家独大的宋家下马威。

龙成谨故意挑了些没什么根基的女子，为的就是不会真正欺负到宋静娴，但又足够让宋昱恶心。

宋昱本人倒是一脸无所谓的样子，遇到龙成谨便轻描淡写地说："本将倒是无所谓，只怕有人会后悔。”

这个“有人”说的当然是龙成谨，龙成谨冷笑，没理他，直接下旨要给玲珑公主选夫。

这下可真正戳到了宋昱的痛处。

卓毅死后，玲珑以未亡人的身份坚持为他守丧，如今三年丧期已满，也到底看开了那一段短暂的时光。

宋昱悲痛交加，实在无法，只得前去皇后殿中，请求皇后帮助。

“你还准备跟他杠到什么时候？你们两个，一个比一个倔！”宋昱坐在殿中，不由得长叹，“早知如此，当时我就不该多管闲事，非但没有把你从龙成谨心里赶走，时间居然让他更加固执！你也不遑多让，说不着急就咬死了不着急，你究竟准备什么时候去见他？”

“原本是打算随缘的，但……他突然选了四个妃子，如此，就只能再等等了。”

坐在皇后殿中的女子声音中气浑厚，与传说中的“病秧子”大不相同。她一身华服，眉目姣好，身材纤弱，毫无病态，用沉鱼落雁、闭月羞花来形容她太俗气，用一句“腹有诗书气自华”倒颇为妥帖。她眉目间又不仅仅有书卷气，更隐约有一股刚毅气质，恰好与书卷气相中和，看上去十分沉稳大气，有别于世间任何一个女子。

此人不是旁人，正是顶了宋静娴名义，嫁进了皇宫的女子，蒲桃。

宋静娴与龙成谨见了最后一面之后就去世了，她特地交代秘不发丧，一定要寻回蒲桃，顶替她的身份，与龙成谨琴瑟和鸣。

宋昱突然茅塞顿开，这样既全了将军府的荣耀威名，巩固了地位，又全了蒲桃与龙成谨的爱情，真是再好不过。他便忍住亲妹妹去世的痛苦，连夜去了江南小镇，恭恭敬敬地将蒲桃迎了回来，强行塞进了皇宫。

他其实大可以直接告诉龙成谨真相，但是一来他这些日子受了不少气，想让龙成谨再等待一段时日；二来，蒲桃也希望她能第一眼看到龙成谨的表情。于是二人都忍着，却不想龙成谨比他们还能忍。

“是我输了，你再不出手，玲珑可就要被他嫁给旁人了！”宋昱急不可耐。

蒲桃倒是一派镇定："慌什么？黄兆去世之后，这朝野上下除了你，没人能娶到她。"

"当真？"

蒲桃点头："当真。"

"我该怎么做？"

"跟我打一架。"

"打一架？"宋昱愣了愣，"怎么打，如何打？"

"用尽你的全力，当着玲珑公主的面，堂堂正正地跟我打一场。"

宋昱想了想，突然明白了蒲桃的意思，点了点头："好！就按你说的做。"

（四）

蒲桃和宋昱比武这一天，几乎半个皇宫的人跑去看热闹。

他们其中一半是为了看宋昱，另一半是为了看"宋静娴"。

宋静娴久居深宫，从不抛头露面，就连在将军府里时都很少有人见过她，如今她久病初愈，在御花园宴请玲珑公主，人们自然都想来一睹她的光彩。

玲珑见到蒲桃的时候，愣了好久，思来想去，都觉得眼熟，可又觉得奇怪。她便只当自己思念成疾，看谁都像卓毅，对这个新嫂子倒是更亲切了两分。

玲珑公主听闻宋静娴要跟宋昱比武，直接翻了个白眼，说："你尽管打，那宋昱就是个绣花枕头烂草包，承蒙祖辈余荫得了个元帅的名头，调兵遣将还成，但论个人实力……他从小到大就没打赢过本公主。"

蒲桃没有反驳，只是在用完午饭过后换上了一身紧身衣，站在了宋昱的面前。

她跟宋昱从来没有堂堂正正地比过武。

宋昱平日里笑嘻嘻的，几乎从来不用自己出手。他们为数不多的几次交手，他也从没有展现真实实力。这一次为了玲珑公主，他怕是会用尽全力了。

比武正式开始。

蒲桃早知他武功不弱，却没想到强到了这般地步。她一开始还手下留情，尽可能在玲珑公主面前既展现了宋昱的实力，又保全自己，却不想她若不用尽全力，根本无法招架。

全盛时期的她或许还能与宋昱一搏，但现在，她在战场上留下的毛病还没有痊愈，实在不宜动武。不到百招，她就败下阵来。

玲珑公主整个人都不好了，不是惊叹于新嫂子“宋静娴”的武功高强，而是惊讶于宋昱的武力值爆发。

就算二人过了不足百招，她也完全能看出宋昱的真实实力。她当即上前，与他过了两招。不错，就两招。

宋昱两招之内就让玲珑公主成了手下败将，第一招还是碍于情面放了她一马。

宋昱心中想起蒲桃教他的：“对待玲珑公主，切莫手软，能打多快打多快。”他这才在下一招下了狠手。

玲珑公主被宋昱摁在地上，根本无法还击。她这才知道，过去宋昱都是有意相让。

“你为什么要这么做？”玲珑公主十分不解。

“因为……我喜欢看你笑。”

宋昱放开玲珑，实话实说：“每一次你赢了我都会笑得很大声，我喜欢看你笑。”

这种笑，小时候是发自内心的真诚的笑，长大后便是嘲笑。玲珑公主打败宋昱，这增加了她的自信心。宋昱为了哄她开心，越发输得真诚，分毫都没有让她觉得他是在让她。

“哪怕这种笑最后变成了嘲笑，我也还是喜欢。就算被你看不起，被你轻视，也没有你自信一笑来得重要。”

宋昱这一番表白，让玲珑公主彻底放弃了抵抗。

她甩了甩手腕，动了动脚踝，没好气地让宋昱蹲下。

“怎么了？”宋昱愣住了。

“我的手腕被你扭伤了，还有脚腕也不舒服，你要对我负责！就像小时候那样！”

“好嘞！”宋昱连忙蹲下，笑道，“不止负责手腕行不行？”

“嗯？”

“还有下半生，也都交给我了，可好？”

看着宋昱真挚的目光，玲珑公主窃笑了一声，头一次像女儿家一样用帕子捂嘴，浅笑道：“那就要看皇兄允不允了。似乎……他现在对你意见颇深。”

宋昱松了一口气，展颜一笑：“有静娴在，我自不必担心。”

玲珑公主不明其意，但也没有深究。

宋昱想，这或许是他最后怕又最庆幸的一天。

老天保佑，这兄妹俩的脾气一个比一个倔强，还好他当时良心发现，放了蒲桃一马，否则他下半辈子怕是真的要不好过了……

（五）

宋静娴与宋昱御花园比武之事传得尽人皆知，容妃、德妃、淑妃、贤妃也都在现场观摩。她们本还念想着陛下不喜宋家，冷落宋静娴，加之她本就体弱的传闻，不将这个皇后放在眼里，逮着机会便要讽刺几句，却不想那日见她一出手，便是招招下死手，与宋昱打得不可开交。旁观的人再是不懂武功也能看得出来，她臂力之大，武功之高，仅次于元帅宋昱。

宋静娴乃名副其实的将门之后，体弱传言不尽可信，谁敢去找她的麻烦？

从此以后，四妃躲她躲得老远，再不敢去她面前说风凉话，“宋静娴”的宫里便越发冷清了。

宋昱与玲珑公主的关系日益密切，龙成谨无法再逼玲珑公主嫁与旁人，宋昱便也不再催他去皇后宫里。龙成谨耳边少了大半王公大臣催促他圆房的声音，自己反倒觉得有些不习惯了。

一日午膳过后，宫婢送来小点心，正是宋静娴儿时喜欢吃的那一种。龙成谨被逼婚的反感日渐散去，便开始有些内疚。他二人因宋昱的关系，许久不曾来往，到底是龙成谨做得不对，他不该迁怒于她。

龙成谨心血来潮，决定去宋静娴的宫里坐坐。

他到了宫门口，却被宋静娴的宫女挡在了门外：“陛下，娘娘身体抱恙，短时间内怕是不会好，还请陛下过了春祭再来。”

这是何道理？

龙成谨目瞪口呆，万万没想到自己居然有被拦在外面的一天。

距离春祭还有小半年，她怎么可能一病就这么久？而且御医都说了，宋静娴的身体已经大好了。龙成谨便以为宋静娴是在跟自己闹脾气，于是也不强求，扔下一句：“她想通了再来回朕。”便离开了。

这一离开，便又是小半年未见。

宋昱时常进宫探望玲珑公主，在俘获了玲珑公主的芳心之后，便不再担心龙成谨将她许配给旁人，于是也不再催促龙成谨与蒲桃见面。

“你们可真能忍。”宋昱夸奖蒲桃。

蒲桃翻着书，温和地笑：“多谢元帅夸奖。”

“你究竟打算什么时候去见他？”

“过了春祭。”

“春祭？为什么？”

“因为……过了春祭，我就为先生守孝满一年了。”

宋昱闻言，恍然大悟。

过了春祭，静娴便去世一年了，蒲桃也全了一场师生情谊。

宋昱不再规劝，而是站起身，规规矩矩地躬身给蒲桃作揖：“静娴若在天有灵，一定会十分欣慰。”

“这还不够，要想真正成为懿贤郡主，真正成为她希望我成为的那样的人，我还差得远。”蒲桃说完，又低下头继续看书。

书架上放着满满当当的书本，全是宋静娴留给蒲桃的遗物。

当然，遗物除了这些书，还有那一件凤袍。

宋昱说：“静娴去世的时候，千叮咛万嘱咐，说这套凤冠霞帔是属于蒲桃的，让我一定要找到你，亲手交给你。从此，我也算是完成了静娴的嘱托，保全了宋家的名声。谢谢你。”

“我也该谢谢你才是。宋元……哥哥。”

蒲桃顿了一下，改口不再叫他元帅。

宋昱倏尔抬头，见她扬起嘴角，淡淡一笑，笑得像个真正的皇后。

宋昱第一次听闻她叫自己哥哥，也是十分开心，如此才算是真正解开了心结。

春祭这一天，帝后理应同行。但龙成谨习惯了一个人，率先去了天坛。

等到皇后依着吉时来到的时候，龙成谨就跟活见鬼似的，眼睛一眨也不眨地盯着蒲桃，看着她从远处缓缓走来。

她一举一动皆没了从前那副武夫的模样，姿态表情以及由内而外散发出来的气质都像个大家闺秀了，与宋静娴一般无二。

见了蒲桃的人，没有谁会怀疑她的身份。

走近之后，就连龙成谨都揉了揉眼睛，仿佛看到宋静娴和蒲桃合而为一。

眼前人分明是蒲桃，但是身上的书卷气质与宋静娴一般无二。

这是蒲桃这一年来所做的努力，为了成为一个真正的皇后，她看完了宋静娴留下来的所有书籍。

她终于可以堂堂正正地站在龙成谨的身边，对他说："我配得上你了。"

当然，这句话她没有当着文武百官的面说出口，她只是依照礼仪，与龙成谨一起完成了古老的祭祀仪式。

其间，龙成谨错了好几次，都是因为蒲桃而分了心。倒是蒲桃没有行差踏错一步，让人无可指点。

好不容易挨到祭祀结束，龙成谨便再也不顾及群臣，直接一把抱起蒲桃，在天坛上转圈圈。所有人都看呆了。

裘德自然也是如此，但短暂的惊讶过后，立即便招呼众人离开，独留下蒲桃与龙成谨二人互诉衷肠。

"这究竟是怎么一回事？"龙成谨抱着蒲桃又亲又啃，心情好不容易平静了，才问她，"你果真没有死，还变成了……静娴？你一年前就嫁给我了？"

蒲桃掩嘴一笑，点了点头："事情是这样的……"

（六）

断崖边，宋昱其实放了蒲桃一马，蒲桃跳下去的时候，宋昱也一跃而下，将她救起。

他们约定，她可以活下去，前提是永远不能回京。

因着蒲桃的身份，她注定永远无法跟龙成谨站在一处，成为他的皇后。蒲桃为了龙成谨，答应了。她按照和宋昱的约定，跟龙成谨断绝了所有关系，以她能想到的最决绝的方式，在他心中从此不朽。

战争结束后，她先在边陲小镇住了半年，躲过了一开始的搜寻，然后才回到了万和城。却不想在万和城中，她见到了父亲蒲渊。

蒲渊没有问她这些年发生的事情，蒲桃也没有细说。但是作为父亲，他完全能够看明白，蒲桃这些年过得不易。既然她选择了回家，他就不想去揭她的伤疤。

父女俩离开万和城，在一个小镇上开了一家酒馆，过着与世无争的生活。没有打打杀杀，没有钩心斗角，也没有尔虞我诈，他们安然地忙碌在锅碗瓢盆之间，生活从此慢了下来。

平日街坊邻居要给蒲桃介绍良人，蒲桃也全拒绝了。

街坊邻居对她的冷嘲热讽自是不少，蒲桃也与从前一样不甚在意。

她不是不想有一个丈夫，只是她发现，心里有了那么一个人，就再也容不下旁人。哪怕这个人现在已经成为皇帝，渐渐地会拥有三宫六院七十二妃，再也不会记得自己，只要她还记得，他就永远在她心里。

龙成谨迟迟没有大婚的消息传来，她心里的感动不言而喻。

他不仅是世上顶好的男儿，更是绝无仅有的男子，而他也在等待着自己。不是不心痛的，只是她蒲桃福薄，没有办法成为他的皇后。

开春之后，龙成谨即将大婚的消息传到了小镇，此时距离他在黄土白沙上笃定地告诉她“本王此生非你不娶”已经过去了三年零六个月。

据说是因为群臣启奏，军部施压，太上皇和皇太后均以死相逼，他才不得不就范。蒲桃听着婶子们说起这位少年皇帝，发现内心已经毫无波澜，有的只是对他的祝福。

三年零六个月，对拥有三宫六院坐拥天下女子的皇帝来说，已经极为难得，自己在他心里的地位也可见一斑。

蒲桃觉得，自己一腔真心也不算白费了。

又过了半个月，开春之后，家家户户一派安乐，蒲桃却有些不舒服，她早早和父亲吃过晚饭，然后就回房睡去了。

街道上突然传来嗒嗒的马蹄声，在寂静的夜里显得尤为清晰，惊醒了一众睡梦中的人。他们打开窗户，看着一众官兵骑着军马从街上疾驰而过，然后停在了蒲家大门前。

快速而有礼的敲门声响起，蒲渊去开门，便见一身戎装的宋昱站在门口。宋昱年少英伟，让人过目难忘，蒲渊当然记得他。

蒲渊不知道这些年发生的具体事情，只当是宋玉负了蒲桃，说什么都不让他进屋。哪怕他拿出元帅的架子，蒲渊也不许他进屋。

跟随他的亲信都想直接破门而入，但宋昱阻止了他们，规规矩矩地跪在了大门外，这一跪就是一整夜。

蒲渊为人也硬气，管他是谁，让自己的女儿过得不好，那便绝不给面子，自己开开心心地回房睡觉了。

第二天一早，蒲桃起床，如往常一样挎了个菜篮子出门买菜，结果一打开门就看见宋昱带着一干部下跪在门口。其中不乏蒲桃认识的几个亲信将领。

蒲桃目瞪口呆："你们，跪在这里做什么？"

"臣宋昱，求您救命。"

原来宋昱的妹妹宋静娴已经去世了，临去世前千叮咛万嘱咐，让宋昱务必寻回蒲桃。她说："蒲桃不仅关乎我宋家一族人三世荣宠，更关乎成瑾一生幸福，于公于私都须得重视。"

宋昱带着玉佩来找蒲桃，跟蒲桃认错，说："蒲姑娘，之前是我错了，我因自己的狭隘和偏见，使成谨难过，使黄兆丧命，我最好的两个兄弟因为我而遭遇不幸，这不是我愿意见到的，我希望你能原谅我，废除你我二人之间的约定，重新回到成谨的身边。"

蒲桃睁大了眼睛看着他，一时无法回答。

夜里，她与父亲彻夜长谈，将所有事情和盘托出，并询问父亲自己究竟该不该答应。

蒲渊沉默了半晌，只问了她一句："你还爱龙成谨吗？"

"我……我不知道。"

过去了这么久，她还真不清楚，自己究竟是怎么想的。

蒲渊："那你愿意嫁给别人吗？"

"不愿意！"蒲桃想都没想，脱口而出。

她这一生，见识了形形色色的人，就连拜天地都拜了四次，说起来也算是人生无悔了。可是每每想起那个人，她总是觉得心中缺少了什么。她以前以为自己只希望他过得好，后来才发现，她也同样希望他能够记得自己。

"回去吧，回去见他。不是因为他是皇帝，只因为他是龙成谨。他啊……是你的心上人。"

然后，蒲桃就随宋昱回到了京城，宋静娴去世前，秘密处理了所有府邸旧人，从此蒲桃便以宋静娴的身份活了下来。

她用自己的方式为郡主守孝，这一守就是一整年。

天坛春祭。

蒲桃一身皇后服饰，站在龙成谨面前，浅浅一笑，还没等她继续说话，龙成谨便一把将她抓到怀里："谢谢，谢谢你还活着。"

龙成谨像个孩子一样，趴在她怀里掉眼泪："朕想你，想得快要疯掉了！"

蒲桃感觉到滚烫的眼泪落在自己的脖颈中，一滴又一滴。

那是她第一次见到他哭，为了她而哭。

"你还活着，真是太好了！只要你还活着，我什么都愿意为你做。朕要再迎娶你一次，不是冷清的仪式，而是热闹又用心的，让全天下都知道我有多重视你！朕要为你遣散后宫，终身不再娶……"

龙成谨激动又兴奋地安排着他在脑海里想过一遍又一遍的事情。

蒲桃无奈，笑着拍打着他的背脊，告诉他："你还活着，我怎么敢死去？我一定要活得比你久，这样，我就能陪你一辈子了……"

（七）

一年后。

龙成谨将宋家所有荣耀都还给了宋昱。宋昱如愿娶了玲珑公主，他的家族成了最显赫的大族。宣武百姓安居乐业，国富民强。一切似乎都不错，唯独龙成谨是越来越闷闷不乐了。

“所谓大丈夫，富贵不能淫，贫贱不能移，威武不能屈，尤其是朕这样，大丈夫中的大丈夫，是天下男子的表率，怎么能被一小女子吃定了呢？”

龙成谨怕老婆的传闻已经传遍了全天下，所有人都知道宣武国有一个怕老婆的皇帝。

对这一点龙成谨是无所谓的，他只拍着胸脯骄傲地说：“朕不是怕皇后，朕是尊重皇后。”

然而最近龙成谨因为蒲桃闷闷不乐，感到十分焦虑。

蒲桃久居深宫，虽然有一子一女做伴，但她到底不如往日自由，便时常对着窗户长吁短叹。

这一日，皇后又拒绝见皇帝之后，龙成谨“啪”的一声把奏折一摔，对着裘德拍桌子大喊：“告诉蒲桃，没有她，朕还有三宫六院七十二妃，后宫佳丽三千人！皇后的宝册她不在乎，还有一堆人想要，今天朕可以给德妃，明天可以给淑妃，大后天可以给容妃！让她想清楚！”

裘德叹了一口气，说：“回陛下的话，这些妃子，都是您臆想出来的。自您与皇后圆房之后，就遣散了四妃，如今后宫……还真没人。”您……是不是被皇后娘娘打傻了？

当然，最后一句话裘德没敢说出口。

龙成谨听完，倒吸了几口凉气，问道：“一个都没有？”

“一个都没有。”裘德肯定地说。

“那德妃、淑妃、容妃这些人都是谁？”龙成谨拍着桌子说。

“回陛下的话，都是娘娘啊。”

自龙成谨和蒲桃圆房之后，每次为了哄她开心，就封她这个妃那个妃，几乎天下所有的美好称号全用在了她的身上，却不想她压根就不喜欢！

“你说，朕该怎么办？”深夜，龙成谨喊来宋昱，低声下气地问。

宋昱不需要多想，脱口而出：“与其封妃，不如封将。”

龙成谨听了，深以为然，一下被点醒了似的，第二天就连发了四道上谕，册封宋静娴为昭武辅国镇军骠骑大将军，军衔仅次于昭毅柱国定远怀化大元帅宋昱。他又下旨赐字“蒲桃”，于是“宋静娴”又多了一个名讳，亲近之人都可唤她“桃儿”。

“宋静娴”欣然接受，便连同皇后宝册一起，将蒲桃的名讳递了上去，在天坛上祭天。

上表诸神，下告天下百姓。

蒲桃在天坛接受了册封。

宣武国开国以来，第一次出了个将军皇后，群臣无一人反对。